반성과 지향의
러시아 소설론

일러두기

러시아어 우리말 표기는 경음을 원칙으로 하되(자먀찐, 라스꼴리니꼬프, 까라모
라 등), 익숙하게 사용되는 인명이나 용어는 관례에 따르고(톨스토이, 도스토옙
스키, 고리키, 바흐친, 폴리포니야 등), 출판도서에 사용된 표기는 그대로 사용
함(『도스또예프스끼 시학』, 『혁명의 문학 문학의 혁명 – 막심 고리끼』 등).

내일을여는지식 어문 18

반성과 지향의
러시아 소설론

이강은 지음

KSI 한국학술정보㈜

서문

한때 우리는(아니 나는) 소설에서 특별한 지식을 얻고자 했다. 내가 소설을 하나의 학문적 연구대상으로 삼기 시작한 1980년대는 소설이 단순한 문학작품 이상이어야만 했다. 사회민주화라는 당면한 시대적 과제 앞에서 문학이 현실에 기여해야 한다는 것은 나에게 의심할 나위 없는 자명한 진술이었다. 소설적 지식이 현실에 대한 구체적 인식과 실천의 토대가 되어야 한다는 것은 자연스러운, 이미 전제된 소설 연구 방법론이었던 것이다.

이런 나에게 소설은 현실과 역사에 대한 사회과학적 인식 행위와 크게 다를 바 없었다. 오히려 당시 사회과학이 제대로 전해 주지 않았던 진실들을 소설이 훨씬 더 많이 제공해 주고 있었다. 이청준과 최인훈, 박완서 등으로 현대 한국 소설에 입문하고 황석영과 조세희로, 박경리와 조정래를 거치면서 나는 여전히 그와 같은 소설 독법을 견지하고 있었다. 그리고 전공 분야인 러시아 문학에서 톨스토이와 도스토옙스키를 읽으면서 나의 소설 독법은 크게 변하지 않았다. 문학이란 현실의 인식이요, 그에 기초한 인간의 실천이라는 점에서만 문학의 기능과 효용성, 문학 공부를 한다는 정당성을 나 스스로에게 부여할 수 있었던 것이다. 이를테면 나는 막심 고리키의 『어머니』를 읽으면서 이 작품에 그려진 현실 인식, 즉 레닌의 말대로, 무의식적 노동자 투쟁이 목적의식적 투쟁으로 전환하는 필연성과 그 실천의지를 읽었었다. 이를 논증하기 위한 자료들과 소설론이 나의 소설 독법을 뒷받침했던 것은 물론이다.

사실 가장 큰 원칙적 의미에서 나는 지금도 문학과 소설에 대한 그런 판단을 완전히 부정하고 있지 않다. 그러나 과연 문학이 다른 어떤 지적 형식보다 인식적 지식, 즉 현실에 대한 올바른 판단을 제공하는 것인가. 그리고 오직 그 점에서 문학의 현실적 영향력이 가장 잘 발휘되는 것인가. 이런 질문은 1990년대를 넘어서면서 겨우 나의 시야에 들어오기 시작했다. 현실 변화에 대한 강박증을 넘어서면서 과연 현실을 변화시키는 문학의 진정한 힘은 어디에 있는가를 생각할 여유가 생겨난 것이다. 현실의 변화는 그리 쉽게 오는 것이 아니라는 점과 문학에 대한 조급한 현실적 요구는 오히려 문학이 가진 힘을 왜곡하고 축소하고 말 것이라는 생각은 나의 문학론, 특히나 소설 연구 방법론에 작지 않은 변화를 요구하기 시작했다.

이런 변화를 긍정하고 이론적으로 확인하는 것은 현실에 대한 새로운 인식과 그 현실로 가는 문학의 우회로를 찾아가는 것을 의미하는바 나는 점차 소설이론의 미학적 재구성에 관심을 기울이게 되었다. 이 책의 1부 소설의 역사철학 부분은 나름대로 이런 관심의 소산이다. 여기서 나는 루카치와 바흐친의 상이한 소설론을 동질적인 소설론으로 소통시키고 사회주의 리얼리즘 소설론의 동경과 그 한계를 검토하고자 '로만-에뽀뻬야론'을 비판적으로 검토했다. 나는 루카치가 머뭇거리는 지점에서 바흐친을 읽을 수 있고 바흐친이 밀어 올린 곳에서 다시 루카치를 돌아보지 않을 수 없다고 생각하며 소설의 역사철학을 '보다 총체적으로, 보다 대화적으로'라고 요약했다.

소설에 대한 역사철학적 검토를 기반으로 이 책 2부는 좀 더 구체적인 소설이론을 모색하고 있다. 소설이라는 작품 세계를 인간의 창조적 능동성이 극대화된 공간으로, 즉 반성과 지향 활동의 공간으로 설정하기 위해 기존의 방법론과 개념을 비교 검토하고 있는 것이다. 우선 기존의 리얼리즘 문학이론에서 가장 중요한 논쟁거리였던 세계관과 방법의 문제를 다루었고 소련 가치론 미학의 발전 과정, 그리고 거기에서 성장한 까간의 복합체계 상승이론적 관점을 검토하였다. 그리고 반성과 지향을 본격적으로 하나의 문화예술적 패러다임으로 설정할 수 있는지에 대해 살펴보았다.

3부는 이런 관점들을 구체적인 작품분석, 특히 러시아 소설분석에 적용하고 있다. 러시아 장편소설의 발전과정과 그 동력을 파악하고 소설언어의 가치적 다원성과 일원성을 검토하였으며 이를 토대로 구체적인 작품의 다양한 면모를 살펴보고 있는 것이다.

이 책의 내용은 이제까지 발표한 논문들 중 이 책의 주제에 부합하는 것들을 새롭게 가감하고 수정한 것이다. 기존의 논문들이 내 공부의 시기와 수준에 따라 조금씩의 편차가 있기 때문에 현재의 관점에서 필히 수정을 요하는 부분들, 책의 구성상 불필요한 부분들, 또 새로이 추가되어야 할 부분들을 손보지 않을 수 없었다. 그럼에도 불구하고 원고를 마무리하고 나서 다시 보니 부족하고 아쉬운 점이 너무나 많다. 이론 부분에서 보완되어야 할 부분, 다양하게 검토되었어야 할 사항들이 마음에 걸리고 특히 작품분석에서는 러시아 소설, 그중에서도 나의 전공 작가인 고리키의 작품분석에 너무 많이 의존하고 있다는 점에서 공부의 한계를 인정하지 않을 수 없다. 좀 더 많고 다양한 작가들의 세계를 여행하는 것은 미루어 둘 수밖에 없는 중요한 과제이다. 다만 지혜로운 독자들이 어눌한 저자의 속마음까지 헤아려 읽어 주고 부족함을 스스로 채워 가기만을, 그러나 혹여 서재를 어지럽게 만드는 책만은 아니기를 바랄 뿐이다.

이 책이 만들어지게 된 것은 연구도 연구지만 항상 나의 러시아 소설론에 귀 기울여 준 학생들의 기대 어린 눈망울 덕분이라고 나는 생각한다. 언제나 새롭게 시작하는 소설론 강의 첫 시간의 첫 만남을 나는 매우 소중하게 기억한다. 학생들의 그런 열기가 소설 연구에 대한 관심으로 이어지고 소설의 세계보다 더욱 풍부하고 더욱 문제적인 현실 세계를 만들어 가는 한 걸음들이 되기를, 그 길에서 이 책이 도움이 되기를 기대한다.

2009년 6월
아름다운 伏賢골에서
이강은

목차

제1부 소설의 역사철학

소설이란 무엇인가

근대소설의 야망, 로만 – 에뽀뻬야론

제2부 반성과 지향으로서의 소설 미학

세계관과 방법, 혹은 내용과 형식

가치론 미학과 복합체계 상승이론

제3부 소설 속의 반성과 지향 - 러시아 소설을 배경으로

텍스트의 상징화와 서사화

이념적 소통의 단절과 그 극복을 향한 성찰

소통의 경계와 새로운 서사의 모색

문제제기

'영혼의 질병'과 소설

우리는 많은 소설을 접하고 읽는다. 때로는 교양으로, 때로는 흥미로 소설을 손에 든다. 소설이라는 이름과 형식은 영상의 시대로 불리는 오늘날에도 여전히 우리에게 가장 친숙한 형식이라고 말할 수 있다. 그뿐 아니라 소설은 문화예술의 다양한 장르의 기본 토대로서 새로운 역할을 수행하고 있기도 하다.

소설을 小說, 즉 '작은 이야기', '잡스러운 이야기'로 볼 수도 있지만 '작을 小'는 거대한 국가나 민족, 집단과 대비하여 '개인'이라는 의미를 더 많이 가지고 있다. 다시 말해 한 개인의 삶과 관련된 문제들이 소설의 중심이라는 뜻이다. 그렇다고 물론 국가나 민족과 같은 거대한 사회적 문제들과 무관하다는 뜻은 아니다. 개인의 삶이 어찌 국가와 민족의 운명과 무관할 수 있을 것인가. 오히려 소설 속의 개인이 개인사에 얽힌 작은 이야기와 잡스러운 이야기에 머물러 있는 경우는 매우 드물다.

좀 더 넓은 의미로 보면 우리는 영화도 드라마도 소설로 읽고,

역사와 정치도 소설로 읽으며, 사회문제도 소설로 읽고, 심지어 경제와 과학의 문제도 소설로 읽는다. 더 크게 말하자면 우리의 현실에 대한 생각과 자신의 삶에 대한 '이야기'도 '소설적'으로 구성하여 인식하고 있다고 말할 수 있다.

그런데 왜 우리는 이렇게 소설을 읽고, 소설이라는 문학 장르는 왜 이렇게 우리의 삶에 널려 있는 것일까.

<터미네이터>라는 영화를 다들 기억할 것이다. 미래의 기계인간 터미네이터가 과거로 시간을 거슬러 와서(즉 우리의 현재로 와서) 인류의 멸망을 막을 운명을 가진 어린아이를 보호하고 지켜 낸다는 공상과학 액션 영화다. 그런데 혹시 이 터미네이터가 미래의 세계에서 살아가기 너무 지루해서 소설책을 구하러 우리의 시대로 되돌아올 수도 있을까. 매일 똑같은 일상을 기계적으로 반복하도록 만들어진 세계에서 갑자기 뭐 좀 재미있는 일은 없을까라는 위험한 생각, 그 사회에서는 금기로 여겨지는 그런 생각을 하게 된 로봇이 톨스토이의 『전쟁과 평화』, 셰익스피어의 『햄릿』, 박경리의 『토지』를 읽고 싶어 그의 과거인 우리의 현재로 날아온다, 그래서 도서관에 들러 몇 권을 읽어 보다가 너무나 재미있어 자신의 현재로 되돌아가지 못한다, 혹은 소설을 읽고 생각이 바뀌어 그의 과거인 우리의 현재에 그대로 머무르고 싶어진다는 이런 말도 안 되는 상상!

자먀찐이라는 빼어난 재능을 가진 러시아 현대소설가가 있다. 그의 소설 『우리들』(Мы, 1924)은 과학기술문명의 발달로 인간의 모든 것을 완벽하게 통제해 내는 미래를 그린 반－유토피아 소설로

서 조지 오웰의 『1984년』(1949)이나 헉슬리의 『멋진 신세계』(1932)보다 앞서는 선구적인 작품이다. 오랜 전쟁으로 파멸한 인류의 미래, 살아남은 인류는 지구 위에 투명한 녹색의 벽을 친 가공의 '단일제국'을 건설한다. 이곳의 모든 국민은 똑같은 제복을 입고 이름 대신 번호로 불리며 '은혜로운 분'이 만든 '시간 율법표'와 '보안요원'의 통제를 받으며 '행복한 삶'을 살아간다. 고도로 발달한 과학 문명은 인간의 모든 감정과 욕망마저도 이성적이고 효율적으로 조절하고 충족시킨다. 여기서 인간은 개성을 가진 개인이 아니라 이제 모두가 하나인 '우리'가 된다. D-503으로 불리는 주인공은 너무나도 행복한 가운데 그 행복한 삶의 이야기를 담아 먼 우주에까지 전하기 위해 우주선을 만드는 기사다. 그런데 어느 날 그는 자신에게 아주 적합하다고 배정된 여자를 만나러 가던 중에 I-330으로 불리는 여자를 만나면서 통제되고 조절되지 않는 이상한 감정을 체험한다. D-503은 그녀와의 접촉을 통해 '단일제국'의 행복한 삶에 요구되는 감정 그 이상의 것을 가지게 된다. 그를 진단한 의사는 그에게 '영혼이라는 질병'이 생겼다고, 즉각 수술해야 할 것이라고 말한다. D-503은 영혼이 생겨났지만 그 영혼을 받아들이지 못하고 결국 '은혜로운 분'께 보고하고 수술을 받은 뒤 다시 '완전한 행복의 국가'의 건실한 기사가 된다.

영원히 죽지도 않고 죽어도 다시 살아나는 터미네이터가 소설을 찾아올 이유는 결코 없다. 그리고 단일 왕국에서 은혜로운 분에 의해 모든 것이 완벽하게 조절되고 통제되는 번호들에게, 행진에 맞춰 즐겁게 행진하는 그 모든 번호들에게 소설은 그저 '영혼의 질병'일 뿐이다.

그렇다면 지금 우리에게 소설은 무엇일까. 우리에게도 영혼의 질병일까. 아직 소설을 쓰고 읽는, 보다 넓게 보자면 소설이라는 이야기 구조에 기초한 다양한 문화 양상들은 미개한 인류의 치유되어야만 하는 열병일 것인가.

확실히 소설은 우리의 일상적인 삶에 균열을 일으키고 문제를 제기하며 행복하지 못한 사람들의 행복할 수 없는 이야기를 다루고 있다는 점에서 일종의 병이라면 병이다. 그러나 그것은 인간이기에 앓게 되는 것, 앓음으로써 인간일 수 있게 하는 병 아닌 병이다. 그것도 가장 우선적으로 내 영혼의 질병과 관계하는 형식이다.

나와 너 '사이'의 여행기

톨스토이의 『안나 카레니나』를 읽은 사람은 브론스끼와 사랑에 빠져 돌이킬 수 없는 운명의 길을 걸어가는 안나의 불행하면서도 매혹적인 모습을 잊기 어렵다. 빠스쩨르나끄의 『닥터 지바고』에서 거침없는 혁명의 소용돌이와 눈 덮인 러시아 대지 위에서 펼쳐지는 주인공 지바고와 라라의 삶은 그 어떤 실제의 연인들보다 아름답고도 아프게 기억된다. 문학작품에서 받은 인상은 우리가 실제로 접한 사람들의 이미지보다 더욱 강렬하고 지속적이다. 어쩌면 아프게 헤어진 연인의 얼굴이 잊혀질 때쯤 그 사람의 이미지가 문학작품에서 얻어진 이미지로 환치되어 나타날 수도 있을 것이다.

우리 머리에는 다양한 문학의 주인공들이 자리 잡고 있다. 돈키호테라든가 햄릿이라든가 라스꼴리니꼬프, 장길산과 서희, 태백산

맥의 염상진 등등, 모두가 영원한 인물들이라고 말할 수 있다. 이들은 베토벤이나 레닌이나 정약용, 신채호, 윤동주 등과 같은 실제 인물 못지않게 살아 있는 인물들인 셈이다.

그 이름이 집단의 기억으로 남지 않고 명멸해 간 역사상의 수많은 사람들에 비해 소설의 주인공들은 살아 있는 사람보다 더욱 살아 있는 사람으로 우리에게 기억된다. 우리가 어떤 사람을 기억하고 있을 때, 그 기억은 단순히 기억의 한 칸을 차지하고 있는 것이 아니라 삶의 모든 계기에서 우리 삶의 변화에 개입하고 있다. 우리가 어떤 일을 할 때 의식은 기억 속의 모든 사실을 집약하여 최선을 다해 생각하고 판단하고자 한다. 이때 우리는 머리에 축적된 가능한 모든 경험을 불러내게 되는데 그 경험으로 호명되어 등장하는 것은 살아서 직접 만난 사람뿐만이 아니다. 오히려 그보다 더욱 풍부하고 생생하고 보편적인 경험으로 작용하는 것은 문학과 예술 속에서 체험할 수 있는 수많은 인물과 인생들인 것이다.

동물의 세계를 그리든, 미래 우주의 이야기를 그리든, 로봇의 이야기를 그리든 우리에게 남는 것은 살아 있는 인간의 이야기다. 그런 작품들에서 우리는 미래의 인간과 상상의 동물 이야기를 듣고 보지만 그것들은 결국 우리 머리의 기억 속에 우리가 꺼내 쓸 수 있는 형태로, 즉 인간화로 '인코딩'되어 저장된다. 그리하여 문학은 결국 인간의 이야기이다. 인간이 살아가는 이야기, 진짜 살아 있는 인간보다 더 진짜 같은 이야기, 실제로는 볼 수도 만질 수도 없지만 보고 만져 본 사람보다 더 실물 같은 감각으로 저장되어 있는 이야기이다. 그것도 반드시 '나'와 관련된 이야기이면서, 나와 타자의 관계를 추구하고 확대하는 그 '사이'의 여행기인 셈이다.

숲 속에서 들려오는 나이팅게일 노랫소리

우리는 아름다운 자연의 절경을 보고, 혹은 빼어난 야구선수의 수비를 보고 곧잘 "아, 정말 그림 같다."고 말하곤 한다. 너무나 아름답고 멋져 보일 때 우리는 이렇게 예술에 근접한다고 표현하는 것이다. 그런데 다시 우리는, 너무나 잘 그린 그림 앞에서 또 이렇게 말하곤 한다. "와, 진짜 같다!"

이런 경우는 주변에 참으로 많다. 과연 우리는 진짜 현실을 높이 평가하는 것일까, 아니면 진짜 현실을 모사한 예술을 높이 평가하는 것일까. 무엇이 오리지널이고 무엇이 '가리지널'일까.

만일 칸트와 헤겔이 함께 산보를 했다고 하자. 고요한 숲 속의 맑은 공기를 흔들며 나뭇잎 사이로 들려오는 청량한 새소리에 두 사람은 깊은 감동을 느꼈으리라. 저 새의 노래는 어떻게 저렇게 아름다울 수 있을까? 대체 어떤 새지? 두 사람은 말없이 산책을 계속하며 인간과 자연, 생명에 대해 나름대로 사색에 젖는다. 그런데 조금 앞쪽 숲 속 오솔길에서 한 목동이 걸어 나오는 모습이 보였다. 허름한 옷을 걸친 목동은 그들 앞으로 다가오며 계속해서 입으로 새소리를 흉내 내고 있었다. 그제야 칸트와 헤겔은 그들이 방금 전에 들었던 새소리가 진짜 새의 노래가 아니라 목동이 흉내 낸 소리였다는 것을 알았다.

새소리가 자연 그대로의 소리가 아니라 인위적인 것임을 알았을 때 칸트와 헤겔은 어떻게 반응했을까?

칸트는 『판단력 비판』에서 이렇게 말한다.

은은한 달빛이 비추이는 고요한 여름밤, 한적한 숲속에서 들리는 황홀하고 아름다운 나이팅게일의 울음소리보다 과연 무엇이 더 아름답다고 시인들은 읊을 것인가? 그래서 그런 노래를 들을 수 없는 곳에서도 어떤 쾌활한 주인은 전원을 만끽하러 온 객들에게 그 노랫소리를 들려 주어 매우 만족스럽게 해 주기도 한다. 즉 갈대피리로 자연을 모방한 새 울음소리를 낼 수 있는 어린아이를 숲속에 숨겨 놓고서 말이다. 그러나 그것이 속임수임을 안다면 손님들은 이전에는 매력적인 그 울음소리를 들으려 하지 않을 것이다. 따라서 아름다움에 직면하여 직접적인 '관심'(Interesse)을 취할 수 있기 위해서는 그것은 자연 자체이거나 우리가 자연으로 여기는 것이어야 한다.[1]

칸트는 자연 그 자체에 선험적으로 아름다움이 내재해 있다고 보았기 때문에 인간이 개입되어 '자연적이지 않은' 목동의 새소리에 실망을 금치 못했을 것이다.

하지만 헤겔의 생각은 좀 다르다.

자연에 대립하여 예술미의, 그리고 정신의 '우월함'은 단지 상대적인 것만이 아니라 정신은 모든 것을 자신 속에서 파악하는 자로서 '진실한 것'이며 그럼으로써 모든 미는 이런 우월함을 담지하고 있고 이를 통해 산출되는 한에서 아름답고 진실할 뿐이다.[2]

헤겔은 인간의 의지와 능력이 개입하여 인간이 스스로의 정신 속에서 파악하는 것이 자연보다 '우월하며' 따라서 더욱 아름답고 진실하다고 말한다. 자, 그러니 헤겔은 당연히 목동을 불러 그 놀라운 새소리와 그 곡조에 담긴 예술성을 칭찬하며 상금을 쥐어 주

---

1) I. 칸트, 『판단력비판』, 이석윤 역, 박영사, 1986, 180쪽. 번역은 『헤겔미학입문』(여균동 외 역, 종로서적, 1983.), 73쪽에서 인용.

2) G. 헤겔, 『헤겔미학 I 』, 두행숙역, 나남출판, 1997, 28쪽. 번역은 『헤겔미학입문』(위의 책), 74쪽에서 인용.

지 않겠는가.

그러나 사실 문제는 그렇게 간단하지만은 않다. 아름다움이나 예술미가 과연 인간 의지의 산물인 것인지, 자연 그 자체에 선험적으로 내재하는 것인지에 대한 논의는 여전히 진행 중이다. 아주 단순하게 보면 헤겔의 주장이 당연히 우리 현대인에게 '자연'스러워 보이지만 미란 무엇인가, 우리는 미를 어떻게 인식하는가 등등 보다 근본적인 문제에 봉착하면 문제가 그리 쉽게 풀리는 것만은 아니다.[3]

하늘의 달과 호수에 비친 달그림자

서양 인문학의 고전으로 꼽히는 플라톤과 아리스토텔레스. 『국가론』을 비롯한 철학저서를 통해 우리는 플라톤의 '철인사상'을 모르고 있지 않다. 그리고 아리스토텔레스는 『시학』으로 인류 예술 연구의 기원을 이루고 있는 셈이다.

플라톤은 철인사상을 통해 진리를 탐구하는 데 방해가 된다며 시인 추방론을 주장한다. 진리와 이데아를 탐구하는 철학에 비해 예술과 시는 감성과 반영물을 취급할 뿐이라고 했다. 아리스토텔레스는 비록 『시학』을 통해 서사시의 구조를 분석함으로써 예술 연구의 신기원을 이룩하고 있지만 철학보다 예술을 높이 평가하지는 않았다.

---

3) 사실 인간 정신에 내재한 이상을 담아내는 형식을 예술미로 보는 헤겔에게 목동의 새 소리 모방은 단순하게 자연을 모방하려는 '천한 재주'(『헤겔 미학 I』, 위의 책, 86쪽)에 지나지 않는 것이었을지도 모른다. 나는 다만 자연미와 예술미의 대립을 강조하기 위해 위와 같은 비유를 들고 있을 뿐이다.

이를테면 이런 것이다.

고요한 호수에 달이 비친다. 우리는 호수에 비친 아름다운 달을 보고 미소를 지으며 고요한 밤의 정경을 음미한다. 그러나 달이 없어진다면, 혹은 호수가 일렁이며 달의 모습을 일그러뜨린다면? 호수에 비친 반영물인 '달'은 사라지거나 형태를 잃게 된다. 그러나 하늘의 달은 여전하고 유구하다. 호수가 흔들리거나 하늘에 구름이 덮여 보이지 않더라도, 우리의 시야에서 사라지더라도 하늘에 떠 있는 달의 존재가 사라지는 것은 아니다. 바로 이렇게 유구한 것이 본질로서의 이데아다. 그 본질인 이데아를 탐구하는 것이 철학이고 시는 그 본질이 다양하게 현현되는 것, 심지어 본질을 가리고 왜곡한 것일 수 있다. 그리하여 시인은 추방되어야 하는 것.

그러나 아리스토텔레스는 좀 다른 경험을 하지 않을 수 없었다. 그는 저녁 무렵 가벼운 마음으로 비극 공연을 보러 극장으로 걸어간다. 가는 길에 죽은 아들을 부여안고 울고 있는 한 어머니를 목격했다. 인생의 무상함과 어머니의 슬픔에 공감하며 아리스토텔레스 선생은 잠시 숙연해진다. 자식을 잃은 어머니를 위로하며 명복을 빌어 주었다. 그러나 눈물까지 흘리지는 않았다. 다시 길을 가는 아리스토텔레스는 친구들과 제자들을 만나 안부를 묻고 세상 돌아가는 이야기를 나누며 극장으로 향한다.

극장에 도착한 아리스토텔레스는 주연 배우와 감독과 악수하며 근황을 묻고 배우들과 환담을 하고 극에 대한 견해를 가볍게 나눈다. 친구들과 제자들과 함께 자리를 잡고 모여든 관객들과도 눈인사를 나눈다. 이윽고 불이 꺼지고 캄캄해진 가운데 무대에 불이 켜진다.

아리스토텔레스 시절 보았을 법한 비극의 한 장면. 슬픈 비극. 어머니와 자식의 비극적인 갈등과 죽음.

극을 보면서 아리스토텔레스는 자식을 잃은 어머니의 통곡의 서사시를 듣고 하염없이 눈물을 흘린다. 아리스토텔레스는 현실의 반영물에 지나지 않는 비극을 보면서, 분명 방금 전에 웃고 담소를 나눈 배우가 분장을 하고 노래하는 연극을 보면서 눈물을 쏟고 있다. 그는 현실의 비극인 노모를 만났을 때보다 '가짜로' 분장한 배우들이 무대 위에서 펼치는 드라마를 보았을 때 왜 더욱 견딜 수 없는 아픔과 슬픔을 느끼는 것일까. 아리스토텔레스 선생은 당혹스럽지 않을 수 없었다. 스승인 플라톤의 이데아론에 의하면 예술이란 반영물이고 기껏해야 이차적 진실일 뿐이지 않은가.

아리스토텔레스는 예술의 효과를 인정하지 않을 수 없었지만 그러나 그리스 철학 일반의 원리를 부인할 수도 없었고 거기서 나온 절충적 논리가 예술은 인간의 영혼을 정화(카타르시스)[4]시킨다는 최소한의 인정이었다.

아리스토텔레스는 인간의 감각에 대한 철학적 사고로 철학의 영역을 확장하고 있는 인물이다. 그에게 예술과 서사시, 비극 등은 최소한의 인식 대상으로 떠오르기 시작했던 것이다. 그리하여 예술은 미메시스, 즉 현실을 모사함으로써 현실 이데아의 본질을 담아낼 수 있다는 논리가 성립하게 된다. 이것이 그 유명한 미메시스론의 탄생지점이다.

---

4) 아리스토텔레스, 『시학』, 천병희 역, 문예출판사, 1999, 47쪽

애꾸눈 임금님의 초상화

그러나 문제는 여기서 끝나지 않는다. 여전히 예술이란 무엇이며 문학이란 무엇인가의 논쟁은 확정되지 못한 상태였다. 유사하지만 좀 다른 예를 들어 보자.

한 애꾸눈 임금님이 초상화를 그리고 싶었다. 나라의 모든 화가들에게 영을 내려 이름 있는 화가란 화가는 다 불러 모았다.

가장 먼저 불려 온 화가는 정말 누가 보아도 똑같게 임금의 얼굴을 그려 냈다. 곁에 있던 신하들이 모두 탄복을 금치 못했다. 그러나 임금은 마음에 들지 않았다. 자신의 애꾸눈이 영 꼴사나워 보였기 때문이다. 임금은 진노하며 이 화가의 그림을 형편없다며 내치고 벌을 주었다.

두 번째 불려 온 화가는 벌벌 떨면서 임금을 그리다가 첫 번째 화가의 비운을 떠올리며 짐짓 모른 체하고 임금의 애꾸눈에 진짜 눈을 그려 넣었다. 임금의 비위를 맞추려고 했던 것이다. 그러나 이것은 임금에게 더 큰 분노를 불러일으켰다. 있는 그대로도 싫었지만 있는 것을 없다고 그리는 것은 더욱 큰 모욕이었던 것이다.

마침내 세 번째로 불려 온 화가는 벌써부터 거의 초죽음 상태였다. 어찌해야 한단 말인가. 있는 그대로 그려서도 안 되고 없는 눈을 그려 넣어서도 안 된다. 그렇다면 임금의 벌을 피할 수 없는 것은 불문가지. 그때 이 화가는 번뜩 떠오른 기지를 살려 임금의 옆모습을 그렸다. 눈이 있는 쪽 옆모습을 그렸던 것이다. 임금은 이 그림을 보고 비로소 흡족해하며 화가에게 큰 상을 내렸다.

예술은 있는 현실 자체와는 다른 것이며, 그렇다고 현실을 왜곡하는 것일 수도 없다. 예술을 창조하면서 창작자는 현실을 주관적으로 변형할 수 있으되 현실과 예술의 일정한 법칙을 완전히 벗어날 수는 없다.

문학이나 예술작품이 때로 현실과 예민한 충돌을 일으키는 경우도 자주 있다. 이른바 필화사건이 발생하는 것이다. 영화의 어떤 부분이 실제 현실의 어떤 직업군을 모욕했다거나, 소설의 어느 부분이 어떤 집단의 이익에 반하거나 심지어 국가 보안법에 어긋난다는 주장을 우리는 심심찮게 목격하곤 한다. 실제 현실과 가상공간으로서의 예술세계가 이렇게 자주 충돌하는 것은 현실과 예술세계가 분명히 서로 다른 것이지만 다른 한편 매우 밀접한 관련이 있다는 것을 말해 준다.

플라톤과 아리스토텔레스는 문학예술은 현실(이데아)의 반영물, 즉 원본으로부터 파생된 이차적 산물이라는 기본 원리를 부정하기 힘들었다. 그러나 문학예술은 단순히 현실을 모사하고 거울처럼 반영하는 기계적인 모방의 산물이 아니다. 칸트는 그런 모방을 자연의 모방적 산물로 보았다는 점에서 기본적으로 플라톤적 이데아론과 결코 무관하지 않다. 애꾸눈의 왕을 그린 화가처럼 현실의 특정한 부분을 취사선택하고 또 거기에 화가와 왕의 일정한 이상을 담아낸다는 점에서 문학예술은 일단 현실을 변형하여 창조적으로 반영하는 것이라고 말할 수 있다. 그러나 창조적 반영은 어디까지이며 '일정한 연관'은 어느 만큼의 일정함인 것인가. 또한 예술적 창조물의 진리성은 어디에 있으며 예술의 순수 형식적 미학은 어디까지 나아갈 것인가.

이런 문제들은 현대 미학의 발전과정에서 복잡하게 변주된다. 관념론 미학이니 객관적 관념론이니, 객관적 반영이니 기계적 반영이니 등등 현대 예술론은 단순한 반영론과 관념론으로 환원시키기 힘들 정도로 그 가지를 다양하게 뻗어 내리고 있다. 소설 텍스트의 생성과 의미를 둘러싸고 전개되는 현대소설론 역시 이러한 미학적 문제들과 긴밀히 연관되어 있다. 아니 가장 주도적으로 그 논의를 매개하고 심화시킨 것이 근대소설이론이라고 말해도 전혀 과장이 아니다.

내 마음의 비파

그렇다면 이제 우리는 이 문학예술이라는 인간의 산물이 대체 어떻게 생겼는가를 살펴보아야 할 것이다. 물레방아가 물에 의해 작동되며 방아를 찧을 수 있다는 일반 원리를 이해한다고 해도 이 물레방아의 구조에 따라 그 기능성과 효용성이 결정될 것이기 때문이다.

앞에서 우리는 예술이 인간의 산물이라는 점, 그리고 현실로부터 일정하게 독립되어 있으며 동시에 현실과 유기적 연관을 가지고 있다는 점을 생각해 보았다. 현실과 일정하게 다른 것임에 분명하지만 어떤 점에서는 현실보다 더욱 현실적이라는 미묘함에 예술의 특징이 숨어 있다는 점을 확인했다. 하지만 인간의 이상이 담긴 창조물이면서 동시에 현실을 반영한다는 원리가 소설 텍스트에서는 어떻게 구조화되어 있는가.

소설 텍스트의 구조에 대해 생각할 때 무엇보다 먼저 언어의 문제를 언급하지 않을 수 없다.

　셰익스피어의 단어 사전에는 만 이천여 단어가 나온다고 한다. 러시아의 현대 풍자 작가인 일프와 뻬뜨로프의 공동창작 소설 『열두 개의 의자』에는 '품보 - 움보'라는 특이한 이름의 식인종이 등장한다. 이들은 모두 합해서 300단어를 가지고 있는 종족인데, 그중 엘로치까라는 인물은 30개 단어만을 '가볍고도 자유롭게' 구사한다. 그러니 그는 30개 단어 결합으로 자신의 인생과 세상을 표현할 수밖에 없다. 그가 사는 세상이 너무나 좁아서 30개 단어로 충분한 것인지, 아니면 아무리 복잡하고 섬세한 것도 두루뭉술하게 30개로만 표현해 버리는 것인지는 알 수 없다. 다만 만 이천여 단어의 변화무쌍한 결합이 이루어 내는 세계와 30개 단어의 결합이 품어 내는 세계는 전혀 다른 세계이며 그 속에서 펼쳐지는 인간의 삶도 전혀 다른 것일 수밖에 없다는 점은 분명하다. 어느 것이 더 훌륭하고 해방된 인간의 삶인지 단순 대비할 수는 없겠지만 최소한 더 훌륭하고 해방된 삶을 위해 필요한 조건에 대해서, 그 언어적 조건에 대해서는 두말할 필요가 없을 것이다.

　만일 우리 말 속에 비에 관한 두 단어만 있다고 치자. '좋은 비'와 '나쁜 비' 그렇다면 우리는 농사에 이로운 비는 '좋은 비', 수확기에 내리는 비는 '나쁜 비', 소풍 갈 때 내리는 비는 '나쁜 비', 할 일 없을 때 내리는 비는 '좋은 비'라고 말할 수밖에 없을 것이다. 그 나머지 수없이 다양하게 내리는 비는 알 수도 말할 수도 없다. 사랑하는 사람을 떠나보내고 구슬프게 내리는 비를 보고도 아무 말 못하고 그저 '나쁜 비' 할 뿐이겠지.

　언어는 존재와의 약속, 혹은 존재의 그림자라고 말한다. 실체로서의 존재가 있고 그것을 담아내는 형식으로서의 언어. 아주 전통적인 언어관이다. 사람이 앉아 공부하는 도구가 먼저 있고 그걸 '책상'이라고 부르는 것이지, '책상'이라는 단어가 먼저 있고 그에 따라 네모난 나무 판에 네 다리를 달아 만든 물체를 만드는 것은 물론 아니다. 그런데 다시 생각해 보면, 언어가 없이 우리는 어느 것도 인식하기 어렵다. 언어가 없다면 실체에 대해 인식하기 힘들다. '좋은 비'와 '나쁜 비'라는 단어만 있다면 우리는 세상의 수많은 다양한(굵기와 세기, 때와 공간에 따라 너무나도 다양한) 비의 실체를 만나기 힘들 것이다. 거기에 새로운 단어들이 추가된다면? 즉 이슬비, 가랑비, 소나기, 여우비, 장맛비…… 당연히 우리는 세상의 많은 비를 다양하게 보다 섬세하게 '인식할 수 있는' 것이 아닐까? 그것이 서로를 표현하고 이해하며 세계를 보다 풍부하게 바라보는 보다 인간적인 문화의 중요한 조건이 아닐까? 만일 그렇다면 존재가 언어를 만들어 낼 뿐만 아니라 언어가 존재를 새롭게 탄생시킨다고 말해도 과언은 분명 아니겠다.

일개 단어의 확장에도 이런 의미가 있다면, 총체로서의 우리 언어의 경계를 확장시키고 심화시키는 작업, 그것은 우리 문화의 새로운 경계를 넓히고 깊게 만드는 일이 아닐 수 없다.

언어는 아직 우리에게 암흑과 다름없는 실체의 세계를 열어 가는 투쟁의 결실이다. 새롭게 형성되고 있는 현실, 우리가 가진 언어로 담아내기에는 불충분한 현실을 우리의 언어로 길어내기 위한 언어적 투쟁, 그 투쟁의 최전선에 선 자가 바로 언어예술가이다. 그는 미개척지인 세계와 그 속에서의 우리 자신을, 그리고 계속해서 변화해 가는 세계와 우리 자신을 우리에게 보여 주고 열어 주는 비밀의 문이다. 최인훈의 『광장』은 한국전쟁과 그 직후 우리들의 삶이 겪어야 했던 출구 없는 현실을 잘 보여 주면서 새로운 삶의 절박함을 갈망하였고, 황석영의 『객지』는 70년대 한국 사회의 노동 현실을 우리의 혀로 발음하도록 해 주었다. 박경리의 『토지』는 근 대화 과정의 민중의 삶과 운명을 그리면서 우리의 시선이 어디를 향해야 하는지를 돌아보게 만들었고, 조정래의 『태백산맥』은 폐쇄 되어 있던 현대사의 진실에 다가서도록 촉구했다. 이렇듯 우리는, 존재했으나 인식하지 못하고 있던 수많은 현실을 우리에게 열어 보이는 위대한 소설사를 가지고 있다. 그 모두 새로운 언어를 획득 하기 위한 문화사적 투쟁의 현장이며, 그 과정에서 위대한 작가, 위대한 시인들이 수없이 그 이름을 아로새겨 놓았던 것이다.

이미 창조된 언어의 세계 속에서만, 이미 익숙한 세계에서만, 그 한계 내에서만 소비하고 누리며 살아가는 것은 기계적 삶에 지나 지 않는다. 우리에게 익숙해진 관습의 세계 역시 한때 혁명적인 언 어생산에 의해 우리에게 주어진 것이리라. 하지만 그것은 일정한 관성을 획득하면서 처음 태어날 때의 그 생생한 생명감을 상실한 다. 세계 자체는 변화하고 인간의 삶도 변화하는데 변화하지 않는 언어로 세상을 바르게 인식할 수는 없지 않겠는가. 그래서 우리에 겐 늘 새로운 언어와 새로운 문학이 요구된다. 매일 눈앞의 이익만 을 좇으며 아귀다툼을 벌이는 사람을 위대한 경제활동의 주역이라 할 수 없고, 민족의 이익이나 거시적인 미래에는 눈 감고 귀 막은 채 오로지 권력의 달콤함만을 좇는 자가 널리 사람을 이롭게 하고 나라를 편안케 하는 위대한 정치인이라고 할 수 없듯이, 주어진 언 어세계에 갇혀 의미도 모른 채, 세상의 움직이는 실체도 알지 못한 채 그저 원시인처럼 '30개 단어'를 반복하며 살아가는 모든 사람의 활동이 위대한 문학의 원군일 수는 없을 것이다.

기계어나 자연과학어의 확장도 인간의 삶에 전혀 아무런 해방적 영향을 미치지 않는다고 말할 수는 없을 것이다. 새로운 개념과 새로운 지식의 발견과 그 언어화는 틀림없이 인류의 한계를 넓혀 가는 것임에 틀림없다. 그러나 그와 같은 해방적 역할을 하는 언어투쟁을 보다 조직적이고 전면적으로 수행하는 전문 분야가 바로 시와 문학이다. 앞서 말했듯이 한두 단어에도 문화의 힘과 역사가 투영되어 있으며, 한두 단어의 창조에도 우리 문화의 총체적인 정신생활이 담겨 있다. 이런 단어들의 총합을 다루고, 특히 그 총합의 경계에서 창조를 향해 부단히 고군분투하는 우리의 전사들이 바로 시인이요 작가인 것이다.

거듭 말하자면, 언어의 경계를 넓히고 가꾸어서 우리에게 미지의 미래를 밝혀 주고 그 새로운 미래가 우리 삶의 보다 해방된 영역으로 자리 잡게 된다면, 그런 언어투쟁은 이미 그 무엇보다 '혁명적'이다. 바로 그런 일을 하는 '전문 직업인'이 바로 시인과 작가다.

우리의 마음이 무엇인가에 반응했을 때 심금(心琴)을 울린다고 말한다. 마음의 비파가 울린다는 이야기다. 마음의 비파. 비파가 바람에 흔들리며 공명하듯이 우리 마음에 비파가 있는 모양이다. 이 심금은 어떻게 울리며 어떤 소리를 내는 것일까.

잘 몰랐던 지식을 배웠을 때, 이를테면 컴퓨터에 관한 새로운 지식을 얻었을 때 심금이 울리지는 않는다. 물론 이 경우에도 마음에 어떤 반응이 일어나지만 그것은 지식에 대한 호기심이나 새로운 지식을 통해 얻게 될 편리함이나 이익에 대한 이성적 반응이다. 마음의 비파는 이성적 지식만으로는 연주되지 않는다. 마음의 비파를 공명시키는 가장 완전한 악보는 바로 예술이다.

마음은 어떻게 움직이는가. 진심을 다하여, 가진 것 전부를 내놓고 우주와 소통할 때 우리의 마음은 근본적으로 움직인다. 즉 감동(感動)한다. 소설이 하나의 텍스트로 존재하는 객체이지만 그것을 언어로 읽어 내고 머리에 인지하며 그 미적 창조적 인지작용의 정점에서 우리 마음이 움직이는 것이다.

언어구조물인 소설이 우리 마음의 비파를 연주하는 과정, 그 과정에 대한 복합적이며 과학적인 이해의 마당이 바로 소설론이다.

이제 우리는 이와 같은 기본적인 문제의식을 가지고 본격적으로 소설이론 속으로 여행하며 현대사회에서 '나'의 마음을 움직이는 소설 속의 '나'를 확인하게 될 것이다.

제1부

소설의 역사철학

소설이란 무엇인가

1. 근대소설론의 두 풍경

소설의 의미와 특성에 대해 일정한 이해를 가지고도 여전히 소설이란 무엇인가에 대해 명쾌한 답변을 내놓기란 쉽지 않다. 아마도 이 세상에 존재하는 소설의 종류만큼이나 많은 대답이 나올지도 모른다. 더구나 소설이란 '비소설적 추구'에서, 즉 소설 아닌 것을 지향하는 것 자체라고 역설적으로 말하기도 한다. 소설로 규정되는 것 자체를 넘어섬으로써 항상 새로운 소설로 나아가는 것! 스스로 죽기 위해 스스로 태어난다는 역설 아닌가. 이렇게 자기 자신을 부정하는 것으로서의 소설이라면 그 개념 규정 자체가 곤란한 것은 당연하다고 말해도 과언이 아닐 것이다.

그러나 소설에 대해 엄밀한 정의를 내리지 않고서도 우리는 얼마든지 '이것은 소설이다, 저것은 소설이 아니다', 혹은 '소설적'이라는 말을 수없이 사용하곤 한다. 이미 소설에 대해 경험적 식견을 충분히 가지고 있는 것이다. 이러한 경험을 구성하는 속성을 하나씩 열거함으로써 이른바 우리가 말하는 '소설'을 정의할 수도 있을 것이다. 그러나 그것은 사람의 모든 신체 부위의 특성을 나열하여 '그 사람'이라고 말하는 것만큼이나 잘못된 일이 될 것이다. 혹은 각자의 입맛에 따라 소설의 몇몇 특징에 주목하여 어떤 정의를 내린다고 해도 여전히 세상에는 그 정의에 담기지 않는 너무나 많은 '다른 소설'들이 존재하고 있기 때문에 그것은 바지랑대로 하늘을 재는 격이 아닐 수 없다. 그렇다고 소설이란 어차피 규정하기 어렵기 때문에 시대마다 사람마다 달리 이해될 수 있을 뿐이라고 허탈해하는 것도 소설의 발전에, 특히 '보다 훌륭한 소설'의 생산에 도움이 될 리 없다.

소설을 정의하고자 하는 많은 시도들은 대체로 이와 같은 어려움과 위험을 조금씩 나누어 가지고 있고 그것은 소설의 본성상 피할 수 없는 것처럼 보인다. 따라서 조급하고 단순하게 소설을 정의하기보다는 '소설의 의미구조'의 특성과 역사적 전개과정에 대해 관심을 가지는 것이 소설을 보다 풍부하게 이해하는 길이 될 것이다. 다시 말해 소설을 통해 인류가 담아내 왔고 담아내고자 하는 것, 그것의 역사·문화·철학적 의미에 대해 숙고하고 이론화하는 것이 '소설이란 무엇인가'에 대한 생산적인 답이 되리라는 것이다.

소설에 대한 역사철학이라고 부를 만한 이러한 접근방법을 가장 모범적으로 보여 준 인물은 게오르그 루카치(G. Lucács, 1885 – 1971)와 미하일 바흐친(М. Бахтин, 1895 – 1975)이다. 이 두 이론가는 모두 소설에 대한 연구에서 시작하여 문예학과 미학, 인문학의 보편적 방법론으로 학문적 경지를 넓혀 간 인물이다. 그러나 두 인물의 개인사적 엇갈림은 논외로 친다 해도 이론체계와 그 역사적 운명은 매우 '이어적(異語的)'이다. 서로의 학문적 배경과 사용하는 용어, 그 이론을 수용한 지식 집단, 이후 영향을 미친 문학조류 등에 있어 이들은 대립적이라고 할 만큼 서로 다르다. 우리나라에서도 루카치와 바흐친은 적지 않은 영향력을 보여 주었는데, 역시 이와 같은 상이함은 극복되지 못한 채였다. 사실 두 이론가의 이론이 보여 주는 이러한 '이어성'은 각 이론의 전체 체계에 관통하는 것이기 때문에 쉽게 화해시키고 절충시키는 것은 두 이론의 장점을 상실하는 것으로 나아가기 쉽다. 그럼에도 불구하고 소설을 매개로 보여 준 이 두 이론가의 이론적 입지점이 매우 유사하다 못해 거의 동질적이며, 따라서 부분적으로 상이한 이론과 이론화의 상이한 목적에도 불구하고 이 두 이론을 함께 섞어서 읽는 것은 나름대로 그들을 그들의 자리에 서게 하는 일에도 도움이 될 수 있을 것이다.

이런 관점에서 루카치의 초기 저작인 『소설의 이론』(1914/15, Die Theories des Romans)에서 표명되는 기본적인 논지와 핵심 개념, 그리고 1934년 12월부터 1935년 1월 사이에 모스크바 공산당 아카데미 산하 철학연구소에서 발표한 소설에 관한 발제문과 이를 둘러싼 토론 자료, 그리고 바흐친의 「서사시와 장편소설」(Эпос и роман, 1941), 「소설 속의 말」(Слово в романе, 1934 – 35), 「소설 속의 시간과 흐로노또프의 형식들」(Формы времени и хронотопа в романе, 1937 – 38), 『도스또옙스끼 시학의 제문제』(Проблемы поэтики Достоевского, 1929) 등에 나타나는 주요 개념을 비교하면서 '근대소설의 역사철학적 전망'을 살펴보자.

2. 소설과 현실: 총체성과 흐로노또프

소설이라는 장르는 특히 인간 삶의 역사적 발전과 긴장된 연관 속에서 탄생하였다. 소설이 고대로부터 그 맹아를 보여 주었고 그 소설적 맹아가 다양한 시대에 걸쳐 개화하면서 형식적으로나 내용적으로 풍부해졌다는 견해도 있을 수 있고, 근대 이전의 모든 소설적 형식들은 근대소설의 탄생과 무관한 것이라는 견해도 있을 수 있다. 그러나 어느 쪽 견해이든 소설이 근대라는 사회와 그 속에서의 인간의 삶의 문제 등과 긴밀하게 관련된 형식이라는 것을 전제로 한다.

소설이 현실과 긴장된 관계 속에 있다는 말은 단순하게 현실을 재료로 한다는 말은 아니다. 연관 속에 있다는 말이 매우 폭넓은 의미로 받아들여진다면, 정작 주의를 기울여야 할 말은 그 앞에 붙은 '긴장된'이라는 수식어이다. '긴장'은 소설과 현실, 어느 한쪽의 일방적 포섭을 인정할 수 없으며 양자가 일정하게 갈등관계에 있고, 일정한 과정 속에 서로 포함되어 있음을 말해 준다.

서유럽 소설사에서 소설의 탄생은 종종 서사시와의 관계 속에서 고찰된다. 소설이 서사시와 관계 맺는 양상을 다룸에 있어 연구자들은 크게 두 갈래로 갈린다. 소설의 기원을 직접적으로 서사시에서 유래한 것으로 고찰하는 것이 그 하나이고, 서사시와는 다른 고대소설로부터 유래한다고 보는 것이 다른 갈래이다. 소설과 서사시의 혈연관계를 논구하는 문제의식은 바로 소설과 현실의 상호관계에 대한 이해와 직접 관련된다. 이를테면 소설과 서사시의 직접적인 연관이라는 맥락에서 소설론을 전개한 루카치는 서사시가 총체성이 외적으로 주어져 있는 시대의 산물이고 소설은 "삶의 외연적 총체성이 더 이상 구체적으로 주어지지 않고 있고, 또 삶에 있어서의 의미 내재성은 문제가 되고 있지만, 그럼에도 총체성을 지향하고자 하는 시대의 서사시"5)라고 말한다. 이러한 구분의 근거가 되는 것은 서사시가 배경으로 하는 현실은 종족이나 씨족이나 사회 전체의 투쟁을 총체적으로 그릴 수 있었던 시대, 다시 말해 "본질적으로 사회적 분업이 상대적으로 미발달"6)한 시대이고, 소설은 매우 진부하고 옹색해진 일상, "진정으로 생활을 고양시킴 직한 시를 생활 속으로 갖고 들어가려는 모든 시도는 아무런 관계도 없는 이물(異物)로 받아들여지는"(예문, 129) 자본주의적 분업이 이루어진 사회를 배경으로 한다는 것이다. 루카치에 따르면 서사시와 소설이 '행위의 이야기적인 형상화'라는 공통성을 가지고 있지만, 소설의 배경이 되는 것은 부르주아적 현실, 자본주의적 현실로서, 서사시를 창조하기 '나쁜' 것이며, '진정한 행위를 형성'하기에 부적합하다(예문, 130). 근대소설의 역사는 루카치에게 이러한 불리한 조건에 대한 영웅적 투쟁의 역사로 여겨진다. 그리고 그 투쟁의 역사는 배경이 되는 부르주아적 현실, 자본주의적 현실의 지속과 아울러 계속되고 있으며, 완결의 형식을 띨 수가 없다. 따라서 루카치에게는 서사시가 "별이 빛나는 창공을 보고, 갈 수가 있고 또 가야만 하는 길의 지도를 읽을 수 있었던 시대", "영혼의 모든 행위가 하나같이 의미 속에서, 또 의미를 위해서 완결되는" 원환적 성격을

---

5) G. 루카치, 『소설의 이론』, 반성완 역, 심설당, 1985, 70쪽(이 장에서는 본문 안에 (소이, 쪽수)로 표기한다.).
6) G. 루카치, 『소설의 본질과 역사』, 신승엽 역, 예문, 1988, 129쪽(이 장에서는 본문 속에 (예문, 쪽수)로 표기한다.).

띤 시대, 한마디로 "행복했던 시대"(이상 소이, 29 – 30)의 소산으로서 "그 자체로 완결된 삶의 총체성을 형상화하는"(소이, 76) 것으로 여겨지고, 소설은 "형상화하면서 숨겨진 삶의 총체성을 찾아내어 이를 구성"(소이, 76)하는 형식, 다시 말해, "규범적 불완전성과 문제성을 지닌, 역사철학적으로 생겨난 하나의 순수한 형식"으로서 "길은 시작되었는데도 여행은 완결된 것과 같은 형식"(소이, 94)으로 여겨졌던 것이다.

루카치의 소설론은 이처럼 서사시와의 변별적 거리에서 구성되고 있다. 그리고 그 변별적 거리를 가능하게 하는 것은 무엇보다도 현실의 구성원리에 대한 역사철학적 의식이다. 루카치는 철학이란 "언제나 내부와 외부 사이의 균열을 말해 주는 하나의 표지"이며 "자아와 세계가 본질적으로 서로 다르고 영혼과 행위는 서로 일치하지 않음을 말해 주는 표지"이므로 "행복한 시대에는 철학이 없다."(소이, 30)고 말한다. 이런 행복한 시대의 붕괴와 더불어 내부와 외부, 자아와 세계의 다름, 차이가 인식되면서 이 괴리를 극복하고자 하는 의식이 소설이라는 장르를 탄생시킨다. 따라서 현실의 역사철학적 이해는 소설 세계에 내재하는 소설적 주체(작가, 주인공, 세계)가 현실의 어떤 구체적인 세부와 닮아 있는가라는 문제가 아니라, 소설적 주체의 역동적 관계들이 구성되는 '내적 동기'로 작동한다는 것을 의미한다.

루카치와는 달리 바흐친은 소설의 근원을 고대소설의 존재로부터 구한다. 즉, 바흐친에 따르면 서사시는 한 민족의 서사적 과거와 민족적 전통을 다루고, 따라서 서사시에서 다루어지는 세계는 당대 현실로부터 절대적으로 분리된 세계이다.[7] 반면 소설은 다중

언어적 의식과 결부되어 있는 문체상의 삼차원성, 문학 형상의 시간적 좌표에 야기하는 근본적 변화, 또한 모든 미완결 상태의 현재(당대 현실)와의 최대한의 접촉 영역을 확보하고자 함으로써 모든 다른 전통적 장르와 구별된다(서장, 27).

소설의 근원이 되는 고대소설은 서사시와 달리 동시대성을 가장 큰 특징으로 하고 있다. 고대소설은 민족의 과거가 아니라 '지금 현재의 나'와 내 이웃, 민족적 전통이 아니라 개인의 사적인 이야기, 내가 살고 있는 곳에서 벌어지는 이야기를 하고 있다. 바흐친은 고대소설의 여러 유형을 비교하고 중세 소설로 발전해 가는 과정을 추적하면서, 그 장르적 변화의 핵심이 소설 속에 구현되는 '동시대성의 획득방법'에 있다고 파악한다. 다시 말해서 소설 속의 세계가 어떻게 살아 있는 현실과 접촉하는가라는 문제의식, 즉 세계와의 친화성이 소설이라는 장르를 탄생시키는 원동력이 되는 것이다.

바흐친은 동시대 현실을 포착하는 유형을 시간과 공간이 결합되는 유형, 즉 흐로노또프라고 개념화한다. 초보적인 고대소설의 흐로노또프는 완전한 현실의 흐로노또프를 형상화하지는 못한다. 이를테면 여전히 시간에 대한 이해가 추상적이고 모호하며, 시간이 사건과 사람에게 미치는 역할이 매우 미미하다. 한 예로 고대소설에서 애인을 잃고 십여 년을 헤매다가 마침내 갖은 난관 끝에 악마로부터 애인을 돌려받는 동안 시간은 주인공의 심리나 육체에 별다른 흔적도 남기지 못한다. 또한 공간 역시 추상적이며 주인공의

---

7) M. 바흐친, 「서사시와 장편소설」, 『장편소설과 민중언어』, 전승희 외 역, 창작과 비평사, 1988, 29쪽. 이 장에서 이 논문은 본문 속에 (서장, 쪽수)로 표기한다.

의식과 삶에 작용하는 역할이 크지 않다. 그러나 고대소설은 현실 접촉이라는 측면에서 보면 서사시와는 정반대의 지향점을 향해 달리는 시작이다. 소설이 고급 장르로서의 서사시에 존재하는 "서사시적 거리를 파괴하고 멀리 떨어져 있는 차원에서 현재의(그리고 결국 미래의) 미완결적 사건들과의 접촉 영역으로 개인의 형상을 전이시키는 것은 소설 속의(그리고 전체 문학 속의) 개인의 형상을 근본적으로 재구조화하는 결과를 낳은"(서장, 56) 것이다. 고대소설의 흐로노또프는 중세 기사소설, 악한소설 등의 흐로노또프를 거쳐 비로소 근대소설의 흐로노또프, 현실 접촉의 가장 원숙한 형식에 다다를 수 있게 된다.

바흐친과 루카치의 소설론에서 소설의 발생을 설명하는 방식은 서로 충돌하고 있으며 이어적이다. 흔히 오해되듯이 '이룩된 총체성'을 강요하는 '총체성주의자'라는 비판은 적어도 『소설의 이론』의 저자로서의 루카치에게는 초점을 빗나간 비판이며, '찾아가야 하는 총체성', '모색해야 하는 총체성'에 대한 진지한 독서를 포기한 결과이다. 루카치가 말하는 총체성은 분열된 현실에 대한 주관적 총체성의 지향일 뿐이며, 그러한 지향은 아이러니에 머물 뿐이다. 그것은 바흐친이 보고자 하는 현실 접촉의 극대화로서의 흐로노또프의 내용적 정점을 지칭하는 것으로서, 오히려 바흐친이 민속적 총체성이라는 말로 에둘러 가는 지점을 명확하게 해 주고 있다고 볼 수 있다. 반면에 루카치가 30년대에 주관적 총체성을 현실의 객관적 총체성으로 대체해 가는 과정, 다시 말해 이미 현실이 '사회주의적으로 완결되어 있다'는 테제를 수용해 가는 과정에서 보이듯이, 부단히 서사시적 총체성에 대한 동경을 가지고 있다는 약점을 지니고 있지만, 바흐친은 흐로노또프의 내용적 정점을 다원성, 대화성으로 포괄하고 있다는 점에서 보다 탄력적인 현대성을 보여 주고 있는 것은 사실이다. 그러나 소설을 인간의 삶 자체의 역사성과 총체성에 대한 역사철학적 문제설정에서 발원하는 형식으로 보는 큰 틀에서 이들의 개념은 여전히 동질성을 보여 준다. 특히 인류의 근대적 현실에 대한 고뇌 어린 대응이라는 커다란 틀에서 소설과 현실의 연관을 읽으려는 관점과 태도는 소설 속에서 현실의 등가물을 찾고자 하는 속류 사회학주의적 방법이나, 소설을 폐쇄된 자체의 언어구조로 보고자 하는 범형식주의적 경향들, 혹은 작가의 이데올로기적 담론체계라든가, 혹은 작가를 완전히 배제한 채 독자의 텍스트로 전환시키는 등의 방법론적 태도와는 분명히 차원을 달리하고 있다. 또한 소설과 현실의 대응관계를 기계적으로 이해하여 특정 시대의 특정 작품을 필연적이고도 유일한 연관으로 관계 맺고자 하는 태도와도 사뭇 그 경계를 달리하고 있는 것이다.

3. 인식과 창조: 아이러니와 다성악

소설과 현실의 이러한 폭넓은 연관성을 인정하게 되면, '그렇다면 도대체 현실은 소설 속에서 어떻게 형상화되는가'라는 구체적인 문제가 제기된다. 소설은 작가가 공상에 의해 꾸며 낸 이야기라고 하기에는 너무나 '현실적'이며 실제 있었던 사건에 대한 기록이라고 하기에는 너무나 '소설적'이기 때문이다.

소설이 '작가'에 의해 쓰인다는 것은 지당한 사실이다. 작가는 현실로부터 소재를 구하고 자신의 이념과 예술 법칙에 따라 가공한다. 여기서 문제가 되는 것은 현실과 작가, 작품이 맺는 관계에 대한 올바른 이해이다. 앞서 말한 바와 같이 현실은 작가 없이 작품에 들어오지 못하며, 작가는 현실에 대한 이해 없이 작품을 구상하거나 쓰지 못한다. 그러나 현실과 작가, 작품이 이렇게 긴밀하게 서로 맞물려 있는 상호작용 속에 있다는 것은 문제의 출발점일 뿐이다. 문예학에서 문제적인 것은 이러한 상호작용이 '어떻게' 이루어지고 있는가이며, 그 상호작용의 이론화가 얼마나 가능한가이다. 도대체 현실이란 어떻게 생겨 먹은 것이며, 작가는 제멋대로가 아니라 객관적으로, 있는 그대로 현실을 인식할 수 있는가, 그리고 또 소설 작품 속에 그것을 어떻게 잘 담아낼 수 있는가?

　　루카치는 서사시가 태어나고 서사시가 쓰일 수 있었던 시대를, 앞서 지적한 바와 같이 총체성의 시대라고 말한다. 소설은 바로 이 선험적 고향과 같은 총체성의 상태로부터 인류가 버림을 받으면서 생겨나는 형식이다. 소설이 근거하는 현실로부터 "질적으로 완전히 새로운 바탕 위에 다시 서게 된 하나의 삶의 관점, 즉 부분의 상대적인 독자성과 전체와의 관련성이 풀 수 없을 정도로 서로 뒤얽힌 관점이 생겨나게 된다. (……) 총체성과의 관계도 가능한 한, 유기체적인 것에 가까워지는 관계지만, 그러나 그것은 순수하게 생겨나는 유기체적 관계가 아니라 언제나 지양을 되풀이하면서 생겨나는 개념적 관계인 것이다."(소이, 97) 즉, 현실 삶의 이질적이고 비유기체적인 상태를 의사(擬似) 유기체적으로 표현하는 구조가 바로 소설 형식이 되는데, 그렇게 때문에 "소설의 각 부분들은 전체적 구조를 파괴하지 않기 위해서는 자체의 단순한 현존재를 초월하는 수단을 통해서 전체적 구조 속에 편입되지 않으면 안 되는 것이다."(소이, 97) 그러나 이렇게 구성되는 총체성은 서사시가 근거하는 바와 같은 객관적 총체성이 아니라 주관성에 의해 균형 지어진 주관적 총체성이다. 따라서 소설의 총체성이란 서사시와 같이 존재하는 현실의 총체성이 이전되어 온 것이 아니라 추구된, 모색된 총체성이 될 뿐이다. 소설적 형식이 유동적인 균형 상태에 있으면서, "소설은 상태로 변하고 아울러 변화의 규범적인 존재로 변하면서 스스로를 지양하게 되는"(소이, 94), "파괴되면서 형상화되는 위험"(소이, 95)에 처한 존재이다. 그러나

> 이러한 위험은 피할 수가 없고 단지 내부로부터 극복될 수 있을 따름인데, 왜냐하면 이러한 주관성은, 만약 그것이 표현되지 않고 있거나 아니면 객관성을 향한 의지로 변해 버릴 경우에는 제거되지 않기 때문이다. 즉 이러한 침묵과 의지는 분명히 의식된 주관성이 명백히 드러날 때보다도 더 주관적이 되고 그렇기 때문에 헤겔적 용어를 빌리자면 더 추상적이 되는 것이다(소이, 95).

이처럼 소설에서 구현되는 총체성은 주관성을 피할 수 없을 뿐만 아니라 그것을 필연적인 숙명으로 안고 갈 수밖에 없다. 작가가 주관성을 피하려는 침묵이나 객관성을 지향하는 의지를 보일 때 그것은 더욱 주관적이 되고 더욱 추상적이 되고 만다. 이 어쩔 수 없는 딜레마에 처한 소설은 소설 내부로부터 그것을 극복하고자 할 뿐인데, 그러나 그 극복은 완전히 이루어지는 것이 아니라 아이러니의 상태에 도달할 수 있을 뿐이다. 루카치는,

아이러니는 규범적이고 창조적인 주체가 두 개의 주관성으로 분리되는 것을 의미한다. 그중 한 주관성은 내면성으로서 낯선 힘들의 복합체와 대항해서 낯선 세계에 자신의 동경의 내용을 새겨 넣으려고 노력한다. 또 다른 하나의 주관성은, 서로 낯선 주체와 객체 세계가 갖는 추상성과 한계를 투시해서는 이를 이들 세계가 존재하기 위한 필연적인 조건으로 파악되는 한계 속에서 이해하고 또 이러한 투시를 통해서 세계의 이원성을 그대로 존속시키지만, 그러나 동시에 본질적으로 서로 다른 요소들의 상호 얽힘 속에서 하나의 통일된 세계를 발견하고 형상화하려고 한다. 그러나 이러한 통일은 순전히 형식적인 통일에 지나지 않는다. 내면세계와 외면세계 사이의 상호 이질감과 적대적 성격은 지양되지 않고 단지 필연적인 것으로 인식될 뿐이다(소이, 95–96).

고 말한다. 이를 다소 도식적으로 이해해 본다면 이렇다. 작가는 복잡하고 다기한 현실 세계에 직면하여 자신의 주관적 입장을 억제하고 가능한 한 객관적으로 세계를 보려고 노력한다. 그러나 세계는 이미 낯선 힘들의 복합체이고 상호 이질감과 적대적 성격을 지닌 요소들로 가득하다. 이때 작가가 이러한 복합적 현실 세계의 요소들이 서로 상관관계를 맺고 있는 하나의 통일된 세계상을 그려 내고자 노력하지만 그것은 작가의 숨겨진 주관적 열망과 의지의 개입에 의해서 가능할 뿐이다. 여기서 작가의 주관성은 양면적으로 작용한다. 가능한 한 객관적으로 보고자(주관성을 배제하고자) 하는 주관성과 이를 위해서는 불가피한 주관성이 바로 그것이다. 이러한 상황에서 작품에 표현된 세계, 소설 세계는 작가의 주관성에 의해 추구된 총체성의 세계, 의사 유기체적 세계, "일종의 윤무와 같은 원환"(소이, 96)의 세계가 될 수 있지만, 그 세계 속에는 결코 융합되지 않는 요소들, 잠정적으로 작가의 주관성에 의해 융합된 것처럼 보이는 요소들이 존재함으로써, 주관적 총체성을 위협하는 요소들이 불가피하게 존재한다. 바로 이러한 상황이 소설 세계가 보여 줄 수 있는 내용적 정점일 수밖에 없고 이를 루카치는 아이러니라고 부른다.

루카치가 말하는 소설 세계의 아이러니는 소설 형식의 역사적 운명과 관련된 개념이다. 아울러 이 개념은 소설 작가가 소설 형식을 빌려 세계를 인식하고 평가하며 소설 형식을 통해 새로운 세계를 창조하는 과정을 설명해 주고 있다. 또한 이것은 소설 세계에 현실 세계와 작가의 주관성이 어떻게 어울려야 하는가에 대한 규범적인 의의도 지니는 말이다. 결국 소설이란 현실의 복제가 아니며, 그럴 수도, 그럴 필요도 없으며, 현실의 반영이되 작가의 창조적 반영이고, 그래야 되고, 그럴 수밖에 없다는 말로 이해될 수 있는 것이다.[8]

소설 세계를 바라보는 루카치의 이러한 문제의식은 바흐친의 다성악적 소설 개념이 의도하는 내용적 함의와 매우 동질적이다. 바흐친이 소설의 근대적 형식에 도달하기까지 그 근본적 동력을 '당대 현재와의 접촉의 극대화'로 보았다는 점은 앞서 언급하였다. 바흐친에게 현재는 "일시적이며 유동적이고, 시작도 끝도 없는 영원한 연속이었다. 그리고 그것은 진정한 완결성을 부정하며, 그래서 또한 본질을 결여하고 있다."(서장, 37)

---

8) 물론 여기서의 루카치는 『소설의 이론』의 저자로서의 루카치를 말한다. 1930년대에 들어서면 이러한 탄력적이고 유보적인 입장은 보다 완고한 모습으로 변모한다. 현실 자체가 특정한 구성형태를 띠고 있다는 신념(사적 유물론에 입각한 세계관)을 수용하면서 주체, 즉 작가의 주관성에 대한 문제는 현실로부터 유래하는 보다 과학적인 현실 인식방법으로서의 리얼리즘 예술방법에 자리를 내주게 되는 것이다. 특히 「부르주아 서사시로서의 장편소설」(『소설의 본질과 역사』에 실려 있음)을 참조.

총체로서의 현재는(물론 현재는 결코 총체가 아니지만) 본질적으로 그리고 원칙적으로 미완결 상태다. 바로 자신의 본질상 현재는 연속을 요구하고 미래로 나아가며, 더 적극적으로 그리고 의식적으로 미래로 나아가면 나아갈수록 그것의 미완결성은 더욱 확실하고 필수 불가결한 것이 된다. 따라서 세계는 개개의 부분들로서뿐만 아니라 하나의 전체로서도 완결성을 상실한다. 세계의 시간적인 모형은 근본적으로 변화하며, 태초의 말도 없고 (즉 이데아적인 말이 없고) 마지막 말도 아직 발설되지 않은 한 세계가 된다. 예술 이념의 의식에 있어서 최초로 시간과 세계가 역사적인 것으로 된다(서장, 49).

바흐친에 따르면 서사시를 비롯한 고급 장르에서는 이처럼 살아 있는 현재가 아니라 죽은 과거, 접촉의 거리를 벗어난 절대적 거리 속에 있는 죽은 자들이 다루어지고 있고, '저급한 현재', '시작도 끝도 없는 삶'은 단지 저급 장르들에서만 재현의 대상이 되었다. 따라서 민속적인 저급 장르들이 소설의 탄생과 관련해서 바흐친의 주요한 관심사가 되는 것이다. 저급 장르들에서 동시대의 현실을 주제로 하고 동시대 현실의 기존 위계질서적(거리를 두는 가치론적) 거리를 파괴하고 그 현실을 들여다보고 뜯어보고 의심하고 분해하고 폭로하고 조사하고 실험하면서 끊임없이 그 현실 세계에 "리얼리스틱하게 접근"(서장, 41)하고자 하는 노력들은 근대소설 장르를 탄생시키는 뿌리가 된다.

바흐친은 사회적 삶에 실재하는 다양한 언어(문체)는 각각 독백적이라고 본다. 즉 농민의 언어, 귀족의 언어, 기도의 언어, 정치적 언어 등등 어떤 사회집단의 언어나 어법적 장르의 언어 등은 각각 자신의 가치지평을 지니고 있으며 이데올로기적으로 충만해 있다는 것이다. 이러한 독백적 언어는 자신의 대상에 대하여 단일한 의미를 부여하고자 노력하며, 자신의 세계관을 논리적으로 끝까지 밀고 나가면서 자신을 유일하게 가능한 세계관으로 느끼게 된다. 이로 인해 독백적 세계관은 현실에 대한 다른 가능한 접근방식들을 원칙적으로 무시하거나 혹은 권위를 동원해서라도 거부하게 된다. 순수한 형태의 독백적 언어는 남의 견해에 대해 신중한 태도를 취하는 것을 모를 뿐만 아니라 어떤 자기비판도, 그리고 자신의 인식적 불완전성, 제한성, 역사적 존재로서의 시간적 제한성 등을 고려하지 못한다. 바흐친에 따르면 고대로부터 고전주의 시대에까지 대부분의 고급 문학이 이러한 독백적 언어에 기초해 있다. 이러한 독백적 언어에 근거한 문학은 항상 현실 삶과의 일정한 거리를 지니고 있을 뿐이다. 그러나 바흐친이 주목하는 민속적 저급 장르에서의 웃음의 역할과 기능, 소크라테스의 대화들, 메니푸스적 풍자 등에서는 항상 살아 있는 실재의 무한히 풍부한 삶과 접촉하며, 상호조명과 상호비판의 토대를 갖추고 있다. 이러한 풍부한 민속적 전통은 전(前) 소설적 단초이며, "유럽 문명사에 나타난 아주 특수한 균열 – 사회적으로 고립되고 문화적으로 서로 무관심한 반(半)가부장적 사회로부터 벗어나 국가들과 언어들 상호간의 접촉과 관계로의 진입 – 에 의해"(서장, 27) 전개된 '언어적 이데올로기들의 원칙적인 탈중심화의 시대, 다언어적 세계'에 대한 예술적 표현으로서 소설이라는 장르를 탄생시키게 된다. 소설은 수많은 독백적 언어들이 "상호 몰이해의 극단을 지향하는"[9] 대화적 대립 – 비완결적이며 출구가 없는 – 을 이루고 있는 장르인 것이다. 다시 말해 소설이 탄생하게 되는 '현재'는 중세 유럽사회의 팽창과 균열, 그리고 다언어성과 다문화성을 특징으로 하며 이러한 현재에 대응하여 소설은

9) M. 바흐친, 『장편소설과 민중언어』, 위의 책. 178쪽.

다양한 민속적 흐로노또프의 형식을 실험하고 언어적 다양성을 작품에 도입함으로써 현실을 재현하는 근대적 소설 형식으로 발전해온 것이다.[10][11]

물론 바흐친 역시 루카치와 마찬가지로 소설 속에 그려진 세계에 불가피하게 작가의 주관성이 개입될 수밖에 없음을 인정한다. '그 어떤 독백적 지배도 배제하고, 어떤 시각도, 삶이나 사상의 어떤 극도 절대화시키지 않는 작가'로서의 주관성은 자신의 불완전성 속에서 상대적인 삶과 사상, 세계의 진리들을 가능한 한 더 많이 밝혀내고 자기 자신은 그들 사이의 자유로운 공간과 같은 곳에 남아 있는 그런 주관성이다. 그는 원하는 모든 사람들에게 발언권을 부여하고 그들과 같은 권리로 자기 자신의 '진리'에 대해 선언하고 주장할 수도 있다. 작가가 자신의 주인공들을 인식의 대상이나 표현의 대상으로서가 아니라 반대로 '상호 몰이해하는' 동등한 권리

---

10) 특히 이러한 연구에서 중요하고도 특징적인 것은, 언어에 대한 바흐친의 관심이다. 그는 소설적 재현에 있어 가장 필수적이고 불가피한 것은 언어이며, 사회적 발화유형의 다양성 그 자체가 소설이라고까지 규정한다. 언어, 특히 발화에 살아 있는 현재의 풍부함이 그대로 들어 있다는 것이다. 이러한 상이한 언어들을 다양하게 반영하고 이들의 다양한 연결 및 상호작용의 존재를 허용하는 것이 소설의 발전 지표가 된다. 이 지표는 다양한 언어를 작품에 도입하는 문체론에 의해 분류될 수 있다. 여기서 바흐친의 새로운 문체론적 접근이 탄생한다. 「소설 속의 말」, 「소설 속의 시간과 흐로노또프의 형식」(『장편소설과 민중언어』에 게재) 등을 참조. 특히 바흐친의 언어철학은 『마르크스주의와 언어철학』(M. 바흐찐/V. 볼로쉬노프, 한겨레, 1998)에 체계화되어 있다.

11) 꼬시꼬프는 바흐친의 소설론에서 문화의식의 상대화, 적극적 다언어성의 실현 등을 근대의 주요한 면모로 보는 점을 수긍하면서도, "순수한 '독백'을 순수한 '대화'에 대립시키면서 구성된 바흐친의 모델은 장르로서의 소설을 말하고 있지 않다. 심지어 근대의 모든 문학의 보편적 징표를 말하는 것은 더욱 아니다. 그것은 고대로부터 현대에 이르기까지 매우 다양한 시대의 사회적 담화가 집약될 수 있는 논리적 극단일 뿐"이라고 평가한다. 즉 "근대 유럽 문학의 문제의식은 결코 소설적 유형의 갈등으로 해소되지 않는다는 점, (······) 근대의 상황이 하나의 갈등이 아니라 일련의, 이제까지 알려지지 않은 갈등들의 출현으로 이어지고 있으며 (······) 이러한 새로운 갈등들이 새로운 장르 유형의 탄생을 가능하게 하고 이를 해명하고 서술하는 것이 필요하다."는 것이다(Г.К. Косиков, "К теории романа (Роман средневековый и роман Нового времени)", Российский лите-ратуроведческий жунал, 1993, No. 1, c. 21, 42.).

를 가진 상대로 인식하는 한 "소설에는 단일한 언어와 문체가 없다.", "작가는 언어의 제 측면들의 상호 교차하는 조직적 중심에 위치하고 있다."[12]고 말할 수 있는 것이다.

바흐친은 이 같은 대화적 단초가 극명하게 드러나는 것으로 유럽의 카니발 문화에 주목한다. 카니발 문화는 인류 문화, 민중 문화의 진정한 정신을 표현하는 것이고, 그 정신이 소설의 장르적 발전을 지속시켜 온 동력이라는 것이다. 그는 카니발적 세계관을 다음과 같이 설명한다.

> 카니발이란 무대의 조명도 없고, 연기자나 관객의 구분도 없는 구경거리를 말한다. 카니발에서는 모두가 적극적인 참가자이며, 모두가 카니발 행위에 관여한다. 카니발은 관조하는 것도 아니요 엄격히 말해서 공연하는 것도 아니다. 카니발은 그 속에서 사는 것이며, 카니발 법칙이 발효하는 한 그 법칙에 따라 사는 것으로서 다시 말해 카니발적 삶을 사는 것이다. 카니발적 삶이란 통상적인 궤도에서 벗어난 삶이며, 어느 한도에서는 '뒤집힌 삶', '거꾸로 된 세상'이다.[13]

이러한 카니발의 정신은 근대적 현실에서 점점 사멸되어 갔지만 문학의 카니발화를 통해 살아남게 되며, 바로 이러한 카니발적 정신의 계승의 정점에서, 대화적 소설의 발전의 정점에서 다성악 소설이 태어나게 된다. 다시 말해 작품 속에서 전일적으로 하나의 이념적 입장이 관철되는 것이 독백적 소설이라면, 대화적 소설에서는 작가 역시 예술적 형상화 체계에서 일정하게 제한된 기능과 역할을 수행하면서 작품에 수용되는 다양한 세계들이 자신의 목소리를

---

12) М. Бахтин, Вопросы литературы и эстетики. М., 1975, c. 415.

13) М. 바흐찐, 『도스또예프스끼 시학』, 김근식 역, 정음사, 1988, 181쪽.

충분하고도 완전히 낼 수 있게 하는 구조를 창조해 내는 것이다. 그것은 작품에 수용되는 세계가 설사 작가의 이념체계에 순응하지 않고 대립적이며 적대적인 경우일지라도 작가는 카니발에 참가한 한 사람으로서의 역할과 기능을 수행하게 되는 구조이다.

그러나 이 다성악 소설 세계에서 작가와 주인공들의 목소리가 상대주의적으로 병립해 있다는 사실을 지적하는 것만으로는 바흐친의 다성악 소설 개념을 모두 이해했다고 말할 수는 없다. 바흐친이 고대소설과 중세의 소설, 프랑수와 라블레의 카니발화된 세계, 그리고 도스토옙스키의 다성악 소설 개념을 전개할 수밖에 없는 필연적인 근거는 바로 바흐친이 인식하고 있는 '현실의 구조'라는 것, 그리고 소설 세계는 부단히 이 현실에 대한 '극대화된 접촉을 기도하는 형식'이라는 것을 환기해야 한다. 따라서 다성악 소설에서 단순히 여러 이념적 요소들이 병렬적으로 나열되어 있다는 것은 현실에 대한 극대화된 접촉을 의미하는 것이 아니라 현실에 대한 허무주의적, 상대주의적 접촉을 의미할 뿐이다. 그것은 "다성악 소설의 미궁 속으로 들어가서 그 속에서 길을 발견할 수 없었고 개별적인 목소리들 뒤에서 전체를 듣지 못하는 것"14)과도 같다. 그러나 바흐친은 이 다성악적 세계의 '통일성'에 대한 지속적인 추구를 전적으로 포기하기 위해 이 개념을 사용한 것이 아니다. 그가 보기에 다성악 소설이 대상으로 하는 세계는, "최종적인 일은 이 세계에서 아직 한 번도 일어나지 않았으며, 세계에 대한 최후의, 그리고 세계의 최후의 말은 여태껏 발설된 적이 없었고, 세계는 열려 있으며 자유롭고, 아직 모든 것은 앞에 있으며 영원히 앞에 있을"15) 세계이다. 그리

---

14) 위의 책, 67쪽.

고 특히 카니발화된 다성악 소설은 "발전도상에 있는 자본주의의 제 관계를 예술적으로 이해하는 데 있어서 놀랄 정도로 효과적"[16]인 것이라는 지적은 바흐친이 예술 세계 속에 구현하고자 하는 다성악적 세계의 '통일성'에 대한 암시가 되고도 남는다.

바흐친이 소설 장르가 발전할 수 있는 동력을 현실의 획득에서 찾고 있으며, 현실을 획득함에 있어 어떤 기존의 이념이나 주관성도 배제한, 현실의 반영을 추구하고 있음은 분명하다. 물론 이 반영은 균열된 세계의 조각들의 나열일 수 없고, 작가의 독백적 세계관의 전일적 지배하에 구성되는 것이어서도 안 된다. 그러나 미완결의 과정으로서의 현실을 작가가 작품에 형상화하기 위해서는 자신의 주관성을 피할 수도 없다. 그리하여 작가는 스스로의 이념적 목소리를 분명하게 나타내면서도 불가피하게 자신을 부정하고, 자신에 대립하는 많은 이념적 목소리에 자리를 내주게 된다. 이러한 구조에서 대립적이고 적대적인 많은 현실의 주체(언어)들이 대화적 관계로서, 즉 서로가 서로에게 완전하고도 지배적인 지위를 차지하지 못하면서 서로서로의 이념적 시야의 '경계'에서 충돌하고 논쟁을 하게 된다. 이러한 과정을 통해 소설 세계는 결코 작가의 최종적인 말(주관성)에 의해 종결지어지지 않고, 대화적 개방성을 획득하게 되며, 이 소설 세계는 미완결의 현실을 탐구하고 인식하고 새롭게 창조하는 최고의 근대적 예술 형식이 되는 것이다.

루카치가 소설 세계의 최고의 완성을 아이러니의 상태로 보았고, 바흐친이 카니발화된 다성악의 상태로 보았다는 것은 서로의 개념

---

15) 위의 책, 242쪽.
16) 위의 책, 244쪽.

화 용어가 다를 뿐, 작가의 주관성을 지양하면서 - 그러나 불가피하게 작가의 주관성을 통해 - 세계가 예술작품 속에 드러나는 예술적 정점에 대한 지적이다. 예술작품에서 작가의 주관성에 대한 절대적 배제나 혹은 작가의 주관성의 전일적 지배를 통한 형상화라는 방법에 대해서는 두 이론가 모두 부정적으로 보고 있다. 결국 예술작품은 과학 일반의 지식 산출과는 달리, 철저하고도 불가피하게 작가의 주관성을 경유할 수밖에 없는데, 그 과정은 작가의 주관성의 강화과정이 아니라 스스로의 지양의 과정인 것이다. 이와 같은 주관성의 수용과 그 지양이라는 과정은 예술 창작의 특수하고도 고유한 과정이며, 창조로서의 예술의 본질적 의미와 관련되어 있다.

4. '리얼리즘의 승리'와 '허가된 잔치', 그 주체

엥겔스는 마가렛 하크네스에게 보내는 그 유명한 편지에서 발자크의 작품을 예로 들며, "작가의 견해가 숨겨져 있을수록 예술작품을 위해서는 더욱 좋습니다. 내가 지금 말하고 있는 리얼리즘은 작가의 견해들로부터 독립적일 수조차 있을 수 있는 것입니다."라고 충고한다. 나아가 "발자크가 그처럼 자기 자신의 계급적 공감들과 정치적 편견들에 반해서 나아갈 수밖에 없었다는 점에서, 그가 자신이 사랑하는 귀족계급의 몰락의 필연성을 보았으며, 그들을 더 나은 운명을 맞이하지 못할 사람들로 그렸다는 점에서, 그리고 그가 미래의 진정한 사람들을 그 당시에는 유일하게 그들을 찾을 수 있었던 바로 그곳에서 그들을 보았다는 점에서, 바로 이 점에서 나는 리얼리즘의 가장 위대한 승리 중의 하나를, 그리고 노(老)발자크의 가장 위대한 특징들 중의 하나를 보고 있는 것입니다."[17]라고 리얼리즘 승리론을 전개하고 있다.

엥겔스의 이러한 진술은 후대의 계승자들 사이에서 '세계관에도 불구하고 좋은 작품이 나올 수 있는가', '세계관 덕분에 좋은 작품이 나오는가'라는 논쟁을 낳게 된다. 이에 대해서는 세계관과 방법을 논하는 자리에서 상세하게 논할 것이지만 우선 엥겔스의 리얼리즘론은 당시 상황의 문맥에서 읽어야 한다는 점을 지적하고 싶다. 즉 무조건적으로 일반화된 이론으로 읽어서는 엉뚱한 결론이 나올 수도 있기 때문에 당시의 경향주의적 작품들에 대한 경고로서 쓰였다는 점을 고려해야만 하는 것이다. 이 점을 염두에 둘 때, 우리는 엥겔스가 현실을 인식하고 창조적으로 표현하는 작가의 주관성 자체를 부정한다는 결론을 내릴 수는 없다. 물론 엥겔스가 발자크의 작품에서 사회경제학이나 역사학에서보다 더 많고 구체적인 현실을 읽어 낼 수 있었다고 말하고 현실의 발전과정을 객관적으로 그렸다는 점을 리얼리즘 승리의 요소로 지적함으로써 문학예술의 인식적 가치를 높이 평가하고 있는 것은 사실이다. 리얼리즘의 승리를 진정으로 가능하게 한 것은 바로 작가의 주관성(주관적 이데올로기)의 개입과도 긴밀하게 연관되어 있다는 것을 미처 충분히 강조하지 않고 있는 것이다. 이러한 강조의 부재를 문학예술이 하나의 창조라는 것, 다시 말해 작가의 주관성의 개입을 통해 드러나는 시학적 창조의 세계라는 예술 고유의 법칙을 부정하는 것으로 읽어서는 곤란하다.

---

17) 만프레트 클림 엮음, 『맑스·엥겔스 문학예술론1』, 조만영·정재경 역, 돌베개, 1990, 165쪽.

소설 세계에 '있는 그대로의 현실이 드러나야 하고, 있는 그대로의 현실은 총체적이며, 본질과 현상의 변증법적 통일 속에 존재한다.'는 것은 우리의 독백적 희망에 불과하다. 때로 그 희망은 현실의 복잡함을 일직선적으로 배열하고, 예술작품에서 필요한 몇 가지 요소들을 선택적으로 읽어 냄으로써 자신을 정당화하고자 한다. 사실 그러한 희망은 현실 자체에서(예술 세계에서가 아니라) 실천적으로 작동하면서 다차원의 경험을 통해 현실의 진리에 다가가야 하는 것이다. 총체성의 세계를 향한 변화는 "결코 예술에 의해서 이루어질 수는 없을 것이다. 위대한 서사시란 역사적 순간과 결부된 형식이므로 유토피아적인 것을 존재하는 것으로 형상화하려는 일체의 시도는 단지 형식만을 파괴할 뿐 결코 현실을 창조하지 못한다."(소이, 205)는 루카치의 목소리는 시대적 우울을 담고 있지만 예술적 진리를 또렷하게 들려 주고 있다.

현실이 서사시의 시대처럼 주어져 있을 때, 서사 시인과 마찬가지로 작가는 반드시 실명을 가질 이유가 없다. 이미 작가 자신이 세상의 유기적인 한 부분이고, 그로부터 산출되는 서사시는 잉여 없는 현실 그 자체이리라는 것은 루카치와 바흐친의 논의 체계에서 충분히 이해되고도 남음이 있다. 문제는 자명한 것으로서의 총체적 현실이 주어져 있지 아니할 때이다. 이 경우 작가는 특정한 계급과 환경의 산물이면서 고유한 개인(실명을 가진)으로서 사회에 대한 인간적 잉여(거리)를 가지고 있기 때문에, 그가 산출하는 소설 세계는 그 인간적 잉여에 의해 문제적이 된다. 루카치와 바흐친이 소설을 그 어떤 장르보다 새롭고 주도적인 장르로서 근대적 현실에 대한 역사철학적 조망과 연관시켜 보고자 했던 것은 소설 세계가 작가라는 근대적인 인격체를 통해 현실에 대해 부단히 이 인간적 잉여의 문제를 제기하고 있다는 점 때문이다. 작품 속에 나타난 작가의 인간적 잉여는 루카치가 말하는 바와 같이 아이러니의 상태를 산출하는 기능을 하고, 혹은 바흐친이 말하는 바와 같이 다성악의 세계를 창출하기도 한다. 아이러니 상태이든 다성악이든 그 세계는 현실 세계 자체는 아닌 것이며, 분명히 현실 세계에 대한 극대화된 접촉의 형식이되 작가의 주관성에 의한 창조의 산물인 것이다.

아이러니의 상태와 다성악 소설 세계가 역사적으로 그 양상을 달리하며 나타나는 것은 물론이다. 루카치는 "세계가 신으로부터 버림받고 있다는 사실은, 영혼과 작품, 내면성과 모험이 서로 일치하지 않고 있으며 또 모든 인간적 노력에 선험적 좌표가 부여되고 있지 않다는 점에서 여실히 드러나고 있다."고 말하고, "이러한 불일치성은 크게 보아 두 가지의 유형으로 나타나는데, 즉 영혼은 그 자신의 행동이 펼쳐지는 무대와 토대로서의 외부세계보다 좁은 유형으로 나타나기도 하고 넓은 유형으로 나타나기도 하는 것이다."(소이, 123)라고 전제하면서 소설 세계의 아이러니의 유형학을 시도한다.

그에 따르면, 『돈키호테』와 같은 소설에서 첫 번째 유형에 속한다. 그것은 "바야흐로 기독교적 신이 세계를 떠나려고 했던 시대의 문턱"(소이 133)에서 태어나게 되었다. 세계를 떠받쳐 주던 종교적 믿음과 확고한 안정이 무너지고 세상에서의 삶은 보다 넓어지고 속화되어 버렸다. 이러한 역사철학적 상황에서 "마성적으로 좁혀진 영혼은 '삶'이라는 복합체에 대한 일체의 관계나 아니면 진정한 이념의 세계에 직접적으로 뿌리를 내리고 있던 관계를 포기하지 않으면 안 된다."(소이, 136) 그러나 여기에서 '돈키호테'는 자신의 좁아진 영혼을 실현하기 위해 영웅적 투쟁에 나서지만 그의 시도는 아이러니한 상황에 처하게 될 뿐이다. 이러한 유형의 소설을 추상적 이상주의의 대표적 유형으로 루카치는 고찰하였다. 이에 반해 19세기에 들어서 영혼이 삶의 운명보다 더 넓고 더 크기 때문에 일어나는 불일치성은 환멸의 낭만주의 유형의 소설을 낳는다. 환멸의 낭만주의 소설에서는 추상적 이상주의 소설에서처럼, 행동 속에서 스스로를 실현하려고 외부세계와 갈등을 일으키는 상황이 문제가 되는 것이 아니라, "크든 작든 간에 그 자체 속에서 어느 정도 완결되고 내용적으로는 충만한 순전히 내면적인 현실이 문제가 되고 있다."(소이, 146) "그리고 이 경우의 내면적 현실은, 외부적 현실과 경쟁을 하게 되고, 또 자발적인 자기 신뢰 속에서 자기 자신을 단 하나의 진정한 현실, 즉 세계의 본질이라고 간주함으로써 매우 풍부한 자신의 독자적인 삶을 갖게 된다. 따라서 내적 현실과 외적 현실 사이의 동일성을 실현하려는 삶의 시도가 실패로 끝난다는 것이 이러한 소설 유형이 다루는 대상이 되고 있다."(소이, 146 - 147) 이러한 불일치성을 극복하고 동일성을 획득하려는 종합적 시도가 괴테의 『빌헬름 마이스터의 수업시대』에서 이루어진다. 그러나 체험된 이상을(선험적 이상이 아니라) 길잡이로 해서 삶을 영위하는 문제적 개인이 구체적 사회적 현실과 화해를 시도하지만 이러한 화해는 타협이라든가 아니면 처음부터 존재하는 조화가 되어서도 안 되고 될 수도 없다. 교양소설 장르에 지속되고 있는 이러한 시도는 체념적 고독에 머무를 수밖에 없는데, 이 체념적 고독은 "현재의 세계 상황에 대한 반항이나 긍정이 아니라 단지 양쪽 모두에 공정하려고 노력하면서 세계 상황을 이해하고 체험하려는 태도이다. 다시 말해 그것은 이 세상에서 자신을 실현시킬 수 없는 원인을 세계의 비본질적 성격에서뿐만 아니라 영혼의 내적 취약성에서 찾으려는 태도이다."(소이, 182) 루카치는 또 톨스토이 소설에서 삶의 사회적 형식을 넘어서려는 시도를 읽어 내고자 한다. 이러한 시도는 서사시로 나아가려는 강한 초월적 성격을 지니게 되는데 현실의 삶의 사회적 성격을 넘어서면서 동시에 현실의 삶 속에서 새로운 삶을 건설해 내고자 하는 지향과 열망에 의해 태어난다. 그러나 이러한 시도 역시 삶 자체에 대항해서 관념적, 논쟁적 태도 이외의 대항 방법을 가질 수가 없다. 삶의 사회적 형식을 넘어서려는 이러한 경향은 단지 형식을 파괴하고 있으면서 이 형식 대신에 보다 더 확실하고 보다 본질적인 삶을 대체시키지도 않는다. 유형적으로는 소설의 발전이 기본적으로 환멸소설의 유형을 벗어나지 못하게 되는 것이다. 따라서 루카치에게 있어 삶의 불일치성을 극복하려는 시도는 소설의 범주로서는 도저히 접근할 수 없기 때문에 또 하나의 새로운 예술적 형식, 즉 '새로이 생겨나야 할 서사시'가 필요하게 된다. 톨스토이에게는 새로운 시대로 도약하려는 조짐이 엿보이기는 하지만, 이러한 조짐은 "계속 논쟁적이고 동경에 차 있으며 또 추상적으로 머물고 있을 뿐이다."(소이, 205)

루카치는 소설의 유형학적 발전을 영혼과 세계의 불일치성의 유형으로 고찰하면서, 이 불일치성을 극복하고자 하는 초월적 경향으로서 톨스토이의 서사시적 경향을 지적하고 나서, 도스토옙스키 소설의 새로움에 관해 언급하고 있다. 그는 도스토옙스키 소설은 이미 '새로운 세계'에 속하고 있다고 고찰한다. 그러나 이 새로운 세계가 진정으로 새로운 것인지, '우리가 실제로 도덕적으로 완전히 타락한 역사적 상황을 바야흐로 떠나려고 하고 있는지, 아니면 단순히 희망만을 갖고 새로운 세계의 도래를 알리고 있는지'를 알기 위해서는 작품의 형식분석을 통해서 가능할 것이라고 유보한다. 그의 마지막 말은 비관적인 예감으로 가득 차 있다. "하지만 새로이 도래할 세계를 알리는 조짐은 아직 너무나도 희미하기 때문에, 그 세계에 대한 희망은 단순히 존재하고 있는 것의 메마르고 비생산적인 힘에 의해 언제라도 쉽사리 파괴될 수 있는 운명에 처해"(소이, 206) 있다는 것이다.

우연히도 루카치는 바흐친이 근대소설의 낙관적 전망, 즉 현실을 최대한으로 획득하고 접촉하는 다성악 소설의 전범으로 그 형식분석을 해낸 도스토옙스키의 소설 세계에서 역시 무언가 새로움을 느끼고 있다. 루카치는 1943년에 쓰인 짤막한 평론을 통해 도스토옙스키 소설 세계의 새로움에 대해 보다 구체적으로 진술하고 있다. 루카치는 도스토옙스키가 "인물을 창조함에 있어 그 인물의 운명과 내면생활, 다른 인물과의 충돌과 상호교류, 인간과 사상에 대한 그들의 이끌림과 배척 등이 당대 문제들의 심층을 분명히 드러내 보이도록 제시하였다."[18]고 말한다. 도스토옙스키의 인물들은 "자신이 타고난 본질의 최후 결과에 이르기까지 자기 생활을 자주적으로 관철"[19]함으로써 도스토옙스키의 주관성을 넘어 "자본주의적 발전이 야기한 인간의 도덕적 영혼적 왜곡에 저항하는 반역"[20]을 이룩하였다는 것이다.

---

18) G. 루카치, 『변혁기 러시아의 리얼리즘 문학』, 조정환 역, 동녘, 1986, 127쪽.
19) 위의 책, 140쪽.
20) 위와 같음.

1930～1940년대에 쓴 루카치의 도스토옙스키론과 톨스토이론은 다른 저작과 더불어, 작가의 정치적 편견에도 불구하고 현실의 올바른 반영을 이룩하고 있다는 리얼리즘 승리론을 증명하는 것으로 협소하게 읽혔다. 그러나 도스토옙스키 소설의 위대함은 단순하게 리얼리즘의 승리라는 테제와는 부차적인 연관을 지닐 뿐이다. 물론 루카치 자신이 비판적 리얼리즘 방법의 강조를 위해(그의 말대로 스탈린주의에 대한 완곡한 저항이었는지는 몰라도) 부단히 작가적 의도와 작품 세계의 모순을 지적하고 있기는 하지만, 그가 강조하는 리얼리즘 방법론을 '작가의 세계관에도 불구하고 객관적 세계를 반영할 수 있다.'는 기괴한 이론으로 왜곡하여 이해해서는 곤란하다.

루카치는『소설의 이론』에서 현실을 여전히 분열되어 있고 영혼과 불일치성을 보여 주고 있다고 인식하고 있는 반면, 1930～1940년대에 전개한 리얼리즘 이론체계에서는 현실, 즉 자본주의적 현실을 총체적으로 파악할 수 있는 연관관계로 상정하고 있다. 만일 사적 유물론에 입각한 현실의 역사적 발전단계를 상정할 수 있다면, 자본주의 현실이 당연히 '총체적'으로 파악될 수 있고도 남음이 있다. 이러한 전제에서 루카치는 소설에서 당연히 객관적인 세계의 총체적 구조를 반영해 내는 방법론을 전력으로 모색하고 있는 것이다. 그러나 만일 현실이『소설의 이론』에서 상정한 것과 같다면, 또는 바흐친이 주장하듯이 최종적인 말이 없는 영원한 미완결의 구조라면 소설은 영원히 모색하고 추구하는 과정의 아이러니, 혹은 다성악을 형상화할 수밖에 없는 것이다.[21]

---

21) 나는 여기서 객관적 현실의 구조가 총체적이냐, 미완결적이냐에 대해 더 이상 논의를 진전시킬 수는 없다. 그것은 다른 논의와 다른 지식을 통해서 검증되어야 할 것이다. 다만 현재 현실이 총체적 구조인가 아닌가라는 문제와는 별도로 현재 우리가 현실을 총체적으로 인식

루카치의 소설론이 결국에는 현실의 객관적 총체성에 대한 신념(과학)과 결부되어 발전해가면서 작가의 세계관적 배제로 나아갔다면, 바흐친의 소설론은 작가의 적극적 활동성을 통한 대화적 총체성에 근거하여 미완결의 현실 세계에 대응하는 소설 형식의 과학성의 증명으로 나아갔다.[22] 이를 위해 바흐친은 소설이 다루는 말(발화)이 물질성을 지니고 있으며, 소설과 객관현실을 매개하는 기호임을 주장한다.[23] 다시 말해 말이 현실을 반영하는 매개적 역할을 수행하는 것이 아니라, 말 속에 이미 현실이 들어와 있는, 말은 이미 새로운 현실의 일부(혹은 말로써 소설이 구성될 수밖에 없다는 점에서는 전부)인 것이다. 따라서 바흐친의 소설론은 말이 지니고 있는 현실성, 말을 통해 대화하고 표현되는 주체들의 대화 과정 그 자체에 현실의 모습이 전적으로 드러나 있다는 결론을 내릴 수 있게 된다. 도스토옙스키의 작품을 분석하면서 바흐친이 특히 말에 대한 분석을 통해 대화적 다성악 세계의 필연성과 당위성을 논증하는 것은 이 때문이다. 그러나 바흐친의 기호론과 이데올로기론이 다만 언어예술론을 다루는 한에서는 정당하다고 말할 수도 있겠으나 인간의 현실 일반이 언어적 관계 속에 있을 수 있다고 본다면 다소의 과장인 셈이다. 적어도 인간 현실의 일반은 이데올로기의 과정뿐만 아니라 정치경제적, 물질생산적 과정들을 '토대'로서 엄

하고 있는 수준은 어떠한가라는 문제의식으로도 답은 충분하다고 본다. 최종적인 우주의 비밀과 삶의 비밀은 여전히 우리에게 미지수이지 않은가.

22) 루카치의 소설 유형학은 개관하였으나 바흐친의 유형학, 소설 발전 과정에 대한 고찰은 생략한다. 이에 대해서는 바흐친의 「소설 속의 시간과 크로노또프의 형식」을 참조 바란다. 상대적으로 바흐친의 소설론이 도스토옙스키의 소설 시학에 집약되어 있기 때문에 전사(前史)로서의 소설 유형학을 여기서 생략한다 해도 무리는 없을 것이다.

23) M. 바흐친, V. N. 볼로쉬노프, 『마르크스주의와 언어철학』, 위의 책, 32쪽.

연히 가지고 있지 않겠는가. 이런 점에서 도스토옙스키의 소설 세계가 보여 주는 말의 구조, 관념구조만을 다루고 있을 뿐, 여기서 산출되는 이념들과 현실 일반의 구조와의 상호관계와 이에 대한 가치판단은 모두 유보되어 있는 바흐친의 다성악론은 아파트 놀이터(혹은 '허가된 잔치')가 아니냐는 의혹을 받을 수도 있는 것이다.

리얼리즘의 승리라는 개념으로 '체계'화된 루카치의 소설론이 정작 현실의 변화와 현실의 다양함에서 문제에 직면한다면, 바흐친의 대화적 총체성이라는 다성악 세계는 정반대로 세상의 경직성과 엄연함이라는 문제에 직면하게 될 수밖에 없다. 그러나 다만 소설 세계에 국한시킨다면 두 개념은 상보적이며, 그것도 매우 생산적인 접합의 가능성이 존재한다. 그 접합은 물론 새로운 소설적 주체에 의해, 즉 작가나 주인공이나 삶 자체나 독자나 모두를 포함하는 바로 우리 자신에 의해 이루어지는 것이다.

5. 보다 총체적으로, 보다 대화적으로

루카치와 바흐친의 소설에 대한 역사철학적 전망은 사용되는 개념과 체계는 서로 상이하다. 그리고 구체적인 논거의 과학성에 있어서도 상당한 차이를 드러내고 있다. 소설이라는 장르에 거는 기대도 몹시 다르다. 그러나 세세한 논거와 주장에서 차이를 보인다고 해도 두 이론가의 소설에 대한 역사철학적 전망은 동질적이고 상보적이며 생산적인 접합의 가능성을 지니고 있다.

루카치가 1930~1940년대에 소설을 부르주아 시대의 서사시로 한정 짓고 사회주의 소설의 서사시적 경향에 주목한 것은 앞서 지적한 바와 같다. 루카치는 '찾아가는 총체성'을 '찾아진 총체성'으로 대체하고자 함으로써 『소설의 이론』에서 보여 준 바와 같은 탄력적인 문제의식을 약화시켜 버렸다(구체화시켰다?). 루카치가 너무 서두른 것이든, 아니면 사회주의 소설이 진정으로 새로운 형식을 구현한 것이든 그것은 또 다른 평가의 문제이다. 다만 루카치가 소설을 통해 현실을 극복하고자 했고, 현실을 극복하기 위해 소설을 버리기까지 했던 것은 여전히 소설에 대한 그의 높은 기대 때문이다. 소설에 대한 비관적 전망, 새로운 시대의 서사시에 대한 기대[24] 역시 소설에 대한 기대의 소산이다. 반면 바흐친이 추구했던 "소설 속의 보다 높은 차원의 새롭고 복합적인 총체성"(서장, 58)은 다성악 소설 개념에서 매우 낙관적으로 실현되어 있다. 그러나 다성악 소설이 존재하면서도, "예술적 인식의 객관적이고 최종화된 형식을, 즉 독백적인 형식을 요구하고 있는 인간과 자연의 존재영역들이 항상 남아 있고 또 확장"[25]되고 있다는 불안한 우려를 바흐친은 떨칠 수가 없었다. "사고하는 인간의식과 그 의식의 대화적 존재영역"[26]은 그 심층에서나 특성에서 독백적인 접근방법으로는 포착될 수 없기 때문에 다성악 소설이 근대 정신의 가장 완벽한 표현 형식이라는 믿음을 지닌 바흐친의 소설 철학은 독백적 세계질서 앞에 비추어 볼 때 그의 희망과 기대를 표현하는 불안한 개념이

---

24) 새로운 시대의 서사시가 분명 과거의 고전 서사시로의 회귀를 의미하는 것은 물론 아니다. 많은 논자들이 그렇게 오해하고 있고 오해하고자 하는 바와 같은 '서사시로의 회귀'는 『소설의 이론』에서도, 그 후의 이론체계에서도 부정되고 있다.

25) M. 바흐친, 『도스또예프스끼 시학』, 위의 책, 394쪽.

26) 위와 같음.

되는 것이다.

루카치의 '총체성에 대한 동경과 그 결과로서의 아이러니', 바흐친의 진정한 현실에 대한 '대화적 총체성으로서의 다성악 소설' 등은 이들이 근대사회의 위기적인 한 시기를 살아가면서 그 시대를 극복하고자 했던 열망의 소산이다. 그 속에는 이들의 단순한 열망만이 숨어 있는 것이 아니라, 오늘날 소설(예술)과 현실에 대한 귀중한 교훈들이 살아 숨 쉬고 있다. 바흐친과 루카치가 긴장을 일으키는 부분, 즉 '보다 총체적으로'와 '보다 대화적으로'라는 문제 역시 오늘날의 살아 있는 문제이다.

소설이라는 것은 현실 자체를 바꾸는 작업은 아니다. 그러나 현실이라는 복합체 속에서 인간의 존재적 유동성과 존재적 불균등성이 빚어내는 문제들을 보다 폭넓게 인식하고, 문제를 제기하며, 보다 창조적인 가능성을 모색하는 다소 허가된 공간, 그러나 인류의 현 단계에서는 여전히 유력한 공간이다. 이 공간에서 소설을 창조하는 작가, 창조된 작품, 읽는 독자 사이의 몹시 튼튼한 대화적 동맹이 이루어질 수 있을 것이고 그 동맹 속에서 영혼과 세계의 불일치성이 던져 주는 '성숙한 남성의 멜랑콜리'를 나눌 수도 있고, '새로운 세계에 대한 조짐'도 예감할 수 있을 것이며, 대화적 개방성을 통해 '새롭고 복합적인 총체성'에 접근해 갈 수도 있을 것이다. 우리는 루카치가 머뭇거리는 지점에서 바흐친을 읽을 수 있고 바흐친이 밀어 올린 곳에서 다시 루카치를 돌아보지 않을 수 없다. 이러한 노력이 소설이라는 공간에서 여전히 행해지고 있고, 소설을 매개로 그런 노력들이 대화하고 있다면, 우리 시대의 새로운 역사철학적 전망의 모색에서 소설은 결코 소외되지 않을 것이다.

근대소설의 야망, 로만 - 에쁘뻬야론

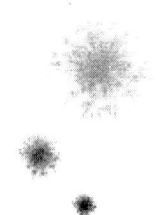

1. 근대를 넘어서려는 근대의 욕망

　루카치의 다소 비관적인 소설이론으로 바라보든, 바흐친의 낙관적인 소설이론으로 바라보든 근대소설은 근대라는 현실을 품에 안고 근대를 넘어서려는 욕망, 혹은 야망을 통해 그 동력을 마련하고 있음을 알 수 있다. 그 속에서 있으면서 그것을 넘어선다는 다소 모순적인 소설의 욕망은 바로 소설의 존재를 가능하게 하는 이상, 혹은 동경이라고 말할 수 있다. 그것이 없다면 소설이란 그야말로 비루한 잡사의 나열을 넘어설 수 없는 것이다. 그러나 앞서 말했듯이 이러한 비루한 잡사와 동경 사이의 긴장은 소설 속에서 결코 해체되거나 어느 한쪽으로의 비약을, 즉 다시 말해 그 긴장의 해체를 거부한다. 발을 땅에 딛고 하늘을 향해 서 있어야 하는 운명, 발을 땅에서 떼고 하늘로 비약하는 순간, 혹은 하늘을 향한 머리를 꺾고 땅에 온몸을 맡기는 순간 소설적 긴장은 사라지고 소설의 존재는 그 존재가치를 상실하고 마는 것이다. 소비에트 시대 '로만 - 에쁘뻬야(роман - эпопея)론'[1])은 소설의 동경이 현실과의 긴장을 해체하고 극적인 이상으로 나아가는 분명한 한 예가 될 것이다.

장르의 기원을 서사시와 서정시, 드라마로 구분하고, 서사시의 현대적 갈래로서 소설(новелла)과 장편소설(роман)로 구분하는 것이 가장 폭넓고 일반적인 규정이다.[2] 그런데 로만 - 에뽀뻬야는 로만(즉 장편소설)과 에뽀뻬야(즉 산문서사시)가 결합된 개념으로, 기원으로서의 서사시라는 개념과 그 현대적 갈래로서의 장편소설의 개념이 혼합되어 있으니 문제적이다. 이미 앞에서 살펴본 바와 같이 서사시와 장편소설의 상관관계가 일반적으로 두 장르의 절대적 차이와 거리로 인식되고 있음에 비추어 로만 - 에뽀뻬야라는 혼합적 용어는 마치 '불타는 얼음'과 같은 표현처럼 모순적으로 들린다.

로만 - 에뽀뻬야론은 소비에트 러시아 문학론의 핵심적인 문제와 연관된 것이면서, 소비에트 시대 러시아 지식인의 일반적인 철학적 문제 틀을 엿볼 수 있게 해 준다. 사회주의 리얼리즘론의 구체적인 성격과 본질을 점검해 볼 수 있는 곳도 바로 로만 - 에뽀뻬야론으로 나아간 소설론 분야라고 말할 수 있다.

물론 소비에트 러시아 소설론을 한마디로 규정하는 것은 옳지 못하다. 사회주의 리얼리즘을 단순하고 불변하는 체계로 규정하고 소설이론은 그 아류적 실행체계에 불과하다고 본다면 문제는 간단하다. 하지만 사회주의 리얼리즘 일반에 대한 가치평가는 차치하라도 그 이론체계의 성립과 전개, 변화과정, 이론적 논쟁의 규모

---

1) 로만 - 에뽀뻬야는 우리말로는 장편서사시로 옮길 수 있다. 그러나 이 글에서는 우리말에서의 용법상의 논란을 피하고, 우선 러시아 문학에서의 용법 자체를 가리키기 위해 원어를 사용한다. 따라서 장편소설 역시 '로만'이라는 원음을 병행해서 사용한다.

2) 다만 러시아에서(그리고 우리나라에서도) 소설을 분류할 때 단편소설(рассказ)과 중편소설(повесть), 장편소설(роман)로 구분함으로써 노벨라가 단편과 중편으로 분리되고 있지만 이는 일반적인 장르 구분과 원칙적으로 크게 다를 바 없다.

등을 고려하여 사회주의 리얼리즘을 그 내부적 논리 속에서 이해해 보고자 한다면, 사회주의 리얼리즘은 그렇게 단일한 색조를 띠고 있는 것만은 아님을 확인할 수 있다. 또한 사회주의 리얼리즘 일반이론이 소설이론 분야에 일정한 규정력을 행하고 있다는 것은 엄연한 사실이지만 소설이론 자체와 그 전개과정이 일정하게(상대적으로) 독자적인 양상을 지니고 있다는 것도 부인할 수 없는 사실이다.

문제는 사회주의 철학과 정치 이데올로기에서 사회주의 리얼리즘을, 사회주의 리얼리즘에서 소설이론을 추출해 내고자 하는 단선적이고 일방적인 사고를 벗어나는 것이다. 경우에 따라서는 그 역의 방향도 가능한 것이고, 실제로 소비에트 소설론의 형성 과정을 보면, 소설이론 자체의 전통과 이론에 기반을 두어 사회주의 리얼리즘의 이론체계를 구성해 내는 '민주집중제적' 양상도 나타나고 있다. 다시 말하자면, 소설이론이 엄연히 사회주의 리얼리즘론 일반의 하위 범주인 것은 사실이지만, 사회주의 리얼리즘론 일반을 소설이론이 재구성해 내는 역동적인 측면도 간과할 수 없는 것이다. 더구나 사회주의 리얼리즘 일반론이 보다 높은 추상 수준에서 이루어지고 있음으로 해서 그 자체 내에 섬세한 이론적 갈래와 다양한 경향성을 담아내기 어려운 반면, 소설이론 분야에서는 보다 구체적으로 다양한 이론적 경향들이 혼재하고 갈등함으로써 사회주의 리얼리즘에 대한 구체적인 이해방식의 다양한 갈래를 오히려 확인하게 해 주는 측면이 존재한다.

로만-에뽀뻬야론은 일정하게 소설론 자체의 전통과 문제의식을 반영하고 있으면서, 다른 한편 사회주의 리얼리즘 일반의 문제의식을 반영하고 있기 때문에 소비에트 러시아 소설론의 이론적 체계성(상대적인 독자적 발전)과 이데올로기적 지향성을 함께 살펴볼 수 있는 흥미로운 주제이다. 또한 이 개념에 대한 찬반의 논쟁은 단일한 색조로 치부되기 쉬운 러시아 문학계의 다양한 학문적 모색과정의 일면을 들여다볼 수 있게 해 주기 때문에 전반적인 현대 러시아 문학론의 한 특성을 가늠할 수 있는 계기도 될 수 있다.

2. 로만 – 에뽀뻬야론의 성립

장편소설과 서사시의 엄격한 장르적 구별성, 그리고 장편소설의 근대적 우월성에 대한 이러한 놀라운 찬사에도 불구하고 러시아 소비에트 문학에서는 왜 새로운 장르로서 로만 – 에뽀뻬야라는 개념이 요구되었는가. 로만 – 에뽀뻬야는 수많은 로만 중의 어느 하나로서의 지위에 만족하는 개념이 아니고 로만을 대체하는 새로운 장르로 개념 지어지고 있는바 어떤 필요성이 그러한 개념을 요구하게 되었는가.

러시아 소비에트 소설론에 로만 – 에뽀뻬야론을 도입하고, 이 개념을 일관되게 유지하였던 사람은 치체린이다.[3] 그는 『로만 – 에뽀뻬야의 발생』을 통해 현대 로만의 발전을 리얼리즘 로만의 발전사로 고찰하면서, 그것을 폐쇄적인 주관적 로만(закрытый субъективный роман)에서 열린 객관적 로만(открытый объективный

---

3) А. В. Чичерин. Возникновение романа – эпопеи. Советский писатель, М., 2 изд., 1975. 치체린의 이 저서는 1958년 1판이 나온 이래 로만 – 에뽀뻬야론의 중심이 되어 왔다.

роман)으로의 운동이었다고 규정한다.

문학사에서 폐쇄된 주관적 로만이 열린 객관적 로만으로 교체되는 것은
명료하게 드러나고 있다. (……) 그 속(폐쇄된 주관적 로만)에서는 주인공
은 단 한 사람이다. 모든 것이 한 인물의 정신세계에 집중되어 있고, 다른
형상들이 아무리 잘 표현되어있다고 할지라도 이들은 보조적인 의미를 가
질 뿐이다. 그런 작품은 인간의 삶이 완전히 양적으로 획득되고 있고, 인
물이나 전형을 그 전적인 깊이에서 탐구하는 것을 과제로 삼고 있다는 점
에서는 로만이다. 하지만 그것은 또한 로만이 아니다. 왜냐하면 그 서정적
폐쇄성은 진정한 로만에게 있어 필수적인 사회적 세계의 이해를 방해하고
있기 때문이다.[4]

치체린은 빅토르 위고의 소설들이 열린 객관소설인 이유는 "그
작품들 속에 민중 집단과 수많은 주인공들, 바리케이드 내의 전투
장면들, 혁명의 역사가 중요한 자리를 – 제일의 자리가 아니라면 –
차지하고 있다."[5]는 것 때문이며, 괴테의 『젊은 베르테르의 슬픔』
이나 『빌헬름 마이스터의 수업시대』, 월터 스코트의 역사소설 등도
역시 바로 그와 같은 이유, 즉 다시 말해 로만 속에 폐쇄된 개인만
이 아니라 역사적 배경과 많은 사회적 환경들이 다양하고 깊이 있
게 그려지고 있기 때문에 '열린 객관소설'로의 전환점들을 이루고
있다고 평가한다.[6]

서유럽 소설사에서 '폐쇄된 로만'의 틀을 깨 버리고 그 흔적을
완전히 지워 버린 작가는, 치체린에 따르면, 발자크이다. 발자크는
다양한 사회적 문체를 도입함으로써 프랑스 당대 사회의 객관적인

---

4) A. В. Чичерин, 위의 책, с. 13.
5) 위의 책, 14쪽.
6) 위의 책, 14 – 15쪽.

구체성을 총체적으로 그려 낼 수 있었다. 이제 독자들의 시선은 단순히 주인공에만 머무는 것이 아니라 "라스띠냐끄가 파리에서 보고 있는 다른 모든 것"[7]에 향한다는 것이다. 또한 류시엥 샤르동은 그 재능들에도 불구하고 별다르게 중요한 인물이 아니고 단지 두 개의 방대한 로만을 연결하는 고리에 불과하며, 또한 소설의 중요한 힘은 으제니 그랑제가 아니라 그의 아버지나 그 지방의 가족들의 삶의 모습이라고 치체린은 판단한다. 요는 객관적 로만으로 나아가는 힘은 바로 한 사회를 총체적으로 그려 내는 능력에 있다는 것이다.

치체린이 러시아 소설사에서, 그리고 서유럽 소설사에서 여러 작품을 분석하고 자신의 이론의 예증으로 삼고 있기 때문에, 개별 작품들에 대한 그의 분석 자체를 일일이 검토하고 따질 수는 없는 노릇이겠다. 다만 그의 주요한 이론적 입장은 소설사의 전개를 '폐쇄된 주관적 로만'에서 '열린 객관적 로만'으로의 길로 상정하고 있다는 점만은 분명히 확인할 수 있는 사실이다.

발자크에서 톨스토이에 이르기까지 '열린 객관소설'로의 행진은, 치체린에 의해 로만-에뽀뻬야로 종합되는 것으로 정의된다. 즉 "로만-에뽀뻬야, 이것은 방대한 규모의 작품으로서 그 속에서 개인의 삶이 민중의 역사와 연결되고 있는 그런 작품"[8]이다. 이어서 치체린은 로만-에뽀뻬야 속에서 인간의 형상은 단순히 사건들의 흐름에 쓸려 가는 개성을 상실한 인간이 아니라 특별한 전면성과 구체성을 획득한다고 말한다. 로만-에뽀뻬야는 무엇보다 방대한

---

7) 위의 책, 15쪽.
8) 위의 책, 27쪽.

규모를 전제로 하는바, 그 방대한 규모 속에 주인공들의 정신적 삶이 보여 주는 모든 국면들과 상호연관을 개진한다. 바로 이러한 당대의 백과사전 같은 다양한 형상들이 다양한 세계관의 문제들을 로만-에뽀뻬야 속으로 끌어들이며 그 결과 로만-에뽀뻬야 속에는 역사소설과 철학소설의 특징들이 뒤섞이게 된다. 따라서 이 장르는 완전한 지식과 정확한 지식, 역사에 대한 깊은 이해, 사상의 탁월한 이해능력 등을 작가에게 요구함으로써 "당대 삶의 철학이자 구체적인 서사 형식으로 나타나는 역사의 철학이다."[9]라는 결론이 나온다. 이러한 로만-에뽀뻬야에는 다주제적 사건들(много-сюжетность), 소설 속의 소설들(романы в романе), 다양한 역사적 사건들과 주인공의 교직, 주제들 간의 유기적 연계성 등이 특징적이다. 그리고 사회로, 세계로 풍부하게 열려 있는 이러한 소설 세계 속에서 민중은 역사의 창조자로서 거대한 전망을 획득하는 것이다. 그러나 로만-에뽀뻬야는 단순히 서사시의 전통을 복원하는 것이 아니라, 로만적 전통, 즉 개성적 주인공의 운명과도 깊게 연관되어 있다.

> 로만-에뽀뻬야에서 인간의 형상은 사건들의 흐름 속에서 씻겨 보다 일반화되는 그런 것이 아닐 뿐만 아니라 그 반대로 특별한 완전함과 구체성을 달성하고 있다. 로만-에뽀뻬야의 방대한 규모는 주인공들의 정신적 삶의 전 단계들을 철저하게 개진하고 그들의 상호관계, 연관성, 그들 삶에 의해 사건들이 제약되고 있음을 드러낸다.[10]

---

9) 위의 책, 27쪽.
10) 위의 책, 27쪽.

이처럼 치체린이 주목하고 있는 근대의 '열린 객관소설'은 서사
시성(эпичность)과 소설성(романность)의 종합으로서 '로만-
에뽀뻬야' 장르의 형성을 보여 주고 있다. 이어서 톨스토이의 『전
쟁과 평화』, 에밀 졸라의 『괴멸』, 로맹 롤랑의 『장-크리스토프』
등에 대한 치체린의 작품분석은 작품의 주인공들의 개인적 내적
삶과 운명의 양상이 그가 처한 사회적 역사적 환경, 그리고 전민중
의 삶과 운명이 어떻게 소설 속에 교직되고 상호 제약되고 있는가
에 대한 증명이다.

　치체린은 로만-에뽀뻬야 장르론은 사회주의 혁명 이후 형성된
사회주의 현실에서 그 만개의 터전을 얻게 된다고 한다. 그가 "로
만-에뽀뻬야 장르는 특히 사회주의 리얼리즘에 필요한 장르인데,
그 이유는 이 장르가 우리 현대세계의 모순들을 여러 역사적 경향
들과 전 민중적 노력들의 단일한 통합 속에서 이해하도록 묶어 줄
수 있기 때문이다."[11]라고 주장할 때, 로만-에뽀뻬야 장르의 이론
적 동기는 보다 선명하게 드러나는 것이다. 그뿐만 아니라,

> 로만-에뽀뻬야의 작가는 단순히 로만작가가 아니다. 그는 동시에 역사가
> 이고 철학가이며, '사회과학의 박사'이다. 하지만 그럼에도 불구하고 그는
> 무엇보다도 먼저, 누구보다도 더 많이 로만작가, 즉 인간학연구자이며 언
> 어창조자이다. (중략) 참나무의 모든 잎들처럼, 방대한 창작품의 모든 지면
> 마다, 심지어 각 구절마다 그 속에 특별한 창조적 분출과 그 양식이 담겨
> 있는 것이다.
> 그러나 로만-에뽀뻬야는 또 다른 점에서 늙은 참나무를 연상시키고 있
> 다. 그 참나무는 대지에 자신의 뿌리를 깊게 내리고 대지 위로 높이 솟아
> 올라 넓게 그 가지들을 펼치고 있는 것이다.[12]

---

11) 위의 책, 366쪽.

라는 치체린의 소망 어린 비유에 이르면, 그의 이론이 단순히 소설사를 바라보는 새로운 하나의 시각임을 넘어서서, 사회주의 리얼리즘 이론의 전망과 사전에 깊게 연루되어 있다는 것을 확연하게 알 수 있다. 즉 치체린이 비유로 말한 것이기는 하지만, 하나의 완결되고 내부적 충돌이나 갈등이 없는 유기체로서의 참나무에 대한 비유는 바로 로만-에뽀뻬야 장르의 본질적 특성을 말해 주고 있기 때문이다. 결국 사회주의 현실에 이르러서 로만-에뽀뻬야 장르는 잘 자란 참나무의 뿌리와 잎과 가지들처럼 그 내적 속성들의 유기적인 연관과 변증법적 통일을 획득할 수 있게 된다는 치체린의 논리체계의 핵심이 드러나고 있는 것이며, 이 장르의 성립과 이론 체계의 기본 동기는 바로 사회주의 리얼리즘론의 기본 동기와 같다는 것을 확인하게 해 주고 있는 것이다.

로만-에뽀뻬야론의 선험적 이념성이라고 말할 수 있는 이런 기본 동기는 치체린의 저서 『로만-에뽀뻬야의 발생』의 속편이라고 부를 만한 삐스꾸노프의 학위논문 「소비에트 로만-에뽀뻬야」[13]에서 보다 분명하게 그 모습을 드러내고 있다. 치체린이 주로 19세기까지의 세계문학에서 로만-에뽀뻬야론을 도출해 내고 있다면, 삐스꾸노프는 그 개념을 소비에트 로만에 구체적으로 적용하여 일반화를 꾀하고 있다. 그는 "어느 시대나 영웅 서사시 속에 자신을 각인하고자 한다."[14]고 전제하고, 그런 열망에는 자본주의 사회 역시

---

12) 위의 책. 366쪽.

13) В. М. Пискунов, "Советский роман-эпопея(происхождение и развитие жанра, его место в историко-литературном процессе)", автореферат диссертации на соискание ученой степени доктора фил. наук, Москва, 1971.

14) 위의 논문. 3쪽.

예외가 아니지만, 예의 그 '산문화된 세계 상태', 즉 인간과 인간의 유례없는 소외로 인하여 자본주의는 자신들의 사회를 '위대화하고 시화(詩化)하는' 창조에 있어 철저한 패배를 맛볼 뿐이라고 단언한다. 반면에 소비에트 사회에서는 그것이 가능하다.

> 위대한 시월 사회주의 혁명은 삶에 대한 고전적 표상이라고 생각되는 것의 강력한 수정을 가져왔다. 그것은 바로, 헤겔의 정당한 판단에 따르면, 영웅 서사시의 토대에 놓여야 하는 그런 거대한 전 민중적 사업이었던 것이다. 하지만 그것은 신화와 전설이 되어 버린 과거로 물러나는 것이 아닐 뿐만 아니라, 그 반대로 혁명적 동시대성의 중요한 내용을 담지하는 것이다.15)

물론 뻬스꾸노프 역시 로만 - 에뽀뻬야론이 고대 영웅서사시의 부활로 나아가는 것을 지향하는 것이 아니며, 새로운 시대의 새로운 형식이라는 점을 누누이 강조하고 있다. 즉 로만이 전 민족적 삶을 총체적으로 포괄할 수 있고 시대의 서사적 종합을 이룩해 낼 수 있는 역사적 토대를 가지게 될 때, 바로 로만 - 에뽀뻬야를 창조해 낼 수 있는 토대가 갖추어진다는 것이다. 그리하여, 뻬스꾸노프에 따르면, 로만 - 에뽀뻬야는 "세계에 대한 나름의 시각과 특유한 서사구조와 고유한 리듬을 가지고 있고, 그것은 삶의 흐름과 민중의 창조적 힘들에 대한 믿음에 의해서, 그리고 존재를 영원하고 무한한, 셀 수 없을 정도로 다양하고 긍정적인 과정으로 수용함으로써 가능해지는 것"16)이다. 따라서 이와 같은 로만 - 에뽀뻬야의 미학은 고대 서사시의 미학과 일정한 차이를 지닐 수밖에 없다.

---

15) 위와 같음.
16) 위의 논문, 4쪽.

고대 서사시는 발전을 모르고 고정된, 그리고 견고한 신화로 지향되어 있다. 반대로 로만 - 에뽀뻬야 미학의 토대를 구성하는 것은 역사적 운동의 이념이고, 당연하게도 그 토양이 되는 것은, 사회적 삶의 본질적 변동, 즉 새로운 도정에 따른 전 세계적 존재를 지향하는 변혁적 역사적 상황이다. 로만 - 에뽀뻬야의 주인공은 항상 경계적 상황에 있다. 그러나 그들의 문제해결의 진실성은 실존주의자들처럼 고유한 본성의 확실성에 의해서만 검증되는 것은 아니다. 그것은 역사의 확실성, 그 역사의 창조적 동력들과 접촉하는 능력에 의해서 검증되는 것이다. 이 장르의 파토스는 당연히 인간과 사람들, 개인과 민중 - 서로서로 책임을 분담하고 있는 - 의 조화로운 종합을 발견하고 확증하는 데에 있다.[17)]

삐스꾸노프의 이런 규정은 당연하게도 소비에트 사회가 로만 - 에뽀뻬야를 산출할 수 있는, 즉 서사적 종합을 이룩하게 해 주는 역사적 단계를 걷고 있다는 전제에 서 있다. 삐스꾸노프는 로만 - 에뽀뻬야의 미학을 새롭게 정의하려고 노력하고, 소비에트 문학에 나타나는 로만 - 에뽀뻬야적 작품들에 대한 개별적 분석을 통해 로만 - 에뽀뻬야 미학을 유동적인 것이며, 형성 중인 것으로 조건을 부여하고 있다. 그러나 삐스꾸노프의 시도들은 대체로 치체린의 로만 - 에뽀뻬야론의 기본 구도를 크게 벗어나고 있지 않다. 즉 소비에트 사회의 사회주의적 발전은 현대 로만의 새로운 장르적 탐구를 요구하고 있으며, 로만 발전의 합법칙성에 따라 로만 - 에뽀뻬야로의 발전이 필연적이다. 그리고 그 로만 - 에뽀뻬야에서는 개인이 더 이상 분열된 개인으로 - '부르주아 모더니즘 로만에서와 같이' - 존재하지 않고 역사의 움직임과 그 속에서의 민중의 운명과 긴밀히 혼융되고 있다는 것이다.

---

17) 위의 논문, 18 - 19쪽.

3. 로만 - 에뽀뻬야론 비판

치체린의 로만 - 에뽀뻬야론은 소설 발전사의 구체적인 문학현상에 근거하고 나름의 독창적 해석을 덧붙임으로써 구성되고 있다. 하지만 풍부한 정보와 흥미로운 통찰에도 불구하고 그의 이론은 근본적으로 여전히 문제적이다. 무엇보다도 로만성과 서사시성에 대한 개념규정이 정밀하지 못하며, 혹은 스스로의 개념인식에도 다소간 혼란함을 보여 주고 있다. 그리하여 로만성과 서사시성이 어떻게 작품에 공존하며 화해하고 새로운 창조적 장르화가 이루어지는지에 대해서는 다분히 신념과 소망에 기대어 대답할 수밖에 없었던 것이다. 게다가 현대소설의 전개 양상은 로만 - 에뽀뻬야 장르의 주도성을 보여 주지도 못했을뿐더러, 오히려 그가 로만 - 에뽀뻬야로 분류하고자 했던 작품들에 비견될 만한 새로운 창조도 그렇게 활발하다고 볼 수 없다는 사실에 비추어 보면, 그의 로만 - 에뽀뻬야론이 19세기 로만의 정점에서 나타나는 인간과 역사, 역사적 사건과 민중적 행위에 대한 '대규모적 포착'에 지나치게 감화되었고, 혁명 이후 소비에트 사회에서 나타났던 '영웅적 장르 경향'에 지나치게 고무되어 있다는 비판을 면하기 어려운 것이다.

실제로 소비에트 로만의 발전과 다양한 전개과정을 로만 영역의 확대와 심화라고 보는 것이 소비에트 문학계와 연구자들의 일반적인 견해라고 말할 수 있다. 일정 시기의 소비에트 로만의 성과를 집대성하는 성격을 지닌 『현대 소비에트 로만의 발전의 길들』[18]과

---

18) Пути развития современного советского романа, изд. Академии Наук СССР, М., 1961.

『러시아 소비에트 로만의 역사』 제1, 2권[19], 『소비에트 로만 - 혁신, 시학, 유형학』[20] 등은 전반적으로 소비에트 로만의 역사를 '부르주아 사회의 로만'과 구별되는 새로움과 다양함의 실현으로 고찰하고 있다. 소비에트 로만의 새로움과 다양함은 로만 장르의 새로운 경계를 열어 가고 있는 것으로 주장되고 있지만, 그것을 새로운 장르의 출현, 이를테면 '로만 - 에뽀뻬야 장르의 탄생'으로 서둘러 귀결시키고 있지는 않은 것이다. 오히려,

> 지금까지 로만 장르의 양식과 형식들에 대한 유형학의 문제는 허약하게 만들어져 왔다. 많은 연구들에서 로만 - 에뽀뻬야는 로만 발전의 정상이자 독창적인 이상으로 여겨져 왔다. 하지만 앞에서 말한 대로, 에뽀뻬야와 로만은 서로 다른 장르적 형성물이고 그들을 단일한 용어로 지칭하는 것은, 우리의 견해에 따르면 불가능하다. '로만 - 에뽀뻬야'라는 혼합적이고 아주 조건적인 명칭은 '세계의 서사적 상태'에 의해 탄생된 로만에 대한 개념을 대체할 수가 거의 없지 않을까.[21]

라고 완곡하게 로만 - 에뽀뻬야 개념을 부정하고 있는 것이 일반적이다.

이런 점은 로만 - 에뽀뻬야론이 문학 백과사전에서 독립적인 항목으로 취급되지도 못했을 뿐만 아니라 '치체린' 항목에서 "많은 반론을 불러일으켰다."[22]고만 언급되고 있다는 것을 이해하게 해 준다. 그러나 70년대까지의 소비에트 문학 연구 성과를 집약하는

---

19) История русского советского романа, книга 1, 2, Наука, М. - Л., 1965.

20) Советский роман - новаторство, поэтика, типология, Наука, М., 1978.

21) В. Борщуков, З. Османова, "Методологические проблемы изучения советского романа", Советский роман, 위의 책, с. 24.

22) Краткая литературная энциклопедия, изд. Советская Энциклопедия, М., 1962 - 1978, Т. 8, 1975, с. 533.

문학 백과사전은 '에뽀뻬야' 항목에서 현대에 있어 '에뽀뻬야'라는 말은 단지 '비유적으로'(метафорически)[23]만 사용될 수 있을 것이라고 단서를 내리면서도 '장르적 내용에 있어 이중적인 에뽀뻬야적 작품'이라거나, 혹은 '비판적 리얼리즘의 로만 – 에뽀뻬야', 혹은 '영웅적 로만 장르적인 내용' 등과 같은 개념적 혼합을 애써 사용하고 있는바, 이것을 단지 '비유적인' 수준으로 사용된 것으로 볼 수만은 없다. 이 사전은 19세기 로만이나 20세기 소비에트의 사회주의 리얼리즘에서 나타나는 인간 개인의 운명과 역사적 사건과의 연관 속에 펼쳐지는 대규모적인 작품들(이를테면 톨스토이의 『전쟁과 평화』, 고리키의 『끌림 쌈긴의 생애』, 숄로호프의 『고요한 돈강』)이라든가, 나아가 에뽀뻬야적 규모성을 가지고 있지는 않지만 역사적 사건에의 적극적 참여자로 나타나는 – 서사시에서와 같이 – 작품들(이를테면 푸르마노프의 『차빠예프』, 『폭동』, 파제예프의 『괴멸』)을 어떻게든 차별적으로 유형화해야 한다는 판단은 분명히 가지고 있는 것이다.[24]

그러나 로만 발전사를 통해서 장르적 다양성으로, 즉 로만의 유형학으로 고찰하는 견해에서나, 로만 – 에뽀뻬야 장르의 탄생으로 보는 견해에서나 분명하게 일치하는 점은 현대 로만의 발전사에 나타나는 장르의 경계지점이 존재한다는 인식이다. 특히 소비에트 시기의 로만들이 보여 주는 활발한 장르 탐색과 실험은 부단히 전통적 장르의 한계를 건드리고 있고 때로는 전통적 장르 개념으로 완전히 수용할 수 없는 창조적 형식을 낳고 있는 것도 사실이다.

---

23) 위의 책, 926쪽.
24) 위와 같음.

이러한 문학적 사실은 20년대의 소설에 대한 소비에트의 연구에서 많은 연구자들이 소설성이라든가 소설적 사고라는 개념과 서사시성과 같은 개념의 긴장을 필요로 한다는 점을 이해하게 해 준다.

스꼬로스뻴로바 교수는 『20 - 30년대 러시아 소비에트 산문: 소설의 운명』이라는 저서[25)]에서 20 - 30년대의 산문의 발전을, 혁명과 시민전쟁, 제1차 5개년계획 등과 같은 영웅적 상황에 조응하는 영웅적 장르와 풍속이나 세태 묘사에 중점을 장르, 그리고 새로운 소비에트 현실 속에서의 개인의 운명과 그 도덕적 이데올로기적 지형, 그의 자의식, 그의 입장 등을 다루는 장르 등과 같은 세 가지 경향의 복잡한 상호연관과 작용으로 고찰해 내고자 하였다.[26)] 그는 2, 30년대의 문학현상에서(그리고 그 이후의 문학과정에서도) 영웅주의적 장르 경향이 실재했음을 인정하고, 그것이 소비에트 소설의 내용과 형식을 새롭게 하도록 자극하는 장르 모색의 체험요인이라는 것을 인정하고 있다. 하지만 어디까지나 그러한 요소들을 새로운 장르의 형성으로 연결시키기보다는 로만이라는 장르의 확립과 팽창의 과정 속에서 이해하고자 한다.[27)] 스꼬로스뻴로바 교수는 영웅적인 경향이 서사시로 발전해 갈 가능성 자체를 부정하고 있는 것 같지는 않다. 그는 2, 30년대 산문이 소설성의 획득을 통해 소비에트 현대소설의 기틀을 형성하고 있다는 주된 논조를 유지하면서도 서사시성과의 공존 불가능성을 분명하게 지적하지는 않는 것이다. 물론 이러한 연구는 간접적으로 치체린의 개념에 대

---

25) E. Скороспелова, Русская советская проза 20 - 30 х годов: судьбы романа, изд. МГУ, 1985.

26) 위의 책, 6 - 7쪽 참조.

27) 위의 책, 260 - 262쪽 참조.

한 반론의 입지를 보여 주는 것이지만, 소비에트 로만의 새로운 성격 자체를 드러내는 것이기도 하다.

벨라야 교수 역시 20년대 중반 이후 소비에트 로만이 그 형식적 틀을 모색해 나갔다는 사실을 인정하고 있다. 그리고 그 모색은 바로 새로운 로만적 사고로 정의할 수 있으며, 그것은 혁명 이후 새로운 현실 속에서, '혁명의 폭풍우' 속에서 매우 다양한 로만 현상을 낳고 있다고 말한다. 벨라야 교수는 민중과 사회를 역사적 전 세계적 연관 속에서 그리고자 하는 것이 당시 소비에트 문학의 '가치중심'이었고 그것은 당연히 향후 소비에트의 로만 장르 발전을 예고하는 것이었다고 인정[28]하지만, 그러나 로만 장르 발전을 그것만으로 이해할 수는 없다고 지적한다.

> 바로 이 때문에 혁명 이후에 창작된 로만들 속에서 삶을 묘사하는 전면성은 인간의 내적 삶 ─ 그 역사가 성격을 형성한다 ─ 에 대한 관심에서 드러날 뿐만 아니라, 동시에 인간과 세계의 가장 예민한 연관들의 모세혈관들로 짜인, 묘사대상의 유례없는 확대 속에서도 드러나는 것이다.
> 오늘날 "민중의 테마들과 계급투쟁사들은 개인의 삶과 인간의 정신적 추구들의 묘사에 있어 새로운 규모들을 형성하고 있다."(치체린의 『로만 ─ 에뽀뻬야의 발생』에서 인용)는 거의 정전화된 생각은 이런 관점에서 소비에트 로만의 유형학적 특수성들 중의 하나를 반영하고 있다. 하지만 그것을 모든 것을 다 수렴하는 완벽한 것으로 간주해서는 안 된다.[29]

벨라야가 주목하는 20년대 소비에트 문학의 가치중심은 스꼬로스뻴로바가 주목했던 '영웅적 장르 경향'과 동일한 문학현상을 염

---

28) Г. Белая, "К проблеме романного мышление", Советский роман ─ новаторство, поэтика, типология, изд. Наука, М., 1978, с. 182.

29) 위의 논문, 183쪽.

두에 두고 있는 것임에 틀림없다. 벨라야 역시 소비에트 로만 발전에 있어 새로운 형식추구의 경향에서, 에뽀뻬야성과 연관될 수 있는 경향에 주목하고 있지만, 그러나 치체린과 같이 모든 경향을 종합하고 주도하는 경향으로서 로만-에뽀뻬야 장르를 상정하는 것에 명백히 반대하고 있다. 그러한 경향 역시 로만 장르의 다양한 유형학적 특수성 속에 위치시켜야 한다는 것이다. 벨라야의 연구는 "로만적 사고가 특수한 장르 형성물일 뿐만 아니라 특수한 장르-문체적 통일체"[30]라는 전제에 입각하여 있다. 따라서 그의 논문에서는 다양한 문체의 실험과 추구를 통해 로만 장르의 변천을 해명하고자 한다. 벨라야와 같은 문체론에 입각한 연구는 소비에트 문예학의 또 다른 유력한 접근법을 보여 주는 것이다. 문체론에 관한 연구는 단순히 로만의 언어분석을 넘어서서 로만의 유형학과 로만의 본질을 탐구해 들어가는 독자적인 하나의 방법론으로 성립되어 있다.[31]

로만-에뽀뻬야론에 대한 완곡한 부정이나 언급 회피는 구체적인 작품에 대한 논의에 들어서면 매우 적극적이고 논쟁적으로 나타난다.[32] 구체적인 작품이 로만-에뽀뻬야가 될 수 있느냐 없느냐

---

30) 위의 논문, 186쪽.

31) Г. Белая, Закономерности стилевого развития советской прозы два-дцатых годов, изд. Наука, М., 1977. 벨라야 교수의 이 저서는 로만 연구를 문체론에 입각하여 전개하는 하나의 본보기이다. 소비에트 문학계의 이러한 로만 연구 방법론은 또 하나의 유력한 전통을 형성하고 있다.

32) 이를테면, 톨스토이의 『전쟁과 평화』, 고리키의 『끌림 쌈긴의 생애』나 숄로호프의 『고요한 돈강』이 로만이냐, 로만-에뽀뻬야인가를 둘러싼 논쟁은 매우 첨예하게 대립되었을 뿐만 아니라, 소비에트 문학계의 다양한 경향들을 담지하고 있다. 이러한 논쟁과정에 대한 연구는 로만의 미학과 로만-에뽀뻬야 미학의 구체적 적용태들을 검증할 수 있게 해 준다. 또한 현대 소비에트 로만 연구의 심층적인 면모를 조감할 수 있는 매개로서 충분히 연구되어야만 한다.

의 논쟁적 성패에 로만-에뽀뻬야론 자체의 이론적 성립 여부가 직접적으로 관련되는 것은 아니지만, 단순하게 명칭 자체를 둘러싸고 논의가 진행되는 것은 별달리 유익한 성과를 내지 못할 수 있다. 치체린이 『로만-에뽀뻬야의 발생』 제2판 서문에서 이미 로만-에뽀뻬야론이 네 번째의 새로운 장르로 굳어졌다고 희망 섞인 단정을 내리고, 나아가 "로만-에뽀뻬야는 무엇에 맞서는 경쟁자가 아니다, 더욱이 로만이나 중편소설이나 단편소설의 행복한 경쟁자가 아니다."[33]라고 로만-에뽀뻬야의 우위성을 거듭 확인하면서도, 자신의 저서의 주요한 목적이 원래는 문체론적 연구였으며, "문체이해의 구체성과 효과성을 위한 투쟁"[34]을 이끌어 내기를 희망하고 있다고 말함으로써, 로만-에뽀뻬야론을 둘러싼 논쟁의 방향을 선회시키고자 하는 것도 바로 이런 이유에서라고 생각된다. 즉 소비에트 러시아 로만에서 나타난 새로운 장르 경향들을 구체적으로 증명하고 유형화하는, 다시 말해 무엇이 어떻게 왜 새로운가, 그 각각의 역사적 전망은 어떤 것인가라는 질문에 답하는 것이 보다 시급하고 보다 본질적인 과제여야 한다는 인식인 것이다.

4. 서사시여, 안녕?

뚜르빈 교수는 아마도 러시아의 소비에트 시대 문학에 대해 가장 문학적으로, 따라서 인간과 그 삶에 대해 가장 본질적으로 반

---

33) A. B. Чичерин, 위의 책, 5쪽.
34) 위의 책, 11쪽.

성하고 있는 글을 남기고 있다고 생각된다. 그는 『서사시여, 안녕?』[35]이라는 소책자에서 소비에트 시대의 문화와 문학에 대한 전반적인 반성의 기류를 담아내고 있다. 그중 책의 제목과 동일한 글에서 짧지만 매우 시사적인 언급을 하고 있다. 그는 소비에트 시대를 살아온 자신들이 서사시의 시대에 살았던 것이 틀림없고 서사시를 만들어 내려는 열망 속에 위대한 행복과 위대한 혼돈이 있었다고 진단한다.

> 나는 확신하고 확신하며, 앞으로도 확신할 것이다, 우리가 살았던 것은 서사시 속에서였다는 것을……. 우리 모두가 서사적 국가의 건설과정에 열정적으로 이끌려 들어갔고 우리에 의해 바로 서사시의 미학이 추동되었다는 것을…….
> (중략)
> 서사시를 건설하는 것은 위대한 행복이고 위대한 유혹이다. 우리나라에서 서사시의 건설이 전적으로 완전히 거짓이고 위선이었던 것은 아니다. 위대한 조국전쟁의 승리와 스탈린그라드의 전투 같은 것은 논의의 여지 없는 서사시이다. 공업화와 전력화로 나아가는 데에 있어 우리나라가 겪었던 그런 고난과 고통 없이 나아갈 수도 있었을 것임은 당연하리라. 그러나 그랬다면 그것은 서사시가 아니었을 것이고, 태양을 지상으로 끌어내리려는 전민중적 행위, 제의가 아니었을 것이다. 이런 행위가 바로 가장 본원적이며 고래의 것이고, 서사적 사회주의의 창조는 바로 그 위에 기초되는 것이다. 협동조합? 농장경영? 여기에 단 하나의 결점이 있다면, 너무나 실용적이라는 것이다. 수지타산의 문제, 서사시의 미학에 자리를 주지 않는 그런 경제학, 그리고 협동조합은 언제나처럼 죽었다. 미학적 감수성이 결여된, 요령부득의 그 이론가들과 함께.[36]

뚜르빈은 자신들이 살아왔던 '서사시' 속의 사회가 분명히 서사

---

35) В. Турбин, Прощай Эпос?, изд. Правда, Москва, 1990.
36) 위의 책, 38-39쪽.

시적인 요소를 가지고 있었지만, 전반적으로 '너무나 실용적인', '서사시적 감수성이 결여된' 상태로 전락하였다고 진단한다. '위대한 행복'이고 '위대한 유혹'이었던 서사시의 창조는 이제 위장된 행복이고 달콤한 유혹에 지나지 않았다는 것이다. 그리고 이제 "오른쪽으로 간다면 말을 잃을 것이요, 왼쪽으로 간다면 죽게 될 것이며, 그대로 간다면 길이 없다."[37]는 소설의 세계, 문제와 고뇌로 가득 찬 소설의 세계로 들어서게 되었다.

소설적 세계와 서사시의 세계라는 개념적 대비를 통해 현대 러시아에서의 삶을 문학적으로 – 그리하여 인간과 인간의 삶에 대해 가장 본질적이고 보편적으로 – 고찰하는 뚜르빈 교수의 고뇌는 여타의 시류적 '반성'과 '폭로'에 안주하는 평론들보다 깊은 울림을 지니고 있다. 나아가 서사시적 사고와 소설적 사고의 종합, 혹은 교향악적 울림을 고대하는 언급에서는 금세기 말, 인문학적 사고의 경계선과 위기의식, 그리고 그러한 위기의식과 경계선에서 취할 수 있는 자세까지도 느낄 수 있게 해 준다.

> 그렇다. 서사시는 있었다. 바로 우리 모두가 공동으로 그것을 건설하고자 했던 것이다. 그와 결별하는 것은 어려우며 그에 대한 향수도 이해함 직하다. 그러나 서사시는 그 힘을 다 소진했다는 것을 또한 이해한다. 갑자기 우리를 에워싼 소설적인, 특히나 소설적인 주인공들을 바로 현실 그 속에서 직면하면서, 우리는 소설의 세계로 들어선 것이다. 창녀들과 영혼 없는 사업가들, 정치 선동가들, 어머니로부터 버림받은 아이들, 희망 없는 환자들, 파렴치한 협잡꾼들…… (중략) 그리하여 소설적 사고, 소설적 세계투시의 일대 가격에 의해 과거의 것, 서사적인 것은 씻겨 내려가고 있다.
> 이제 서사시는 안녕이란 말인가? 만일 그렇다면 참으로 유감이다. 서사시

---

37) 위의 책, 40쪽.

는 깨끗하게 소설을 배척하였지만 소설은 똑같이 그에 응답해서는 안 될 일이다. 교향악을 만드는 것, 소설적 사고와 서사시적 사고의 종합을 이루는 것, 그들을 조화롭게 만드는 것, 그것은 분명히 하나의 과제이다. 누가 그 과제를 해결할 것인가?[38]

지금은 고인이 된 블라지미르 뚜르빈 교수의 질문, "이제 서사시는 안녕이란 말인가?"라는 질문은 루카치와 바흐친의 소설철학에서 제기되고 있는 소설의 전망문제와 잇닿아 있으며, 로만-에쁘뻬야론을 성립시키고자 했던 치체린과 문제의식을 공유하고 있다. 뚜르빈 교수가 제시하는 과제, 즉 소설적 사고와 서사시적 사고를 조화롭게 종합하여 교향악처럼 울리게 해야 할 것이라는 과제는 그 구체적인 현대적 양상을 제기하고 있는 것은 아니지만, 바흐친이 말했던 '다성악 소설 개념'과 루카치가 말했던 '길 없는 시대의 길 찾기로서의 소설' 개념과 긴장된 울림을 보여 주고 있는 것이다. 또한 치체린의 로만-에쁘뻬야론과 형식적 일치를 보여 주는 것은 아니지만, 이 이론을 낳게 한 기본적인 동기와 모두 동질적인 것이 아닌가.

5. 이론과 이데올로기

러시아 소비에트 소설론은 항상 소설성과 서사시성의 긴장관계 속에서 형성되고 인식되어왔다. 그 극적인 대립의 한 양상이 로만-에쁘뻬야론을 둘러싸고 나타나고 있지만 기실 그 근본적인 문제

---

38) 위의 책, 42쪽.

의식은 모든 소비에트 소설론의 방법론적 중심에 놓여 있다. 소설성과 서사시성의 공존이나 혼합이 애당초 불가능한 이념이라고 치부할 수도 있겠지만, 로만 – 에뽀뻬야론을 둘러싼 논의에서 보이듯 대부분의 소비에트 문학자들은 분명히 소비에트 로만 현상에서 전통적 로만의 경계를 넘어서려는 양상에 주목하고 있다. 그러한 장르적 모색이 곧바로 로만 – 에뽀뻬야 장르를 확증해 주는 것은 아니지만, 최소한 그와 같은 지향성이 가장 의미 있는 장르적 도전 중의 하나라는 것은 인정될 수 있다.

로만 – 에뽀뻬야론은 30년대 모스크바에서 전개된 소설논쟁에서 루카치의 발제문에 나타난 소비에트 소설의 전망을 '적극적'으로 수렴하는 것이라고도 볼 수 있을 것이다. 즉 루카치가 『소설의 이론』에서 소설을 '길 없는 시대의 길 찾기'로 규정하였지만, 러시아 사회주의 혁명 이후 30년대에는 사회주의 소설을 '서사시적 경향'으로 특징짓고자 했던 점의 논리적 발전이라고 볼 수 있을 것이다. 그러나 루카치가 여러 단서를 통해 여전히 그 '경향'에 주목할 수 있을 뿐, 섣불리 그 완성을 언급하지 않는 것과, 치체린이 그 경향의 장르적 완성을 운위하는 것과는 매우 커다란 관점의 차이가 있는 것이다(그럼에도 불구하고 여전히 그들의 경향적 일치는 남아 있지만).

로만 – 에뽀뻬야론의 확립은 사실 소비에트 사회주의 이데올로기와 내적으로 조응하는 측면도 지니고 있다. 즉 과정으로서의 사회주의라는 관점보다 완성된, 발전된 사회주의라는 표현을 선호했던 소비에트 시대의 논리는 소설론에서도 당연히 자신의 대변자를 원했을 것이다. 하지만 그렇다고 로만 – 에뽀뻬야론 자체가 단순히 사회주의 리얼리즘의 관료화된 모델이라고 말할 수는 없다. 그것은 일정하게 전통적인 로만 장르론의 발전에 근거하고, 로만이론의 내적 모순성에 대한 하나의 이론적 대안일 수도 있기 때문이다. 이런 점에서 로만-에뽀뻬야론은 사회주의 리얼리즘론의 현실을 보여주는 한 양상이라고 볼 수 있겠다. 그러나 많은 연구자들이 다른 한편, 이 이론의 추상성, 이데올로기성을 지적하면서, 소비에트 로만을 전통적 로만의 경계확장으로서 이해하고자 노력했던 측면 역시 사회주의 리얼리즘의 또 다른 양상이라고 말하지 않을 수 없다. 결국 사회주의 리얼리즘 내에서 전개된 소설론의 몇 가지 색조를 우리는 주목할 수 있을 것이며, 그 색조에 대한 분별력과 감식안을 통해 근대소설의 '미래적 가능성'과 욕망에 올바르게 접근해 나갈 수 있을 것이다.

제2부

반성과 지향으로서의 소설 미학

세계관과 방법, 혹은 내용과 형식

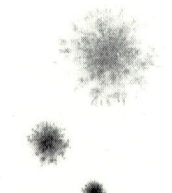

1. 블라고다리스트와 바쁘레끼스트

반동적인 세계관을 가진 작가가 그 세계관에도 불구하고 진보적인 문학 세계를 창조할 수 있는가. 혹은 진보적인 세계관을 가진 작가만이 진보적인 문학세계를 그려 낼 수 있는가. 훌륭한 문학작품이 만들어지기 위해서 보다 강조되어야 할 것이 작가의 세계관인가, 아니면 작가가 사용하는 문학방법인가.

앞에서 우리는 소설의 역사철학이 현실 인식과 매우 긴밀하게 연관되어 있음을 살펴보았다. 이제 소설의 역사철학이 구체적인 작품 속에서, 즉 소설이라는 현장에서 어떻게 어떤 의미로 구현되는지를 살펴볼 필요가 있다. 소설이라는 현장에서 활용되는 '건축 자재'는 매우 다양하지만 그중에서도 많은 자재들을 하나로 묶어 주는 기둥과 같은 역할을 하는 것, 다시 말해 소설 미학의 핵심적인 문제를 담고 있는 것은 세계관과 방법에 관한 문제라고 말할 수 있다.

세계관이 잘못된 작가가 올바른 문학 방법을 취할 가능성은 아주 희박하다. 마찬가지로 세계를 올바르게 과학적으로 보는 작가라고 해서 자동적으로 훌륭한 문학작품을 창조한다는 것도 상정하기 어려운 일이다. 결국 세계관과 방법은 상보적인 요소로 이해될 수밖에 없고 세계관 속에 방법이, 방법 속에 세계관이 내재적이며 상호 전제적인 관계를 형성하고 있다고 볼 수 있다. 그렇다면 '세계관도 훌륭하고 방법도 훌륭하다면' 당연히 좋은 작품이 나오지 않겠느냐는 상식적인 결론에 근거하여 예술과 문학에서 세계관과 방법이 상호 작동하는 구체적인 현상에 대한 분석과 이를 통한 유형화, 역사적 변화 양상 등을 논구하는 것이 보다 생산적이었을 것이다.

그러나 현대문학 과정에서 세계관과 방법의 문제는 항상 그 중심이 어디에 있는가에 모아졌다. 예술방법의 문제를 세계관에 종속시켜 버리고자 했던 20년대 러시아 라쁘(РАПП) 계열의 블라고다리스트(благодаристы)의 주장이 그러했고(반대로 이에 대한 형식주의적 반발 또한 문제의 일방적 인식이라는 점에서는 동일한 책임이 있다.), 30년대 『문학비평가』(Литературный критик)지를 중심으로 한 바쁘레끼스트(вопрекисты)의 방법우위론이 또한 그러했다.[1] 세계관과 방법이 아무런 매개 없이 직선적으로 일치하는가, 혹은 그 어느 쪽이 보다 선차적인 중요성을 지니는가, 혹은 모순을 일으키고 충돌하는가라는 문제제기는 항상 세계관과 방법 중 어느 하나에 우월적 지위를 부여하는 논리체계를 확립하도록 몰아갔던 것이다. 이렇게 대립적인 문제설정과 양자택일을 강요받는 상황에서 각각의 입장은 자신의 논리적 정합성을 강조하고 다

---

1) '블라고다리스트'는 세계관 덕분에 좋은 작품이 나온다고 주장한다는 점에서 러시아어 블라고다랴(багодаря '……덕분에')에서 나온 말이고 '바쁘레끼스트'는 잘못된 세계관에도 불구하고 좋은 작품이 나올 수 있다고 주장한다는 점에서 러시아어 '바쁘레끼'(вопреки '……에도 불구하고')에서 나온 말이다.

른 입장에 대한 단순화와 과격한 비판을 전개하기에 급급하여 문제설정 자체가 잘못되었거나, 혹은 일정한 조건 속에서만 그런 문제설정이 타당한 것이라는 생각이 자리할 공간은 존재하지 않았다.

　사실 세계관과 방법에 대한 문제는 20년대 러시아 문예학의 발전과정에서 내적인 필연성을 가지고 제기된 것으로 형식주의 문학론과 사회학적 문학론을 동시에 극복할 수 있는 중요한 계기였다. 잘 알려져 있다시피 문학 텍스트의 시학적 분석을 통해 문학성의 본질을 구축하려했던 형식주의와 문학을 사회관계의 직접적 반영으로 고찰하려는 사회학주의 경향은 그 자체로는 완전한 문학이론이라고 할 수 없겠지만 러시아 문예학의 발전과정에서 전(前) 시대의 이론적 한계를 넘어서기 위한 불가피한 과정적 역할을 수행하고 있었다. 또한 변화된 현실에 대한 문학예술의 대응을 모색하는 과정의 산물이라는 점에서 이 두 경향은 나름대로 역사적 사명을 수행하고 있었던 셈이다. 따라서 20년대 러시아 문예학은 이 두 경향을 지양하고 극복함으로써 새로운 시대의 새로운 문학이론으로 발전해 가야 했다.[2] 세계관과 방법에 대한 문제는 이 과정에서 다양한 논의를 매개할 수 있는 중요한 계기가 될 수 있었던 것이다. 그러나 논의가 폐쇄적인 주장과 배타적 논리전개로 흘러가면서, 형식주의와 사회학주의에 대한 일방적 비판과 폐기만을 목청 높게

---

2) 골룹꼬프는 그러나 세계관과 방법의 논의가 소비에트의 일원론적 문학체계의 구축에 기여하고 있다고 본다. 많은 다양한 대안적 가능성을 사회주의 리얼리즘이라는 일원론으로 수렴해 가는 과정에 기여하였다는 것이다. 물론 그는 이 과정에서의 모든 논의가 관료적 사회주의 리얼리즘에 속한다고 말하지는 않는다. 사회주의 리얼리즘 확립에 기여했으면서도 사실은 "세계관과 창작을 둘러싼 논쟁은 공식적인 문학이론을 만들던 자들의 유일한 실패"였다고 말한다. 즉 세계관과 방법 논의 자체가 일원론적 문학론 자체는 아니었다는 의미로 이해할 수 있다(M. 골룹꼬프, 『러시아 현대문학과 잃어버린 대안』, 서상범 역, PUFS, 2003, 63쪽.).

소리치고, 방법과 세계관에 대한 선택적 문제 틀의 확립에 급급한 나머지 결과적으로 화석화한 사회주의 리얼리즘론의 구축으로 나아가게 되었고 그 결과는 역사적으로 이미 드러난 바이다.

1980년대 우리나라의 리얼리즘 문학론에서도 유사한 논쟁이 발생했고 나름의 해법을 지향하였지만 결론적으로 이러한 오류의 반복을 완전하게 피하지는 못했다. 문학이 당면한 사회현실의 문제와 깊게 연루되는 것은 당연한 일이지만 문학이 이에 대응하는 방식마저 이로부터 곧바로 유추되는 것은 아니다. 더구나 잘못된 이해에 근거하여 문학에 '총동원령'을 내린다면 오히려 문학의 현실 작용력이 훼손되어 버릴 수도 있다는 것은 우리의 아픈 경험이 보여주는 사실이 아닐 수 없다. 작품을 보기 이전에 먼저 작가의 세계관적 입장에 주목하고 그의 예술적 역량보다 사회적 활동에의 참여가 더욱 중시되던 급박한 시대 상황은 문학작품 속에 제시되는 당파성의 문제와 전망의 문제를 매우 협소하게 파악하고 적용하도록 만들었고 그 결과 탄생한 문학론들은 30년대 소비에트식 문학론에서 크게 벗어나지 못했던 것이다.

세계관과 방법이라는 문제 틀 자체가 20세기 리얼리즘 문학론에서 차지했던 의미를 부정할 수는 없지만 오늘날 이 문제 틀을 극복하는 것은 미룰 수 없는 문제이다. 더구나 이 문제는 단순한 개념에 대한 것이 아니라 문학론 전반에 대한 새로운 고찰을 요구하는 것과 관련되어 있다. 그러나 어찌된 일인지 어느 사이 이 문제는 더 이상의 논란의 대상이 되지 않고 있다. 문제가 다 해결된 것인지 아니면 이 문제 자체가 틀렸다는 것인지, 혹은 미해결인 채로 다른 더 급한 문제가 대두된 것인지 명확하지 않게 얼버무려지고

만 것이다. 그렇게 되면 특정한 사회조건 속에서 또다시 이 문제는 동일한 형태로 제기될 것이고 동일한 결과에 직면하게 될 위험성이 있다. 이런 점에서 세계관과 방법에 대한 기존의 논의를 이해함과 더불어 이 문제의 함정으로부터 벗어나서 보다 생산적인 논의로 나아가는 것은 여전히 매우 필요한 일이다.

2. 문학에서 세계관이란 무엇인가

예술창작 과정에서 작가의 세계관이 중심적인 역할을 한다는 점을 부인할 사람은 없을 것이다. 현실 그 자체의 성격과 특성, 그리고 다양한 민족적, 문화적 전통도 작품구상에 영향을 미치는 요소들이지만 이 모든 것을 취사선택하고 의미 부여하는 작가의 이념적 태도를 포함하여 세계에 대한 작가의 일반적인 태도 전체와 관련된 세계관은 창작 과정의 모든 요소들을 수렴하며 주재하는 역할을 한다고 말해도 과언은 아니다.

예술가의 세계관은 "자기 인식의 한 형식"이며, "예술작품에 표현된 현실, 즉 창조적 개인성의 정신적 자기규정에 결정적인 영향을 주는 현실이 세계관이라는 프리즘을 통해 수용되고 평가되며 의미부여 된다." 그리고 "특정한 정신적 실천적 현상으로서 세계관은 인간의 세계(자연, 사회)에 대한 태도의 보편화된 표상이며 개인의 사명과 삶의 의미에 대한, 그리고 인류의 역사적 운명에 대한 표상들을 제공하는 것이다. 특히 현실의 세계관적 획득수법의 남다른 특징은 인간을 위해 그 의미를 고려하여 세계를 표현한다는 것이다."[3] 이러한 상식적이고 폭넓은 정의에 입각해볼 때 예술에서 작가의 세계관은 특정한 정치관이나 이데올로기에 대한 입장 표명으로 단순화시킬 수 없는 '보편화된 표상'이며 예술에 담기는 모든 삶의 재료에 대한 태도의 표명과 관련되는 것이다. 물론 세계에 대한 인식과 표현에 작용하는 세계관의 연관성 역시 중요한 계기이지만 무엇보다 예술에서 세계관은 '인간을 위해' 세계와 자신의 '의미'를 고려하는 가치적 태도로서 인식과 표현에 관계한다고 말할 수 있다. 따라서 그것은 기존의 정해진, 체계화된 어떤 이념이나 이론체계의 반복, 혹은 추종으로 요약되지 아니하며 오히려 그 이상의 폭넓은 태도까지를 포괄하는 개념으로 받아들여져야 한다.

그렇다면 이와 같은 문학적 세계관은 어떻게 파악될 수 있는가. 우선 예술가 자신에 의해 표명된 것이 그의 세계관을 파악하는 데에 있어 일차적인 자료가 될 수 있다. 예술가의 세계관의 전모를 직접적으로나 간접적으로 알게 해 주는 자료로서 작가 자신의 평론, 정치행위, 기타 생활 자료 등등이 종종 활용되는 것도 이러한 이유에서이다. 그러나 이런 자료가 예술적 세계관을 판단하는 유일하게 믿을 만한 자료라고 말할 수는 없으며 일정 시기의 예술가의 세계관 일반을 이해하기 위해서는 보다 많은 사항들이 동시에 고려되어야 한다. 예술가의 발언이 처한 복잡한 사회, 역사적 상황을 고려해야만 하는 것이다. 그러나 신뢰할 만한 자료들을 통해 객관화된 일관성을 추출해 낼 수 있다면 이 일차적 자료는 예술가의 세계관을 이해하는 데에 많은 도움이 될 것임에 틀림없고, 나아가 예술작품에 드러나는 다양한 예술현상을 이해하는 데에 큰 도움이

---

3) A. A. Беляева и др., Эстетика: Словарь, Политиздат, М., 1989, c. 205.

되리라는 것을 부인할 수 없다.[4]

다른 한편 작가의 세계관은 항상 단일한, 수미일관한 체계로서의 그것이 아니다. 따라서 세계관의 어느 한 측면만을 특별히 규정적인 지위로 고양시키거나, 그에 따라 서열화시키는 것은 주관적인 이해로 나아갈 가능성이 있다. 세계관은 특정한 정치이념이나 사회이념과 같이 하나의 객관적 개념체계로만 설명될 수 없다. 세계 일반에 대한 주체의 '보편화된 표상'으로서의 세계관 속에는 당연히 모순적이며 복잡한, 그리고 불균등한 작가의 인식발전과 무의식적 태도, 전통적 요소의 영향, 일정한 계급적 반영과 왜곡이 복합적으로 담겨 있는 것이다. 정치적으로 진보적인 이념을 표명하고 신봉하는 예술가가 일반 가족관계에 있어, 혹은 개인생활에 있어서는 매우 보수적인 경우가 있을 수도 있고, 예술적으로는 진보적인 태도를 견지하고 있으면서도, 실제의 정치행동은 매우 보수적인 경우도 얼마든지 있을 수 있다. 그리고 실제는 이렇게 진보적, 보수적이라는 규정을 내리기도 매우 어려운 복잡하고 모순적인 현상으로 예술가의 세계관이 나타날 수 있는 것이다. 따라서 작가가 자신의 작품에 대해 작품 외적으로 평가한 말도 사실은 온전히 믿을 수만은 없다.

다른 한편 이렇게 모순적인 작가의 세계관이 전 창작 과정에 걸쳐, 다양하게 변모해 갈 수 있고 한 작품의 창작 과정에서도 그 양

---

4) 고골의 세계관을 평가함에 있어 고골이 행한 작품 외적인 세계관적 입장의 표명을 작품의 이해에 적절하게 활용한 예로는 흐라쁘첸꼬의 분석이 있다. 그는 고골의 창작세계의 발전과정에서 고골 자신의 세계관적 입장과 작품에 드러난 세계관의 문제를 종합적으로 고려하면서 고골의 창작 과정을 고찰해 냄으로써 고골의 세계관을 외부적 자료에 근거하여 고정하고 이를 작품에 기계적으로 적용하려는 많은 오류들을 극복하고 있다(М. Б. Храпченко, Творческая индивидуальность писателя и развитие литературы, Советский писатель, М., 1975. 제2장 참조.).

상을 달리하며 드러날 수 있다.[5] 작가는 수없이 작품의 기획을 확대하거나 축소하거나 바꾸어 가게 마련이다. 따라서 우리가 작가의 어떤 시기의 몇몇 특징적인 세계관을 기계적으로 모든 창작 시기에 적용하는 것은 당연히 옳지 않다.

그러나 예술가의 세계관이 복합적이며 모순적이고, 가변적이라고 해서 세계관이 나타나는 양상의 차이를 지나치게 강조할 수는 없다. 차이에 정당하게 주목하되 그 차이에도 불구하고 그 차이를 낳는 원인으로서의 일반적 토대와 차이들이 지닌 모순적 유기성을 이해하고자 노력해야 한다. 대체로 예술가의 세계관과 방법에 대해 언급하면서, "절대로 작가를 믿지 말고 작품을 믿어라."라는 금언이 그 합리적인 핵심의 이해보다, 작가의 세계관과 방법의 분리로 나아가는 데 이용된다면 그것은 일종의 착종이 되어 버릴 것이다. 작가의 논평이나 시평에서 드러나는 세계관과 작품에 구현되는 수준의 세계관은 항상 동일한 것이 아니며, 때로 모순적이기도 하지만 그렇다고 해서 그 개념 사이에 완전한 단절이 있다고 말할 수는 없다. 대체로는 그 관련은 매우 유기적이고 밀접하다. 정론적인 작가의 말과 작품 속에 드러난 이념 사이에는 정당한 연관이 있으며, 예술가의 세계관의 모순성도 그러한 연관의 한 형태라고 말할 수 있다. 따라서 위의 금언은 정론가로서의 작가와 예술가로서의 작가를 편의적으로 동일시하고 동질적인 것으로 대입하고자 하는 것에 대한 경계 이상의 의미로 읽혀서는 안 될 것이다.

물론 예술가의 세계관은 자신의 예술작품 속에 가장 완벽하게

---

5) 푸시킨이 『예브게니 오네긴』을 8년여에 걸쳐 집필하면서 자신의 세계관적 입장의 변화에 대해 스스로 언급했던 사실은 잘 알려진 한 예이다.

담겨 있을 수 있다. 그러나 작품을 의도의 완성으로 보는 것은 전제의 오류이며, 닫힌 텍스트로서 의도와는 무관하게 그 자체로 의미를 생산하는 것과 마찬가지로 비역사적인 오류라는 비판을 피할 수 없다. 작품을 통해 파악할 수 있는 예술가의 세계관이 다른 어떤 자료를 통해 파악하는 것보다 풍부하고 정확할 가능성이 있다. 그러나 그 역시 절대적인 기준이 될 수는 없다. 무엇보다도 작품 자체가 예술가의 개인적인(주관적인) 산물이자 역사적인(객관적인) 산물로서 예술가 개인의 의지에 의해 형성되며 또한 역사적 규정도 받고 있기 때문이다.

3. 리얼리즘론에서 세계관과 방법

예술가로서의 작가의 세계관이 문학과정에서 차지하는 역할과 의미는 여러 문학이론에서 다양하게 이해되고 있다. 헤겔이 말한 절대정신의 표현으로서의 예술 이념이나 사회주의 리얼리즘 논의에서 당파성, 혹은 바흐친이 말한 작가의 이념적 활동성의 문제 역시 세계관 문제에 대한 적극적 접근의 하나라고 볼 수 있다. 반대로 작가의 기능과 역할을 배제하고자 하는 형식주의적 접근과 구조주의적 문학 방법론, 심지어 주체로서의 작가의 배제나 해체를 제기하고 있는 현대의 여러 논의도 작가의 세계관과 세계관의 이데올로기성에 대한 문제에 대해 결코 완벽하게 무관할 수가 없다.

그러나 작가의 세계관적 입장이 작품에 담기는 예술현상에 대한 접근은 단순하지 않다. 작품에 표현된 세계관적 언표들이 이념적으로 아무리 정당하다 해도 그것이 예술방법을 경과한 것이 아니라면 그것은 결코 '예술적 세계관'의 높은 수준을 말하는 것이 아니다. 리얼리즘 예술방법을 역설하면서 마르크스와 엥겔스가 당대의 진보적 작가들의 작품에서 비판적 시선을 거두지 않을 수 없었던 것도 이런 이유에서다. 그들은 작가의, 혹은 시대정신의 '단순한 전달도구'를 만들어 내는 경향을 '현실의 진실한 재현'으로 보지 않았다. 특히 사회주의에 동조하는 많은 작가들에게서 이러한 경향을 발견하게 되는바, 이에 대해 마르크스와 엥겔스는 우호적이면서도 엄중한 비판을 가한다. 마르크스는 당대의 본질적인 현상들을 작품에 담기 위해서, '셰익스피어화'되어야 할 필요성을 강조한다.

> 당신은 당신 나름대로 더 셰익스피어화했어야만 했습니다. 저는 당신이 쉴러화한 것, 즉 개인들을 시대정신의 단순한 전달도구로 전락시킨 것이야말로 가장 중요한 오류라고 여깁니다.[6]

그리고 엥겔스도 그 의미상 동일한 지적을 하고 있다.

> 등장하는 주요인물들이 특정 계급들과 방향들의 대표자들이며, 따라서 또한 그들 시대의 특정 사상들의 대표자들입니다. (……) 그렇지만 한 걸음 더 나아가 개선돼야 할 점이 있다면, 이러한 동기들이 행위 자체의 전개를 통해서 갈수록 생동적으로, 활동적으로, 이른바 자연성장적으로 드러나야 할 것이며, 이에 반해서 논리를 따지는 논쟁은 갈수록 더욱 불필요하게 되어야 할 것이라는 점입니다.[7]

---

6) 만프레트 클림 엮음, 『맑스·엥겔스 문학예술론 1』, 위의 책, 191쪽. 라쌀레가 자신의 희곡 「지킹엔」에 대한 의견을 묻는 편지에 대한 답장에서.

7) 위의 책, 197쪽.

'시대정신의 단순한 전달도구'가 되는 것은 작가의 인식적 세계관의 표현일 수 있다. 또한 주요 인물들을 특정 계급과 방향들의 대표자로 만들고 이들의 상호관계에서 작가의 이념적 태도를 표현하는 것은 작가의 세계관이 직접적으로 관계되는 부분일 것이다. 그러나 사회주의라는 세계관적 입장을 자신들의 이념적 절대명제로 사고했던 마르크스와 엥겔스에게 그러한 세계관적 표현이 '가장 중요한 오류'가 되고 '더욱 불필요한' '논리를 따지는 논쟁이' 되는 것인가. 그것은 이들이 바로 문학과 예술의 특수성에 대해 잘 이해하고 있기 때문이다. 문학적 방법을 경과하지 아니한 세계관적 입장은 진실로 '예술적 세계관'이 될 수 없다는 것이다.

　엥겔스는 마가렛 하크네스에게 보내는 그 유명한 편지에서, 발자크의 작품을 예로 들며, 작가의 세계관의 모순가능성에 대해서까지 말하고 있다. 그는 "저자의 견해가 숨겨져 있을수록 예술작품은 더 좋은 것입니다. 제가 말하는 리얼리즘은 심지어 저자의 일정한 견해에도 불구하고 나타나게 될 수가 있습니다."[8]라고 충고한다. 여기서 말하는 '견해'라는 것은 물론 문맥에서 분명하게 드러나듯이 작가의 정치적 견해들을 지칭하고 있다. 발자크가 정치적으로 정통주의자, 즉 왕정파였고, 부르봉 왕가에 대한 사회정치적 충성심을 가지고 있었음에도 불구하고 리얼리스트 예술가로서의 발자크는 귀족 계층에 대한 냉소적 태도를 배제하지 않고 있음을 말하는 것이다. 발자크는 사회와 삶에 대한 다양한 체험과 관찰을 통해 획득한 아주 폭넓은 직접적 표상들에 ─ 이론화되거나 이념적으로 수렴되지 않는, 그러나 그의 세계관을 구성하고 있는 ─ 힘입어 자기가

―――――――――――
8) 위의 책, 164쪽.

공감하는 계급의 운명에 대해 신랄하게 쓸 수 있었던 것이다. 더구나 자신의 정치적 적대자들, 민중대중의 대표자들에게 숨길 수 없는 감탄을 표하지 않을 수 없었다는 것이다.

그러나 유감스럽게도 위의 엥겔스의 진술은 수없이 오해되어 왔다. 마르크스와 엥겔스의 문학예술론을 전체적인 문맥에서 이해하려고 하기보다는 몇몇 구절을 과장되게 '이론화'하여 잘못된 이론의 버팀목으로 삼고자 하는 경우가 많았던 것이다.[9] 그중에서도 리얼리즘의 승리에 대한 엥겔스의 진술로부터 예술가의 세계관과 예술방법이 충돌과 모순을 일으킨다는 견해를 유도해 내는 논리가 가장 유력하면서도 뿌리가 깊은 것으로 무엇보다 먼저 극복되어야 할 대상이며 극복할 의미가 있는 논리이다.

방법과 세계관의 모순이론은 30년대 초반부터 『문학비평가』를 중심으로 유진과 로젠딸, 루카치 등을 통해 이론적으로 정립되기 시작하였다.[10] 이들은 과거의 위대한 예술가들, 발자크나 고골, 톨스토이 등이 반동적인 세계관을 가지고 있었음에도 불구하고 자신의 '견해들', 즉 '세계관'에 반하여 위대한 천재적인 작품들을 창조해 냈다고 확신하였다. 이들은 문학예술과 그 역사에 나타나는 복잡다단한 문제들을 간단하게 해결해 주는 것으로 방법과 세계관의

---

9) 물론 이런 오해나 왜곡은 마르크스와 엥겔스가 문학예술에 관한 체계적인 저술을 남기고 있지 않다는 사실에도 원인이 있다. 잘 알다시피 그들은 자신들의 완결된 미학론이나 예술론을 남긴 것이 아니다. 단편적인 평가나 비평들을 통하여 후대에 '구성된' 예술론은 당연히 '구성하는 관점'에 따라 다양한 편차를 보이고 있다.

10) 유진과 로젠딸의 이론은 기본적으로 루카치적 입장과 동질적이다. 다만 작가의 창작적 실천의 문제를 강조한다는 점에서, 즉 방법 자체의 절대화로 나아가기보다 여전히 세계관과 방법의 실천적 통일이라는 문제의식을 가지고 있다는 점에서 오늘날 새롭게 읽힐 수 있는 가능성이 있다. 이들의 논의는 홀거 지겔의 『1917 – 1940 소비에트 문학이론』(정재경 역, 연구사, 1988, 186 – 200쪽)을 참조.

모순이론을 활용하였다.

　루카치는 톨스토이 작품을 고찰하면서 톨스토이의 사회적 역사적 환상을 아주 세밀하게 규정해 내고, 그러한 환상에도 불구하고 톨스토이의 리얼리즘적 힘은 전혀 파괴되지 않았을 뿐만 아니라, 오히려 톨스토이 예술의 파토스, 위대함, 깊이 등과 관련되어 있다고 논지를 전개하였다. 루카치에 따르면 "톨스토이의 세계관은 반동적 선입관에 의해 깊이 물들어 있다. 그러나 톨스토이의 경우에 있어 이러한 세계관은, 솟구쳐 올라오는 미래지향적인 건강한 민중운동과 떼려야 뗄 수 없이 결합되어, 바로 이 민중운동의 약점과 반푼성을 표현하고 있는 것이다."[11) 루카치는 곧바로 이러한 입장이 "그릇된 세계관이면 어떤 것이나 위대한 리얼리즘 문학을 지탱하는 데 기여한다는 의미는 물론 아니다."[12)라고 단서를 달고 있다. 그러나 "한 예술가가 그릇된 세계관의 토대 위에서 전례 없는 걸작을 창조한 것은 톨스토이의 경우가 유일한 것은 아니다."[13)라고 하면서 발자크, 스탕달을 비롯하여 고골리, 도스토옙스키의 경우에까지 이러한 문제 틀을 지속적으로 적용하고자 노력함으로써 '리얼리즘의 승리', 즉 방법의 승리론을 강조하고 있다.

　사실 루카치의 의도는 세계관과 방법이 모순된다는 직접적인 결론과는 구별될 수 있다. 하지만 결국 작가의 위대함과 창조적 능력 일반의 문제를 작가의 방법에 돌리면서 수많은 위대한 작가들이 후진적 견해들, 보수적이고 심지어는 반동적인 세계관을 가진 사람

---

11) G. 루카치, 『변혁기 러시아의 리얼리즘 문학』, 위의 책, 229쪽.
12) 위와 같음.
13) 위와 같음.

들이었음을 논증하려고 애쓰는 결과를 빚었다는 점은 부정하기 어렵다. 과거 문학의 대가들이 후진적이고 보수적 견해를 지닌 사람들이라는 논증의 효과는 바로 방법과 세계관의 모순 이론의 토대가 되었던 것이다. 루카치의 주도적 영향 아래 '바쁘레끼스트'들은 반동적 이념들과 탁월한 작가들의 창조적 노동이 모순됨을 주목하기보다 '그럼에도 불구하고' 방법의 승리를 강조하였다.

앞서 언급하였듯이 이들은 엥겔스의 리얼리즘론을 곡해하고 있거나 이론적으로 다른 차원에서 사용하고 있다. 엥겔스는 '세부의 디테일만이 아니라 전형적 상황 속에서의 전형적 인물'을 그린다는 리얼리즘 예술방법이 다른 예술방법에 비해 역사적으로 가장 진보한 방법으로 간주하고 있고, 발자크의 리얼리즘이 '그의 견해에도 불구하고' 진보적인 예술작품을 창조하게 만들었다고 말했다. 그러나 "발자크가 어쩔 수 없이 자기 자신의 계급적인 공감이나 정치적 선입견에 반해서 행동하지 않을 수 없게 되어 자신이 애호하는 귀족들의 몰락의 필연성을 보았고 또 그들을 결코 더 좋은 운명을 맞이하지 못할 인간으로 묘사하였다는 점, 그리고 그가 미래의 진정한 인간들을 그 당시에는 유독 그들만이 눈에 뜨일 수 있었던 그런 곳에서 보았다고 하는 점－바로 그 점을 저는 현실주의의 가장 위대한 승리들 중의 하나"[14]라고 엥겔스는 말한다. 바로 이러한 언급에서, 이들은 정치적 견해와 선입견, 혹은 계급적 공감을 지칭하였던 '견해'를 세계관 일반의 문제로 확정 짓고, 경향문학에 대한 경계의 맥락에서 '리얼리즘의 승리' 개념을 강조한 것을 리얼리즘 방법의 세계관에 대한 승리 일반의 문제로 전화시켜 버린 것이다. 발

---

14) 만프레트 클림, 위의 책, 165쪽.

자크가 자신의 계급적 공감과 정치적 선입견에도 불구하고 볼 수 있었던 것은 바로 발자크의 세계를 보는 능력(세계관)이 아니라고 말할 것인가. 이런 점을 깊이 있게 고려하지 않고 문제를 단순하게 도식화함으로써, 리얼리즘의 승리라는 개념이 어느 사이 예술작품의 창조에서 작가의 세계관과 무관하게 리얼리즘이란 것이 있어 작가도 모르는 사이에, 아니 작가의 그 어떤 세계관에도 불구하고, 아니 반동적인 세계관을 가지면 오히려 그 도움으로 훌륭한 예술작품을 창조하게 된다는 기괴한 형태의 서자를 거느리게 된 것이다. 실로 방법의 절대화이자 신비화이다. 그것은 세계관을 방법 그 자체로 오해했던 속류 사회학주의를 극복하고자 하는 그 '의도'와는 달리 다른 속류화로 나아갈 길을 열어 놓는다.

방법과 세계관의 모순이론은 아베르바하로 대표되는 "예술 방법이란 실천에서의 세계관"[15]이라는 라쁘의 논리를 극복하는 데에는 일정한 효과를 가지는 것이었다. 예술가의 세계관적 이해와 예술 방법의 자동적인 동일시는 이미 20년대 프롤레타리아 문학 진영과 비프롤레타리아 문학 진영을 기계적으로, 출신 성분에 따라, 이데올로기적으로 분할하려는 무모한 시도들의 이론적 귀결이다. 이러한 논리 속에서는 예술가가 현실을 대하는 특수한 태도와 현실을 문학화하는 특수한 예술 방법에 대한 고려보다는 무엇보다 먼저 예술가가 "변증법적 – 유물론의 세계관"[16]으로 무장하는 것이 요구되었고, 그렇게 인정되는 작가만이 '혁명적' 작가로 무엇보다도 먼

---

15) На литературном посту, 1933년 제25호, с. 5.

16) 문학그룹 『Октябрь』의 강령 참조(Русская советская литературная критика (1917 – 1934), Хрестоматия, Просвещение, М., 1981, с. 72 – 75.).

저 받아들여졌던 것이다. 따라서 이러한 '세계관'을 직접적으로 표명하지 않는 작가나 그룹들은 그들의 창작품과는 무관하게 '부르주아적', 혹은 '반혁명적' 작가로 매도되는 것은 당연했다. 톨스토이가 귀족 출신이기 때문에 그의 창작은 귀족적 세계관을 반영하고 있는 것이라는 속류 사회학주의적 태도나, 문학작품에서 '사회학적 등가물'을 찾아야 한다는 플레하노프 개념을 단순화시킨 이해, 혁명 이전의 '부르주아 사회'의 모든 예술적 유산을 폐기할 것을 요구하며 순수한 프롤레타리아트 문화를 구축해야 한다는 프롤레트쿨트적인 이해, '푸시킨과 톨스토이를 현대의 기선에서 내던져 버려라.'는 극좌적인 슬로건 등등은 모두 세계관과 방법의 동일성이라는 테제를 공유하는 것이었다. 바로 이런 주장들에 대해 세계관과 방법의 불일치에 주목하는 이론은 문학과 예술의 고유한 논리에 근거하고 논의의 중심을 바로 세우는 역할을 충분히 했던 것이다.[17)]

세계관과 방법의 불일치성에 대해 주목하는 것은 사회학주의와 형식주의의 편향을 넘어서는 계기가 되었지만, 방법의 절대화라는 비판을 벗어날 수 없었다. 새로운 문학의 창조에서 계급적 세계관의 문제에 상대적으로 비중을 두지 않게 됨으로써 루카치를 비롯한 모순론자들의 이론이 소비에트의 주류 비평계로부터 비판을 면할 수 없었던 것이다. 누시노프와 같은 이론가는 모순론자의 문제제기 자체는 인정하면서 모순이 일어나는 것은 세계관과 방법 사이에서가 아니라 현실 자체의 모순 때문이라고 설명하면서 여전히 세계관의 우월적 위치를 주장한다.[18)] 이러한 주장은 세계관과 방법

---

17) 사회학주의 문학방법론에 대한 상세한 접근은 홀거 지겔의 위의 책을 참조.

18) "계급사회의 현실이 지닌 제반 모순, 따라서 톨스토이, 고골, 발자크의 세계관이 지닌 모순

의 동일시 논리를 비켜서면서 객관 현실의 모순성 테제를 도입함으로써 문제를 한층 발전시켜 나간 것으로 평가할 수 있다. 세계관과 방법의 모순론을 견지하는 그룹과 객관현실의 모순으로 발전한 세계관과 방법의 동일시론은 이제 어느 정도 이론적 대응으로서의 균형을 찾게 된 것이다. 그리고 세계관과 방법에 대한 동일시론이 레닌의 계급적 당파성 개념에 입각하여 그 '변증법적 통일'의 출구를 찾아갔다면 모순론자들은 민중성 개념을 통해 보다 완화된 형태지만 세계관의 의미를 수용해 감으로써 그 출구를 마련했다. 30년대 중반 독자적인 계급 개념보다 민중성이 강조되는 정치 상황 속에서 모순론자들의 입장은 계급적 세계관을 지향하는 이론가들과의 예리한 대립을 피해 갈 수 있었지만 궁극적으로 스탈린주의화 과정에서 자신들의 입장을 근본적으로 지속하기는 힘들었다.[19]

세계관과 방법의 모순론이든 일치론이든, 혹은 그 각각이 발전시켜 나간 민중성 개념과 당파성 개념의 도움을 통해서이든 소비에트 문학이론은 근본적으로 문학에서의 세계관을 '객관적 세계'에 대한 '올바른' 인식을 '문학적 세계관'으로 설정하고 있고 이 세계관을 담아내는 '방법'으로 리얼리즘을 상정하고 있다는 점에서 인식론적 문제 틀을 유지하고 있다는 점은 동일하다. 물론 이들 논리들이 지속적으로 발전해 갔다면 세계관과 방법에 대한 보다 폭넓은 이해로 나아갔겠지만 40-50년대 소비에트 문예학은 이 논리들

이자 또 이 세계관과 결합된 그들의 예술적 방법의 모순이기도 한 그러한 제반 모순은 (……) 예술적 방법과 세계관 사이의 모순이 아니라, 오히려 발자크의 방법은 물론이고 그의 세계관까지도 특징짓는 그러한 모순이다. 이 모든 모순은 발자크의 현실 자체가 지닌 모순이다."(Литературный критик, 1934, 제2호, с. 149-150/ 홀거 지겔, 위의 책, 199쪽에서 재인용.)

19) 홀거 지겔, 위의 책, 225쪽.

의 자생적인 발전의 여유를 부여하지 않았고 스탈린주의적으로 해석된 레닌의 반영론적 인식론에 의해 뒷받침되면서 보장된 '객관현실의 인식'과 보장된 예술방법으로서의 '사회주의 리얼리즘' 속에서 고착되어 버리고 만다. 이제 세계관과 방법의 역동적인 문제의식은 사라지고 그 자리에 외부로부터 보장된 당파성의 개념이 자리 잡게 되는 것이다.

레닌의 당파적 인식론에 대한 여러 단편적 언급들이 소비에트 사회에서, 구체적으로는 스탈린주의적 해석을 통해 '반영론적 인식론'으로 고착되었고 그의 당파성론은 주체의 능동적 실천이라는 의미보다 현실적인 당의 지배를 합리화하는 논리로 물화되어 버렸다는 것은 오늘날의 일반적인 평가이다. 그러나 레닌 자신은 제2인터내셔널의 경제 결정론적 편향을 지적하고 현실에 대한 주체의 창조적 실천을 더욱 강조하였다는 것으로 잘 알려져 있다. 『유물론과 경험비판론』에서 자주 인용되는 '인간의 의식을 벗어난 객관 현실'에 대한 강조는 한편 주관주의적 편향에 맞서기 위한 정치적 맥락을 제거하고 받아들일 수는 없다. 오히려 인민의 주체적 실천의 집약으로서의 당과 당을 매개로 하는 노동자와 농민의 투쟁적 실천이 어떻게 현실의 혁명적 발전을 앞당기고 주체적으로 열어 갈 수 있는가에 레닌의 일관된 관심과 논리가 있다고 보는 것이 타당할 것이다. 그러나 레닌의 언급들은 스탈린 시대에 이르러 그 발화된 맥락으로부터 벗어나 절대화된(주체가 배제된) '객관적 현실' 개념의 성립과 이 '객관적 현실'의 유일한 반영자인 절대화된(역시 주체가 배제된) 당과 수령의 개념의 성립에 활용되었다. 이러한 편향에 맞서 가치론적 문학예술론을 전개했던 까간은 스탈린주의 시대에 대해 이렇게 격렬하게 비판한다. "스탈린은 주객관계의 객관적 측면을 절대화했고 그럼으로써 철학적 반영에서 주관적 요소를 축출해 버렸다. 실천적으로나 이론적 근거에서 그 토대에 놓인 것은 모든 개인의 자유의 억압, 유일하게 신격화된 '영도자'만의 자유, 그리하여 사람들은 최고 의지에의 온순한 경배자, '당의 병사들', 사회 메커니즘의 '바퀴와 나사'가 되어 버렸다."[20]

스탈린 시대와 더불어 문학이론 역시 이 절대화된 현실의 인식과 반영이라는 테제 이상을 넘어서기 어려워진다. 30년대 세계관과 방법에 대한 루카치, 유진, 누시노프, 립쉬츠 등의 논쟁은 이에 비하면 여전히 창조적 모색의 과정이었다. 이들은 나름대로의 편향에도 불구하고 세계관과 방법에 대한 보다 포괄적인 이해로 나아갈 수 있는 여지를 가지고 있었지만 '스탈린주의화된 반영론'은 문학과 예술을 아주 협소한 인식론주의로 몰아가게 되었다. 마르크스가 기존의 철학과 자신의 철학을 역사적으로 구분하면서 인간의 능동적 참여와 실천을 유물론의 핵심 가치로 세웠다는 점은 이제 그 흔적을 찾아보기 힘들어졌다. 마찬가지로 "인간의 의식은 객관세계를 반영할 뿐만 아니라 그것을 창조한다."는 레닌의 인식론적 원칙도 오직 현실적 당의 지시를 수용하는 것으로 충족되었다. 이런 관점에서 문학예술은 이제 '객관적 현실'에의 일치만을 문제 삼게 되었고 그 일치를 재는 척도는 인간의 실천을 통한 점증적 진리획득이 아니라 당의 결정이었다. 그리고 그 당은 스탈린과 관료에 의해 독점화된 지배구조에 불과했던 것이다. 인식론적 편향은 무엇보다도

---

20) М. С. Каган, "Социальная практика и философская рефлексия", Системный подход и гуманитарное знание, изд. ЛГУ, Л., 1980, с. 191.

먼저 작가의 세계관과 예술 방법을 어떤 고정된 인식 대상으로 보고자 하는 태도를 강조하게 되고 이러한 태도는 문학작품을 고정된 어떤 결과물, 작가의 창작활동으로부터 독립된 대상으로 보고자 하는 형식주의와도, 그리고 작가의 사회학적 파생물로 보고자 하는 사회학주의와도 원칙적으로 크게 다르지 않다. 이들은 작품이 주체의 창작활동의 결과라는 명백한 사실을 외면한 채, 어떤 '신화적 텍스트'로, 혹은 '사회학적 등가물'로, 혹은 '당의 지시대로 구성된 현실'로 봄으로써 작품을 작가와 작가의 실천 활동으로부터 단절시키는 공통의 결과를 낳고 있다.

4. 자유롭고 창조적인 운동으로서의 소설

이렇듯 문학과 예술에서 세계관과 방법의 문제를 해명하려는 노력은 거듭 동일한 원을 그리며 맴도는 것 같다. 진보적 문학예술의 창조에 기여하려는 이론적 열망에도 불구하고 진정으로 진보적인 문학예술의 창조는 여전히 다른 무엇에 의존해 있는 것만 같다. 여기서 이 열망을 이론적으로 확정 지으려는 조급함을 잠시 접어 두고 문제를 원점으로부터 다시 검토해 볼 필요가 있다. 이는 1920, 30년대의 혁명 문학 건설이라는 시대적 압박으로부터 벗어나는 것이며 20세기 문학예술 분야의 다양한 창조활동을 수렴하는 현대적 입장을 점검하는 것이기도 하다. 지금 우리에게 필요한 것은 명약관화한 '객관적 현실'에 대한 지시적 관료적 강령이나 복잡다단한 현실 세계를 바라보는 유일한 세계관의 구축이 아니다. '지시된 강령'과 '유일한 세계관'을 실현하게 해 주는 마법의 '예술방법'은 존재하지 않으며 가능하지도(어쩌면 바람직하지도) 않다. 따라서 문학 예술가들이 어떤 현실 문법을 학습하고 외워서 자신의 세계관을 연마하거나 혹은 어떤 예술방법을 기능적으로 습득해서 답습해야 할 이유가 없는 것이다. 이런 문제의식은 불가피하게 객관 현실과 주체의 상호작용을 분리해서 보도록 만들고 나아가 분리된 두 요소의 경쟁이나 대립에만 주목하도록 만든다. 이러한 문제의 함정을 벗어나기 위해 세계관과 방법의 문제에 대한 보다 보편적이고 상식적인 이해의 길을 터야 할 것이다. 이는 무엇보다 주체의 창조활동에 대한 올바른 이해로부터 시작되어야 한다. 이런 점에서 창조적 주체의 활동성 개념을 복원하고 이 활동성의 구조와 작동의 원리로부터 미학의 원리를 추론하고자 하는 이론적 지향이 요구된다.

리얼리즘 문학론에서 세계관과 방법이 차지했던 핵심적 지위를 생각해 보면 세계관과 방법이 문학과정에서 작동하는 원리에 대한 새로운 접근은 리얼리즘의 해체로 여겨질 법하다. 그러나 이것은 기존의 리얼리즘 이론의 검토나 재구성을 요구하지만 리얼리즘 문학이 거둔 '리얼리즘의 승리'에 대한 비밀을 더 원리적으로 설명해 주는 것일 수 있다. 위대한 리얼리즘 문학이 거둔 승리는 세계관의 승리이거나 방법의 승리가 아니라 구체적 역사적 시공간 속에서 작가의 위대한 창작활동의 승리로 이해되어야만 한다. 그리고 당연히 그 창작활동을 구성하는 예술적 세계관과 예술방법은 각각 내적 모순을 가지기도 하고 상호 대립적이기도 하며 시간적 과정 속에서 불일치하거나 미완결적일 수도 있다.

작품이 작가의 사전 기획에 의해 목적의식적인 활동의 결과로 생산되지만 그러나 그 사전 기획은 창조과정(활동)에서 지속적으로 변화하고 갱신되며 혁신된다. 이 과정은 목적의식적인 활동뿐만 아니라 고도의 우연발생적인 상상력에 지배되기도 한다. 또한 애초의 기계적인 현실인식이 자기 극복되는 과정이기도 하며 바로 이것이 리얼리즘의 승리로 보였던 바일 터이다. 그러나 리얼리즘의 승리는 단순히 작가의 어떤 특정한 견해의 극복만을 지칭하는 것이 아니라 작가의 보다 온전한 활동자로서의 자기정립을 위한 일체의 노력의 결과이다. 다시 말해 예술 활동을 하는 목적은 "모든 것을 애초의 어떤 궁극적 규정성의 형상과 모사에 따라 재가공하거나 주조하기 위해서도 아니고, 대상의 내용에 하나의 유일한 척도와 본질의 완전히 균등화된 각인을 찍기 위해서도 아니며, 세계의 척도와 본질들의 진실하고도 왜곡되지 않은 풍부함 속에서 자기 자신을 획득하기 위해서이다."[21] 바로 생산물은 주체의 존재를 반영하는 거울이라는 마르크스의 명제와 이어지는 부분이다.

작가의 작품 창조활동과 더불어 그 작품을 수용하는 독서라는 창조활동(연구와 교육활동을 포함해서)에서 오늘날 우리가 보다 중요하게 보고 강조해야 할 것은 따라서 세계관과 방법에 대한 상호관계라기보다 세계관과 방법을 포함하는 창조적 주체의 활동 자체에 대한 올바른 이해와 분석적 적용이다. 특히 이 창조활동은 무엇보다도 인간을 대상으로 하는 고도의 활동으로서 "예술 속에서 사람들은 완전하게 사람으로 자신을 생산한다."는 믿음을 가능하게

---

21) Г. Батищев, "Деятельностная сущность человека как философский принцип", Проблема человека в современной философии, М., 1969, c. 84(Н. Т. Рымарь, Введение в теорию романа, Изд. Воронежского университета, Воронеж, 1989, c. 13에서 재인용).

해 주는 것이며 "자유로운 인간들과 함께하는 존재의 더욱더 완성된 형식으로 나아가는 영원한 운동"[22]의 한 형식으로 이해될 수 있는 것이다.

---

22) М. С. Каган, Эстетика как философская наука, Петрополис, СПб., 1997, с. 298.

가치론 미학과 복합체계 상승이론

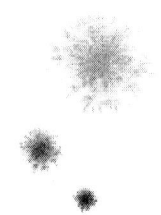

1. 현대문화와 주체의 창조적 능동성

1917년 러시아 사회주의 혁명은 인간의 창조적 능동성이 극대화된 결과인가, 혹은 기계적 이념의 잔혹한 실험인가. 전 인류적 차원에서 새로운 시대를 창조해 낸 극적인 사건이라는 점에서 그것은 분명히 인간의 창조적 능동성의 한 발현이 아닐 수 없다. 그러나 다른 한편 이후 소비에트 체제의 전체주의화는 인간을 이념의 기계적 집행자로 만들었고 결과적으로 창조적 능동성을 철저히 위축시켰다는 뼈아픈 비판과 반성의 대상이 되기도 했다. 그것은 20세기를 평가할 때 가장 문제적으로 검토되어야 하는 전체주의, 일원적·독백적 문화에 깊게 연루되어 있었던 것이다. 그리고 이런 문화의 형성에 사회주의 리얼리즘 미학이 핵심적인 역할을 했다는 것도 부인하기 어렵다.

러시아 사회주의 혁명을 평가하기 위해서는 여러 측면의 논의가 필요하다. 사회주의 이념 자체에 대한 문제와 그 실현과정의 문제가 분리되어야 할 필요도 있을 것이고, 또한 사회주의 사회의 발전

과정에 작용한 다양한 문제들, 특히 자본주의 진영과의 적대적 대립 등도 중요한 요인으로 검토되어야 할 것이다. 그러나 오늘날의 관점에서 그 모든 조건들에 대한 논의에 앞서 과연 혁명은 자유롭고 능동적인 창조적 주체의 형성에 얼마나 기여하였으며 그것을 얼마나 의식적인 자기목적으로 설정하고 있었는가라는 문제가 숙고될 필요가 있을 것이다. 수많은 개인들을 창조적 능동성을 가진 주체로 소환(召喚)하여 몰주체적 도구로 파괴시켜 버렸던 수많은 20세기의 비극적 체험들이 그와 같은 숙고를 불가피하게 만들고 있다.

소비에트의 미학사상은 '새로운 혁명적 현실에 조응하는 새로운 미학'을 창조해야 한다는 시대적 과제에 긴밀하게 연관되어 있었다. 소비에트 사회에서 문학과 예술에 대한 국가적 개입은 문학과 예술의 사회적 의미와 역할을 그만큼 중요하게 인정한 것이었지만 반면에 국가체제의 유지와 강화를 위한 도구화의 성격이 강화됨에 따라 미학 사상의 자유로운 발전이 억압되는 결과를 초래하기도 했다. 창조적 능동성을 가진 미적 주체의 육성은 단순히 미학의 과제만은 아니며 미학의 영역에서만 달성될 수도 없는 것이다. 미적 주체에 대한 이해와 설정은 직접적으로, 혹은 간접적으로 당대 인류의 역사적 과제와 긴밀하게 연관되어 있고 따라서 매우 정치적 성격을 함축하고 있다는 것은 분명하다. 그러나 그렇다고 해서 인간의 창조적 능동성의 문제가 궁극적으로 정치의 지배하에 있다고 말하는 것은 지나친 일이다. 우리는 미적 주체에 관한 이론이 문화와 예술의 영역에서 매우 근본적인 의미를 지니고 있다는 점, 그리고 바로 그렇기 때문에 정치성 획득의 방법에 따라 이론의 분화와 왜곡이 동시적으로 나타날 수 있다는 점을 소비에트 미학 논쟁사를 통해 잘 알 수 있다. 따라서 소비에트 미학이론의 '과학성'이 지닌 '정치성', '정치성에 대한 비판의 정치성'을 이해하면서 이런 논의의 역사적 전개와 변형과정 등을 살펴보는 것은 오늘날 우리가 미적 주체를 올바르게 설정하면서, 동시에 우리가 설정하는 것의 정치성을 인식하는 데에 적지 않은 도움이 될 것이다.

인간의 창조적 능동성의 문제는 비단 사회주의 진영이나 20세기에만 국한된 것은 아니다. 최근 우리는 이라크 전쟁에 투입된 미국과 영국 해병대에서 '평화를 위해 소환되었다.'는 군대 내부의 폭력성을 적나라하게 목도한 바 있다. 동료들 사이에서, 포로를 대하면서 그들이 보여 준 행동을 우리는 인간적 행위, 더구나 창조적 능동성을 가진 인간의 행위라고 부를 수 없다. 전쟁의 정당성 여부와는 별개로 왜 인간은 그렇게 수동적, 기계적, 도구적 존재로 전락하면서 '존재'할 수 있는 것일까, 많은 군인들이 '평화'를 위해 싸운다고 하면서 왜 그렇게 '악마'를 닮아 가는 것일까라는 의문을 떨쳐 버리기 힘들다. 20세기의 거대한 역사적 체험과 더불어 지금도 계속되는 이런 문제는 그 양적 크기와 무관하게 본질적으로 우리의 일상 속에 깊이 침윤되어 있다.

사건적인 측면에서뿐만 아니라 일상적으로 현대의 삶이 창조적 능동성의 지속적 확대로 나아가고 있다고 확신하기 어렵다. 자본주의적 상품화 전략 속에서 이미 일상의 삶마저 '문화'라는 이름으로 포획되어 가고 있고, 그 속에서 개인들은 상품의 시장에 보다 정교하고 보다 불가피하게 순응되어 가고 있다. 자신의 삶을 '자유롭고 능동적으로' 선택하고 창조해 간다는 '환상'은 더욱 커져 가고 있지만 기실 인간의 창조적 능동성의 영역은 보다 정형화된 상품화

과정 속에서 더욱 정형화되어 가고 있는 것이다. 이제 자신의 삶과 운명, 자신의 사회와 세계에 대한 창조적이고 능동적인 관계를 맺어 나가기에 개인은 그 전선으로부터 너무나 멀리, 너무나 좁은 곳에 갇혀 버리고 말았다고 해도 결코 지나친 말은 아닐 것이다.

어떻게 보다 창조적이고 능동적인 인간으로 되살아날 것인가.

문학과 예술의 본질은 인간의 창조적 능동성의 극대화에 있으며 문화예술 유산은 인류의 창조적 능동성의 집적에 다름 아니다. 나는 문학예술이 오늘날 수동화되고 협애화된 인간의 창조적 능동성을 창조적으로 계발, 확대, 발전시켜 보다 인간적인 사회의 변화를 만들어 나가는 힘이 될 수 있다고 생각한다. 그것은 사회 변화를 만들어 나가는 유일한 힘은 아니지만 필수적인, 그것이 배제된다면 불가피하게 불완전하거나 실패할 수밖에 없는, 그런 힘이라고 생각한다.

2. 소비에트 인식론주의 미학 비판

1920년대의 다원적인 모색기를 거쳐 30 - 40년대 확립된 소비에트의 사회주의 리얼리즘 미학은 주체와 객체 관계 속에서 작동하는 인간의 창조적 능동성의 공간을 점차 '객관의 지배'로 대체해 나가게 된다. 즉 사회주의가 현실에 성취되었거나, 혹은 분명하게 성취의 방향으로 움직이고 있다는 '객관적' 현실이 불가침의 진리로(정치적으로) 선언되었던바, 그런 인식하에서는 주체의 창조적 능동성이 개입할 여지가 없었던 것이다. 이미 사회주의로의 필연적 객관적 운동 속에, 즉 역사의 필연성 속에 이미 주체의 창조적 능동성이 온전하게 구현되어 있다는 것이기 때문에 여기서 주체가 발휘해야 할 능동성이란 그 객관 현실을 인식하여 작품에 담는 매개자의 역할만을 할 뿐이다. 이런 논리에서 반영론은 주체의 창조적 능동성을 '논리적으로 해결'(결코 논리적으로 부정한 것은 아니다.)하고 간단하게 그 정합성을 확보할 수 있었다. 이런 맥락에서 객관성과 실제 현실의 일치, 인간의 의식과 '진리'와의 일치 등은 무수히 강조되었던 반면, 주체, 개인, 개인성과 같은 개념이 어떻게 작동하고 어떻게 현실을 만들어 가는가라는 문제는 점차 사회주의 리얼리즘 미학에서 밀려나 버리고 말았다. 사적 유물론의 구성에서 개인의 창조적 능동성이 차지하던 역할은 당파성의 개념 속에 수렴되었고 민주집중의 원리에 의해 형성되는 것으로서의 레닌적 당파성은 당의 관료적 지시사항으로 대체되어 갔던 것이다. 이로써 문학에는 20년대의 다양한 실험적 요소들이 일소되었음은 물론이고 사회주의 리얼리즘의 대가로 추앙되던 고리키와 숄로호프의 주인공들도 더 이상 찾아보기 힘들어졌다. 작가의 창조적 능동성은 물론이고 작품의 주인공들 역시 창조적 개성적 인물이라기보다 집단적 생산자 대중의 하나라는 익명적 인물들로 가득 차게 된다. 개인은 '사회의 물질적 삶의 조건들의 필수적 요소' 이상이 아니었고 노동도구와 동일한 생산력의 요소로서만 이해되기 시작했던 것이다. 이와 같은 스탈린주의의 미학적 대응물로서 사회주의 리얼리즘 미학은 "현실 속에서 우리는 객관적 실재를 사고하고 느끼는 것은 우리가 아니다. 객관적 실재가 우리에 의해 자신을 사고하고 느끼는 것이다.", "현실을 반영하는 것은 우리가 아니다, 현실은 우리 속으로 반영된다."[1]라는 논리로까지 나아가게 된다.

초기 소비에트에서 미학과 정치의 긴밀한 직접적 연관은 철학으로서의 미학을 합법적으로 존재하기 어렵게 만들었다. 미학에 대한 정치적 강조가 오히려 미학의 부재를 초래하였다는 아이러니! 1937년부터 53년 사이에 스탈린 체제하에서 미학에 관한 한 권의 책도 나오지 않았다는 사실은 이를 분명하게 증명하고 있다. 20년대에 활발하고 집중적으로 제기되었던 수많은 대안적 모색들은 단 하나의 유일한 '미학정책'으로 '통일'되어 버렸던 것이다.

스탈린 사후 미미하지만 미학서와 관련 논문들이 나타나기 시작하다가 56년에는 이른바 미학적 '폭발'이라고 불릴 정도의 활발한 논의가 시작되었는데 이는 정치적 '해빙'의 시작, 즉 스탈린주의로부터 벗어나려는 정치적 시도와 맥을 같이한다. 소비에트에서 미학이론의 발전은 그 속에 내재한 "전체주의 체제의 결과가 아니라 전체주의적 꿈에서의 각성에 의한 것"[2]이었다. A. 미하일로프는 이러한 미학의 부활을 "1960 - 1970년대 모든 소비에트 미학에서, 그 질적 수준과는 무관하게 모든 미학적 텍스트들은, 끔찍하게 응고된 화석과 같은 이데올로기 속에 사로잡힌 그 단단한 단일성을 점진적으로 붕괴시키는 방법으로 그 당시의 이데올로기적 관변성의 내적 파열에 공헌하였다."[3]고 평가한다.

미학의 문제를 가장 먼저 제기한 것은 알렉산드르 부로프의 「예

---

1) Мих. Лифшиц. В мире эстетики: Статьи. 1969 - 1981 гг., М., 1985, с. 223, 281.
2) Леонид Столович. Философия. Эстетика. Смех. С. Петербург - Тарту. 1999, с. 110.
3) Вопросы философы. 1995, No. 5, с. 157.

술에서 내용과 형식의 특수성에 대하여」이다. 부로프는 나름대로 예술의 내용과 형식에 관한 문제를 재설정하고 예의 인식론적 방법론에 입각해서 그 해결을 모색하고자 했다. 예술의 기본 대상을 인간으로 설정하고 그 내용의 객관적 측면과 주관적 측면의 문제를 제기하면서 예술의 다양한 표현수단과 기법들의 차이와 형식 등과 같은 문제를 개념적으로 해명하려고 했던 것이다. 부로프의 논리는 내용과 형식을 단순하게 동일시하는 이전의 속류적 방법을 훨씬 넘어서 있었다. 내용과 형식의 동일시 논리는 본질적으로 내용을 중심으로 문제를 해결하려는 시도 이상일 수 없었고 궁극적으로는 이미 결정된 내용을 담아내는 형식만을 문제시하는 논리로, 즉 "형식은 그 내용을 전달한다. 하지만 동시에 그것을 감추기도"[4] 하기 때문에 형식의 올바름이 요구된다는 논리로 변질될 수 있었다. 이에 비해 부로프는 현실반영의 두 형식, 즉 과학적 – 논리적 형식과 예술적 형식의 상호관계 속에서 문제를 해결하고자 했다. 형식뿐만 아니라 내용에서도 이 둘은 서로 다르다고 정당하게 지적하고 있는 것이다.

부로프는 내용의 문제를 예술의 대상의 특수성에 대한 분석으로부터 시작한다. "그 실재 삶의 연관들 속에서의 인간이 궁극적으로 예술의 대상"[5]이라며 실재 삶의 연관들 속에서의 인간을 예술의 대상으로 정당하게 설정한 부로프는 그러나 예술과 사회과학의 차이를 "예술은 인간을 그 삶의 총체성 속에서, 그의 삶의 모든 측면

---

4) Б. Реизов, "О понятии формы художественного произведения", Звезда, 1953, No. 7호. с. 141.

5) А. Буров, "О специфике содержания и формы в искусстве", Вопросы философы , 1953, No. 5, с. 146.

들의 종합 속에서(그것이 없이는 인간이 있을 수 없는) 가져온다."
는 점에서 찾는다. 부로프가 말하는 '삶의 총체성'은 당연히 인식
적 대상으로서의 총체성이다. 인간과 인간의 삶이 총체적인 존재로
서 우리 앞에 존재하고 우리는 그것을 충분히 인식하여 예술 속에
취하여 '가져오면' 된다는 것이다. 그리고 당연히 이 '가져오는' 행
위자로서의 예술가 주체의 '올바로 가져올 수 있는' 근거는 사적
유물론과 당파성의 개념에 의해 '보장'된다. 이러한 논리는 그 자
체로 '부단히 접근하는 진리로서의 삶의 총체성'이라는 완화된 형
태로 제시되기도 하지만 궁극적으로 객관적 실재의 절대화와 현실
인식의 총체성을 가능하게 하는 외재성으로서의 당파성이라는 개
념을 벗어나지 않은 것이었다. 그리고 이런 개념의 부로프의 논리
는 30년대 성립된 소비에트 미학의 리얼리즘 논의들을 세련되게
집약하는 성격을 띠고 있다.

이러한 인식론주의적 관점에서는 인간의 '미학적인 태도'의 본질
과 다양한 예술 장르의 문제, 예술과정에서 주체의 창조적 능동성
의 발현 등과 같은 문제가 본질적인 문제로 다루어지기 어려웠다.
본질과 현상의 변증법을 활용하여 총체성을 내포적 총체성으로 규
정한다하더라도 현실의 내포적 총체성을 '인식'할 수 있다는 전제
가 없다면 총체성의 획득이란 불가능한 일이 되기 때문이다. 혹은
끊임없이 그 총체성에 접근하는 형식이라고 말한다고 하더라도 객
관적 총체성을 전제하고 거기에 접근하여 간다는 논리가 되어 객
관적 관념론의 형태를 벗어나기 힘들다. 심지어 총체성이 가능하다
해도 과학이 아니라 왜 예술만이 총체성을 달성할 수 있다는 말인
가. 단지 '삶의 모든 측면을 종합하는 총체성'이라는 부로프의 주

장에는 이에 대한 대답이 충분하게 제시되지 않고 있다.

부로프의 말처럼 예술이 인간의 삶을 그 모든 측면들의 종합 속에서 가져온다고 전제하면 왜 다양한 예술 양식이 존재하는가를 설명할 가능성이 없어진다. 그는 형식의 특수성이 내용의 특수성에 의해 조건 지어진다는 자신의 원칙을 바꾸어 가면서 예술 양식들을 내용의 특수성에 따라서가 아니라 단지 표현적 – 선택적 수단들과 기법들의 체계로서만 구별한다. 이런 문제에 대해 부로프는 예술 형식의 특수성을 그 형상성에 있다고 보면서 총체성 개념을 포기하지 않는다. "예술은 바로 이 때문에 삶의 현상들을 종합적으로, 총체적으로 반영하는 형상적 형식에 관심을 가진다. 총체적인 것은 개별적인 것, 구체적인 것, 개인적인 것으로서만 존재하고 반영될 수 있다."[6] 총체성을 인식하는 과학은 예술과 동질적이며 다만 그 것을 표현하는 형식에서의 형상성이 다를 뿐이라는 것이다.

부로프의 논문은 소비에트의 공식적인 사회주의 리얼리즘 미학을 이론적으로 다시 정초해 주고 있는 것이었다. 따라서 본격적으로 부로프에게 논쟁을 거는 글들이 쏟아져 나온 것은 아니지만 조금씩 학문의 틀 내에서 이의가 제기되기 시작했고 본격적인 논쟁기를 거쳐 60년대 초까지 활발한 미학 논쟁이 전개되게 된다.

3. '미학적인 것'에 대한 논쟁과 가치론 미학의 성장

부로프에 의해 촉발된 논의는 이제 미학적 관계 자체의 본질에

---

6) 위의 책, c. 145.

대한 것, 그것은 객관적이냐 주관적이냐, 그 대상은 자연이냐 인간 사회냐 등으로 심화되어 나아간다. 이 시기 전문적인 저작에서뿐만 아니라 모든 문예잡지와 심지어 사회 정치 역사 관련 학술지나 잡지 할 것 없이 '미학적인 것'에 관련된 개념과 단어들이 넘쳐나면서, 마치 이 개념의 해결이 소비에트 사회의 미래와 연결되어 있기라도 한 듯이 논쟁의 회오리 속으로 너나없이 한 걸음씩 빠져들었던 것이다. 이 많은 논쟁들을 모두 일일이 따라다닐 수는 없는 일이고 몇 가지 주요한 경향을 중심으로 이 시기 논쟁의 핵심을 정리해 보자.

에르빈 라슬로는 이 당시의 논쟁을 다음과 같이 두 경향으로 대별하고 있다.[7]

첫째, 객관주의적인 미학파로 불릴 수 있는 경향으로 레닌의 반영이론을 근본 공식으로 지지하는 경향. 이 경향은 독단적이고 절대적인 성향을 띠고 있다. 에고로프, 엘즈베르그, 아스타호프, 뻬르먀코프 등이 대표적인 인물이다.

둘째, 주관주의적 학파(반대자들의 표현에 따르면)로 불릴 수 있는 경향으로 예술의 미학적 본질에 대한 부로프의 논문으로 촉발된 토론에 의해 생성된 그룹이다. 부로프의 작업에 뒤이어 마르크스-레닌 미학을 체계화하려는 진보적 학자들이 뒤를 이어 나타나게 되었다. 반슬로프, 스톨로비치, 타살로프, 보레프 등이 대표적 인물인데 이들은 부로프가 반영이론과 부닥쳐서 어려움에 빠졌던 것을 피하기 위해 사회의 삶의 객관적 과정으로부터 그들의 결론

---

7) Ervin Laszlo, "A Survey of Recent Trends in Marxist-Leninist Aesthetics", Studies in Soviet Thought, Dordrecht-Holland, Vol. 4, No. 3, Sept. 1964.

을 이끌어 내고자 했다. 부로프와 달리 그런 방법을 통해 이들은 개인적 의식이 아니라 사회적 삶을 자신들의 출발점으로 취했던 것이다. 이 이론은 상당히 많은 지지자들을 획득했고 이들은 마침 내 이 이론이 사회주의 리얼리즘의 심각한 문제들을 성공적으로 해결해 주는 잠재적 가능성이라고 느꼈다. 반슬로프와 스톨로비치, 타살포프, 보레프 등에 의해 완성된 이들의 이론은 인식론적 원칙 들과 집단주의 원칙을 자신들의 이론 틀 내에 수렴하면서 마르크 스－레닌주의 철학을 일관되게 계승하고 있다고 간주되었다. 하지 만 이들이 마르크스－레닌주의 미학을 건설하고 있다고 주장하면 서도 이들의 논리는 서구의 주요한 두 학파, 즉 칸트와 현상학의 여러 시각들에 접근해 가고 있다는 점은 흥미롭다.[8]

이러한 분류는 나름대로 아주 객관적인 분류이기는 하지만 주체 의 능동성에 보다 중점을 두는 '주관주의적' 미학계열이 지닌 핵심 을 정확히 드러내 주지는 못한다. 미학적인 것에 대한 개념을 이해 하는 차이에 따라 논쟁 진영을 좀 더 자세하게 분류한다면 다음과 같다.

첫째, 미학적인 것을 '주체－객체' 사이의 관계 개념으로 보는 견해. 이들 역시 기본적으로는 부로프의 견해로부터 논의를 시작해 나가고 있다. "미학적인 것의 문제의 매듭은 주체와 객체의 변증법 에 있다."[9]거나, 게다가 미는 "'순수히' 객관적인, 그 자체로 절대 적인 미는 엄격히 말해 존재하지 않는다."는 부로프의 관점을 출발 점으로 삼고 있는 것이다. 그러나 부로프에게 미는 진리와 유사어

8) 위의 책, p.226－230.

9) A. Буров, Эстетическая сущность искусства, М., 1956, с. 184.

로 고찰된다. 진리란 "현실의 객관적 법칙성이 인식 속에 적절하게 반영된" 것이고, 따라서 "의식 속에 반영된, 일정한 자질의 법칙성을 미라고 부른다."[10]는 것이다.

처음에는 미에 대한 주체 - 객체 관계적인 연구는 부로프의 관심이 아니었다. 오히려 예술의 본질을 미학적인 것으로 규정하는 것, 예술에서 미학적인 것이 인식과 사회정치적 교육과 갖는 관계 등이 부로프의 논리의 핵심이었다. '주객론'이 강조되고 논쟁화된 된 것은 까간에 의해서이다. 그는 56년 미학적 '폭발'이 있기 전부터 이 개념을 확신하고 적극적으로 자신의 이론체계에 활용하고 있었다. 「체르니세프스키 미학에서 극미한 것의 문제」(즈베즈다, 53년 8호)에서 그는 극미한 것을 객관적인 것과 주관적인 것, 실재의 것과 이상의 것의 통일로 해석한다. 50년대 중반 이후 미학 논쟁이 전개되는 과정에서 까간은 다시 『체르니세프스키의 미학』(М - Л.: Искусство, 1958)에서 주관적 - 객관적 개념을 주장한다. 그리고 『맑스 레닌 미학 강의』(Л. 1963)에서는 보편적인 체계화에 도달한다.

둘째, 소위 '자연주의자'(Природники)라는 명명을 받은 경향. 이 경향은 "미에 대한 우리의 표상들은 인간 사회의 필요에 따라 발전되고 계급투쟁에서 무기로 사용되지만 그럼에도 불구하고 이들은 자연의 법칙들 자체에서 원초적인 자신의 근원과 객관적인 교정물을 가지고 있다."[11]고 주장한다.

---

10) 위의 책, c. 185.

11) N. A. Дмитриева, Вопросы эстетического воспитания, 1956, c. 54. 그는 이와 같은 견해를 「극미한 것의 미학적 범주」("Эстетическая категория прекра- сного", Искусство, 1952, No. 1.) 등에서 일관되게 주장했다. 논쟁으로부터는 한발 벗어나 자신의 견해를 증명하기 위해 방대한 연구 자료를 검토하면서 나름대로 성실하게 미적 대상으로서의 자연을 분석하였다.

셋째, 미적인 것의 '사회적 개념'을 지지하는 사회론자(Общест-венники) 그룹. 스톨로비치와 반슬로프, 보레프 등이 주요 인물이다.[12]

사회론자들은 극미한 것과 기타 미학적 속성들이 사회적으로 객관적인, 사회문화적 실재라고 주장한다. 이 '사회론자들'은 '자연론자들'과 첨예하게 대립했다. 이들은 극미한 것의 객관성이 인간 이전에, 그리고 인간과 사회의 작용과는 무관하게 자연 속에 있다고 보지 않았기 때문이다. 다른 한편 이들은 극미한 것과 여타 미학 현상들의 사회적 객관성, 즉 사회적으로 형성되어 객관적으로 존재하는 물질이라는 입장을 준수하였기 때문에 이런 점에서 미의 객관성을 부정하고 미를 주객 관계의 현상으로, 실재적인 것과 이상적인 것의 통일로 보는 '주객론자'들과도 입장을 달리했다.

자연론자는 사회론자를 미적인 것의 자연적 객관성을 부정한다고 '주관주의'로 비판했다. '객관적 – 주관적' 개념의 지지자들은 '사회론자'들이 비록 '사회적' 객관성이지만 여전히 극미한 것의 '객관성'을 인정하고 있으므로 '자연론자'와 별다를 바 없다고 비판했다. 사회론자들은 즉각 자연론자들을 미학에서의 자연주의라고 응수했고 '주객론'을 미적 가치평가의 객관적 기준으로서 미의 사회적 객관성을 부정하는 '주관주의자'라고 비판했다.[13]

---

12) 사회론자와 자연론자의 견해로 대별하여 고찰하고 사회론자를 두 경향으로 분류하는 학자도 있다(Edward M. Swiderski. The Philosophical Foundations of Soviet Aesthetics. Theories and Controversies in the Post – War Years. – Dordrecht: Holland/ Boston: U.S.A./ London: England, 1979. 참조). 그는 사회론적 개념을 두 경향으로 분류한다. 1) 극단적인 객관주의자들. 스톨로비치, 반슬로프, 보레프. 2) 중도적 객관주의자들. 마르크스의 노동 이론에 토대하여 미학적인 것의 창조적 측면을 강조. С. Гольден-трихт, В. Тасалов, Л. Пажитнов, Г. Недошивин 등.

13) 이러한 기본적인 논쟁 진영 이외에도 미학적인 것의 본질에 대한 여타 다른 견해들도 없지

이와 같은 미학 논쟁을 뒷받침한 것은 마르크스의 「1844년 경제 철학 초고」의 러시아어 번역본 출판이었다. 이 초고는 사실 정통 마르크스 레닌주의에서 본격적 마르크시즘을 담은 글이 아니라고 상당 기간 동안 주목받지 못했었다. 그러나 1956년 마르크스의 『초기 저작 중에서』에 포함되어 번역 출간된 이 글은 미학과 휴머니즘적 마르크시즘에 대한 연구와 토론의 자극제가 되기에 충분했다.

청년 마르크스는 이 초고에서 보편적인 휴머니즘적 관점에서 노동 해방과 사회주의 문제를 사고하고 있는바 이런 사실이 당시 도그마적인 반영이론을 부정할 수 있는 근거로 미학자들에게 받아들여질 수 있었던 것은 자연스러운 일이었다. 마르크시즘이 헤겔과 포이에르바흐 등의 직접적인 계승자이며 마르크스 이전의 범인류적 휴머니즘 전통을 계승한다는 사실에 근거하여 사회론자와 주-객론자들은 현실 속에서 인간의 능동성(주관성), 창조성 등과 같은 능력의 본질과 예술적 구현 등을 밝혀 나가고자 했다.

60년대 초부터 사회론자와 주객론자들은 가치론적 방향으로 자신들의 이론을 가다듬기 시작한다. 사실 문제의 핵심에서 이들의 개념들은 애초부터 가치론적인 요소를 담고 있었다. 미학적 속성을 고정된 자연의 산물이 아니라 인간의 활동과 관련된 것으로 고찰하고자 하는 경향은 본질상 가치적 문제와 연관되어 있었기 때문

않다. 이를테면 극미한 것이 순수하게 주관적 현상이라고 주장하는 심리주의 미학자들도 나타났고 미학적인 것의 노동적 개념의 지지자들도 있었다.

심리주의에 대해서는 A. Нуйкин, "Ещё раз о природе красоты", Вопросы литературы, 1966, No. 3, с. 92–117. 참조. 이 논문에 대한 비판은 동년 동지 8호와 12호 참조. 노동개념에 대해서는 В.И. Тасалов, "Десять лет проблемы 『эстетического』(1956–1966)", Вопросы эстетики 9, Искусство, М., 1971, с. 200–208. 참조.

이다. 이들은 60년대 초 소비에트의 가치 이론이 철학적으로 성장해 감에 따라 가치론적 용어들을 미학에 적용하면서 보다 분명하게 자신들의 개념을 정의해 나갔다.[14]

그와 같은 가치론적 방향 정립은 '자연론자'의 개념에는 원칙적으로 불가능했다. 가치 범주는 누구에게의 가치인가라는 목적의식적 태도를 전제하기 때문이다. 그러나 자연론자들 대부분은 자신들을 올바른 유물론자들로, 심지어 유일한 유물론자들로 자처하며 버렸다. "모두가 극미한 것이라고 말하고 있는, 그리고 단 하나의 유일한, 그와 함께 가장 고귀한 자연의 목적, 즉 수분을 통한 번식, 생명의 지속에 봉사하는 자연의 향기들, 꽃들의 선명한 형식과 색채의 매혹적인 힘"[15]이 존재한다는 것이다. '유물론적 원칙'들에 토대한 '자연론자의 개념'은 가치론과 공존 자체가 불가능한 것이었다. 따라서 자연론자들은 사회론자와 주객론자 사이에서, 즉 이미 가치론의 수준에서 진행되기 시작한 논쟁의 새로운 전개 양상 속에서 특별한 역할을 더 이상 수행하지 못한다. 다만 당의 문학정책 속에 화석화된 형태로 그 입장을 단호하게 반복하고 있을 따름

---

14) 초기 가치론 미학의 정초에 까간과 스톨로비치 등이 크게 기여했다.

M. C. Каган, "Эстетической ценности, эстетической оценке и фантазиях на эстетичесткие темы", *Вопросы литературы*, 1966, No. 8, c. 91 – 99.

_____, "Познание и оценка в искусстве", *Проблема ценности в философии*, М. – Л., 1966, c. 98 – 112.

Л. Н. Столович, "Ценностная природа категории прекрасного и этимология слов, обозначающих эту категорию", *Проблема ценности в философии*, М. – Л., 1966, c. 65 – 80.

_____, "Красота как ценность и ценность красоты", *Учёные записки Тартуского гос. уни., вып. 212, Труды по философии*, т. 11, 1968, c. 170 – 183.

_____, Природа эстетической ценности, Политиздат, М., 1972.

15) И. Астахов, Искусство и проблема прекрасного, М., 1963, c. 32.

이었다. 이제 논쟁은 가치 자체에서 객관적인 것과 주관적인 것에 대하여, 그리고 가치와 가치평가의 상호관계에 대하여 등으로 전개되어 갔다.

이처럼 소비에트 미학에서 가치가 미학에 도입된 것은 바로 개인성, 개성의 의미를 강조하는 효과를 낳았다. 이는 모든 개인적인 것, 주관적인 것을 뭔가 그릇된 것, '주관주의자', '관념론자'의 것으로 몰아붙인 소비에트의 지배적인 철학적 경향에 대한 저항의 성격을 띠기도 하는 것이었다. 가치론 미학 논쟁은 인간과 자연의 상호관계를 철학적 문제의 중심으로 보고 환경의 개조와 인간의 통일성으로서의 실천 원칙의 중요성을 강조하였다. 까간의 시각에 따르면 가치로서의 미는 객관적인 것과 주관적인 것의 통일이다. 그러나 만일 까간에게 있어 가치 속에 객관적인 것과 주관적인 것의 변증법이 함축되어 있다면 스톨로비치에게 가치는 전적으로 객관적인 속성, 즉 실천의 과정에서 주체와 객체의 변증법의 토대에서 발생하는 객관적인 속성이었다. 그러나 이러한 차이에도 불구하고 이들이 예술 속에서, 미학 속에서 인간의 창조적 능동성의 중요성을 발견하고 그것을 가치 활동으로 해석해 냄으로써 인식론주의 미학에서 축출되다시피 했던 주체의 활동성을 복구해 내고 있다는 점에서는 이들 모두 그 의의를 공유하고 있다고 말할 수 있다.

까간과 스톨로비치를 비롯한 가치론 미학자들은 70-80년대를 거치면서 미적 가치의 문제에 대해 다양하게 이론적 분화를 거듭한다. 스톨로비치는 신칸트학파와 현상학의 영향을 적극적으로 수용해 가고 까간은 체계이론과 시너지 이론 등 과학철학의 다양한 지류를 흡수하며 가치론적 입장을 발전시켜 나간다.

4. 까간의 복합체계 상승이론

4.1. 까간의 가치론 미학

모이세이 까간 교수는 우리나라에도 번역된 바 있는 『미학강의』[16]의 저자로서 가치론 미학의 선구자로 널리 알려져 있다.[17]

1950, 60년대에 가치론 미학의 원리를 선구적으로 모색해 나갔던 까간은 1963 - 1966년에 걸쳐 세 권으로 된 『맑스 - 레닌 미학강의』를 펴내고 1971년에는 그 내용을 확대 보완함으로써 자신의 가치론 미학을 정립한다. 특히 이 책을 통해 그의 가치론 미학은 소비에트 내에서뿐만 아니라 동구를 비롯하여 세계적으로 널리 알려지게 된다. 그는 가치론 미학과 인식론 미학의 세 가지 본질적인 이론적 분기점을 다음과 같이 지적[18]한다.

첫째, 현실에 대한 인간의 미학적 관계에서, 그리고 현실의 예술화에 있어서 주관적 요소가 어떤 역할을 하는가에 대한 문제이다. 인식론 미학은 인식의 목적이 인식의 과정이나 그 결과에서 모든 주관적인 것을 배제하는 객관적 진실의 획득이라고 본다. 이러한 목적은 미적인 것이란 일종의 사회적 속성으로서 객관적으로 존재

---

16) M.S. 까간, 『미학강의 I 』, 진중권 역, 벼리, 1989. 『미학강의 II 』, 진중권 역, 새길, 1991.

17) 최근 그의 주요 저서를 소개하면 다음과 같다.
Морфология искусства, Л., 1972. Человеческая деятельность, М., 1974. Мир общения, М., 1989. Системный подход и гуманитарное знание, Л., 1991. Философия культуры, СПб., 1996. Музыка в мире искусств, СПб., 1996. Эстетика как философская наука, СПб., 1997. Град Петроа в истории русской культуры, СПб., 1996. Mensch - Kultur - Kunst, Hamburg, 1994.

18) M.S. 까간, 「새로운 미학 강의를 구상하며」, 『맑스와 현대』, 문예미학회 문예미학 3호, 문예미학사, 1997, 291 - 294쪽 참조.

한다는 명제에 의해 정당화될 수 있었다. 그러나 가치론 미학은 예술에서 주관적인 요소가 과학의 인식론에서 담당하는 역할과는 질적으로 다른 역할을 수행하며 바로 이 점이 예술의 특수성이라고 보았다. 미학적 관계의 본질은 객관적임과 동시에 주관적인 것, 즉 가치평가적이라는 것이다(바로 이 점에서 까간을 비롯한 가치론자들은 주관적 관념론자라고 비판을 받았다.).

둘째, 리얼리즘의 본질과 예술의 본질에 대한 인식에 있어서도 가치론과 인식론은 뚜렷하게 반대된다. 인식론자들은 주로 레닌의 『유물론과 경험비판론』에 정리되어 있는 인식이론에 근거하여 예술이란 과학과 마찬가지로 현실의 인식수단이며 단지 형상적인 형식을 지니고 있다는 점에서만 과학과 구분된다고 보았다. 따라서 리얼리즘이 현실을 인식하고 그대로 그려 내는 예술적 인식의 가장 적합한 수단으로 인정되는 것은 당연했다. 이런 관점에서 전 세계 예술사가 리얼리즘 대 반(反)리얼리즘의 투쟁의 역사로 고찰되었고 현실을 진실하게 반영하는 것만이 전 예술사를 통해 가장 예술적으로 가치 있는 것으로 주장되었다. 물론 이러한 주장은 묘사 대상에 대한 묘사의 외적 유사함을 말하는 것은 아니지만 또 결코 속류화와 완전히 결별할 수가 없는 측면을 가지고 있었다.

인식론 미학에 대해 까간은 인간의 활동이 "현실의 인식, 현실의 가치부여, 현실의 물질적 실천적 개조와 기획적 이상적 개조, 그리고 인간의 공존적 삶과 활동 과정에서의 소통"[19] 등과 같은 영역으로 구성되어 있으며 세계를 예술적으로 전유하는 것은 이 모든 영역을 통합하는 것이라고 보았다. 즉 까간은 예술 활동이 인식적

---

19) 위의 글, 293쪽.

활동의 일환일 뿐만 아니라 위의 네 가지 활동 양상이 서로 동일화되어 하나로 통합된 것이라고 주장한다. 그리고 그 통합된 형상, 다시 말해 어떤 예술 구조 내에서 어떤 활동이 구조적 지배소가 되는 것은 일정한 사회문화적 상황에 의해 규정되는 것이다. 어떤 경우에는 인식적 의도가 지배소가 되지만 다른 경우에는 인식적 의도는 후면으로 물러나 그저 그림자의 역할을 하고 또 다른 경우에는 다만 작품의 형상적 교직의 문맥 속에 숨어 있게 된다. 따라서 "리얼리즘 예술을 그 미학적 가치에 있어 여타의 예술 창작 방법 – 말하자면, 고전주의나 낭만주의, 또는 상징주의나 초현실주의 예술 – 에 비해 더 뛰어난 것으로 여길 어떠한 근거도 없다."[20]는 것이 까간의 판단이다. 까간은 "예술이란 현실을 실천적이고 정신적으로 자기화하는 방법, 상상 즉 창조적 환상의 힘에 의해 실현되고, 따라서 역사적 발생에 있어서 구조적, 논리적으로 신화체계와 동질적인 것이라고 규정하는 마르크스의 기본적인 정의"[21]에 더욱 주목할 것을 요구한다.

인식론 미학과 가치론 미학의 이론적 분기점에 대한 까간의 세 번째 지적은 인식론 미학의 문학 중심주의에 대한 것이다. 까간은 소비에트 미학의 문학중심주의가 "언어 예술을 예술창작의 최고의 형식으로 인정했던 헤겔에게서 연원하는(또다시 결코 마르크스에게서가 아니다) 것"[22]이라고 비판했다. 이와 같은 문학중심주의는 미학의 내용을 시학, 문학이론의 원리에 대한 설명으로 대체해 버리

---

20) 위의 글, 293쪽.
21) 위의 글, 294쪽.
22) 위와 같음.

게 되었다는 것이다. 까간은 다양한 예술 장르의 비교를 통해 예술을 현실 인식의 형식에 귀속시켜 버릴 수 없다는 점을 강조하고 모든 예술 장르를 관통하는 보다 보편적인 예술 법칙을 확립해야 할 것이라고 주장했다.

인식론 미학과 가치론 미학이 까간이 정의하듯이 이렇게 명쾌하게 정리되는 것은 물론 아니다. 미적 가치의 문제, 주체와 객체의 문제는 소비에트 철학계에서 치열한 논쟁[23]이 벌어졌던 문제이기도 하고 여전히 철학과 미학의 주요한 논쟁 주제이기도 하기 때문이다. 이러한 논쟁적 과제를 가치론 미학이 일방적으로 해결해 냈다고는 물론 말할 수 없다. 그러나 최소한 소비에트에서 형성된 마르크스주의 미학의 속류적 이해의 형태인 속류 사회학주의나 속류 인식론주의에 대한 비판을 통해 예술에 관한, 그리고 미학에 관한 보다 과학적인 이해로 나아가는 한 과정이라는 점은 충분히 평가되어야 한다.

그러나 까간은 자신의 이론 전개를 지지해 주는 기본적인 철학적 원리가 여전히 마르크스의 역사철학이라는 점을 강조한다. 까간은 마르크스주의 철학의 본질을 다음과 같이 이해[24]하고 있다.

첫째, 마르크스주의 세계관은 유물론적 세계관이고 이것은 물질적 존재가 일차적이고 본질적이며, 그에 의해 생성된 의식은 부차적이라고 인정하는 것이다.

둘째, 그러나 이전의 유물론과는 달리 마르크스주의는 현실을 객

---

23) 박성현, 「마르크스주의 미학에서 미적 가치의 문제」, 『러시아 연구』, 서울대학교 러시아 연구소, 1998 참조.
24) M.S. 까간, 위의 글, 296 - 298쪽 참조.

체로서 관조적으로 고찰하지 않고 인간의 감각적인 활동, 실천으로
서, 즉 주관적으로 보았다. 사회적 삶은 본질적으로 실천적인 것이
며 바로 이 실천적 활동의 발전이 사회적 의식의 변화를 수반한다.

셋째, 인간의 물질적 실천은 불균등하지만 끊임없는 생산력 발전
의 결과로서 발전되어 간다. 생산력의 발전은 사회의 토대로서의
생산관계의 변화를 초래한다. 정치적 법률적 상부구조는 토대 위
에, 생산관계 위에 세워지며, 사회의식의 제 형식들은 사회의 토대
에 조응한다. 여기서 발전의 원동력은 생산관계나 경제구조가 아니
라 물질문화의 자기발전(생산력의 발전)이라는 점에 주목해야 한다.
그리고 사회적 의식의 내용을 체현하는 정신적 예술적 문화의 발
전은 사회적 삶의 정치적 법적 조직인 상부구조의 변화와는 다르
게 발전한다는 점에도 주목해야 할 것이다.

넷째, 보편적인 활동 주체로서의 인간의 문제이다. 인간은 물질
적 실천적 활동에 있어서는 생산력의 한 요소로서, 경제활동에 있
어서는 생산관계의 담지자로서, 사회조직 활동에 있어서는 정치활
동과 법률활동의 참가자로서 활동의 주체가 된다. 또한 사고력과
체험에 의한 현실의 정신적 습득활동, 그리고 창조적 상상력 – 신화
적, 예술적, 미래를 기획하는 – 으로 현실을 실천적으로, 정신적으로
개혁하는 활동의 보편적 주체인 것이다. 따라서 인간은 사회에 의
해 인간으로 창조되면서 마찬가지로 인간 자신이 사회를 만들어
가는 본질적 성격을 지니고 있다.

다섯째, 인간은 총체적 인간으로서 자신의 본질을 전면적으로 습
득하기 때문에 인간 존재의 자연적 조건과 사회적 환경의 변화와
더불어 변화된다. 따라서 인류의 역사는 사회 경제적 발전단계의

역사이면서 인간 활동의 역사, 문화의 역사이다. 그리고 이 역사는 필연의 왕국(이 필연의 왕국에서는 인간은 자신의 고유한 물질적 정신적 힘으로부터 소외되어 있는 경제력, 정치권력, 종교적 힘 등에 종속되어 있다)으로부터 개개인의 자유가 모두의 자유를 위한 조건이 되는 자유의 왕국으로 이행하는 운동의 역사이다. 이 자유의 왕국에서 계급모순과 인간과 자연의 모순, 인간과 인간 간의 모순, 존재와 본질 간의 모순, 물화된 것과 자기화된 것의 모순, 자유와 필연의 모순, 개인과 종족의 모순, 노동과 놀이의 모순, 공리적 활동과 미의 법칙에 따르는 창작활동의 모순 등 모든 모순이 극복된다. 물론 이 자유의 왕국은 어떤 얼어붙은 무위의 상태가 아니라 "자유로운 인간들과 함께하는 존재의 더욱더 완성된 형식으로 나아가는 영원한 운동"[25]이다. 이 운동과정에서 소비에트와 여러 국가에서 이루어졌던 공산주의 실험의 실패는 이 운동의 종말을 보여 주는 것이 아니라 역사과정의 합법칙성에 대한 마르크스주의의 해석이 옳다는 것을 오히려 보여 주는 것이다. 왜냐하면 생산력과 물질문화 발전의 수준이 성숙하지 못한 국가들에서 정치적이고 정신적인 강압에 의해 발전단계를 뛰어넘고 자유의 왕국으로 비약하는 것이 불가능하다는 것을 명확하게 보여 주었기 때문이다.

까간이 이해하고 있는 마르크스주의는 계급과 계급적 실천에 의한 생산관계의 혁명적 변화보다 물질문화의 자기 발전, 그리고 그 과정에서의 보편적 주체로서의 인간 활동에 대해 주목하고 있다. 이러한 이유로 까간이 진정한 마르크스주의자는 레닌이 아니라 제2인터내셔널에서 볼셰비즘을 비판했던 서구 마르크스주의자들과

25) M.S. 까간, 위의 글, 298.

쁠레하노프라고 보게 되는 것26)은 당연한 수순이다. 레닌주의적 볼셰비즘에 의한 생산관계의 혁명적 변화를 포기하는 대신, 생산력의 발전과 이에 따른 생산관계의 변화에 보다 주목할 것을 요구하고, 혁명적 권력 장악이라는 현실 변혁 논리 대신에 물질문화의 자기 발전, 그리고 인간의 자유로운 활동(반드시 계급적 활동으로만 환원되는 것만은 아닌)에 근거한 다면적인 실천(인간 활동의 네 가지 영역에 대한 가치론적 입장을 되새기자)을 내세우고 있는 것이다.

4.2. 복합체계 상승이론

까간은 자신이 소비에트 시절에 인식론주의적 편향에 대항하여 제기했던 가치론 미학을 계승하고 확대 발전시키면서 체계이론(theory of system)과 시너지 이론(theory of synergism) 등 과학적 모델에 입각한 새로운 미학적 문화적 패러다임을 모색하고 있는데 이를 '체계 – 시너지론'(Системно – синергетическая теория)이라고 주장한다. 이 용어에 대한 보다 적절한 우리말 번역어는 아직 확립되지 않았지만 그 내용에 비추어 복합체계 상승이론이 아주 적절한 표현이라고 생각된다.

복합체계 상승이론이란 자연과학 분야에서 성취된 체계이론27)과 시너지 이론의 성과28)를 인문학과 문화예술 영역의 탐구에 수용하

---

26) 위와 같음.

27) 체계이론에 대한 국내의 소개서로는 루드비피 폰 버틀란피의 『일반체계이론』(현승일 역, 민음사, 1990)을 참조.

28) 시너지 이론의 과학적 원리와 이의 문화예술적 적용에 관해서는 다음과 같은 연구성과를 참조할 수 있다. Е. Н. Княжева, Одиссея научного разума – синергетичес-кое видение научного прогресса, М., 1995. Е.Н. Княжева, С.П. Курдюмов, Законы эволюции и самоорганиза – ции сложных систем, М., 1994. И.

자는 것이다. 물론 자연과학의 영역에서 성취된 이론적 방법론을 문화나 예술의 영역에 단순히 적용하는 실증주의적 환원주의를 주장하는 것은 아니다. 그것은 "미적 예술적 문화적 체계의 진정한 복잡성을 지나치게 단순화시켜 버리는 잘못된 결론"[29]에 이르게 되어 "미적, 예술적, 문화적 체계가 물리적 화학적 생물적 체계에 대해 갖는 질적 차별성이 사라지게"[30] 만드는 것임을 까간은 분명히 하고 있다. 까간은 인문학 역시 과학적 방법론을 향한 이론적 입지를 확고하게 만들어야 하는데 이때 자연현상을 탐구하는 과정에서 만들어진 방법론적 절차를 채택하는 것이 필요하며, 이 경우 이 방법론을 사회문화적 체계의 보다 고도의 복잡성에 맞게끔 발전시키고 풍부하게 해야 한다고 본다.

시너지 이론은 "질서가 부여되지 않은 상태로부터 고도로 질서화된 상태로의 전이에 대한 가장 보편적인 법칙성을 연구하는 것"[31]을 말한다. 이에 따르면 무엇보다 먼저 문화와 예술을 자기조직화(самоорганизация)해 가는 복잡성 체계(сложная система)이다. 그리고 체계란 단순히 그것을 구성하는 요소들의 산술적 총합을 넘어선 더 큰 무엇으로서 "그 요소들이 묶이고 연결되고 관계되어 있는 방법"[32]이다. 더구나 문화와 예술, 사회문화 체계는 "자기관리(самоуправление)와 자기조절(саморегуляция), 자기반성(саморефлектирование)을 요구하고 더구나 의식(сознание)

A. Евин, Синергетика искусства, М. 1993.

29) М. С. Каган, Эстетика как философская наука, 위의 책, с. 52–53.

30) 위의 책, с. 55.

31) Е.А. Евин, Синергетика искусства, 위의 책, с. 15.

32) М. С. Каган, Эстетика как философская наука, 위의 책, с. 54.

과 자의식(самосознание)도 지니고 있는"[33] "기능일 뿐만 아니라 발전이기도 한 체계"[34]이다.

이러한 체계를 연구대상으로 삼을 때에는 부분에서 전체로 나아가는 경험적이고 귀납적인 방법이 아니라 전체에서 부분으로 나아가는 총체적 구조 상태에 대한 연구가 되어야 한다. 동일한 구성요소들도 그 '묶이고 연결되고 관계되어 있는 방법'의 차이에 따라 전혀 다른 체계가 될 수 있기 때문이다. 그러나 이렇게 '체계의 구조상태'에 대한 연구, 즉 구성요소들의 유기적인 총합에 대한 연구는 필연적으로 각 요소들에 대한 인식을 전제로 하기 때문에 종종 '체계-구조적' 접근이라고 불리면서 때로 구조주의적 분석이라는 '불필요한 오해'를 불러일으키는데 까간은 체계-구조적 접근이 구조주의적 분석과 동일시되는 것은 전혀 근거가 없다고 말한다. 특히 문화와 예술 같은 체계에 있어서 구조주의적 단순화는 가능하지도 않을 뿐만 아니라 "위험하기조차 하다."[35]. 복합체계 상승이론에서는 각 구성요소들을 분석하되 그 구성요소들의 체계에 안정적인 총체성과 질적인 특성을 부여해 주는 연관들의 체계를 고찰한다. 전체적 체계로서의 각 구성요소들의 필요성과 충분성을 해명하고자 하는 것이다. 그리하여 복합체계 상승이론에서 문화예술 체계는 "그 질적 특성이 그 구조에 의해 규정되는, 법칙적으로 조직된 체계적 전체"[36]로 인식되는 것이다.

복잡성 체계로서의 문화와 예술, 즉 정신적 산물들의 실체는 분

---

33) 위의 책, c. 55.
34) 위의 책, c. 56.
35) 위위 책, c. 55.
36) 위의 책, c. 56.

해되지 않으며 일종의 감정적 에너지의 흐름으로서 물질 대상들에 존재하는 공간적 제약성이 존재하지 않기 때문에 자연과학의 방법론은 적용될 수 없고 따라서 과학(science)과 인문학(humanities) 사이에는 원칙적인 대립이 존재한다[37]는 주장도 있다. 그러나 까간은 인간정신이 발현되는 생생한 총체성을 분해하는 해부적인 기법을 적용하여 연구하지 않을 수는 없다(58)고 말한다. 정신 현상의 다양한 면모를 이를테면 구조나 구조상태, 혹은 고양된 상태, 정신적 타락, 정신적 운동 등과 같은 공간적 비유를 통하지 않고서는 달리 규정할 방법이 없기 때문에, 그리고 아무리 유동적이고 지속적으로 변환되는 정신 현상이라 할지라도 그 구성요소들 사이의 원칙적 차이를 분별해 내는 것은 가능하고 필요한 일이기 때문이다.

결국 까간은 체계이론과 시너지 이론의 도움을 통해 문화와 예술 체계의 분석에도 이질동상(異質同像, изоморфизм)과 동질동상(同質同像, гомоморфизм)의 원칙을 적용하여 "제반 체계들의 구조조직 법칙의 보편성"(58)을 확증할 수 있다고 말한다. 즉 물질적인 것과 정신적인 것, 살아 있는 실재와 예술적 환영은 구성의 유사성과 동형성이 존재한다는 것이다. 특히 물질 체계는 그 구조조직 분석이 보다 용이하기 때문에 여기에서의 분석을 통해 밝혀진 체계의 일반 성질을 보다 복잡한 체계들로 전치하여 적용하는 것은 가능하고 생산적이다. 물론 그러한 전치가 정신적인 것을 물질적인 것으로 단순하게 대입 비교하는 것이어서는 안 되고 다만 일정한 수준의 유사성을 밝히는 것으로서, 인간 정신의 창조적 힘과 삶에 대한 우리의 지식을 심화시키게 해 주는 것이 되는 한에서

---

37) C. P. 스노우, 『두 문화』, 오영환 역, 민음사, 1996 참조.

만 그러하다는 사실을 까간은 분명하게 지적(58－59)하고 있다.[38]

이처럼 자연과학에서 형성되어 발전된 체계이론을 인문학의 영역에, 문화와 예술의 영역에 적용하고자 하는 복합체계 상승이론은 연구의 대상 체계에 대한 세 방향의 연구를 상정한다. 첫 번째는 체계 구성요소의 연구와 구조 상태에 대한 연구이다. 다른 하나는 체계의 요소들이 내적으로 어떻게 기능 분화되어 있고 그 체계가 주변 환경(상, 하급 체계)과 어떤 상호관계 속에 있는가 등에 대한 내적 외적 기능 분석 연구이다. 그리고 체계의 역사적 차원에 대한 고찰이 세 번째 연구방향이다. 이러한 고찰에 따라 우선 문화, 그리고 그 속에서의 예술 체계는 다양한 구성요소들이 보편적 원리에 따라 구조되어 있는 체계로, 그리고 각 요소들이 단일 기능적으로 작동하는 것이 아니라 다원 기능적으로 움직이는 초고도의 복잡한 연관성의 체계로, 그리고 항상 변화하고 발전하는 특수한 유형의 기능체계로 인식된다. 특히 역사적 차원에 대한 고찰에 의해 획득될 수 있는 '항상 변화하고 발전하는 특수한 유형의 기능 체계'로서의 문화예술의 역사적 변화나 진화, 발전 등에 대한 문제를 이해하는 데에 중요한 요소이다.

복합체계 상승이론에서는 어떤 체계의 시간구조 속에서 그 발전 과정에 대한 보편적인 법칙성을 상정하고 있다. 우선 어떤 체계는 초기에 비정형성, 혼합성을 띠고 있으며 구성요소들이 느슨한 형태로 분해되어 있고 분해된 요소들은 점차 각각의 전문화로, 그리고 그들 사이의 구조적 연관을 형성하는 방향으로 운동해 간다. 그러고 나서 체계의 조직성을 점차적으로 높여 가면서 환경의 어떤 변

---

38) 이 점에 대해서는 에빈도 항상 강조하고 있다. Е.А. Евин, 위의 책. с. 161.

화에도 불구하고 체계의 생존력을 확보하고 체계의 여러 기능의 효율성을 달성하고자 한다. 그리고 형성된 구조가 경화되어 체계가 침체 상태에 빠지면 그 체계는 서서히 죽어 가든가, 체계의 독립적인 부분들이 자기 생존력을 확보하기 위해 발생되는 원심력에 의해 기존의 관계들이 와해되어 가고 이로부터 발생한 카오스로부터 새로운, 이전과는 질적으로 다르고 보다 고도로 조직화된 체계의 총체성이 형성되든가 하는 것은 필연적이라기보다 선택적이다(61). 다시 말해 복잡한 체계의 자율조직화와 재조직화의 과정, 조화에서 카오스로, 카오스에서 새로운 조화로의 전이는 일정한 법칙성(열역학에 관한 시너지적 연구에서 밝혀진 바와 같은)을 지니고 있으며 이는 모든 사회문화 체계를 이해하는 데에도 적용될 수 있는 것 (62)이다.

근대의 과학지식은 "단순함, 선형성, 비규정성(우연성)의 완전한 배제"[39]와 "현실의 여러 현상들이 귀속될 수 있는 단일한 의미의 역동적 법칙을 모든 곳에서 확정 지으려는 열망"[40] 속에서 가혹할 정도의 결정론적인 세계상을 구축하였고 항상 시간과 우연성 등의 개념은 고찰에서 배제되어 왔다. 까간에 따르면 헤겔이나 마르크스의 역사발전론 역시 한 단계에서 다른 단계로 진보적으로 고양된다는 일직선적(선형적)인 고찰이었다. 그리고 이에 대한 반발로 형성된 쉬펭글러나 토인비, 구밀료프 등의 불균등 지역문명론들은 진보의 선형적 성격을 부정할 뿐만 아니라 인류 발전의 동일성, 즉

---

39) Е.Н. Княжева, С.П. Курдюмов, Законы эволюции и самоорганизации сложных систем, М., 1994, с. 7.

40) 위와 같음.

인류의 문화와 미의식, 예술 등의 발전과정의 동일성을 일반적으로 부정하고 있다. 이에 반해 '비선형적 발전'(нелинейное развитие) 이라는 시너지 이론의 이념은 인류의 발전의 동일성과 법칙적 성격을 그 발전의 다양한 노정 속에서, 다시 말해 문화의 자기조직화의 한 수준에서 다른 수준으로의 운동이라는 상당히 폭넓은 스펙트럼 속에서 고찰하도록 해 준다. "이러한 과정은 어떤 고도의 힘에 의해 사전 기획된 것이 아니라 각각의 단계에서 최대한의 길을 끊임없이 자율적이고 직관적으로 모색하는 것"(63)이다. 하나의 사회문화, 미학 예술적 질서(조화상태)로부터 다른 것으로의 전이는 다변수적(поливариантный)이며 이 다양한 변수들 중에서 '요구되는 미래의 모델'을 향한 다양한 기획의 실천적 실현과정 속에서 주도적인 어떤 것의 우선권이 성립된다. 그리고 우선권을 가진 한 전이형이 새로운 유형의 조화를 탄생시키는 보다 높은 수준의 질서와 조직성을 형성하고자 하는 객관적 요구에 조응함으로써 미래의 모델로 이끌려 가는 것이다(63).

까간은 문화와 예술 체계가 이렇게 자기조직화해 가는 비선형적 발전 체계라는 점을 전제하고 오늘날의 문화예술 체계의 상황을 진단한다. 현대사회문화를 진단함에 있어 오늘날 수많은 진단적 개념들, 즉 '포스트 자본주의', '포스트 산업화 사회', '포스트모더니즘 문화' 등등의 개념들, 그리고 심지어 '역사의 종말'이라든가 '문화의 종말'이 도래하였다는 확신, 문화와 미적 잠재소를 '반문화'와 '반미학'이 대체한다는 확신 등이 출현하고 있다. 이것은 "우리가 '어디로부터 움직이고 있는가'는 너무나 분명하지만 그러나 이 운동이 '어디를 향해 가는 것인지', 다시 말해 어떤 길이 극대화된

(оптимальный) 길인지는 누구도 모르는 상황"(63)이다. 그러나 까간에 따르면 복합체계 상승이론의 문화 체계 발전론은 "역사적 탐구라는 발생론적 벡터를 진단적 벡터로 보충하도록 새로운 가능성을 열어 주고 있다."(63) 역사적 탐구는 연구하고자 하는 체계의 역사를 그 탄생의 순간으로부터 연구자에게 직접 관찰되는 상태까지를 포괄하고 있다면, "시너지적 접근은 그 체계의 재조직화 과정이 그 체계를 어디로 끌고 갈 수 있고 끌고 가야만 하는지에 대한 가설적 표상을 만들어 낼 수 있게 해"(64) 주기 때문이다.

복합체계 상승이론은 역사에 대한 모든 직선적 관점들이 몰락하면서 동시에 모든 미래 기획에 대한 회의가 범람하는 시대에 오히려 그러한 회의를 거부하고 새로운 미래를 향한 현재의 노력의 필요함과 필연성을 강조한다는 점에서 우선 '실용적으로' 가치가 있다고 인정할 만하다. 그러나 까간은 단순히 또 하나의 낙관주의적 당위론을 말하는 것은 아니다. 그는 "어떤 (체계의) 과정이 실제로 '체계의 자기조직화의 완수과정'으로 체계적으로 포착되는 경우, '그에 내재한 자기발전의 경향들', 즉 '과거를 현재로 전화시켰고', 그와 마찬가지로 법칙적으로 '현재를 미래로 전화시키고 있는' 자기발전의 경향들을 과학적으로 인식할 수 있게 해 준다."(64)는 점을 강조한다. 물론 이 과학적 인식은 첫째, 거시적인 역사과정의 긴 전망에서만 가능하다는 점, 둘째, 과정의 일반적인 경향만이 진단되는 것이지 그 구체적인 진행에 대한 진단이 아니라는 점을 염두에 두고 이해되어야 한다. 사회문화 체계의 발전은 어느 정도 폭넓은 스펙트럼의 가능한 행위들 중에서 구체적인 행동을 자유롭게 선택하는 것에 기반하고 있고 때로는 그 자유가 방종으로 선회하기 때문에 구체적인 역사의 행보는 예측될 수 없고 예측되지 않은 결과를 얻곤 한다. 하지만 역사의 거대한 규모에서는 이 모든 파동들, 구체적인 행위와 결과, 산재된 사건들은 균질화되어 가고 우연성의 군집을 통해 역사적 필연의 길이 형성되어 가는 것이다(65). 어떻게 보면 매우 낙관주의적인 이러한 주장은 그러나 나름대로 현대 과학에 의해 획득된 지식, "모든 발전의 과정은 그것이 체계의 조직성의 수준을 향상시키는 만큼만 발전된다는 지식"(65)에 근거하고 있기 때문에 막연한 주관주의적 당위론, 혹은 낙관론과는 차이가 있다. 다시 말해 오늘날 인류가 자연과의 생태적 갈등과 민족과 계급의 정치적 갈등의 결과로 자멸해 버리지 않는 유일한 대안은 사회 체계의 자기조직화의 다른 수준으로, 즉 '사회-문화-자연'이라는 메타 체계의 이전보다 더욱 완성된 조직으로 전이하는 것뿐이며, 자기조직화해 가는 복잡성 체계의 보편적 발전과정에 따르면 현대의 증대하는 엔트로피에 대항하는 반-엔트로피의 성장이 더욱 커지게 됨으로써 그러한 전이가 가능하다는 진단을 내릴 수 있는 것이다.

이러한 논리에 의해 인류의 새로운 가능성을 향한 자기조직화의 필요성과 필연성이 확보되고 그 과정에 인류가 주체적으로 참여해야만 하는 당위성이 제기된다.

"우리가 충분한 근거를 가지고 예측할 수 있는 것은 '사람들의 공동의 삶의 조직 수준을 향상시키고, 그 삶을 고무시키고 미학적으로 고결하게 만들며', 정신적 엔트로피의 성장을 자극하지 않고, 사회관계들의 붕괴를 자극하지 않는 그러한 형태에 대한 새로운 방법을 모색하고 그러한 가치적 입장을 견지하는 것이 미래의 미학적 의식이며 예술 창조의 최고의 목표가 되리라는 것이다. 그러나 이는 우리가 자신의 눈앞의 생존을 넘어서서 역사적인 세대 간의 계주 속에 힘차게 참여하여 지금 우리 손에 쥐고 있는 문화적 정수를 다음 세대에게 전해 주는 바와 같은 시민적 책임감을 잊지 않고 오늘과 내일의 우리의 활동이 새로운 미래의 문화 유형을 형성하는 데에 봉사해야 한다는 것을 의미할 뿐이다."(65)

4.3. 현대문화의 자기조직화

까간은 포스트모더니즘으로 포용되는 다종 다기한 현상들이 사회 각 구성요소들의 부분적인 현상이 아니라 "르네상스나 계몽주의, 낭만주의, 실증주의, 모더니즘 등과 같은 범문화적인 운동, 즉 예술 분야의 변화들이 예술의 분야를 넘어 현대사회의 과학과 이데올로기, 기술문명, 정치와 경제 등 모든 영역으로 파급되는 깊은 연관성을 보여 주는 운동"(513 – 514)이라고 인식하고 있다. 따라서 이 현상에 대한 분석은 어떤 한 영역에 대한 고찰로 제한되어서는 안 되고 보다 보편적인 체계의 분석, 즉 문화 분석이라는 일반화를 요구한다.

그러나 까간은 현재 진행되고 있는 포스트모더니즘의 다양한 논리 자체를 일반화시켜야 한다고 말하는 것은 아니다. 그는 제기된 어떤 논리 자체에 대한 동의 여부가 아니라 포스트모더니즘이라는 문화 현상을 낳게 만든 현대문화와 이 현상 속에 내재한 문화 체계의 새로운 자기조직화의 경향을 읽고 싶어 한다. 우선 그는 시너지 이론의 관점에서 이 현상이 서구에서 수세기 동안 성립된 조화의 파괴, 사회와 문화의 자기조직화 방법의 파괴라는 점에 주목한다. 안정적이고 파괴 불가능하며 영원한 것으로 보이던 상태가 갑자기 순차적으로 교체되는 역사적 상태로, '역사의 끝'으로 인식되고 있는 것이다(마르크스는 이러한 개념을 '전사(前史)'로 이해한다)(514). 이러한 상황은 불가피한 카오스 상태에 직면하게 되는데 그 카오스의 핵심에는 인류의 공존적 삶에 대한 새로운 조화, 새롭고 보다 복잡하며 보다 완결된 조직방법에 대한 요구가 잠재되어 있다. 그리고 복합체계 상승이론은 이 카오스 속에서 미래에 대한 과학적 진단이 불가능하다는 포퍼류의 회의를 극복하고 이 카오스 속에서 결정(結晶)되는 미래로 이어지는 실마리들을 찾기 위해 노력해야 할 필요성을 정당화시키고 있다. 당연하게도 눈앞에 펼쳐지는 다양한 포스트모더니즘적 현상과 논리는 모더니즘적 과거와 훨씬 더 깊게 연루되어 있는 것은 사실이지만 우리는 이 현상과 논리 속에서 미래로의 견인소, 다가오는 새로운 문화 유형, 새로운 미의식, 새로운 예술 창조의 기반을 형성하고 있는 견인소를 찾아야 한다는 것이다.

까간은 현대를 새로운 사회문화로 발전하는 전환기적 과정으로 보면서 이 과정을 사회문화의 총체적 발전 속에서 관찰하고자 한다. 까간은 산업문명을 대체하는 소위 포스트 산업 문명이나 정보 문명이라고 불리는 새로운 현대 문명의 성격을 "노동의 생산성 향상이 근본적인 사회적 모순들을 평화적 방법으로, 즉 혁명 없이, 폭력 없이, 그리고 봉건적, 노예제적, 자본주의적 방법으로의 복귀 없이, 다시 말해 한 계급에 의한 다른 계급의 착취 없이 해결 가능할 정도의 물질적 복지의 수준을 가능하게 만들고 있다."(516)고 규정한다. 까간의 이러한 주장은 기술문명과 정보문명에 대한 과도한 해석으로 읽힐 것임에 틀림없다. 그러나 까간이 말하고자 하는 의도는 현대사회에서 자본주의 체제의 근본적 모순 해결이 자본주의 체제의 강화(보다 고도화된 생산력 향상)에 있지 않다는 것, 오히려 현 수준 정도의 생산력을 가지고도 인류의 새로운 문명의 실현이 충분히 가능할 수 있다는 것, 그러나 이 새로운 문명의 실현은 일면적이고 직선적인 발전 전략으로는 불가능하다는 것으로 이해될 수 있다. 까간은 현 수준의 생산력에 대해 과도한 기대를 보내는 것이 아니라 현대 문명이 안고 있는 파괴적 위험들, 계급전쟁이나 인종전쟁, 종교전쟁 등에서 대량 학살의 현대적 무기에 의해 인류가 멸망할 운명에 처해 있다는 위기의식을 더욱 강조하면서 인류가 의식적 역사적 자기 활동을 통해 현대 문명의 근본적 모순들을 해결해 가는 것 이외에는 다른 길이 없다고 거듭 지적하고 있기 때문이다(515).

체계이론은 복잡한 자기조절적인 체계의 기능화와 발전 속에는 항상 두 가지 유형의 이해가 긴장과 충돌을 일으키고 있다는 점을 보여 준다. 전체로서의 체계의 이해는 그 체계의 총체성을 유지하고 강화해야 하는 필요성과 관련된다. 그리고 이 전체의 각 부분, 하부 체계, 하부 체계 속의 각 요소들의 이해는 자기 보존의 필요성과 체계 전체의 삶에 적극적으로 동참해야 하는 필요성과 관련되어 있다. 한 체계 내에서 발생하는 이 두 가지 이해관계는 항상 두 가지 위험을 낳을 수 있다. 사회 이성의 절대화와 개인 이해의 절대화가 바로 그것이다. 전자의 경우 그 체계는 발전의 단절과 침체에 빠지게 되고, 전체주의적 속박에 매여 결국에는 엔트로피의 증대로 인한 체계의 사멸로 나아간다. 후자의 경우 사회관계의 무정부주의적 붕괴, 새로운 싹을 담지 못한 카오스 상태로 인한 체계의 자멸로 이어진다. 따라서 전체와 구성부분들 모두의 이해를 자연적으로든, 의식적으로든 균형을 이루도록 하는 것이 자기 발전하는 체계들의 정상적인 삶의 조건이 된다. 극단이나 영화인 집단, 합창단이나 오케스트라 연주단의 창조활동에 나타난 균형을 예로 들 수 있다. 이들의 예술 활동에서 지휘자와 감독은 집단 구성원의 개별적 능력을 최대한 활용하면서 전체적 조화와 균형을 달성하고 있다. 그러나 개인 행위의 자율성의 정도와 전체의 요구의 정도는 체계들마다 다르다. 재즈 음악에서 연주자의 즉흥성은 오케스트라에서보다 비교할 수 없을 정도로 폭이 넓다. 그리고 오케스트라에서 전체의 이해를 대변하는 지휘자의 창작 의지가 미약할 때, 혹은 반대로 지나치게 엄격하고 지시적이어서 배우나 무용수나 가수나 음악가가 창조적으로 해석할 공간을 남겨 두지 않을 때 그 예술 집단은 쉽게 와해되어 버리는 경우를 많이 볼 수 있다. 이러한 경우는 사회문제에도 곧바로 적용될 수 있다. 이를테면 발전된 자본주의 사회가 국내적으로 자유로운 상품 생산자와 판매자, 은행가의 이해를 절대화하고 국제 경제적으로는 국가의 이해를 이기주의적으로 절대화했다면, 전체주의 정부들은 반대로 사회의 이해를 절대화해서 사적 소유와 사유기업, 개인 거래 등을 금지하여 통제 경제와 계획 생산, 단일 교육체계, 이데올로기 선전 체계를 구축하였고 그 결과는 역사가 보여 주는 바이다. 20 세기 말에 사회주의적 사회조직 방법에 대한 우위를 확증한 자본주의가 "개인적 집단적 계급적 민족적 이기주의, 정신적 고립주의, 자기도취"(518)를 극복하기 위한 노력을 게을리 한다면 역시 새로운 문명으로 자기조직화하기 전에 자멸의 길로 가리라는 것이 까간의 확신이다.

현대 문명의 새로운 모색의 현상으로 까간이 주목하는 것은 이를테면 다원화된 정당의 균형이나 좌우동거의 정치, 권력분점과 자연스러운 권력 이동, 초국가적 조직들(유럽연합이나 유엔, 유네스코 등과 같은), 광범위한 시민조직 등의 현상이다. 물론 까간은 그러한 현상 자체에 동조하는 것이 아니라 다원화된 현실의 자기조직화의 활발함에 주목하고 있다. 이와 같은 활발한 자기조직화는 우리가 현대 문명의 위기로부터 새롭고 보다 고도로 조직화된 사회체계로 나아가고 있다는 지표이기 때문이다. 같은 논리로 예술의 영역에서도 자본주의에 의한 예술의 상품화나 전체주의의 국가 예술화 현상을 넘어서서 예술가의 창작의 자유와 국가의 지원, 경제적 보호 등을 일치시키는 체계적 시너지적 방법에 대한 모색이 필요하다. 포스트모더니즘 현상을 바라보는 까간의 시각은 바로 이러한 현대 문명의 위기적 상황에 대한 인식과 새로운 문화 패러다임의 모색과 깊게 연관되어 있다.

4.4. 모더니즘의 지속과 부정으로서의 포스트모더니즘

까간은 포스트모더니즘이 매우 다기한 현상으로서 내적 통일성을 가지고 있지는 않지만 그 발생에 있어서나 문화적 배경에 있어서 "모더니즘 지배기에 유럽 문화에서 축적되고 그 예술적 '거울'에 뚜렷이 새겨진 모순들을 해결하고자 하는 어느 정도 의식적인 모색들"(522)인 것은 분명하다고 인식한다. 따라서 포스트모더니즘은 모더니즘과 긴밀히 관계되어 있고 또 확연히 구별된다.

모더니즘 시대 유럽 문화의 모순을 해결하고자 하는 모색들을 포스트모더니즘으로 규정하면서 까간은 포스트모더니즘 현상을 모더니즘 시대를 대체하는 연대기적 단계로서가 아니라 모더니즘의 한계를 돌파하려는 다양한 시도들을 포스트모더니즘으로 본다. 다시 말해서 포스트모더니즘 현상은 모더니즘이 지배적인 시기에도 그 한계를 지적하는 문화예술 현상으로 나타나고 있다는 것이다. 여기서 우리는 까간이 포스트모더니즘의 여러 현상에 대해 주목하되 현대 문명의 새로운 자기조직화와 관련된 현상의 발현들을 포스트모더니즘 현상이라고 이해하고 있음을 확인할 수 있다. 즉 다기한 포스트모더니즘 현상 일체의 통일성을 추구하기보다 자신의 정의에 부합하는 현상들을 '포스트모더니즘'이라는 용어로 지시하고 있는 것이다. 까간의 관심은 어떤 포스트모더니즘 현상과 논리에 동의하거나 혹은 그것의 내적 통일성을 설명해 내려는 데에 있지 않고 그 현상 이면에 존재하는 현대 문명의 새로운 자기조직화의 요구를 인식하는 데에 있기 때문이다.

까간이 현대 문명의 새로운 자기조직화의 요구와 관련시켜 주목하고 있는 '포스트모더니즘적 현상'의 핵심은 "모더니즘적 혁신들과 대화적 접촉을 시도하고 전통의 가치를 다시 인정하려는 다양한 형식들, 엘리트주의와 대중주의의 종합을 이루려는 시도들, 유럽중심주의적 고립주의를 극복하려는 노력, 냉소주의와 진지함의 기묘한 교배, 실재의 인식을 지향하려는 사고와 존재의 인식불능과 부조리함, 비실재성에의 확신 등이 교차하고 있는 것"(522)이다. 즉 이제까지 인류 문화에서 대립적이었던 다양한 요소들을 새로운 패러다임 속으로 결집시켜 내려는 시도들을 까간은 포스트모더니즘의 긍정적 가치로 고찰한다. 그리고 이러한 시도들은 모더니즘 예술이라는 거울에 새겨진 유럽 문명의 모순들을 극복하기 위해 이미 모더니즘 지배기에도 다양하게 나타나고 있다는 것이다.

앞에서 말한 다양한 시도들에서 까간이 읽어 내는 것은 "20세기 전반기 유럽 예술 문화에서 범람했던 끝없는 형식주의적 연습들이 이제 종결되었다는 것, 그들을 탄생시켰던 지적 분위기가 고갈되었다."(526)는 점이다. 20세기 전반기의 지적 분위기란 "부르주아 현실의 산문적 속물성에 대한 혐오와 존재의 부조리함에 대한 느낌, 그리고 이런 토양에서 자라난 개인주의적 탐미적 쾌락주의"(526)를 말한다. 그러나 이제 사회적 생태학적 파국을 눈앞에 둔 현실에서 그와 같은 모더니즘적 대응은 무력하기만 하다. 이제 문화 체계는 자기조절과 자기조직화, 자기발전의 궤도를 따라 새로운 문화 체계로 전이되지 않을 수 없으며 이 새로운 전이형의 다양한 가능성이 포스트모더니즘의 다종 다기한 현상으로 나타나고 있다는 것이 까간의 주장이다.

포스트모더니즘이 고전 전통과의 새로운 대화에 나서고 자연과 사회, 인간과 새로운 접촉을 시도하는 것은 인류 문화 체계가 "인간에게로 복귀하고 있는 것"(526)을 의미한다. 고전 예술은 광범위하게 현실로부터 출발하고 있지만 엄격히 구획된 장르 체계 속에서 삶과 경계 지어졌고 모더니즘은 이러한 장르 경계를 해체했지만 예술을 순수한 형식창조로, 혹은 예술가의 자기표현으로 만들어 버렸다. 이러한 미학적 고립주의는 세계 속의 인간 존재의 비밀스러운 의미의 탐구를 포기하였고 엄정한 현실 앞에서 무력감과 환멸에 시달리게 되었다. 바로 이러한 무력감과 환멸을 넘어 새로운 문화로의 자기조직화를 위해 "고전 정신 체계와 모더니즘적 정신 체계의 결합"(528)이 요구되는 것이다.

까간이 주목하고 있는 고전과 모더니즘 정신의 결합은 예술에서 매우 다양하게 나타난다. 환영과 실재, 자연과 초자연, 현재의 시공간과 초월적 시공간, 전설적 이야기와 현실, 작가와 주인공, 동양적 미의식과 서양적 미의식, 음악과 회화, 문학과 영상 등등 이제까지 서로 절연되어 있던 모든 영역이 상호 교섭하고 절합(conpяжение)된다. 그러나 '정신분열증적 현상'(들뢰즈, 가타리)처럼 보이는 이러한 현상은 까간이 보기에는 "현실의 재생산과 환영을 교직시키면서 사회와 문화와 인간의 현대적 상태를 형상적으로 인식하는 방법이지, 그 부조리성을 사람들이 다룰 수 없는, 따라서 극복될 수 없는 특성으로 확신하는 것은 아니다."(530) 까간의 관점에서 이것은 "모더니즘 역사에서 축적되었다고 볼 수 있는 거의 모든 이율배반적인 요소들을 대화적으로 해결하고자"(531) 하는 것이다.

4.5. 보편적 대화성의 원칙

모든 이율배반적인 요소들을 대화적으로 해결하고자 하는 것이 복잡성 체계의 생존력을 극대화하고 체계의 자기조직화와 자기조절, 자기발전을 완수하는 가장 효과적인 방법일 수밖에 없다는 판단에서 까간은 전환기 현대문화의 새로운 전이를 위한 보편적 대화성의 원칙을 제시한다.

바흐친과 비블러의 대화주의에 근거하면서 까간 역시 이제까지의 인류 문화에서 독백적 독단적 문화가 문화 체계의 엔트로피를 과도하게 증대시켰다고 말한다. 모든 문화는 대화적이며 그것이 바로 문화의 유적 본성이지만 실제 역사과정에서는 독백적 독단적 문화가 지배적이었다. 독백적 독단적 문화 체계는 자신이 표상하는 세계상의 절대 진리성을 확신하고 다른 모든 요소의 허위성을 확신함으로써 성립된다. 까간은 전체주의 사회문화, 소비에트 사회문화, 파시즘 사회문화 등을 가장 가혹한 형태의 독백주의 문화 체계로 예증한다. 이러한 체계는 다른 모든 체계를 부정하고 자신의 어떤 변형태와도(그것은 '이단'으로서 더욱 가혹하게 부정된다) 대화를 거부한다. 이에 대항하여 나타난 모더니즘도 독백적이기는 마찬가지였다. 내적 통일성을 지닌 것은 아니고 서로 대립적인 예술조류로 분열된 모더니즘은 "자기 자신들의 이념과 이상을 절대화하고, 게다가 선대의 문화, 모든 전통적 고전적 문화에 대해 공격적으로 부정한다."(533)는 점에서 일치했다.

까간은 "20세기의 인류사적 체험은 독백적 문화의 시대가 끝나 버렸음을 분명하게 보여 준다."(534)고 확신한다. 자본주의와 사회주의의 절대적 지지자를 비롯하여 이슬람 근본주의, 현재의 러시아 공산주의 운동 등은 통합 이념으로서 낡아 빠지고 이미 실패한 것에 불과하다는 것이다. 그것은 인류 문화의 파국적 종말을 재촉하고 있을 뿐이다. 그러나 까간은 현대문화 체계의 엔트로피의 증대에 맞서 더욱 큰 힘으로 반-엔트로피가 성장해 가리라는 기대 속에 그 성장의 대열에 주체적으로 참여함으로써 체계의 새로운 자기조직화를 향해 나아가는 시민적 책임감을 촉구하고 있다. 바로이 자기조직화의 과정에서 가장 필요한 원리가 바로 다원화된 구성요소들의 대화이다.

복잡성 체계의 자기조절과 자기조직화, 자기발전을 극대화시킴으로써 보다 고도의 생존력을 확보한 체계로 전이하기 위해서는 각 구성요소들의 생명력을 극대화하면서 그 요소들 사이의 대화를 통한 체계 이익의 극대화를 도모함으로써 가능해진다. 까간은 이러한 논리가 단순히 "미래에 대한 또 하나의 유토피아적 구조물이 아니라 과학적 결론"(534)이라고 확신한다. 이러한 결론은 모든 문화 발전의 법칙성에 대한 이해와 서구 사회 및 러시아의 위기와, 즉 오늘날 이 세계의 모순은 "자본주의적 사회 체계나 사회주의적 사회 체계의 범주 내에서는 해결 불가능"(535)하다는 인식으로부터 동기화되어 있다. 또한 어떤 경우에도 보편적 대화만이, 즉 인간과 인간, 계급, 민족, 국가체계, 인간과 자연, 현대와 과거 문화 등이 관계 맺는 최상의 방법일 수밖에 없으며 인류 자멸의 유일한 대안이라는 인류학적 정당성에 의해 뒷받침되고 있다. 현대문화 체계의 재조직화에 참여하는 모든 대화적 운동 세력들이, 즉 일반 민중과 계급, 정치세력이 모든 노력을 기울여 "지금보다 더욱 복잡하면서 더욱 완결된, 지구상의 사람들의 공존적 삶을 조직하는 방법을 타진해 나가지"(535) 못한다면 인류 문화는 더 이상 자신의 생존력을 유지하지 못하기 때문이다. 까간이 이 과정에서 미적 교육과 미적 활동의 중요성을 강조하는 것은 미학자로서 당연한 일이기는 하지만 그의 복합체계 상승이론으로서도 자연스러운 결론이다.

"이전의 어떤 시대에서보다 훨씬 높은 수준에서 의식적이고 목적적으로 진행되는 이런 모색에 있어 삶을 자기 조직하는 미적 에너지의 활용과 해당 문화과정의 예술적 자의식의 완전한 활용이 필수적이다. 미학교육의 주요한 목적은 21세기에 인류의 운명을 해결해야 하는 사람들을 형성해 내고, 그들에게 현재의 카오스에서 미래의 조화가 자라나도록 해 주는 것은 인간의 고귀한 미학적 잠재력과 예술이라는 점을 올바르게 이해하도록 하는 것이다."(535)

왜 '반성과 지향'인가

1. 야수의 시대를 넘어

20세기 말의 정치적 충격과 지성의 혼돈을 겪은 뒤 러시아 문학계는 이제 그 혼돈을 차분하게 정리하며 새로운 과제를 생각하는 여유를 찾은 듯하다. 『20세기의 문학이론적 결산』[1]은 이런 점에서 단순한 결산을 넘어 21세기 러시아 문학계의 새로운 진전을 예고하는 것으로 보아도 무리는 아닐 것이다.

유리 보레프(Юрий Борев)는 이 책에 실린 「20세기 문학과 문학이론. 새로운 세기의 전망(Литература и литературная теория XX в. Перспективы нового столетия)」에서 20세기는 '잔인한 시대', '야수의 시대'였다고 상기하면서, 그러나 새로운 질서로서의 세계화 과정은 지구적 자본의 통합과 모순의 세계화에 기여하고 빈부의 격차와 문화의 격차를 세계적으로 재생산하고 있다고 진단한다. 그리고 그 어떤 확정적인 패러다임도 이 세계

---

1) Ю. Б. Борев и др(ред.), "Теоретико-литературные итоги XX века", Литературное произведение и художественный процесс, т. 1, 2, Наука, М., 2003.

를 설명해 주지 못하는 혼돈의 시대에 문학과 예술이 "사랑을 통해 희망을 연주하는 작은 오케스트라"[2]가 되어야 함을 역설한다. 물론 그에게는 이 오케스트라를 연주하여 인류 보편의 공동체 문화를 건설해 나갈 주체의 문제가 당연히 매우 중요한 과제로 떠오른다.

보레프는 문학과 예술이 새로운 패러다임을 구축하는 과제에 기여하는 경로를 20세기 러시아 문예학이 보여 준 저자성(авторство)에 대한 이론적 강조를 통해 찾아가고자 한다. 이를 위해 그는 무엇보다도 롤랑 바르트의 '저자의 죽음'이라든가, 줄리아 크리스테바의 '익명성, 연접(延接), 공백으로서의 저자', 또한 저자의 개념에 대한 '이론적 화형'과 다름없는 수용미학에 대해 비판적 거리를 확보한다. 그렇다고 해서 낭만주의 시대로부터 기원하여 리얼리즘 시대에 구축된 '전지전능한 저자'의 개념을 복원해야 한다는 것은 물론 아니다. 러시아 현대 문예학의 전통으로 확립된 나름의 도식, 즉 저자의 고유성과 엄존성을 강조했던 비노그라도프의 이론에서부터 로세프, 바흐친 등의 저자론이 계승해야 할 이론적 원천인 것이다.

러시아 형식주의로부터 발원한 저자의 추방과 사회주의 리얼리즘론의 화석화된 이데올로기로서의 저자 사이라는 양 극단의 틈새[3]에서 러시아 문예학이 상식적인 저자론을 유지하고 있는 것은 서유럽 포스트모더니즘의 저자에 대한 공포나 엄살에 비하자면 너

---

2) 위의 책, с. 8.

3) 러시아 현대 문예학에서 저자의 추방과정에 대한 비판적 조망은 Маттиас Фрайзе, "После изгнания автора: литературоведение в тупике?", Автор и текст, СПб., 1996. 그리고 재니트 월프 「저자의 죽음」, 『작가란 무엇인가』, 박인기 편역, 지식산업사, 1997 등을 참조.

무나 건강한 자세가 아닐 수 없다. 그것은 어쩌면 러시아 작가들이 자신들의 창조적 개성을 견지하기 위해 때로는 죽음까지도 불사한 투쟁에 나섰다는 전통에 힘입은 것인지도 모른다. 러시아 문학에서 작가는, 직업인의 한 사람이기 이전에 한 사회의 정신적 문화적 보루로서 존재해 왔다는 사실이 '저자성'의 견고한 이론적 입지를 마련해 줄 수 있었던 것이다.

그러나 오늘날 문학예술의 주체를 새롭게 설정하고 그로부터 새로운 시대의 패러다임을 모색하는 작업은 단순한 선언으로 해결되기 어렵다. 사회 역사적 조건 속에서 규정된 주체, 혹은 이념적 기획에 따라 편제된 주체론은 주체 자신의 활동과 창조의 공간을 미리 제한하거나 혹은 텍스트의 다의성과 문화적 작동을 몰각한다는 점에서 오늘날 많은 비판에 처해 있다. 합리성과 이성을 지닌 객관적 진리과정의 매개자로 상정된 근대적 주체 개념은 결과적으로 주체의 실질적 주체성의 영역을 인정하지 않는 방향으로 나아갔고 진리의 인식과 실천에 의해 규정된 주체, 혹은 이념적으로 편제된 주체의 지위를 벗어나기 힘들었던 것이다. 그러한 '비주체적 주체'에 고정된 도덕적 정치적 이데올로기적 의미를 부여하고 그에 근거하여 현실의 변화를 기획한 이론들이 오히려 자율적 주체에 대한 지배와 억압에 기초하는 이론으로 전화되었던 20세기의 쓰라린 역사적 체험들이 오늘날 새로운 주체를 구성함에 있어 무엇보다 깊은 반성적 성찰을 요구하고 있는 것이다.

오늘날 근대적 주체에 대한 다양한 비판과 함께 새로운 접근의 시도4)들은 이와 같은 비판적 인식에 기초하면서 주체의 능동성을

---

4) 근대의 주체론을 '위계질서적, 본질주의적, 목적론적, 메타-역사적, 보편주의적 인본주의자'

이론적으로 포섭해 내고자 한다. 그러한 노력은 사회경제학적 주체로서 계급을 중심으로 사고하던 유물론에서조차 주체와 객체의 대상 활동적 관계, 주체와 타자 관계에 대한 주목으로 나타나거나, 혹은 "경험적 욕구를 충족하기 위해 사태에 대해 판단하고 이에 근거해 실행하는 인간의 존재방식 혹은 관계구조의 유동적 중심"[5]으로 주체를 고찰함으로써 주체의 능동성에 대한 주목과 최소한의 인정으로 나타나고 있다는 점에서 긍정적이다. 그러나 스스로 생각하고 움직이며 참여하고 결정하는 자로서, 즉 현실을 창조하고 목적을 창조하는 자로서 주체의 보다 적극적인 의미는 여전히 과소, 혹은 과대평가되고 있다. 객관적 진리의 인식과 실천과정 속에서 다소의 주관적 요소의 작용을 마뜩지 않게 인정하거나 혹은 주체의 독립성과 주체적 요소의 절대화로 나아가는 관념적 편향을 완전히 벗어나지 못하고 있는 것이다. 이런 점에서 소비에트의 스탈린주의와 기계적 반영론에서 설정된 '몰주체적 주체'를 비판하면서 진정으로 자유롭게 선택의 의지를 구사하는 인간, 그리하여 그 유일무이함(уникальность)을 본질로 하는 인간과 그 활동의 결과로서의 문화에 주목하는 까간의 문화철학적 견해는 주체의 신화화와 주체의 죽음 사이라는 양극단의 논의를 넘어설 수 있는 계기를 제공해 줄 수 있을 것이다. 결국 인간은 자유로운 창조적 활동에 입각하여 문화를 형성하고 그 문화는 다시 인간을 주체로 형성해

라고 비판하는 견해에 대한 재비판과 포스트모더니즘의 주체비판, 그리고 새로운 주체 구성의 시도들에 대해서는 테리 이글턴의 『포스트모더니즘의 환상』(김준환 역, 실천문학사, 2000), 그리고 알랭 투렌의 『현대성비판』(정수복 외 역, 문예출판사, 1995) 등을 참조.

5) 문예미학회, 『문예미학10. 주체』, 문예미학사, 2002, 82쪽. 이 책에는 주체론에 대한 다양한 현대적 이해와 모색이 담겨 있다.

내는 복합적이고 상호적인 과정 속에서 이해되어야 하는 것이다.[6]

20세기 문예학에서 유행처럼 번져 갔던 저자의 추방, 혹은 저자의 죽음을 극복하면서, 동시에 이데올로기로 전제되거나 신화화되었던 주체의 객관화를 극복하면서, 그러나 여전히 새로운 공동체 사회의 미래를 위해 이제까지의 모든 공과를 수렴하고 비판적으로 인식하며 새로운 창조성을 발휘하여 "보편적 인간 가치의 실현"[7]을 이룩하고 "미로에 빠진 현대사회에서 미로를 탈출하는 아리아드네의 실 역할을 하는 문화"[8]를 창조해 낼 주체는 과연 어떤 자질과 능력을 담지해야 하며 문학과 예술의 연구는 이 과제에 어떻게 기여할 수 있는 것인가.

이런 문제를 문학의 모델을 통해서 살펴보기 위해서는 작가, 혹은 작품 속의 주인공, 또는 독자는 문학과정 속에서 어떻게 주체의 창조적 역량을 극대화시키고 있는가를 분석할 수 있는 문학연구와 교육의 패러다임이 요구된다. 결론적으로 말하면 이들 문학 주체들은 결코 한정된 규모의 목적 실현, 즉 현실의 인식과 반영, 혹은 이념적 목적 실현 등과 같은 고정화된 가치의 실현에 머무르지 않는다. 까간이 지적하는 바와 같이 유일무이함, 비반복성, 선택의 자유 등과 같은 그 존재적 특성은 바로 그들이 자유롭게 확보하고 있는 스스로의 주관성, 혹은 자율성, 혹은 독자성에 의해 보장되는 것이다.[9] 물론 까간은 주체의 이런 자유로움을 자의성이나 임의성

---

6) М. С. Каган, "Социальная практика и философская рефлексия", Системный подход и гуманитарное знание. Избранные статьи. Изд. ЛГУ., Л., 1991, с. 103 – 105.

7) Ю. Б. Борев и др.(ред.), 위의 논문, с. 44.

8) 위의 논문, с. 11.

9) М. С. Каган, 위의 논문, с. 103 – 105.

과는 엄격히 구분하고자 하지만 사실 자유로움은 주체의 자의성과 임의성마저도 결코 배제할 수 없는 관점에서만 온전하게 스스로의 모습을 갖출 수 있다.

2. 활동으로서의 소설론

문학을 비롯한 예술문화는 무엇보다 먼저 작가의 창조적 활동의 산물이라는 점은 앞에서도 거듭 강조한 바 있다. 문학은 우연적인 산물이거나 혹은 현실 세계에서 수동적으로 파생되는 사회학적 등가물로 환원되지 않으며, 또한 작품에 담긴 언어의 초역사적, 초현실적 상호작용에 국한되지 않을 뿐만 아니라 수용자의 주관적인 상상적 반응물일 수도 없다. 이와 같은 논리들은 모두 창작 과정, 혹은 결과로서의 텍스트의 부분적인 성격을 전체의 성격으로 호도한다는 비판으로부터 자유로울 수 없다.[10] 모든 부분적인 고찰을 넘어 창조적 활동으로서의 문학을 이해하기 위해서는 창작자의 활동성 개념과 이 활동성이 지닌 능동성(창조성) 개념, 그리고 이에 기초한 창작 결과(작품, 텍스트)의 이해와 수용, 또한 수용자(독자)의 새로운 활동 지평의 문제 등이 검토되어야 한다.

엥겔스가 말했던 '리얼리즘의 승리'라는 개념도 사실 그동안 작품 내용의 일정한 함량 자체를 지칭하는 것으로 해석되어 온 것이

---

10) 그러나 물론, 바르트나 윌프의 견해가 부분을 전체로 호도한다고 규정하기는 어려울 것이다. 그보다 신비화된 주체로서의 작가를 비판하고 텍스트 자체의 생산성을 강조한다고 합리적으로 읽을 수 있을 것이다. 그러나 또한 이들의 견해가 텍스트의 문화적 개방성을 작가의 추방으로만 가능하다고 생각했던 논리 구조를 닮아 있다는 것은 부정하기 어려운 사실이다.

사실이다. 발자크가 자신의 정치적 세계관에도 불구하고 객관적인 역사 진행의 방향을 작품에 담아낼 수 있었다는 '리얼리즘의 승리' 개념은 당연히 작가의 주관성을 '가능한' 배제하고 현실의 객관성을 '가능한' 반영하도록 '노력하라'는 가르침으로 받아들여져야 하지 않겠는가. 하지만 엥겔스에게서 어떤 절대적 진리를 지시받고자 하는 자세가 아니라 그의 말에서 진정 중요한 교훈, 즉 우리들이 새로운 상황에서 보다 창조적으로 적용할 수 있는 교훈을 얻고자 한다면 우리는 좀 더 다른 각도에서 그의 말을 읽을 수 있을 것이다. 새로운 유물론을 개척하고 현실을 혁명적으로 바꾸어 나가고자 하는 혁명적 이론가가 어떻게 주체의 능동성을 배제하고 주체와 무관하게 객관 현실을 설정하고 그것을 받아들이라는 논리를 설파할 수 있겠는가. 엥겔스의 리얼리즘 개념에서 보다 객관적인 역사적 현실을 보라는 단순한 지시 외에 바로 그것을 '보려고' '노력해야 한다'는 주체의 능동성에 대한 분명한 촉구를 읽어 내는 것이 우리에게 더 합리적이지 않을까.11) 객관적 현실을 부정하지 않으며, 그러나 인간의 창조적 능동성을 통해 새로운 작품을 창조해 내는 것, 그것은 어느 역사가나 경제학자의 저서보다 훨씬 더 많은 것을 우리가 '읽고', '보고', 실천'하도록' 해 준다는 것이 리얼리즘

---

11) 재니트 월프는 발자크의 글에서 주체의 능동성이 아니라 정반대로 텍스트의 다의미성, 저자의 견해와 다른 이데올로기의 표현 가능성을 읽어 낸다(재니트 월프, 위의 논문, 238쪽). 하지만 그와 같은 '다른 이데올로기'조차 발자크의 정신능력에 함축된 것이 아니라고 말할 수는 없을 것이다. 발자크의 정신능력은 도식적인 정치적 견해(왕정복고파)라는 판단보다 훨씬 복잡하고 다양하며 모순적이고 가변적인 것으로서, 특히 창작 과정 속에서 그것이 드러나는 것은 결코 직선적인 반영과 표현을 넘어선다. 우리는 오히려 발자크의 창작활동 과정에서 살아 움직이는 주체로서의 다면적인 창조적 능동성, 그리고 이후 우리가 정식화할 반성능력과 지향능력의 극대화된 경계에서 그와 같은 '타자', '다른 이데올로기'와의 교섭이 생성될 수밖에 없다고 읽는 것이 보다 타당할 것이라고 믿는다.

승리론에 대한 보다 합리적인 독법일 것이다.

작가라는 개인은 일정한 시공간 속에 존재함으로써 인류적 보편성과 역사적 구체성을 담지한 창조적 개성이다. 문학 속에서 현실을 반영하면서 동시에 창조하는 역동적 과정을 매개하고 주재하는 자로서의 창조적 개성을 밝히는 작업은 따라서 문학 연구의 핵심적인 과제가 아닐 수 없다. 창조된 예술작품 속에서 많은 예술적 자료들을 묶어 주고 관계 지으며 의미 짓는 창조적 활동자로서의 저자 형상의 의미와 역할에 대한 최근의 많은 연구들은 창작자의 활동성 개념을 밝히는 것과 많은 관련을 가진다. 더 나아가 예술작품에서 이 창작자의 활동성이 어떻게 작동하며 어떤 미적 가치를 창조해 내는가, 그리고 그것은 어떻게 예술작품을 하나의 총체성으로 형상화해 내는가 등이 미학, 혹은 문학 연구의 일차적 출발점이자 전제여야 한다. 이는 마르크스의 철학을 활동의 철학으로서, 문화철학으로서 복원하려는 일련의 노력과 맥을 같이한다. 마르크스의 철학은 자기 동일성으로 환원되는 도그마도 아니고 고정불변의 현실 도해도 아니며 단지 활동하는 주체의 실천적 방법론으로서 의미를 가질 뿐이다. 물론 그의 정치경제학이 얼마나 보편타당한 것이냐의 문제는 따로 논해져야 할 것이지만, 문학과 예술의 영역에서 마르크스 철학이 지향하는 핵심은 바로 인간의 주체적이고 창조적인 능동성의 실현 양상이라는 점은 분명하다.

앞서 살펴본 바와 같이 까간은 마르크스와 엥겔스의 인간의 능동성 테제에 대한 재확인을 통해 인간을 활동의 보편적 주체로 설정하면서 자신의 가치론 미학을 수립하고자 했다. 그는 인간을 사고력과 체험에 의한 현실의 정신적 습득 활동의 주체로 그리고 창조적 상상력을 통해 – 신화적, 예술적, 미래를 기획하는 – 현실을 '실천적 정신적'으로 개혁하는 활동의 보편적 주체로 상정한다. 인간은 많은 정의들, 즉 정치적 동물, 언어적 동물, 공작적 동물, 경제적 동물, 미학적 동물 등과 같은 정의들 이전에 무엇보다 먼저 "활동하는 동물(Homo agens, Человек деятельный)"[12]로 정의되어야 한다는 것이다. 인간의 활동은 "정신적, 실천적, '실천적 – 정신적인'(마르크스) 활동 형태를 포괄하는 특수한 – 인간적인, 초생물적인 능동성(специфически – человеческий, надбиологический уровень активности)"[13]의 수준을 획득하고 있다. "인간의 활동이란 총합, 더 정확히 말하면 앙상블이다. 그것은 의식적이고 자의식적으로, 선택적이고 합목적적으로, 자유롭게 실현되는 능동성(그것이 그의 존재 방법이다.)이 발현되는 모든 것의 체계이다. 그것은 윤리학이나 교육학, 인성론 등에서 말하는 행위 개념과는 다른 것이며, 객체의 세계와 다른 주체들을 향한 인간 주체성의 능동적인 발현이라고 정의될 수 있는 것이다."[14] 까간은 이러한 이해에 입각하여 노동 역시 단지 활동의 한 형태에 지나지 않으며 인류기원의 과정에서(개체발생론에 있어서도) 그 의의가 아무리 크더라도 동물적인 상태의 인간으로부터 종합적 통일 상태의 인간으로 창조되는 그 작용과정을 노동으로 온전히 설명하기는 어렵다고 말한다. 그에게는 인간 활동의 구조를 온전히 이해하는 것이야말로 인간 활동의 모든 산물을 이해하는 일차적인 문제 틀인 것이

---

12) M. C. Каган, Эстетика как философская наука, 위의 책, с. 18.
13) 위의 책, с. 79.
14) 위와 같음, с. 79.

다. 따라서 까간에게는 인식론적 반영론은 인간의 활동의 아주 일부분에 대한 타당성을 지닐 뿐 여타의 더 많은 활동들에 대한 불가피한 배제로 나아가는 것으로 평가된다. 나아가 까간은 활동으로서의 인간관으로부터 활동의 극대화된 범주로서 창조적 능동성을 상정하고 이 창조적 능동성을 가능하게 하는 정신 활동에 대해 정당하게 주목해야 함을 강조하고 있다.

활동성의 개념과 창조적 능동성의 개념을 보다 적극적으로 문학작품의 분석에 적용하고자 한 르이마리(Н. Т. Рымарь)는 문학과 예술을 현실의 반영과 인식으로서뿐만 아니라, "창조적 가치평가와 재가공, 이 현실의 일정한 방향 속에서의 개조"로 이해하고, "어떤 가치의 창조, 창작하는 것, 예술 활동, 바로 그것이 예술"15)이라고 말한다. 소설 시학이 "주체와 객체의 상호관계를, 일정한 대상을 향해 있을 뿐만 아니라 특수한 예술적 과제의 해결을, 새로운 시학적 실재의 창조를 지향하는 예술 활동을 연구해야만 한다."16)는 르이마리의 생각에 활동으로서의 문학 일반에 관한 방법론적 기초가 담겨 있다고 볼 수 있다. 그것은 바로 "작품을 단순히 준비된 작품이 아닌 예술적 활동으로 연구하는 것"이며, "텍스트 조직에 실현된 예술 활동, 그것은 그렇게 하여 자신 속에 객관적 삶도, 그 삶을 변형하는 살아 있는 창조적 과정, 즉 예술 활동 주체가 현실에 맺는 창조적, 창조-개조적 관계의 역동성, 주체와 그 대상의 대화의 역동성(작품의 예술조직의 모든 계기들을 탄생시키는)도 함축"17)한 것으로 볼 수 있게 하는 것이다.

---

15) Н. Т. Рымарь, Введение в теорию романа, 1989, с. 6.
16) 위와 같음.

인간의 활동에 대한 주목은 바흐친이 말했던 저자의 창조적 능동성의 개념에서도 충분히 그 단서를 확인할 수 있다. 바흐친은 소설 형식을 예술적 사고의 일정한 방법으로 고찰하고 창조하는 주체가 현실에 대해 맺는 미학적 관계의 한 형식으로 예술작품의 본질을 고찰하고 있다. "창조자의 개성이 내적으로 조직된 이 능동성은 주인공, 즉 예술적 통찰의 대상으로서 육체적으로 정신적으로 일정하게 한정된 인간이 지닌, 외적으로 조직된 수동적 개성과 본질적으로 다르다. 주인공의 한정성은 보이고 들리며 형태가 부여된 한정성이다. 그것은 그의 외부화되어 구현된 개성의 형상이다. 하지만 창조자의 개성은 보이지 않고 들리지 않지만 내적으로 체험되고 조직되는 것으로 보고, 듣고, 기억하는, 구현된 능동성이 아니라 구현하는 능동성이며 그리고 이후에 형식 부여된 대상 속에 반영된 능동성인 것이다."[18]

그러나 저자와 주인공에 대한 바흐친의 초기 고찰에서 작품 내용 일반(주인공을 포함하여)을 창조자의 활동의 객체로만 인식하는 것은 창작자의 능동성에 대한 제한적 이해를 낳게 될 것이다. 예술 창작자의 활동성에 대한 고찰은 작품 창조자의 능동성으로만 고찰될 수 있는 것은 아니기 때문이다. 후기 바흐친이 저자와 주인공의 열린 대화의 가능성에 주목하면서 다음성 소설론으로 나아감으로써 인간 활동성의 경계를 넓혀 간 것은 이런 점에서 불가피했다고 보인다. 그러나 문학에 작동하는 인간 활동성은 창작자와 주인공을

---

17) 위와 같음.

18) M. Бахтин "Проблема содержания, материала и формы в словесном художественном творчестве", Вопросы литературы и эстетики, М., 1975, c. 70.

넘어 현실과 역사, 그리고 수용자의 능동성의 영역으로까지 적용되어야 할 것이다.

"인간 활동의 산물을 획득하기 위해서는 주어진 산물 속에 구현되는 것에 상응한 활동을 실현해야만 한다."[19]는 말은 그 무엇보다 예술 영역에 적용되는 말이다. 하나의 문학작품은 따라서 창작자의 예술 활동의 능동성을 반영하면서 동시에 창조된 현실의 능동성과 관계하고, 나아가 수용되는 상황에 따라 그 유동성을 달리하는 살아 있는 하나의 과정인 셈이다. 다시 말해서 텍스트는 '죽은 시체'나 준비된 밥상이 아니라 살아 있는 삶이요, 동참하여 이루어 내는 창조활동[20]이다.

이제 문학예술과 미학에서 인간의 창조적 능동성과 활동을 강조하는 의미를 좀 더 단순하게 제시해 보자.

인간은 주체로서 물질적 현실과 자연에 직면한다. 물론 그 현실과 자연은 또 다른 주체들과 자기 자신까지 포함한 객관적 역사적 물질적 현실이다. 인간은 분명히 이 현실에 종속되어 있고 이 현실을 초월할 수 없다. 이 현실에 대한 지식, 현실의 물질적 힘을 지배하는 능력에 따라 인간은 자신의 활동 영역을 부여받는다. 그러나 여기에 머문다면 여전히 현실의 객체적 힘에 의해 좌우되는 종속변수에 지나지 않는다. 인간이 창조적 능동성을 발휘하는 공간(B)은 이 물질적 현실이 허용하는 영역(A)과 자신의 새로운 시간, 즉 지금 생각하고 움직이고 활동하면서 나아가는 영역(C) 사이에 존재

19) А. Н. Леонтьев, "Деятельность. Сознание. Личность", Вопросы психологии, No. 1, 1960, с. 11(Н. Т. Рымарь, 위의 책, с. 17에서 재인용.).

20) Н. Т. Рымарь, 위의 책, с. 17.

한다. A 영역은 현존하는 영역이다. C 영역은 아직 도래하지 않은 영역이다. 바로 이 사이에 B 영역이 존재한다. B 영역은 개인으로서는 사고의 영역이자 매우 개인적인 영역이다. 그러나 사회적으로 인류적으로는 현실을 부단히 변화시켜 나가는 공적 현장이다. A 영역은 C 영역으로 이전하며 변화한다. 인간은 이 이전과 변화에 적극적으로 기여할 수도 있고 수동적인 매개자가 될 수도 있다.

A 영역의 물질적 지배력이 B 영역을 완전히 압도하는 경우 인간은 철저히 기계적이고 수동적인 활동자에 머물게 된다. 이를테면 노동자는 철저히 현실적으로 형성되고 강제되는 '노동자 윤리'와 '행동양식'에 맞추어 살아가게 된다. 또한 자본가는 철저히 자신에게 부여된 사회적 기득권의 논리를 한 발짝도 벗어나지 못하고 살아간다. 기계인간이다. 그러나 어떤 경우에도 이렇게 철저하게 기계화된 인간이란 존재하기 어렵다.

C 영역, 도래하지 않은 영역이 A의 영역을 철저히 압도하는 경우도 가상적으로 설정해 볼 수 있다. 이념의 힘이라고 할 수 있을 터인데 이 이념의 힘이 현실의 물질적 구성원리마저도 재편해 내고자 하는 경우이다. 이런 경우를 체현하는 사람이 있다면 가히 신화적 인간이라고 부를 만하다. 역시 순수한 형태의 이런 경우는 존재하기 어렵다.

A의 영역은 C의 영역으로 그대로 이전하지 못한다. 시간적 한계, 물리적 한계도 있지만 바로 B의 활동이 개재되기 때문이다. 이 B의 활동은 그러나 창조적이고 능동적이다. A를 인식하고 가치 평가하고 개조하기 위한 목적을 세우고 주체 간 상호 소통활동(등가적 비진리적 정보 유통)을 통하여 A의 영역을 변화, 굴절시키는 것

이다. 이 변화와 굴절은 논리적이라거나 필연적이라거나 하는 개념으로 설명되기보다는 복합적 요소들의 상호작용과 자기조직, 자기생성의 과정으로 설명될 수 있다. 물론 보다 유력한 지배소에 대해 말할 수는 있지만 유일한 요소, 단일 논리에 대해서는 말하기 어렵다. 자본가이면서 자본가적이지 않거나 노동자이면서 노동자답지 않을 수 있고, 철저히 이해 손익에 따르면서도 때로 그를 따르지도 않는다. 이 공간 속에는 진리적 정보와 더불어 비진리적 정보, 극히 개인적인 체험과 편견, 문화적 전통과 생물학적 조건, 개인적 욕망과 사회적 욕망 등등 온갖 요소들이 거의 값을 매기기 힘들 정도로 복잡하게 작동하고 있다. 그러나 그렇다고 이 공간이 완전히 카오스적이고 전혀 이해되기 힘든 무의식만의 공간이라고 말할 수는 없다. 이 공간에 대한 지식은 우리에게 경험의 축적으로 주어져 있음에 틀림없지만 현재 살아 있는 이 공간에 대한 온전한 지식이란 불가능하다. 도스토옙스키의 주인공들은 이 유한한 공간의 무한대함을, 톨스토이의 주인공들은 이 무한의 공간의 유한함을 보여 주고 있다고 말해도 비유로서는 무방할 것이다.

바로 이 공간을 가능한 한 최대한 활성화함으로써 인간은 자발적이고 내면적으로 스스로 인간화된다. 그리고 마치 관절과도 같이 이 공간의 활성화 여부에 따라 A 영역과 B 영역의 인간화된 이전과 변화를 기대할 수 있다. 물론 이런 설명은 보다 철학적이고 과학적으로 논증되어야 할 것이지만 현재 문학예술적 실천에서 인간의 창조적 능동성을 강조하고자 하는 목적 자체는 이해할 수 있게 해 준다고 생각한다. 나는 바로 이 창조적 능동성의 공간에서 무언가가 이루어져 왔다, 그리고 지금도 이루어지고 있다, 그리고 또한 이 공간의 활성화 에 미적 활동은 매우 깊게, 혹은 근본적으로 작용하고 있다고 믿는다. 문학예술 역시 바로 이 공간에서 태어나며 이 공간을 담아내고 이 공간에 작용하는 것이다.

문학을 직접적인 사회변혁의 무기로 여기고 '객관현실'이라는 전하를 가능한 최대로 충전시켜 내려 했던 시대, 과연 그 시대는 문학이 B 영역에 작동하기보다는 A와 C의 영역에 직접적이고 기계적으로 종속되었던 시대라고 말할 수 있을 것이다. 그러나 그 과부하가 문학이 진정으로 현실에 작동하도록 작동하기보다 오히려 문학 자체의 활동영역과 그 가능성을 소진시켜 버렸던 것은 아니었을까. 그렇게 형성되었던 문학이기에 오늘날 '객관현실'이라는 전기가 갑자기 꺼져 버렸을 때 더 이상 아무런 전하도 띠지 못하는 무기물로, 소비 시장의 상품으로 전락하고 마는 것 아닐까.

호랑이에게 물려 가도 정신만 차리면 산다는 말은 확실히 관념론이다. 하지만 호랑이에게 물려 가면서 정신을 차리지 않고 사는 법은 없다. 아니면 적어도 정신을 차리는 것이 정신을 잃고 있는 것보다 살 확률이 높다는 계산은 분명 현실주의적이며 유물론적이다. 개개인의 창조적 능동성을 제고시키는 것, 그 미적 활동의 영역을 지속적으로 확대해 가는 것은 문학예술이 담당해야 하는 유일한, 그리고 가능한 역할이다. 인간의 창조적 능동성의 극대화를 통해 복합체로서의 사회문화의 움직임을 지속적으로 추동해 내는 것, 이를 위해 문학과 예술을 새로운 관점으로 근거 짓는 것, 그것은 문화의 새로운 형태를 창조해 나가기 위한 핵심적인 과제가 아닐 수 없다.

3. 반성과 지향으로서의 문학예술

창조성이 극대화된 시공간으로서의 예술문화라는 말은 예술문화에 대한 체계적 이해나 분석 가능성 자체를 부정하는 것이 아니다. 다양한 요소들의 복잡한 상호작용에 의해 형성된 유동성과 가변성, 진화성 등을 특징으로 하지만 예술문화는 내적 논리의 상호연관과 외적 조건과의 상호연계 속에서 일정한 체계성을 유형적으로 보여준다. 다만 이 체계성을 하나의 직선적인 인과의 논리로 환원하거나 축소해서는 예술문화의 본질을 해명해 내기 어렵다는 사실은 분명하게 전제되어야 할 것이다. 여기서 우리는 예술문화의 체계성을 보다 본질적으로 이해하기 위해서는 인식과 실천이라는 문제 틀을 인간의 본질적인 창조적 능동적 활동을 설명해 줄 수 있는 문제 틀로 전환해야 할 필요성에 직면한다. 앞서 창조적 능동성의 개념과 활동성의 개념을 살펴보면서 이 개념들의 문학과정에서의 작동이 인식과 실천이라는 논리뿐만 아니라 개인의 특수한, 유일무이(유니크)한 존재조건과의 연관 속에 있다는 사실을 지적하였다. 다시 말해 작가는 현실을 과학적으로 인식하고 그것을 반영하며 논리적인 실천을 촉구하는 것이 아니라, 현실에 대한 최대한의 인식과 가치평가, 현실 변형적 인식, 주관적 가치지향 속에서 현실을 반성적으로 사고하고자 한다. 논리적 실천, 이념적 실천이라는 직접적 지시 이전에 무언가 미지의 공간으로 움직여 나가는 모색, 즉 지향적 움직임 자체에 보다 큰 의미가 담겨 있는 것이다.

레닌이 고리키의 『어머니』에 대해, "매우 시의 적절한 작품입니다. 지금 많은 노동자들이 무의식적이고 자연발생적으로 혁명 운동에 동참하고 있는데 이제 그들이 『어머니』를 읽음으로써 많은 도움을 받게 될 것입니다."[21]라고 말한 것은 이후 많은 소비에트 비평가들에게 금과옥조처럼 받아들여졌고 모든 문학적 판단의 주요한 근거로 활용되었다. 또한 톨스토이가 "러시아 농민혁명의 거울"[22]이라는 레닌의 평가도 인식론적 반영론의 철칙으로 활용되었다. 물론 이 말들은 문학이 직접적으로 현실을 반영하며 이러한 반영을 통해 현실의 변화에 작용한다는 부정할 수 없는 진실을 담고 있다. 하지만 이런 말들은 작품의 의미가 고정된 어떤 실체라는 전제에 입각해 있는바, 고리키의 작품에 담긴 어떤 '무엇'이 노동자들에게 어떤 지시적 가치를 가지고 있으며, 객관적인 계급적 세계관이 작품에 명백하게 '내용으로' 담겨 있다는 것이다. 작품에 '내용'이 일정한 함량으로 담겨 있으며 우리는 그것을 현실에 맞게 이해할 수 있고 또 그것을 분석할 수 있으며 적절히 현실의 힘으로 옮겨 낼 수 있다는 이 사실을 누가 부정할 수 있겠는가. 언어가 의사소통의 도구라는 전통적 정의만큼이나 작품이 일정한 내용을 전달하고 있다는 사실은 부정하기 힘들다. 그것은 여전히 어떤 문학론을 주장한다 하더라도 가장 기본적인 전제가 되지 않을 수 없는 것이다.

고리키의 『어머니』를 이해함에 있어 이 작품이 당대 러시아 노동계급의 혁명적 성장과정을 반영한 작품이라거나 빠벨과 그의 동지들, 그리고 어머니 닐로브나의 혁명의식화를 통해 작가의 혁명적 세계관을 표현한 사회주의 리얼리즘의 시작을 알리는 작품이라는

---

21) М. Горький, Полное собрание сочинений в 25 томах, т. 20, Наука, М, 1974, с. 9.
22) V. I. 레닌, 『레닌의 문학예술론』, 이길주 역, 논장, 1988, 57쪽.

식의 이해는 사실 문학작품 자체의 가치 중 매우 일부분만을 지적하고 있다. 어떻게든 이렇게 읽을 자유는 있겠지만 그러나 이 작품을 당대 현실 속에서 살아가던 작가의 창조적 예술 활동의 복합적인 결과로 이해하려는 태도가 우선되지 않는다면 그것은 작품 자체의 가치와 무관하게 해석자의 이데올로기적 지향의 표현에 지나지 않을 것이다. 사실 이 작품을 읽으면서 독자가 일으키는 많은 미학적 반응은 무엇보다 매 순간 매 상황에서 전개되는 문학적 현실에 대한 것이며 또한 이 창조된 현실에 대한 작가, 혹은 작중 서술자의 복합적 예술 활동에 의해서이다. 물론 이러한 매 순간, 매 상황에서의 미적 반응이 축적되어 책을 덮은 후에 보다 총체적으로 그 의미를 사고하여 보다 '요약적이고' '추상적으로' 자신의 반응을 '총체화'할 수 있지만 그것으로 이전에 생성된 많은 미적 반응을 모두 수렴할 수는 없다. 그것은 마치 인생을 풍부하게 살아온 사람의 일생을 몇 마디로 요약해 버릴 수 없는 것과 마찬가지일 것이다. 문학작품을 예술 활동으로 본다, 그리고 개방적 복합체계로 본다는 말은 이렇게 작품의 모든 요소들이 복합적으로 상호 작용하는 과정으로 인정한다는 말이며, 그 과정에 독자들이 창조적으로 참여하게 되는 과정을 보다 중요한 미학적 계기로 설정한다는 말이다. 그렇다면 예술방법이란 바로 이러한 미학적 계기를 생성시키는 예술 활동의 복합적 작용력을 의미하는 것이며 그것은 작가마다, 혹은 작품마다 독특한 자신의 양상을 드러낼 뿐이다. 『어머니』에 나타난 고리키의 정치적 입장은 적어도 노동자계급의 혁명적 성장의 필연성을 부정하는 것은 아니다. 그러나 이러한 최소한의 정치적 견해 위에서 매우 유동적이고 모순적인 특징들을 또한 보여 주고 있다. 빠벨과 어머니 닐로브나와의 심리관계, 혹은 빠벨에 대한 서술자의 거리관계, 혹은 빠벨이라는 '철의 혁명가 상'에 대한 거리관계 등은 매 순간, 매 상황마다 조금씩 그 양상을 달리하며 나타난다. 그리고 당시 형성 중이었던 작가 고리키의 건신주의적 입장이 개입되어 있음도 확인된다. 초보적인 얽음새 중심주의적 해석은 당연히 빠벨의 혁명적 입장과 활동, 어머니 닐로브나의 혁명의식의 성장에 초점을 맞추고 그 공과를 비평할 것이겠지만 더 깊은 독서 속에서는 작가의 다면적인 예술 활동과 그 예술 활동의 의미적 생성과정이 보다 의미 있게 받아들여질 것이다. 전자의 독서는 작품에서 수동적인 지식이나 수동적인 감동을 부여받는 것을 목적으로 하지만 후자의 독서는 참여하면서 또 다른 텍스트를 스스로 만들어 가는 창조적 활동을 지향한다.

노동자들이 문학으로부터 도움을 받기 위해서는 우선 '작품'을 '읽어야' 한다. 그리고 그것을 자신에게 도움이 되도록 만드는 '과정'이 필요하다. 레닌은 '작품'과 '독서'와 '과정'에 대해 상식적인 판단에 기초하고 있을 터이지만 이 개념들이 단순하게 기계적인 의사전달이라고까지 생각하고 있지는 않았을 것이다. 당연히 작품으로서 우선 성립되어야 하고 또 그것을 읽고 수용할 수 있어야 하며 또 자신들의 현실에 임하여 그 '내용'은 실천적으로 변용될 것임에 틀림없는 일 아닌가. 그와 같은 과정에 대한 가장 단순한 이해방식이 작가의 세계관(즉 현실을 이해하는 방법)이 곧바로 작품의 내용이 된다는 유물변증법적 창작방법론일 것이고 객관적 세계에 대한 인식이 작품에 반영된다는 반영론의 원리에 근거하되, 인식의 과정을 무오류적 당파성이 대체하도록 만든 사회주의 리얼리즘은 보다 정교한 단순화일 것이다.

　이런 점에서 유물변증법적 창작방법론이나 사회주의 리얼리즘은 반영론의 오류를 증명하는 것이 아니라 반영론의 도식화된 이해와 기계적 적용의 한계를 드러내고 있는 것이다. 반영론의 '오류', 혹은 보완의 요소는 다른 점에서 찾아져야 한다. 레닌의 말을 거듭 활용하며 비유하자면 이렇다. 작품『어머니』가 일정한 의미를 획득하기 위해서는 무엇보다 먼저 시의 적절하게 '쓰여야' 하며, 또 쓰인 작품은 노동자들에게 '읽혀야' 하고 또 도움이 되도록 '작용해야' 한다. 이 과정의 핵심은 무엇인가. '활동', '움직임'이라고 할 수 있는 인간의 정신적 실천적 활동, 즉 창조적 능동성이 이 과정을 매개하는 핵심이 아닌가. 톨스토이의 문학세계를 '농민혁명의 거울'이라고 말한 것에서도 우리는 톨스토이 문학에 농민혁명이 있는 그대로 비쳐져 있다는 논리에 앞서 그렇게 '읽고', '인식하고', '판단하는' 시선, 즉 레닌의 정신적 실천적 활동성에 주목해야 할 것이다. 톨스토이가 그리고 있는 러시아 농촌과 농민의 실상, 그들의 정신, 또 그에 대한 작가의 정신적 태도 등을 '읽고, 판단하고, 느낄 수' 있는 바로 그런 활동을 가능하게 하는 시선 자체. 명사화, 혹은 실체화된 대상의 명목적 가치에 집착하는 것이 아니라 그 대상과 주체의 상호 연관성(상호활동에 의한) 자체에 주목하는 것, 즉 동사에 주목하고 동사의 관계성과 동사의 변화형에 적용되는 주체의 양상에 주목하는 것이 보다 필요하다.

　이러할 때 우리는 고리키의 작품이나 톨스토이의 작품에서 실체화된 어떤 내용을 추출하기 위해 노력하기보다(혹은 추출된 어떤 내용을 작품 전체로 대체하려고 하기보다) 작가와 독자의 어떤 활동이 사회체계 내에서 문학을 통해 실현되고 있는가에 주목하게 된다. 고리키는 일차 러시아 혁명과정에 대한 고양된 분위기 속에서 러시아 사회의 신속한 변화를 고대하는 마음으로 『어머니』를 기획하고 '쓰게' 된다. 그리고 이 작품은 많은 노동자들이 사회모순을 더욱 깊게 인식하고 사회주의에 대한 신념을 강화할 수 있는 계기를 부여한다. 그리하여 일정하게 현실적인 힘으로 전화된다. 그러나 이때 작품의 어떤 내용도 구체적으로 현실 속에 복사되는 것은 아니다. 현실 속에서 우리가 빠벨이나 닐로브나를 작품 그대로의 모습으로 만날 수 있는 것은 아니기 때문이다. 문학예술은 독자들의 의식을 통해 굴절되고 변형되어 구현됨으로써 현실적 힘으로 작동하는 것이다. 작품을 읽으면서 작품의 내용을 지시적으로, 진리내용으로 받아들이기도 하지만 그보다 더 중요하게 스스로의 체험과 스스로의 현실에 비추어 매우 다면적으로 작품을 받아들인다는 점을 놓치지 말아야 한다. 즉 다시 말해 작품의 '내용'은 독자의 창조적 능동성의 발현을 위한 상상적, 정서적 재료가 되는 것이다. 따라서 문학의 내용은 지시적이라기보다 일차적으로 감염적이며 나아가 독자의 창조적이고 능동적인 수용을 통해 재창조의 계기로 작용하는 것이라고 말해야 옳다. 작가 역시 현실에서 작품의 자료를 취하지만(실제로 『어머니』는 실존 노동자와 그 어머니를 소재로 하고 있다.) 작품의 성격은 그 자료의 객체적 성격보다는 그 객체를 다루는 작가의 창조적 능동성에 보다 긴밀하게 관계하고 있다. 현실의 어떤 재료도 작가의 창조적 능동성을 거쳐 재창조되지 않는 것은 없다. 철저한 기록 예술에서조차도 시점과 구성, 취사선택 등과 같은 가치적 활동을 경유하여 작품화되는 것이다.

도스토옙스키의 작품들에도 당대 사회의 제반 사회관계와 인간 관계들이 집약적으로 반영되어 있으면서 그 이상의 저자의 활동성이 작동하고 있는바, 그것은 현실에 대한 기계적 인식이 아니라 항상 대상 현실과 자신 사이의 거리를 되돌아보고 검토하며, 자신의 유일무이한 개인적 특성과의 상관성 속에서 수용하는 능력, 다시 말하면 반성의 능력이다. 아울러 그 현실에 대한 자신의 독자적인 수용과 해석을 통해, 새로운 현실로, 새로운 방향의 삶으로 나아가고자 하는 지향적 움직임이 함께 작동하고 있다. 바흐친이 도스토옙스키 소설을 통해 발견하고 있는 "주인공의 독립성, 내면적 자유, 비최종화성, 비완결성",[23] 그리하여 그 "독립적이며 융합하지 않는 다수의 목소리들과 의식들, 그리고 각기 완전한 가치를 띤 목소리들의 진정한 다성악"[24]은 바로 인간의 반성성과 지향성의 생생한 현장에 대한 묘사인 셈이다. 도스토옙스키는 주인공과 등장인물에 대해 수많은 말을 시키고 수많은 규정들을 덧붙여 놓고 자기 자신의 가치적 태도를 분명히 드러내기도 하지만 그럼에도 불구하고 그들에 대한 '최종적 말'을 하지 못함으로써 자신의 반성성의 절정을, 역설적 공간의 최대치를 보여 주는 것이다. 라스꼴리니꼬프는 심지어 분열된 두 분신적 자아 사이에서 그 어떤 합일점을 찾아내지 못하며, 자신에 대해 그리고 타자들에 대해 수없이 의문을 제기하고 탐색하지만 결국 그 어떤 최종적 말도 남기지 못함으로써 또한 역설적 공간 속으로 들어간다. 그러나 이들이 모두 상대적 균형 속에 안정되어 있는 것은 아니다. 이 역설적 공간 속에서 저자를

---

23) M. 비흐친, 『도스또예프스끼 시학』, 위의 책, 93쪽.

24) 위의 책, 11쪽.

포함한 모든 인물들이 끊임없이 새로운 반성과 지향을 도모함으로써 이 공간은 유동하는 시공간[25)]이 되는 것이다.

이와 같은 시공간은 근대적 주체의 형성 과정에서 나타난 주체와 객체의 상호작용 '과정'으로서 이해될 수 있고 일종의 반성과 지향의 시공간으로 정의할 수 있을 것이다. 그리고 이 '과정'은 슈제트의 전개와 구성, 저자성에 대한 이해를 통해 분석되고 이론화될 수 있지만, 무엇보다 이 '과정'은 그러한 분석과 이론을 넘어 다시 움직여 가는 새로운 반성과 지향의 단초와 결합된다. 그리고 그 단초들은 그것을 읽어 내는 독자들의 반성과 지향과 결합할 때 새롭게 유의미한 것으로 살아나게 된다. 바로 이러한 특성들로 인해 도스토옙스키의 작품은 형식적 미완결의 요소를 지닐 수밖에 없고 강력한 작가의 에필로그에도 불구하고 살아 있는 인물들의 미완결적 현재성의 진경으로 남을 수 있게 되는 것이다.

인간의 삶이 종결되거나 구조화된 반복이 아니라 영원히 생성하는 것으로 여전히 미지의 것이라면 인간은 항상 삶의 경계에서 미지의 세계와 맞설 수밖에 없다. 인식의 세계와 미지의 세계의 접경, 즉 경계에 선 인간, 길 위의 인간은 인식과 실천이라는 틀을 넘어 항상 인식된 것을 되돌아보고 새로운 지향과의 조망 속에 주저하고 머뭇거리며 생각하는 공간을 통해서만 미지의 삶으로 나아갈 수 있게 된다. 바로 이런 관점에서 문학예술은 인간의 반성적 능력과 지향적 능력이 극대화되는 공간이라고 말할 수 있는 것이다.

---

25) 역설적이고 유동적인 시공간이라는 말은 도스토옙스키의 꿈과 이상이 혼돈 속으로 해체되지만 황금시대라는 진정하고 조화로운 인간들 간의 진정하고 조화로운 관계에 대한 꿈을 결코 포기하지 않는다는 루카치의 말과 상통한다고 말할 수 있다(G. 루카치, 『변혁기 러시아의 리얼리즘 문학』, 위의 책, 143쪽.).

4. 해석적 패러다임으로서의 반성과 지향[26]

인간은 자기 자신에 대해, 그리고 자신을 둘러싼 세계에 대해 반성하고 지향한다. 반성(反省, Reflection. Рефлексия)은 무엇보다 먼저 뒤로 향함(reflexio), 되돌아봄, 되비침, 다시 생각함을 말한다. 서양철학에서 반성은 대체로 객체에 대한 지식을 주체가 올바르게 인식하거나 반영하는 관점에서, 즉 어떤 것의 다른 것에의 비쳐짐, 본질과 현상의 변증법으로 이해되어 왔다.[27] 칸트는 지식과 표상을 그에 상응하는 인식능력과 관계시키는 것을 진정한 반성으로 설정하였고 헤겔은 어떤 것의 다른 것에로의 비쳐짐, 즉 현상과 본질의 변증법을 통한 반영의 의미로 사용하였다. 반면 동양에서 인간의 반성성은 인간의 주체성을 확립하는 관념적이고 초월적인, 세계와 독립적인 어떤 정신 활동으로 이해되는 경향을 보인다. 이를테면 수신제가치국평천하(修身齊家治國平天下)라는 유가의 교의는 평천하를 목표로 구성된 담론인 듯이 보이지만 무엇보다 평천하를 위해 수신이 그 원리라는 소극적 반성의 의미로 환원되는 경향을 보이는 것이다.

그러나 여기서 우리는 반성이라는 개념을 인간 활동을 이해하는 근본적인 원리의 하나로서, 세계와 관계 맺는 능력이면서 동시에 주체의 독자적인 정신능력으로서 보고자 한다. 자기 자신뿐만 아니라 세계에 대해서, 자신과 세계의 상호관계에 대해서 되돌아보는,

---

26) 반성과 지향을 앞으로 경우에 따라 '반지'로 축약해서 사용하기로 한다.

27) Философский энциклопедический словарь, Советская энциклопедия, М., 1989. Философский словарь, Республика, М., 2001 등의 'рефлексия' 항목 참조.

그리하여 대상적 진리와의 일치성을 지향하는 일반적 의미의 반성을 포함하면서 나아가 이 모든 것을 자기화하는 인간의 특수한 정신 활동으로서 반성을 이해하고자 하는 것이다. 다시 말하자면 세계와 자신에 대한 객관적 인식과 더불어 이 객관적 인식을 넘어서 (심지어 단절적이기도 한) 자신과 세계를 자신의 것으로 새롭게 만들어 낸다(자기화한다, 혹은 창조한다)[28]는 인간의 본질적 특성을 반성이라는 개념으로 담아낼 수 있을 것이다. 이러한 개념으로서의 반성은 인간이 주체로서 대상 활동을 통해 세계를 받아들이고 자기화하는 것을 가능하게 하는 정신력의 하나로서 인식과 반영의 개념을 포함하면서, 인식되고 반영된 것을 특수하게 변형해 내는 주관적 능력까지를 포함한다. 인간의 반성성은 절대적인 초월적 존재자로부터 부여받거나 혹은 관념적 절대이념으로 수렴되거나 객관진리의 부차적 산물이 아니라 생명을 가진 활동자로서 인간이 사회문화를 형성하고 발전시키면서 역사적인 형태로 드러내는 정신 활동이다. 따라서 이 반성성은 구체적인 사회 역사 문화과정을 형성하는 요소이면서 그에 의해 형성되는 것이기도 하다.

주체의 잉여로 여겨지는 이 반성성은 경우에 따라 주관적 가치의 절대화로 인식되고, 혹은 객관적 진리 인식을 저해하는 요소로 부정되기도 한다. 이를테면 노동자계급이 사회경제적 관계 속에서 마

---

28) 반성의 개념에 국한하는 한, 폴 리쾨르의 '전유', 혹은 '재전유(reappropriation)'의 개념을 우리의 개념과 유사한 것으로 볼 수 있다. 폴 리쾨르는 철학의 출발을 반성으로 보면서 이 반성을 "어떤 과학적 진리의 정당화 또는 어떤 절대적 윤리의 정당화를 위한 도구로 간주하기보다는 자기 자신을 발생시키고 드러내는 끊임없는 노력들의 이해"(문장수 「역사-비판적 관점에서 해명된 폴 리쾨르의 주체성 복원의 전략」, 『문예미학10. 주체』, 위의 책, 179쪽)로 보고 있다. 그러나 이 반성성의 근원이 그의 말대로 인류학적 근원을 가진 것인지는 충분히 동의하기 힘들다. 비록 인류학적 근원처럼 보이거나, 그런 설명이 아니고는 해명의 방법이 없다는 점은 인정한다 하더라도.

땅히 가져야 하고 마땅히 행위 해야 하는 것으로 생각되는 그러한 생각과 행위로 나아가는 것은 아니다. 그가 사회경제적 관계를 인식하고 각성하게 되면 당연히 일정한 행위 유형으로 나아가는 것은 예견되는 일이지만 그것은 그렇게 자동적으로 보장되지 않는다. 그는 자신의 존재적 생존조건과 가치판단 등 다양한 요소의 상호작용 속에서 자신의 행위를 결정한다. 그리고 그 결정 이면에는 여전히 불확실성이 잠재해 있다. 이런 불확실성은 단순히 그릇된 존재의식, 허위의식의 공간이 아니라 오히려 인간의 반성성이 작동하는 적극적인 공간이다. 따라서 톨스토이가 귀족(백작) 가문 출신으로 일정한 계급적 세계관을 가지고 있다는 단선적인 정의로부터 그의 모든 문학이 그의 세계관에 갇혀 있다는 판단이 중요한 것이 아니라, 톨스토이가 귀족적 세계관에도 '불구하고' 그 세계관의 한계와 동요 속에서 부단히 그 세계를 극복하고 넘어서고 자하는 반성적 공간을 자신의 문학 속에 창조해 가고 있다는 사실이 더욱 중요하다.

반성의 공간은 객관적 조건과 그로부터 나오는 존재의 규정 요소들을 받아들이면서 독자적으로 자기화하는 공간으로 객관적 조건의 다양한 굴절과 변형, 재검토를 요구하는 공간이다. 그리고 결정된 행위 이면에서도 이 반성의 공간은 여전히 남아 있음으로 해서 행위의 절대화를 조절하는 공간이 된다. 이러한 공간이 어떤 요소들로 구성되며 어떻게 작동하는가는 개별 인간의 생물학적 조건과 민족적 특성, 사회경제적 조건, 역사적 단계 등 사회문화적 총체성 속에서 고찰되어야 한다. 그러나 어떤 경우에도 그것은 고정된 실체가 아니며 유동적인 공간이고 미지의 공간이라는 특성을 완전히 상실하지는 않는다. 그것은 개별 주체들의 역사적 시공간의 유니크함에 의존해 있기 때문이다. 인간이 역사적 시공간 속에서 어떤 경우에도 고정된 실체로 머물지 않으면서 꼬물꼬물 움직이고 생각하며 활동하는 한 이 반성적 공간은 소멸되지 않으며 그것이 인간의 창조적 능동성을 형성해 내는 동력이 되는 것이다. 어떤 분노의 순간에, 혹은 생존의 직접적인 위협의 순간에, 혹은 너무나도 절체절명의 목적 실현을 위한 순간에는 인간의 반성성이 가장 축소된 형태로 나타나게 될 것이다. 그러나 바로 이 순간에 인간은 위대한 영웅으로 태어나는 것이 아니라 무엇인가의 도구로 전락할 가장 큰 위험에 처하기도 한다. 물론 이러한 직접적인 사회적 동기와 그에 의거한 반사적인 행동 이면에는 축적된 반성성의 작용이 존재하는 것이기 때문에 한순간에의 반성성 유무를 쉽게 판별할 수는 없겠다. 반성성은 인간 의식 내의 일정한 비율의 문제는 아닌 것이다. 반성성의 공간은 사회문화적 역사적, 인간적 시공간이기 때문이다.

반성과 더불어 정신 활동의 다른 한 방향으로의 움직임이 작동한다. 그것은 반성과 더불어 인간의 활동을 문화로 형성시키는 출발점이자 형성된 문화에 유동성을 부여하는 근본적 힘으로서 인간의 생물학적 움직임이 목적을 가진 사회문화적 활동으로 전화되도록 만드는 정신 활동이며 또한 형성된 사회문화의 구조 속에서도 정지된 상태로 머물지 않고 지속적으로 구조를 움직이며 변화시키는 힘의 상태로 존재한다. 그것은 가장 단순하게 일차적 욕망을 실현하기 위한 활동으로부터 시작해서 사회적 문화적 정치적 활동에 이르기까지, 단순한 육체적 생존을 위한 전략에서부터 고도의 이념적 이데올로기적 행위에 이르기까지 다면적으로 실현된다. 사회문화는 인류의 부단한 생명활동의 보전으로부터 이데올로기적 가치 투쟁에 이르기까지 다면적 활동들이 상호 작용하면서 형성된 일종의 복잡성 체계이며 이 체계 속에서 그 역동성과 변화를 가능하게 하는 인간 활동의 가장 본질적인 측면을 우리는 지향(志向, Intentional activity. Деятельная активность)이라는 개념으로 이해할 수 있다.

"일정한 상황에서 일정한 행위를 하려는 주체의 태세", "활성화 된 필요의 실현을 위한 보편 심리적 준비상태"[29] 등과 같은 정의 는 지향에 대한 단순한 심리학적 발견일 뿐이다. 사회적 행위를 하 기 위한 기초로서 사회적 지향은 단순한 심리적 준비상태일 뿐만 아니라 일정한 가치적(경험적, 혹은 이론적으로, 혹은 생리적으로 형성된) 지향을 내재한 것이다. 그러나 인간의 지향성을 목적의식 적 가치 지향이나 실천으로 단순하게 해석하거나, 혹은 생물학적 욕망, 혹은 사회적 욕구의 실현을 위한 움직임으로 축소시켜 버리 는 것 등은 지향의 독자성과 역할을 충분히 해명하지 못한다. 인간 의 지향에서 계급적 지향만을 특화해서 문화를 이해하거나 혹은 관념적 도덕성의 지향으로, 혹은 종교적 지향으로 환원하는 것 등 이 지닌 문화 이해의 협애함은 잘 알려진 바이다. 인간의 지향은 실천적 목적적 지향과 더불어 생물학적 생존본능과 사회적 가치 지향까지 포함된 복합체계로 이해되어야 한다. 이런 점을 고려하지 않으면 항상 우리는 움직이는 화살이 아니라 그 흔적을 가지고 그 본질을 논해야 하는 우를 범하게 된다.

지향이 실천과 맺는 관계는 직선적이지 않으며 복합적이다. 그리 고 항상 실천과 결합되는 특정한 지향의 이면에는 여전히 여타의

---

29) Философский энциклопедический словарь, 위의 책. Философский сло-
варь, 위의 책. 관련 항목 참조.

지향들과 그에 반하는 지향들이 잠재적으로 존재한다. 특정한 목적의식적 실천에 조응하는 지향만을 인정하거나 그에 기초한 인간 활동만을 중심으로 인간을 판단하는 것은 사회문화의 다양성과 가치질서의 혼재와 변화, 그리하여 기대되는 목적적 실천과는 전혀 다른 방향으로 움직이는 우발적인 인간 활동의 계기들을 전혀 이해할 수 없게 된다. 이러한 복잡성 체계로서의 지향에 대한 연구는 작동하는 요소들과 이들의 상호작용에 대한 분석을 요구한다. 이것은 단순히 통계적인 심리조사나 사회적 활동양식에 대한 통계 값에 따른 추정에 의해 온전히 포착될 수 없다. 또한 절대적인 어떤 체계를 선험적으로 전제할 수도 없다. 반성과 마찬가지로 지향은 일정한 사회문화적 역사적, 인간적 시공간으로서 파악되어야 한다.

반성과 지향은 인간의 육체와 영혼, 작품의 내용과 형식처럼 범주적으로는 구별되지만 유기적인 통일성을 지닌 개념으로 이해되어야 한다. 반성 속에 지향이, 지향 속에 반성이 유기적으로 상호 작동하고 있는 것이다. '반성 · 지향 활동 속에서 파악되는 인간'은 '숙명론적, 환경 결정론적 인간'일 수 없으며 또한 '절대이념의 구현자'나 '필연적 역사법칙의 수행자'일 수도 없고 '생물학적 이기주의의 소산'일 수도 없다. 인간이 조건과 목적 사이에서, 집단과 개인 사이에서, 과거와 미래 사이에서 끊임없이 움직이며 조건과 목적의 직선적 인과성을 넘어, 집단과 개인의 전체주의적 혹은 개인주의적 편향을 넘어, 과거와 미래의 이데올로기적 지시를 넘어 항상 적극적이고 창조적인 역할의 수행에 나서는 것은 바로 그 반성 · 지향의 활성화된 공간에 의해서이다. 인간이 조건과 목적의 조정자이고 교정자이며 집단과 개인 사이의 역동적 활동자이자 과거와 미래를 유기화시킬 수 있는 유일한 현존자로서의 온전한 주체가 되기 위해서는 과학적 인식과 실천의지 이전에 반성과 지향 정신의 활성화가 이루어져야 한다.

인간의 반성·지향이 발현되는 양상은 범주적으로 다음과 같이 분류될 수 있다.[30)]

첫째, 인식적 반성·지향. 이는 외부세계와 자신의 현실적 역사적 구조상태에 대한 인식을 위한 반성·지향이다. 여기에서 객관적 과학적 인식에 보다 근접하려는 반성적 인식과 인식된 법칙성에 따른 실천 활동이 인식적 지향 활동이라고 말할 수 있다. 이 범주가 가장 극대화되는 것, 혹은 이 범주가 주도적인 역할을 하는 것은 과학의 영역에서이다.

둘째, 가치적 반성·지향. 이는 외부세계와 자신의 의미를 가치적으로 반성하고 수용하며 주체의 가치를 실현하는 방향으로 지향하는 것을 말한다. 가치적 반성·지향은 문화예술의 영역에서 가장 극대화되고 문화예술의 주도적인 요소이다.

셋째, 실천-개조적 반성·지향. 이는 유용성과 효율성의 원리에 따라 현실의 재료를 실천적으로 개조해 내고자 하는 반성·지향 활동이다. 당연히 경제적 생산 활동으로서의 노동에서 극대화되고 주도적인 계기로 나타난다.

넷째, 소통적 반성·지향. 이는 본질을 달리하는 주체들 사이의

---

30) 이 범주 분석은 인간의 활동을 분석하는 까간의 네 가지 범주, 즉 '인식, 가치의식, 개조, 소통'을 활용하면서 '유희적 반성·지향', '반성·지향적 반성·지향'의 개념을 추가하고 있다. 인간 활동에 대한 까간의 분류에 공감하지만 추상적 이론적 활동의 독자성과 무목적적 활동성 역시 인간 활동의 주요한 범주로 파악되어야 한다고 생각하기 때문이다. 최소한 현대의 다양한 문화예술 활동을 범주적으로 포괄하기 위해서는 다소간의 개념적 중복이 있을 수 있다고 하더라도 이 두 개념 범주를 구분하는 것이 유용할 것이다.

상호 이해를 향한 정보의 교환과 혼합의 과정에서 극대화되고 주도적 계기로 나타난다.

다섯째, 유희적 반성·지향. 단지 차이를 유발하고 우연적인 계기들 속에 드러나는 반성·지향인바, 생명력의 자유분방한 표출로서 드러나는 유쾌함과 재미를 향한 반성·지향이다. 동일한 반복에 저항하고 단지 다름의 추구에 의해 발전되는 문화의 요소 중 하나라고 말할 수 있겠다.

여섯째, 반성·지향적 반성·지향. 이는 위와 같은 모든 반성·지향에 대한 거듭된 반성·지향이다. 끊임없는 반성·지향 활동은 결코 멈춰 서지 않으면서, 동시에 그 멈춰 서지 않는 상태를 초월하여 반성·지향하고자 하는 중첩적 활동, 메타적 활동으로 정의할 수 있다.

이러한 범주들은 인간의 대상적 실천 활동의 형태로 드러나면서 복잡한 상호작용을 통해 복잡성 체계를 이룬다. 그러나 이 복잡성 체계는 개별 활동 체계에서 사회문화적 활동 체계에 이르기까지 일정한 상호연관성을 형성하는 체계이며 동시에 유동성과 진화성, 혁명적 단절성 등을 지닐 수 있는 역사적 시공간이다. 이러한 시공간에서 인간의 반성·지향은 일정한 사회 역사적 계기에서 하나의 활동으로 구현된다. 반성·지향이 정신의 영역에 머물러 있지 아니하고 바로 활동적 계기들과 연계되어 구현될 때에 우리는 그 반성·지향 활동을 파악할 수 있는 것이다. 그러나 우리는 사회문화의 변화와 변혁, 혹은 진화의 모델에 기여하는 주체성으로서의 인간의 반성·지향에 보다 큰 관심을 가지고 있기 때문에 모든 활동을 반성·지향 연구의 고찰 대상으로 보지 않는다. 주체의 반성·지향이 기계적이고 반사적으로 작동하거나(설사 그것이 옳은 것,

좋은 것이라는 윤리적, 사회 정의적 판단이 있다 하더라도) 실용적으로만 작동하는 경우의 활동들은 우리의 연구 관심을 벗어난다. 이를테면 낭만주의 시대 문학에서 낭만주의 규범을 어떻게 더욱 전형적이고 모범적으로 구현해 낼 것인가에 초점이 맞추어진 반성·지향 활동은 일종의 실용주의적, 혹은 도구적 반성·지향 활동이라고 말할 수 있다. 우리는 낭만주의가 이전 시대의 고전주의와 감상주의에 대한 반성·지향의 결과라는 점을 충분히 인정하면서, 그리고 그러한 점을 충분히 분석하고 이해하면서, 동시에 낭만주의 시대에서도 이미 낭만주의를 넘어서고자 하는, 리얼리즘으로의 단초가 될 수 있는 반성·지향의 실현에 주목하고 그 흔적을 찾고, 또한 리얼리즘 문학의 절정에서는 리얼리즘의 경계와 한계, 그리고 그것을 넘어서고자 하는 다양한 반성·지향 활동을, 또한 새로운 현대성의 가능성에 대한 모색을 읽어 내고자 노력할 것이다. 문학예술 활동을 하나의 정지된 대상, 본질과 현상의 일치와 같은 체계적 정합성으로 보기보다는 끊임없이 스스로 반성하고 새롭게 지향하는 주체의 창조적 능동성이 발현되는 유동적 공간, 흐로노또프로 상정하는 것이 '반성과 지향의 해석적 패러다임'이라고 말할 수 있는 것이다.

5. 반지 소설론을 향하여

인간의 모든 대상 활동 중에서 문화예술 활동은 인간의 다른 많은 활동들을 포괄하는 총체성의 형식이면서 새로운 삶의 지향들이다면적으로 살아 있는 유동성의 형식이라고 말할 수 있다. 예술 활동은 인식적 활동에 머무르는 것이 아니라 가치적, 소통적, 개조적, 유희적 활동을 복합적(메타적)으로 실현하면서 모든 계기에서 그 반성성과 지향성의 문화 역사적 극대화를 창조해 내는 공간이다. 시간성이 부여된 유동하는, 변화하는 살아 있는 공간으로서 예술 공간의 형태는 바로 이렇게 형성된 것이면서 형성되는 것으로서 모습을 띤다. 따라서 예술문학의 창조적 능동성은 인간의 반·지성이 문화적으로 극대화되어 나타나는 일종의 시공간(흐로노또프)이라고 말할 수 있다.

예술 활동에서 인간의 창조적 능동성은 천재의 재능이거나 혹은 사회관계의 산물로 이해되는 등 극단적인 대립적 이해를 불러왔다. 인간에 대한 주관주의적 관념론적 이해는 인간 정신 활동의 창조적 결과를 개인의 신비한 재능의 결과로 이해하고자 했으며 인간에 대한 유물론적 이해는 인간 정신 활동을 부단히 외적 조건의 산물로 규정하고자 하는 이론적 욕구를 근본적으로 벗어나지 못했던 것이다. 어떻게든 이 '보이지 않는' 유동성의 공간을 정지시키고 체계로 해명하지 않는다면 어떤 이론들도 자신들의 이론적 입장의 근거를 마련할 수 없었던 것일까.

인간의 창조적 능동성을 객체에 대한 창조적 주체의 대상 활동 과정에서 작동되는 인간의 반·지성의 결과로 이해하는 것은 기존의 많은 이론들이 주체와 객체의 분리 속에서 '편안하게', '체계적으로' 자신의 논리를 구성하였던 것에 비해, 유동하는 불안한 대상을 그 자체로 인정하는 '이론화'를 요구한다. 물론 그것은 시간적 공간적 유동성을 포함해야 하는 것이기 때문에 항상 과정의 이론이며, 불안정성과 비체계성을 숙명으로 하는 '이론'이라는 역설적 상황에 처해 있을 수밖에 없다. 이 역설적 상황은 살아가면서 죽어 가는, 돌아보면서 앞으로 가야 하는 멈춰 설 수 없는 인간의 본질로부터 규정된다. 바로 이러한 이론의 역설적 공간은 확정될 수 없는 미지의 공간이며 이 공간은 인간의 반성·지향의 발현 양상에 의해 추론될 뿐이다. 이러한 공간, 즉 인간의 창조적 능동성이 발현되는 공간, 반성·지향이 작동하는 공간이 예술의 영역에서 가장 완벽하게 구현되는 것은 이런 이유에서이다.

반성·지향의 개념이 굳이 필요한 것인가. 그렇다. 새로운 문화의 주체에게 요구되는 것은 그 어떤 객관진리의 기계적 인식이나 결정된 목적과 방법의 수행능력이기보다는 반성·지향이 고도화된 주체적 시공간을 창조해 내는 능동성이기 때문이다. 다시 말하자면 창조적 능동성을 획득한 주체가 되기 위해서는 인간의 반성·지향을 최대한 활성화해야 한다. 그 방법은 다양한 학문 영역에서 이루어질 것이지만 무엇보다 그 본성상 인문학적 연구와 교육이 반성·지향의 방법론적 원칙을 확립해야 할 책임과 가능성을 가장 많이 가지고 있다.

20세기의 참혹한 역사가 21세기에 더욱 야만적인 형태로 경화되어 가는 가운데 인간에 대한 전체주의적 정치적 억압과 자본주의적 물신화는 문화의 영역에서 더욱 정교하게 강화되고 있다. 이런 가운데 새로운 문화 창조를 위한 인간의 반성·지향 능력의 활성화를 말하는 것은 어쩌면 너무나도 미약한 저항으로 여겨질 수 있겠다. 그러나 주체의 반성·지향의 창조적 활성화를 담보하지 못하는 그 어떤 사회구조적 개조의 노력도 불완전한 것임은 20세기의 역사가 보여 준 바이다.

소나무가 있으되 그 어떤 소나무도 동일한 소나무가 아니다. 그 이유는 무엇인가. 왜 그렇게 되는가. 시너지 이론은 생명의 엔트로피 법칙이 작용하기 때문이라고 설명한다. 소나무들은 자연적 조건 속에서 자신의 생명력을 유지하고 발전시키고자 노력하는데, 그 조건은 부단히 변모한다. 심지어 생명을 위협하는 악천후가 주어지기도 한다. 이 과정에서 소나무는 햇빛과 습기와 영양분의 정도와 배합에 따라 자신의 생명활동을 조절하게 되는데 바로 이러한 생명활동의 능동성이 소나무의 유일무이함을 낳는다는 것이다. 실제로 커다란 상처를 입은 소나무가 끊임없는 소생활동을 통해 상처를 감싸 안으며 제 몸을 만들어 가는 것을 숲에서 얼마든지 관찰할 수 있다. 만일 그러한 생명활동이 멈추거나 외적 조건을 극복하지 못한다면 소나무는 죽음을 맞이하게 된다.

이와 같은 원리는 인간의 삶과 문화에서도 유사한 관찰을 하게 해 준다. 우리의 문화 활동이 일정한 위기에 처해 있다는 것은 그것을 극복할 내부적 질서의 재편을 요구하고 문화의 다양한 구성 요소들이 스스로 움직여 가면서 총체적으로 변화함으로써 그것을 달성하도록 요구하고 있다는 것을 의미한다. 게다가 인간은 다른 생물이 본능적, 생물학적 욕구에 의해 움직이는 것과는 현격히 다르게 스스로 최대한의 반성・지향을 발휘하며, 그를 통해 창조적 활동을 구현해 낸다. 그리하여 문화의 모든 요소들의 자율적이고 반성・지향적인 창조적 활동성은 이 시기 문화 체계의 반성・지향적 공간을 최대화하면서 새로운 문화 패러다임으로 전이해 가는 힘의 공간이 될 것이다.

제3부

소설 속의 반성과 지향

- 러시아 소설을 배경으로

소설의 형식적 불안정과 화자

1. 근대의 개인과 문학적 표지

앞에서 거듭 확인한 바와 같이 소설의 탄생은 근대적 개인의 탄생과 깊은 연관을 지니고 있다. 그리고 근대적 개인은 무엇보다 개인의 근대적 자의식과 근대적 사회관계 속에서 정의된다.

중세의 지배적 세계관에서 개인은 집단의 규범을 실현하는 자로 인식되었고 따라서 중세 텍스트에서 개인의 개성적 특수성은 아주 미약하게 드러날 수밖에 없었다. 그러나 이에 비해 근대적 개인은 다양한 집단과 계층에 속해 있으면서 동시에 그 자신의 잉여적 자의식으로 충만하다. 근대인의 이 잉여적 자의식은 중세적 텍스트와 근대적 텍스트의 근본적인 질적 차이를 낳는 것이다. 즉 중세에서 텍스트의 주체와 객체는 중세의 삶의 조건이 그러했던 것처럼 집단의 규범을 확인하고 재생산해 내는 폐쇄적인 형식을 취하게 된다. 따라서 이렇게 생산된 텍스트에서는 저자의 개인성이 표시되지 않으며 그럴 필요도 없다. 반면 근대적 텍스트는 개인성에 기초하여 개인과 세계의 상호 긴장된 관계와 갈등의 현장이 된다. 여기서 개인의 잉여적 자의식은 텍스트 형성의 근본적 한 요소이며 작품의 다른 모든 요소와 역동적인 관계를 형성한다.

근대소설의 발전과 관련하여 저자의 시학, 저자 드러내기, '전기를 가진 저자',[1] '주소를 가진 시인,'[2] '개인 저자의 단초',[3] '철저히 개인적인 화자'[4] 등과 같은 개념이 많이 사용되는 것은 바로 근대적 삶의 상황과 이에 대응하는 근대적 개인의 관계 양상에 대한 주목을 보여 준다. 근대 작가는 사회나 권력으로부터 쓸 수 있는 권리를 자동적으로 부여받지 못할 뿐만 아니라 그가 써야 할 대상도 규범으로 확정되어 있지 않은 가운데 자연히 자신이 왜 무엇을 써야 하는지에 대해 스스로 대답하고 스스로 정당화해야 할 요구에 직면하게 된다. 바로 이러한 상황이 작가의 개인적 저자적 형상을 불가피하게 작품에 도입하도록 만들었다. 낭만주의 시대의 우정서한이나 여행기 등에서 사적 생활의 사건과 일상, 가족과 친구들, 사적 체험과 인상들이 등장하면서 그 모든 것의 중심에는 그것을 쓰는 '나'의 존재가 분명하게 상정되기 시작했다. 이제 저자는 집단의 대표자나 무개성의 저자가 아니라 '주소를 가진 시인'이 된 것이다.

물론 이러한 장르에서 결정적으로 근대적 개인으로서의 근대적 저자가 태어나는 것은 아니다. 우정서한이나 뽀에마 등에서 저자적 단초가 드러나고 있지만 그것은 이전의 장르들에 비해 상대적인

---

1) Ю.М. Лотман, "Литературная биография в историко‑культурном тексте (‑К типологическому соотношению текста и личности автора)", О русской литературе. Статьи и исследования(1958‑1993), СПб., 1997, с. 804.

2) Ю. Тынянов, Пушкин и его современники, М., 1968, с. 136.

3) Д. Лихачев, Избранные работы, т. 1. Л., 1987, с. 145.

4) W. Kayser, Entstehung und Krise des modernen Romans, Stuttgart, 1962, s. 17.

의미에서 그러하다. 여전히 이들 장르에서는 저자의 개인적 단초와 더불어 저자의 장르적 형상이 강하게 드러난다. 또한 저자의 개인적 단초 역시 단편적이고 비통일적이다. 이 부분적이고 비통일적인 실제 전기적 요소의 출현은 근대소설에서 저자적 요소의 출현과정을 알리고 있다. 그러나 소설의 발전을 위해서는 무엇보다 이 직접적 실제 전기 요소들이 가상의, 로트만의 표현대로 '시인 없는 전기'(биография без поэтов)와 '유사 전기'(псевдобиография)[5]로 형상화되어야 한다. 즉 작가는 실제 자신의 모습을 그대로 작품 속에 유지하고서는 근대적 삶의 다양하고 모순된 양상에 넓고 깊게 침투해 들어갈 수 없고 자신의 정체성에 대한 보다 다면적인 탐구를 이루어 낼 수 없다. 개인적 실제 체험과 자연인으로서의 면모를 유지하고서 작품을 쓸 수 있는 방법과 대상은 매우 제한적이기 때문이다. 여기서 그는 자신을 대신하여 사건에 참여하고 사건을 이끌어 가는 대리인을 필요로 하게 된다. 그것이 바로 유사 전기를 가진 자, 텍스트 담지자(носитель текста), 혹은 화자가 출현하는 필연적 이유이다.

바흐친은 근대적 형식에 도달하기까지 소설의 근본적 동력을 '당대 현재와의 접촉의 극대화'로 보았다. 바흐친에게 현재는 "일시적이며 유동적이고, 시작도 끝도 없는 영원한 연속이다. 그리고 그것은 진정한 완결성을 부정하며, 그래서 또한 본질을 결여하고 있"[6]는 것이었다. 바로 이러한 현재와의 극대화된 접촉으로서의 소설이 '불안정하고 미완의' 형태임은 당연한 일인지 모른다. 이와 대조적

---

5) Ю.М. Лотман. 위의 책, с. 811.
6) М. 바흐친, 「서사시와 장편소설」, 위의 책, 37쪽.

으로 루카치는 현실의 총체성을 상정하고 주체에 의해 총체적 현실을 전유하는 형식으로 소설을 사고한다. 하지만 루카치는 소설에서는 "질적으로 완전히 새로운 바탕 위에 다시 서게 된 하나의 삶의 관점, 즉 부분의 상대적인 독자성과 전체와의 관련성이 풀 수 없을 정도로 서로 뒤얽힌 관점이 생겨나게 된다. (……) 총체성과의 관계도 가능한 한, 유기체적인 것에 가까워지는 관계지만, 그러나 그것은 순수하게 생겨나는 유기체적 관계가 아니라 언제나 지양을 되풀이하면서 생겨나는 개념적 관계"[7]라는 점을 지적한다. 즉, 현실 삶의 이질적이고 비유기체적인 상태를 의사(擬似) 유기체적으로 표현하는 구조가 바로 소설 형식이 되는데, 따라서 "소설의 각 부분들은 전체적 구조를 파괴하지 않기 위해서는 자체의 단순한 현존재를 초월하는 수단을 통해서 전체적 구조 속에 편입되지 않으면 안 되는 것이다."[8] 이렇게 구성되는 총체성은 주관성에 의해 균형 지어진 주관적 총체성이며 따라서 소설의 총체성이란 추구된, 모색된 총체성이 될 뿐이다. 소설적 형식이 유동적인 균형 상태에 있으면서, "소설은 상태로 변하고 아울러 변화의 규범적인 존재로 변하면서 스스로를 지양하게 되는", "파괴되면서 형상화되는 위험"[9]에 처하는 이유이다.

바흐친과 루카치의 소설 형식에 대한 사고에서 우리가 읽어 낼 수 있는 것은 소설이 장르적 법칙 속에 안정화된 형식을 가지고 있는 것이 아니라 현실과 주체의 관련 속에서 부단히 요동하는 불안

---

7) G. 루카치, 『소설의 이론』, 위의 책, 97쪽.
8) 위와 같음.
9) 위의 책, 94쪽, 95쪽.

정한 형식이라는 점이다. 그리고 이 불안정성은 이들에게 소설의 부정적 측면이 아니라 오히려 소설의 근대적 가능성으로 여겨진다. 미완결의 현재에 극대화된 접촉을 지향하고 총체적 현실에 부단히 다가가려는 이들의 소설적 사고를 '보다 총체적으로, 보다 대화적으로'라는 하나의 요구로 이해해도 잘못은 없을 것이다.

이 글은 이러한 문제의식을 가지고 러시아 소설 형식의 형성, 발전과정과 근대적 주체로서 작가의 자의식의 형성 과정을 소설의 화자 양상의 변화 발전에 초점을 맞추어 살펴보고자 한다. 즉 러시아 소설 형식이 출발에서부터 끊임없이 안정된 형식을 스스로 탈피하고 극복해 가는, 그 형식적 불안정성을 근대적 개인의 현실에 대한 대응 양상과 연관시켜 해명하고자 한다.

2. 근대소설로의 진입과 '나 – 화자' 양상

작가가 작품 내에서 자신의 위치를 어떻게 설정하느냐의 문제는 소설 형식의 안정화에 가장 일차적인 문제이다. 근대 초기 소설의 작가는 텍스트 속에서의 자신의 정체성에 대한 문제에 직면하게 되는바 이는 글을 쓰는 주체로서 자신을 작품 내에 직접적으로 드러내는 '저자 드러내기'[10]의 방식으로 나타난다. 그것은 무엇보다 근대적 삶과 현실에 대응하는 소설의 형식화를 위해 불가피한 선택이다.

푸시킨의 『예브게니 오네긴』은 러시아 근대소설 발전의 기점으로 평가된다. '시로 쓰인 소설'(роман в стихах), 혹은 자유 소설

---

10) 작가(писатель)는 글을 쓰는 자연인을 의미한다면 저자(автор)는 쓰인 작가라고 말할 수 있다. 즉 텍스트 내에 존재하는 작가적 형상을 저자로 표현할 수 있을 것이다.

(свободный роман)이라 명명된 이 작품은 시라는 특성과 소설
이라는 특성을 공유하고 있는 과도기적인(소설의 발전이라는 측면
에서) 형식을 가지고 있다. 따라서 많은 점에서 시 장르의 특성을
풍부하게 가지고 있지만 주인공의 성격화와 사건의 구성, 인물들의
다면적 형상화 등 그 내용적 측면에서는 완연한 근대소설의 면모
를 보여 주고 있다. 무엇보다 이 글과 관련하여 우리의 관심을 끄
는 것은 작품 내 저자의 모습이고 이 저자와 등장인물들과의 상관
성이다.

푸시킨은 이 작품에서 푸시킨 자신이 이야기하고 있다는 사실을
전면화한다. 작품의 '나'는 분명히 시인 푸시킨과 다르지 않은 형
상이다. '나'는 독자들에게 직접 이야기하고 있으며 등장인물인 오
네긴과 관계하고 있는 작품 속의 '인물'임이 감추어지지 않는다(물
론 작품 내에서 그 누구도 '나 – 화자'를 푸시킨이라고 호명하지는
않는다.). 그는 때때로 반성(рефлексия)과 콤멘타리(коммента-
рий)[11]를 곁들여서 사건을 설명하고 평가하며 묘사한다. 그리고
주인공들의 성장과 변화와 더불어 스스로도 시간에 따라 내면적
변화를 체험하는 '인물'이다. 이러한 '나 – 화자' 형상은 작품 속에
주인공의 전기와 더불어 병렬적으로 저자의 전기를 드러내는 낭만
주의적 영향으로 이해될 수 있다.[12] 그러나 이전의 뽀에마에서 드

---

11) 반성은 표현의 대상, 이야기되는 것에 대한 저자의 관계 양상이고 콤멘타리는 이야기가 진
행되는 방법과 양식에 대한 관계 양상이다. 반성은 부분적인 것을 일반화함으로써 삶과 문
학의 등가물을 형성하고자 하는 지향이고 콤멘타리는 작품의 예술적 형식화를 형성해 내는
지향이라고 말할 수 있다. Ю. Манн, "Автор и повествование", Историческая
поэтика – Литературные эпохи и типы художественного сознания,
Наследие, М., 1994. с. 439 – 440 참조.

12) 푸시킨은 이미 「루슬란과 류드밀라」(1820), 「까프까즈의 포로」(1822) 등에서 화자를 통해
개인적 단초를 드러내는 형식, 즉 낭만주의적 병렬주의를 사용한 바 있다. 그러나 그렇다고

러나는 낭만주의적 병렬주의에 비해 『예브게니 오네긴』의 '나-화자'는 훨씬 다면적이고 가변적이며 풍부하게 저자의 모습을 보여준다. 벨린스키가 "『예브게니 오네긴』 속에 푸시킨의 개성이 비치는 듯하다. 그 속에는 작가의 전 생애, 온 영혼, 그리고 그의 모든 사랑이 있으며, 또한 그의 모든 감정, 관념, 사상이 담겨 있다."[13]고 말할 수 있었던 것은 바로 이렇게 작가의 전기적 요소가 직접적으로 드러나 있음에 대한 지적이었다. 그러나 동시에 '나-화자'의 불안정한 가변적 모습을 지적하지 않을 수 없는 것도 사실이다. 작품이 쓰인 기간이 길었기 때문이기도 하지만 푸시킨은 이 작품의 초기에 드러난 형상으로부터 작품이 끝나는 형상에 이르기까지 다양한 내면적, 세계관적 변모를 드러낸다. '화자-나'의 표현대로, "저 젊은 따찌야나가/ 오네긴과 더불어 처음으로/ 나의 몽롱한 꿈 속에 나타나-/ 저 요술의 유리알을 통해/ 자유분방한 이 소설을 어떻게 전개시킬까를/ 아직 뚜렷이 모르고 있던/ 그 당시부터 얼마나 많은 날이 흘렀는가."[14] 이 많은 날들에 저자는 낭만적인 조화의 시기를 거쳐 소외와 방황의 시기, 그리고 또 다른 삶으로의 출발이라는 과정을 거치면서 낭만주의 시인에서 '냉담한' '러시아적인' 산문가로 변모한다. 이러한 저자의 형상은 작가 푸시킨의 전기적 변화와 매우 근접한다. 물론 작가의 형상을 작품의 '나'에만 국

해서 『예브게니 오네긴』을 이러한 낭만주의적 병렬주의의 전통으로 국한시켜 이해하는 것은 충분하지 않다. 낭만주의적 병렬주의 자체도 일정한 문학사적 맥락에서 소설적 형식으로의 발전과정의 하나로 이해될 수 있을 뿐만 아니라 『예브게니 오네긴』의 화자 형식은 낭만주의적 병렬주의와 더불어 리얼리즘적 묘사와 객관화의 계기도 풍부하게 보여 주고 있기 때문이다. 이에 대한 분석은 Ю. Манн, 위의 글, 433-436쪽 참조.

13) В. Г. Белинский, "Статьи о Пушкине", Полное собрание сочинений, т. 7, Наука, М., 1955. с. 440.

14) А. 푸시킨, 『예브게니 오네긴』, 허승철·이병훈 역, 솔, 1999. 280쪽.

한시키는 것은 적절치 않다. 푸시킨은 형식에 있어 자신을 작품의 가시적 인물인 '화자-나'와 일치시키지만 그의 내면세계는 때로 오네긴에게, 때로 따찌야나에로, 그리고 때로 렌스끼에게 마음을 붙이고 있다. 그러나 그 어떤 인물에게도 결정적으로 자신을 의탁하지 않음으로써 저자적 독립성을 유지하고 인물들에게도 일정한 독립성과 자율성의 세계를 형성시켜 준다. 그리고 심지어 화자는 이들과 결별하고, 독자와도 결별하면서 작품 바깥으로 나가 버리고자 한다.[15]

푸시킨이 여러 서술 상황 중에서 선택의 가능성을 가지고 있었다고 전제하더라도 오늘날 우리의 관점에서 푸시킨이 그런 내용을 그런 수준으로 담아내기 위해서 선택한 서술 상황은 일정하게 문학사적 필연으로 이해된다. 앞서 말한 바와 같이 근대 작가에게 부여된 근대적 정체성의 확보와 그에 대한 책임의식은 작품의 사건과 인물에 대한 작가의 직접적인 관계성을 확보하도록 요구하기 때문이다. 작가는 부단히 쓰는 이유와 쓰는 대상에 대한 근거를 확보해야 하고 쓰는 과정에 대해 스스로 정당성을 확보함으로써 자신의 저자성(авторство)을 증명하고자 했다. 그 과정에서 필연적으로 작품에 산입되고 드러나는 것은 작가 자신의 전기적 요소이다. 그리고 그 전기적 요소는 집단의 한 성원으로서의 저자가 아니라 작품 주인공 못지않게 개성을 가진 개인으로서의 저자이다. 푸시킨의 『예브게니 오네긴』은 개성을 가진 근대 작가의 소설적 형식화의 초기 단계에 속하는 화자 양상을 대표적으로 보여 주고 있

---

15) "독자여, 당신이 누구이든 간에/……/ 자 이 정도에서 작별을 고하자, 안녕!", "나의 기묘한 동반자여, 너와도 작별을 고하자/……/부단한 나의 노고와도 안녕!"(위와 같음).

는 것이다.[16)

푸시킨이 보여 준 러시아 근대소설 초기의 화자 양상은 그가 산
문으로 창작의 중심을 옮겨 가는 과정에서, 그리고 당대의 삶과 인
간에 접근해 가는 과정에서 그의 창조활동의 극대화된 형태를 반
영하고 있다. 물론 이전의 여러 뽀에마에서도 저자 드러내기로서
'저자-나-화자'의 적극적인 활용이 나타나고 있다. 그러나 바로
동시대의 현실과 동시대의 인간을 그리기 위해 활용되는 『예브게
니 오네긴』에서의 '저자-나-화자' 형상은 소설발전의 새로운 단
초를 보여 준다. 『벨낀 이야기』(1831)에서 저자와 분리된 화자를
도입하기 위해 '간행자의 말'을 통해 자신을 드러내면서 감추는 이
중 서사 전략을 세우기 직전의 모습인 것이다. 따라서 우리는 『예
브게니 오네긴』에서 '저자-화자'가 『벨낀 이야기』의 '제3의 화
자'(혹은 의사 전기를 가진 저자)로 변모해 가는 것을 소설 발전의
일반적 과정으로 이해해도 좋을 것이다. 다시 말해 『예브게니 오네
긴』에서 푸시킨은 자신이 알고 있는 오네긴의 삶과 운명을 직접
자신이 우리(독자)에게 들려 주고 있다면 『벨낀 이야기』에서는 자
신의 모습을 감추고 자신의 시야를 훨씬 넘어서고 자신의 전기와
무관한 '벨낀'이라는 화자를 내세움으로써 근대소설의 표현 영역의
확장을 꾀하고 있는 것이다. 자신의 이력과 경험과 무관한, 그리고

---

16) 물론 이것은 등장인물과 저자의 등가성을 보여 주는 낭만주의적 전통의 하나로 이해된다.
    자기 자신을 주체적인 인물로 느끼고 사고하는 영혼이 자신을 객관화된 인물로 관조할 가
    능성을 보여 준 낭만주의 뽀에마의 전통(서유럽적 전통도 포함하여)을 이어받고 있는 것이
    다(Ю. Манн, 위의 책, c. 434 참조). 그러나 낭만주의 전통의 영향이면서 동시에 그 극
    복의 움직임이 『예브게니 오네긴』의 화자 형상에서 드러나고 있음도 간과할 수 없다. 여기
    서의 '나-화자'는 작가의 전기적 요소의 산입과 동시에 전기적 요소에서의 탈피와 작가로
    부터의 독립으로 나아가는 과도기적 과정에 있기 때문이다.

독자적인 전기와 내면을 가진 화자를 등장시킴으로써 작가는 '쓸 수 있는 권리'를 유지하면서 '쓸 수 있는 대상'의 영역을 마음껏 확장해 낼 수 있다. 그 이야기들은 작가인 '나'가 아니라 '벨낀 - 나'가 듣고 보고 체험한 이야기이기 때문이다. 이를 통해 푸시킨은 소설 속의 이야기에 대한 작가적 연루의 시선과 그 부담을 덜어 내면서 보다 넓은 객관 세계와 인간 내면의 풍경을 우리에게 제시해 보일 수 있다.[17)]

러시아 소설의 발전과정에서 푸시킨과 동질적인 단계에 속하지만 형식적 측면에서 보다 주목해야 할 작품은 레르몬토프의 『우리 시대의 영웅』이다. 이 작품은 『예브게니 오네긴』에 비해 구성적으로나 인물 형상 방법에 있어 훨씬 소설적 형식을 구축하고 있다. 저자는 『예브게니 오네긴』의 '나 - 화자'처럼 직접적이지 않으며 『벨낀 이야기』에서처럼 아주 최소화되어 있고 사건이나 인물의 성격화에 전혀 직접적인 개입을 하지 않는다.[18)] 나아가 화자를 구성적으로 바꾸어 감으로써 보다 폭넓은 시야를 확보하고 있다는 점도 소설적 가능성을 더욱 확장해 주고 있다. 저자의 형상이 직접적으로 드러나는 것은 「서문」과 「벨라」, 「막심 막시므이치」에서뿐이다. 나머지 다른 부분들은 '뻬초린'의 수기 형식을 빌려 이야기된다.

---

17) 다만 『벨낀 이야기』는 단편의 모음이기 때문에 그 내용과 형식에 있어 장편소설의 새로운 가능성을 보여 주는 분기점이 되기에는 미흡하다. 의사전기를 가진 작가의 출현과 산문 발전의 의미에 대해 여러 연구자들은 대체로 유사한 견해를 보인다. 이에 대한 자세한 연구와 여러 견해에 대해서는 김진영의 「산문작가의 탄생: 푸쉬킨과 벨낀」(『슬라브학보』, 1995)을 참조.

18) '작가의 말'에서 작품에 대한 세간의 평가에 대한 자신의 견해를 밝히고 "저자는 다만 병을 지적한 것만으로 충분하며, 그것을 치유하는 방법은 오직 신만이 알고 있다!"고 레르몬토프는 말하고 있다(M. 레르몬토프, 『우리 시대의 영웅』, 문석우역, 조선대학교 출판부, 2001. ⅰ. ⅱ쪽 참조).

따라서 레르몬토프의 소설에서 레르몬토프, 즉 작가는 어떤 전기적 요소, 그 운명이나 과거도 드러나지 않으며 잘 감추어져 있다. 그러나 어떤 사실에 대한 저자적 평가가 드러나거나[19] 심지어 풍경을 묘사하는 가운데에서도 자신의 전기적 요소를 드러내곤 한다.[20] 그러나 전반적으로 푸시킨에 비해 저자 형상은 더욱 축소되어 있다. '나'는 자신을 작가가 아니라 여행자로, 우연하게 막심과 뻬초린을 만나 그들의 이야기를 전해 주고 수기를 받아 전해 주는 사람으로 제한한다. '나'는 막심과 만나고 뻬초린과도 우연히 지나치듯 만나지만, 막심의 이야기와 뻬초린의 수기에 들어 있는 사건이나 인물에는 절대 간여할 수 없는 거리를 유지하고 있다. 그것은 막심의 이야기와 뻬초린의 수기에 나오는 인물과 사건들, 그리고 뻬초린 자신의 내면들에 보다 독립성을 부여해 주는 효과를 제공한다. 게다가 '뻬초린의 수기'라는 설정은 '벨낀'의 설정과 유사하지만 다만 뻬초린은 자신을 직접 기록하고 있다는 점에서 인간의 내면세계를 보다 극화할 수 있는 가능성을 보여 주고 있다. 이런 점에서 레르몬토프는 소설 형식의 발전에 있어 푸시킨과 동일한 단계에 있지만 그 형식적 실험의 좀 더 진전된 모습을 보여 주고 있다고 말할 수 있는 것이다.

---

19) 뻬초린의 우울증이 단지 그 시대 유행하는 것이라고 믿는 막심 막시므이치가 "수도의 젊은 이는 다 그런가요." 하고 물었을 때, '나'는 "아마도 진실을 이야기하는 사람들도 있을 겁니다. (……) 그리고 오늘날 실제로 더 권태를 느끼고 있는 사람들은 이 불행을 죄악처럼 감추려고 합니다."(M. 레르몬토프, 위의 책, 47쪽)고 대답한다. 여기서 '더 권태로워하는 사람들'을 옹호하려는 '나 – 서술자'의 태도가 드러난다.

20) "내가 이렇게 세상 위에 높이 올라와 있다는 사실이 왠지 즐거워졌다. 어린아이 같은 감정 같다고 해도 난 반박하지 않을 것이다. 그저 세상으로부터 멀리 떨어져 자연에 가까이 다가갈 때 우리는 저절로 아이가 되는 것 아니겠는가. 우연히 얻은 모든 것은 정신으로부터 이탈하고, 정신은 언젠가 그랬던 것처럼 다시 돌아가는 것이다."(M. 레르몬토프, 위의 책, 32쪽) 자연을 묘사하다가 '나'의 개인적 판단과 사고를 드러내는 장면이다.

그러나 레르몬토프가 그와 같은 구성적 기법을 사용할 수 있었던 것은 푸시킨에 비해 다루는 재료가 동시대 현실로부터 어느 정도 괴리된 공간이었기 때문이 아니었을까. 푸시킨이 보다 직접적인 당대성을 확보하고 당대적 삶과 환경에 관계하고 있다면 레르몬토프는 이국적 환경이라는 설정 속에서 사실성이나 현실성과 같은 내용적 압박으로부터 자유로웠을 것이다. 이 점에서 『예브게니 오네긴』이 시와 소설 사이에서, 작가와 인물 사이에서, 주체와 현실 사이에서 유동하는 매우 불안정한 양상을 보여 주고 있다면 『우리 시대의 영웅』은 비현실적 공간에서(저자가 직접 개입하거나 공동으로 경험할(해야 하는) 가능성이 없는) 제한된 인물의 내면세계를 보여 줌으로써 상대적으로 '소설적인' 구성적 안정을 획득할 수 있었다고 말할 수 있다. 아마도 『예브게니 오네긴』에서 다루어지는 동시대적 현실과 동시대적 인물들에 대한 이야기가 『우리 시대의 영웅』의 '상대적으로 안정된 형식' 속에 담기기는 어려웠을 것이다.

푸시킨과 레르몬토프와 더불어 러시아 소설 형성의 '삼각 받침돌'[21]이라고 할 수 있는 고골에게는 이 '나 – 화자' 형식의 극복을 통해서 해결되어야 할 문학사적 과제가 부과된다. 근대소설이 한 개인을 통해 세계를 보여 주고자 하는, 즉 개인과 사회의 변증법적 상호관계에 최대한의 밀착을 보여 주고자 하는 자신의 과제에 점차 접근해 가는 지난한 한 경계지점에 고골이 위치해 있는 것이다. 푸시킨과 레르몬토프가 러시아의 근대 초기 사회상에 대한 조응으로서 자신의 작가적 정체성에 대한 풍부한 자의식을 문제시할 수밖에 없었고 이 '구성된' 자의식에 입각하여 세계를 수용하는 형식

---

21) Ю. Манн, 위의 책, 438쪽.

으로 '나 – 화자'의 형식을 취할 수밖에 없었다면 고골은 이제 근대 작가로서 쓴다는 행위 자체가 문제 되지는 않았다. 러시아 사회 현실은 산문발전의 토대를 확대시켰고 지적 전통도 이미 뽀에마와 시의 세계로부터 근대소설적 전통을 자연스럽게 받아들일 만큼 성장해 있었기 때문이다.[22] 따라서 고골은 자신이 글쓰기를 자연스러운 운명으로 받아들일 수 있었다. 그러나 그가 접하는 세계는 보다 세속화한 세계, 보다 일상적이면서 보다 복잡해진 세계였다. 푸시킨과 레르몬토프가 경험했던 세계는 귀족적 세계관과 귀족적 풍속이 민중적 풍속과 엄연한 경계를 가지고 있었던 세계라면 고골이 접한 세계는 이 양 세계의 분리가 모순과 갈등으로 이해되던 세계라고 말할 수 있을 것이다(물론 상대적인 의미에서!). 귀족의 세속화와 민중의 계급적 분화(잡계급의 성장)는 도시 속에서 새로운 삶의 양상을 초래하였고 그 속에서 고골은 인간과 인간의 삶에 대한 새로운 면모를 읽어 내야만 했던 것이다. 고골이 접한 세계는 근대 '초기의 끝 무렵', 새로운 사회현실이 전개되고 있고, 그러나 여전히 전근대적 '세계관'이 잔존하는 세계였다. 고골이 뻬쩨르부르그 연작을 통해 드러내고 있는 것은 바로 이러한 새로운 세계의 풍속과 행동 양식들이었다.

　『죽은 혼』에서 '전 러시아'를 그려 내겠다는 열망과[23] 러시아 정

---

22) 1830 – 40년대 러시아 사회는 상업적 출판이 허용될 수 있을 정도로 출판과 인쇄업이 발전하였으며 소설과 같은 읽을거리, 특히 러시아적 삶의 이야기를 읽고자 하는 독자들이 성장하였다. 이와 같은 사회적 변화와 소설 발생은 깊은 상관관계가 있다(John Garrard ed., The Russian novel from Pushkin to Pasternak, Yale Univ. Press, 1983. p.13 – 15 참조).
23) 고골은 이 작품의 구상에 대해 주콥스키에게 보낸 편지에서 "모든 루시가 이 속에 나타날 것입니다."라고 말한 바 있다(Н. В. Гоголь, Собрание сочинений , т. 5, М., 1984, с. 309.).

교와 전제주의의 통일 속에서 러시아의 구원을 보고 있는 고골의 '주관적 이상'은 고골의 소설 형식 속에서 안정된 조화를 이룰 수 없었다. 고골이 전 러시아를 보여 주겠다는 것은 전 러시아에서 전개되는 인간의 삶과 현실을 객관적으로 묘사해 내겠다는 열망이다. 그러나 현실과 그 속에서의 인간의 삶은 어떠한가. 차르 전제주의와 정교, 농노제 등의 전근대적 억압적 지배방식은 이미 근대화로 발걸음을 내딛고 있는 러시아의 사회 현실과 사람들의 의식의 성장에 걸맞지 않았고 그 충돌의 삐꺽거림이 곳곳에서 불거져 나오고 있었다. 일반적으로 서유럽 근대화 과정은 정치적 민주주의와 자본주의적 산업화를 동시적으로 수반할 수밖에 없는 내적 필연성을 가지고 있었다. 자본주의의 성장을 위해서는 왕권과 같은 중세적 지배방식의 변화가 필요했고 이는 자연스럽게 민주주의적 정치질서를 불러왔던 것이다. 그러나 러시아는 오히려 사회발전의 자연스러운 결과를 억압하는 방법으로 전제주의가 움직였고 러시아 정교 역시 자기 갱신을 통한 근대화를 거부한 채 짜리즘과의 결탁을 통한 보수적 지배질서의 강화에 기여하고 있었다. 이런 러시아의 모든 모습을 보면서, 거기서 러시아의 '정교적 부활과 구원'을 그려 내려는 고골의 열망은 분명 비극적 운명을 초래하는 것이 아닐 수 없었다. 고골 문학이 새로운 도시 현실을 배경으로 새로운 형태의 삶의 모습을 그려 내면서도 항상 일정하게 환상과 풍자, 유머 등과 같은 작가적 평가를 드러내는 장르화로 나아가는 것은 운명적인 본질적 최종 충돌을 피해 내는 고골의 불가피한 선택이었다고 말해도 과언이 아니다.[24] 그러나 고골은 자신의 내부에 존재하

---

24) 물론 고골의 유머나 풍자 등은 독특한 개인적인 예술적 재능의 소산인 것 역시 사실이 아

는 본질적 최종 충돌을 언제까지 유보할 수만은 없었다.

『죽은 혼』을 창작하면서 고골은 바로 이런 본질적 최종 충돌을 완전히 극복하고자 했다. 전 러시아를 그려 내겠다는 그의 의지는 있는 그대로의 인간의 현재적 삶을 그려 내었다. 그러나 그 삶은 러시아적 정교의 구원의 삶이어야 한다는 것이다. 이미 오네긴과 뻬초린의 형상과 그 형상화 방법을 알고 있었던 고골은 그러나 이러한 방법으로는 자신의 작품을 이끌어 갈 수 없다는 것도 잘 알고 있었다. 우선 전 러시아를 객관적으로 그려 내기 위해서는 작가 자신의 시야를 제한하는 '나-화자' 형식은 협소하다. 그러나 예술가 고골이 보다 '객관적인' 서술 방법을 통해 보여 주는 현실은 한 걸음 내딛을 때마다 그의 작가 이념을 배반하는 현실이 된다. 『죽은 혼』에 등장하는 인물들의 저 파렴치한 모습과 속물스러운 모습들을 보라. 어디에 러시아적 구원의 가능성을 보여 줄 인물이 존재하는가. 처음에 고골은 이전까지의 유머와 풍자기법을 최대한 자제하면서 서술자로서의 지위를 한껏 자제하고 냉철한 관찰력과 묘사에 자신을 국한시키고 있다. 하지만 고골은 자신의 이념에 반하는 현실에 직면하여 점차 예의 그 빼어난 개인적 재능을 감출 수가 없었다. 희극적 의미, 풍자적 태도, 도덕적 파토스의 분출, 인물들의 묘사와 언어를 통해 자신의 태도를 드러내지 않을 수 없었던 것이다. 물론 이러한 간접적 드러내기로도 만족할 수 없는 경우 고골은 보다 직

닐 수 없다. 그러나 모든 재능의 발현에는 문학사적, 사회역사적 의미가 내재되어 있는바, 고골의 문학에 담긴 운명적 모순성과 그 시학에서 그 시대적 의미와의 불가분의 관계를 읽지 않을 수 없다. 바흐친 역시 고골의 비극이 서사시적 지향과 소설적 현실의 충돌이라고 지적하면서 "고골리는 기억과 친숙한 접촉 사이의 어딘가에서 혼란 상태에 빠졌다. 거칠게 말하자면 그는 자기가 쓰고 있는 쌍안경의 초점을 제대로 맞출 수 없었던 것이다."(M. 바흐친, 『장편소설과 민중언어』, 위의 책, 47쪽)라고 시사적으로 언급한 바 있다.

접적으로 작품의 주인공들과 더불어 병렬적으로 글을 쓰는 자신의 임무와 과제를 과시적으로 드러내기도 하고[25] 전기적 입장을 드러내기도 한다. "오래전 내 젊은 시절의 여름에, 돌아갈 수 없이 지나가 버린 내 어린 시절 여름에, 나는 처음으로……."[26] 등과 같이 자신의 삶의 일단을 드러내면서 자신의 변화를 말해 준다. 저자 자신의 냉담화와 소외의 과정에 대한 표현이다. 이러한 운명적 변화는 작품 내에 '더 나은 것'으로부터 '더 나쁜 것으로' 변화해 가는 개별인물들의 운명과 병렬적인 의미를 보여 주면서 러시아 사회의 부정적 변화를 또한 암시하고 있다. 그러나 이러한 저자 드러내기는 저자의 총체적인 면모가 결코 아니며 작품 내 사건의 진행 자체에 영향을 주지는 않는 서정적 일탈이거나 상황에 대한 암시를 위해 동원된 가상의 면모라는 점에서 저자 드러내기 시학은 푸시킨과 레르몬토프에 비해 현저히 축소되어 있다고 말할 수 있다.

고골 문학의 극적인 모순성은 그의 작품의 극적인 형식적 불안정성, 미완결성을 낳고 있다. 『죽은 혼』의 미완결성은 단순한 형태적 미완으로 간주한다고 해도 그 작품 내적 미완결성은 고골이 근대적 삶에 대응하는 내적 세계가 이미 미완의 불안정성을 드러내는 것이라고 볼 수 있다. 고골의 꿈은 아직 실현되기 힘들며, 다소간 시대착오적이기 때문이다. 하지만 고골의 분투노력은 역설적으로 그 시대

---

25) 이를테면 1부 제7장에서 작가는 글을 쓰고 있는 자신을 직접 드러낸다. "빠르게 스쳐 지나는 것과 무관심한 눈으로 보면 보이지 않는 모든 것들, 즉 우리의 삶을 휘감고 있는 무섭고도 놀라운 모든 하찮은 것들을 대담하게 밖으로 불러내려는 것"을 '작가'(писатель)의 운명이라고 하면서 "나는 나의 이상한 주인공들과 손을 잡고 함께 나아가며 거대하게 질주하는 삶을 바라보고, 세계에 보이는 웃음과 세계가 보지도 알지도 못하는 눈물을 통해 그 삶을 바라보도록 이미 오래전에 불가사의한 힘에 의해 규정되어졌다!"(Н. В. Гоголь, 위의 책, т. 5, с. 132－133.)고 말한다

26) Н. В. Гоголь, 위의 책, т. 5, с. 109.

의 경계지점에서 그 시대의 향방을 가늠하는 지표를 보여 준다.

푸시킨과 레르몬토프, 고골의 소설에서 러시아 소설은 그 근대적 욕망을 분명하게 드러냈다. 그리고 그것은 '나-화자'의 형식을 불가피하게 선택하도록 했으며, 다른 한편 현실의 변화와 '소설적 저자의식'의 성장과 더불어 그 형식의 극복을 또한 요구하였다. 그 시작에 『예브게니 오네긴』이 있다면 그 끝에 『죽은 혼』이 있다. 근대 초기의 시작에서부터 새로운 시기로 넘어가기 직전까지 러시아 소설가가 러시아 현실에 지극히 다가가려는, 즉 소설 형식으로 세상을 담아내려는 노력은 결코 완결될 수 없었다. 그것은 바로 근대 현실과 근대 작가의 모순을 보여 주는 것이다. 완결될 수 없는 것을 완결되지 않게 보여 주기 위해 그들의 소설은 부단히 여러 방향으로 동요하고 흔들리며 형식적으로 불안정성을 드러낸다. 그러나 바로 그런 능력 속에서 이들 작가의 뛰어남과 예술성을 읽어야 할 것이다. 그러한 불안정성은 현실과 그 현실에 대한 극대화된 대응을 통해 다음 시기의 소설 형식을 향한 강력한 전통을 마련해 주는 창조적 능동성의 표현에 다름 아니기 때문이다.

3. 근대의 모순과 작가의 복화술(腹話術), '서술자-화자'

어쩌면 서술자-화자라는 개념은 논쟁적일지 모른다. 일반적으로 '나-화자'를 화자라고 하기 때문이다. 그러나 여기서는 작품을 서술하는 자로서의 작가에 연원하는 작품 내의 양상을 고찰하고자 하기 때문에 화자의 개념을 가장 폭넓게 확대하여 일인칭 '작가-나-

화자'에서부터 저자와는 다른 '나-화자', 그리고 전지적 서술자와 등장인물 시각의 서술자까지도 일종의 화자 양상으로 지칭한다.27)

앞서 살펴본 바와 같이 근대 초기에 작가에게 주어진 자유와 책임이라는 긴장의 공간에서 작가는 보다 직접적으로 자신을 드러내면서 현실을 획득하고자 했다. 그러나 현실의 주관화를 피하고 보다 객관적으로 근대적 개인의 의미를 탐구하고 형상화하기 위한 노력은 이 힘의 방향의 충돌에 의해 부단히 형식적 불안정을 초래할 수밖에 없었다. 이제 근대 작가는 자신의 전지적 지배를 보다 강화하면서 그러나 보다 더 폭넓게 현실을 수용하기 위한 새로운 진전을 이루어야 했다.

러시아에서 그것은 19세기 중반의 시대 현실과 관계된다. 이 시기 러시아에서는 착취제적 농업이 여전히 경제적 질서의 지배형태였지만 자본주의 경제의 점진적 발전과 더불어 도시 상공업과 공업의 발전이 점차 강화되어 가고 있었다. 도시가 확대되었고 다양한 중간계층(разночиница)이 형성되었으며 산업의 지표가 근대화를 향해 나아가고 있었던 것이다. 물론 이러한 현실의 변화에 조응하는 권력구조와 지배집단의 성격변화가 적절히 이루어지지는 못함으로써 자본주의적 모순과 더불어 전근대적 모순이 중첩되면서 러시아 사회는 보다 복합적인 사회 갈등을 키워 나갔다. 이러한 현실 속에서 소설작가가 자신을 포함한 인간과 삶, 현실을 파악하고 형상화하는 창조 작업은 보다 복합적이고 다면적이지 않을 수 없게 된다.

---

27) 이런 점에서는 러시아 학계에서 주로 1인칭 화자를 '화자'로 부르는 용법과는 다소 다를 수 있다. 이희원, 「문학작품의 구성과 시점」, 『노어노문학』, V.13, N.2, 2001, 493쪽 참조.

여기서 러시아 소설의 성숙한 전환이 요구된다. 앞서 『벨낀이야기』, 『우리 시대의 영웅』, 『죽은 혼』 등에서 전기적 저자의 화자로의 형식화28)와 또 그 한계의 극복을 향한 러시아 소설발전 초기의 경향에 대해 설명한 바 있다. 이런 경향 속에서 소설 전사(前史)적 전기적 저자는 더 이상 작품의 주도적 요인이거나 작품 내 발화의 주도권을 상실하게 된다. 작가는 소설 속에 형식화한 의사 전기자인 화자를 통해서 근대 작가에게 주어진 자유와 책임을 객관적 형식으로 감당하고자 했었다. 그러나 '나-화자' 형식에 여전히 남아있는 작가 전기의 요소들은 보다 폭넓은 세계와 그 속에서의 인간의 삶을 탐구하기 위해서 새롭게 극복되어야 할 형식이었다. 이제 새로운 현실의 작가들에게는 낭만주의적 병렬주의의 흔적도, 작가의 직접적인 평가나 개입도 허용하지 않는 새로운 형식의 서술 상황이 요구되었던 것이다.

새롭게 태어난 서술자-화자는 인물과 사건에 대해 왜 말해야 하는지 직접적으로 독자에게 설명하지 않고 "일반화된 무인칭 형식으로, 서술자의 전기적 실재에 대한 어떤 연결도 가지고 있지 않은"29)자이다. 그러나 그는 작품 내의 모든 사건과 인물에 대해 그들 자신보다 더 많이 알고 있고, 시공간을 초월하여 그들의 운명과 사건의 인과를 꿰뚫고 알고 있는 전지적 능력을 가지고 있다. 이러한 전지적 서술 상황은 작가에게 보다 복잡화된 현실과 인간의 삶, 내면세계를 보다 깊이 있고 폭넓게 조망할 수 있는 가능성을 부여한다.

---

28) 이를 존 개러드는 '양식화된 화자(stylized narrator)'라고 부른다(John Garrard ed. 위의 책, p.17).

29) Ю. Манн, 위의 책, 450쪽.

저자와 주인공 운명의 낭만주의적 병렬성은 거의 완전히 사라질 뿐만 아니라 "직접적인 작가적 언급이나 간섭의 배제, 저자의 운명을 최소한으로, 어떤 흔적 정도로까지 남기는 것은 점점 더 저자에 대해 간접적으로 주어진 것을 가지고, 일반화된 인칭 외적 판단들, 즉 재료의 선별과 시각의 선택에 의해, 심리적 내성의 성격, 수준, 형식 등에 따라 판단되도록"[30] 한다. 푸시킨과 레르몬토프, 고골의 소설에서도 저자의 엄연한 존재와 더불어 사건과 인물이 저자로부터 일정하게 독립적인 세계를 형성하기 시작했던 것은 분명하다. 그러나 이제 소설 세계는 저자로부터 보다 '직접적으로' 독립하여 존재하는 것처럼 제시된다. 더구나 그 세계는 보다 넓고 복잡한 세계이다. 우리가 보통 러시아 고전급 리얼리즘 소설이라고 부르는 투르게네프, 곤차로프, 레프 톨스토이, 도스토옙스키 등의 대서사문학이 대체로 이에 속한다고 말할 수 있다. 물론 이들 많은 작가들과 많은 작품들 모두에 대해 공통된 보편적 서술 상황을 상정할 수는 없다. 그러나 이전 시기에 비해 화자 형식의 측면에서 전지적 서술 상황이 이들 작품의 지배적인 공통의 특징이라는 점은 분명하다.

톨스토이의 완전하고도 일관된 전지성은 모든 시공간에 걸쳐, 그리고 모든 인물의 내면과 사건의 진행에 이르기까지 철저하고도 완전한 지식과 가치판단으로 나타난다. 『전쟁과 평화』에서 톨스토이는 방대한 역사적 사건을 치밀하게 다루면서 동시에 볼꼰스끼 가문과 로스또프 가문의 변전, 안드레이 볼꼰스끼와 삐에르 베주호프, 나따샤 로스또프의 사랑과 운명, 꾸뚜조프 장군과 나폴레옹의 이념적, 성격적 대립 등을 거대한 서사시적 폭으로 그려 내고 있다.

---

30) Ю. Манн, 위의 책, 451쪽.

당연하게도 이 서사시적 이야기 구도에서 작가가 직접 개입하거나 관계를 맺는 낭만주의적 병렬주의는 불가능하다. 작가는 단지 사건에 대해 조사하여 재구성하고 인물을 설정하고 움직여 나가는 서술자로서 자신을 위치시키지 않을 수 없다. 뻬쩨르부르그 사교계의 움직임과 전투가 벌어지는 전선, 그리고 볼꼰스끼 가문이나 로스또프 가문의 별개의 움직임 등이 어떻게 누구에 의해 다 우리에게 전해지는가. 그것은 '나 ─ 화자 ─ 인물' 형식으로는 결코 포착되기 어려운 상황이며 누군가 다른 사람이 보고 관찰한 다음 서술자에게 주었다든지 하는 설정으로도 포착되기 어렵다. 모든 사건과 인물들은 개별적으로 완전히 독립적인 이유와 원인하에 전개되다가 우연히, 혹은 필연적으로 상호 관계되어 어떤 새로운 의미를 형성하며 또는 전혀 관계없는 사건과 인물들, 작품에서 한 번도 서로 만나거나 교차하지 않는 사건과 인물들도 작품 내에서 일정하게 의미망을 형성할 수 있다. 그리하여 우리는 나폴레옹과 꾸뚜조프 형상에서 역사철학의 대비를 볼 수 있고, 삐에르 베주호프와 안드레이 볼꼰스끼의 운명의 교차에서 인간과 삶에 대한 대비적 성격을 느끼며, 그리고 심지어 쁠라똔 까라따예프와 나따샤 로스또바의 형상에서 동질적인 민중적 의미를 파악할 수 있게 된다. 그러나 이러한 사건과 인물이 움직이는 거대한 시공간의 복잡하고 다양한 실체를 서술자 자신보다 더 높은 위치에서 파악하기란 쉽지 않다. 전지적 능력의 서술자는 그 어떤 작중 인물이나 독자보다도 더 많이 알고 있으며 더 깊이 생각하고 있기 때문이다. 그는 보고자 한다면 개인들의 내밀한 욕망과 꿈속까지 들여다볼 수 있고 사소한 움직임조차 먼 훗날의 어떤 의미와 연관되어 있음을 알기 때문에 우리에게 의미심장한 암시를 보낼 수도 있다. 『안나 까레니나』의 첫 장면에서 철도 노동자 한 사람이 열차에 치어 죽는 것과 작품 말미에 안나가 철도에 뛰어들어 죽는 것, 철도의 이미지 등은 무언가 어떤 의미의 울림을 위해 전지적 서술자에 의해 우리에게 보이는 것이다. 마치 아무런 연관이 없는 사실 그 자체를 기록한다는 듯이 서술자 자신의 의지를 숨긴 채. 이러한 뛰어난 능력을 가진 서술자 형상은 『전쟁과 평화』, 『안나 까레니나』, 『부활』을 비롯하여 톨스토이의 빼어난 단편이나 중편들에서도 '안정적으로' 드러나는 형식이다.

도스토옙스키의 전지적 서술자 역시 톨스토이와 마찬가지로 전기적 작가의 흔적을 최소화하고 있다. 서술자는 『죄와 벌』의 라스꼴리니꼬프의 분열증적인 의식에 대해 너무나 잘 알고 있으며 그가 자고 있을 때에도 그를 외부에서 관찰하고 또 그 꿈의 내용에 대해서도 우리에게 알려 줄 수 있는 시점을 가지고 있다. 또한 전혀 다른 공간에서 전개되는 일들에 대해서도 톨스토이와 마찬가지로 우리에게 아무런 어려움 없이 전달해 준다.[31]

근대 작가에게 부여된 책임과 자유는 전지적 서술자 형상에 의해 상당한 정도의 안정된 형식으로 구현된다. 작가는 묘사되는 사건과 인물의 객관적 진행을 보장하며 그 선택과 배열, 구성의 능력

---

31) 그러나 도스토옙스키에게는 좀 더 색다른, 즉 바흐친이 주목한 바와 같은 작가와 주인공의 '대화성'의 요소가 초기 작품부터 나타난다. 그러나 "『죄와 벌』에서 저자가 주인공 위에 서 있고 그 위로 고양되어 있으며(……) 때로는 심지어 그에 대한 '심판'으로까지 경도"되어 있다면 "『백치』에서 저자와 므이쉬낀은 '동일한 보조'를 맞추고 있고 주인공은 도달하기 어려운 이상으로 자기 저자 위에 고양된다."(В. Туманинов, "Рассказчик в 『Бесах』 Достоевского", Исследования по поэтике и стилистике. Л., 1972. с. 106.)는 지적처럼 도스토옙스키의 전지적 서술자의 특징은 그의 창작 과정에 따라 변모해 간다.

을 통해 자신의 창작정신을 구현한다. 톨스토이와 도스토옙스키, 투르게네프 등 전지적 서술의 정점을 이룩한 러시아 리얼리즘의 대가들은 근대 작가의 책임과 자유의 긴장에 대해 일정한 형식적 안정성을 획득한 것이다. 이는 한편으로는 도덕적 정치적 평가에 대해 일정 정도 비켜서 있을 수 있는 가능성을 준다. '소설 속에서 그 인물과 사건들의 움직임이 바로 그러할 뿐이다.'라고 말할 수 있는 것이다. 다시 말해 라스꼴리니꼬프의 살인과 그의 내면에 대해 작가 도스토옙스키가 '책임'을 져야 할 일은 아니다. 다른 한편 내용의 취사선택에 있어 보다 다양하고 폭넓은 권리를 행사할 수 있다. '작가-나-화자'의 한계를 넘어 전지적 서술자 형식은 언제 어디든, 시공간을 넘어 자유롭게 이동하는, 그러나 명백한 인칭적 형상을 가지지 않는 서술자의 위치를 적극 활용하는 것이다. 아마도 그 역도 모두 가능한 판단이다. 즉 전지적 서술로서 현실과 삶에 대한 작가적 책임을 더욱 강화하고 객관적 서술로서 작가의 임의성을 극복한다는 측면이 있다. 바로 여기서 우리는 전지적 서술자 형식이 매우 안정된 소설 형식이라는 점을 알 수 있다. 그리고 아마도 오늘날까지도 이 형식은 매우 애용되며 쉽게 선택되는 형식이다.

그러나 톨스토이와 도스토옙스키의 전지적 서술자 형상 속에서도 작가의 전기적 요소들이 완전히 사라지는 것은 아니다. 전지적 서술자의 모습을 '수기를 전해 준 구체적 인물'이나 작가의 전기적 요소에 밀접한 화자의 형상이라고 말할 수는 없다. 그러나 작품 전체를 이끌어 가는 일관성을 가진, 수많은 사건과 인물들을 묘사하고 판단하는 어떤 중심으로서의 서술자 형상과 작가 자신의 전기적 요소가 일정하게 연관되어 있다는 것을 부인할 수는 없다. 또한 이들은 전지적 서술자의 위치로 인해 제약될 수밖에 없는 자신의 이념적 욕망을 보다 직접적으로 드러내고 싶어 하기도 한다. 전지적 소설들에 넘쳐나는 일련의 에필로그 형식은 바로 그와 같은 욕망의 한 표현이다.

모든 사건이 끝나고 이후 오랜 시간이 흘러 그들은 어찌어찌 살아가고 있으며 설명되지 않았던 부분은 이러저러하게 해결되었다는 등의 '해설'을 덧붙이는 에필로그 형식 속에서 서술자는 사건과 인물에게 넘겨 주었던 작품의 주도권을 다시 되찾고 있다. 게다가 "그러나 이제 새로운 이야기, 한 사람이 점차로 소생되어 가는 이야기, 그가 새롭게 태어나는 이야기, 그가 한 세계에서 다른 세계로 옮겨 가는 이야기, 이제까지는 전혀 몰랐던 새로운 현실을 알게 되는 이야기가 시작되고 있다. 어쩌면 이것은 새로운 이야기의 주제가 되기에 충분할지 모르겠지만, 지금 우리의 이야기는 이것으로 완결되었다."[32]고 글을 맺음으로써 서술자의 인격적 노출이 명백해진다. 분명 여기서 말하는 '우리'는 '서술자-작가-나'(비록 '나'라고 발화되어 있지는 않지만)와 독자를 지칭하는 말이 아니겠는가. 투르게네프의 대부분의 소설에 에필로그가 붙어 있고, 『전쟁과 평화』나 『안나 까레니나』 역시 에필로그 형식을 취하고 있다. 꼭 에필로그 형식이 아니더라도 작품의 끝 부분에서 이제까지 들은 모든 이야기의 출처를 밝히는 것도 마찬가지의 효과를 내고 있다. "-이제 얘기해 줄게. 생각과 기억을 정리할 시간을 주게. 자넨 적어. 어쩌면 필요로 하는 사람이 있을지도 몰라.-그리고 그는 여기

---

32) F. 두스토옙스키, 『죄와 벌』, 홍대화 역, 열린책들, 2002, 810쪽.

에 적힌 것 전부를 그에게 이야기했다."[33]. 이야기를 들은 '그'는 바로 소설의 서술자이자 작가가 아니겠는가.

사실 이러한 에필로그는 전지적 서술자의 작가적 면모를 드러내는 형식이면서, 혹은 어떻게든 전지적 서술자의 기능에 축소된 채 머물러 있을 수 없는 어떤 형식적 자의식을 최소화하려는 시도이다. 푸시킨이나 레르몬토프와 같이, 그리고 많은 서유럽 소설의 전통에서와 같이, 프롤로그 형식, 즉 작품의 맨 앞에 간행자의 말이나 소설에 대한 사실적 개연성을 드높이고 작가적 개입을 최소화하려는 형식에 나타난 것과 마찬가지로 전지적 서술자는 사건과 인물에 최대한의 권한을 넘겨 주었으면서도 아직까지 글에 대한 작가적 책임과 자유에 대한 자의식이 남아 있고 그것을 해소하기 위한 방법으로 쓰이는 것이 에필로그인 셈이다. 작품에 존재하는 그 많은 사건과 인물들의 의미를 전개해 놓고, 혹은 부여해 놓고 작가는 여전히 소설의 의미에 대한 작가적 책임과 자유의 문제를 완전히 떨쳐 버리거나 해소시켜 버릴 수 없기 때문에 그 모든 이야기들의 개연성을 '솔직하게' 다시 한번 고양시키고자 자신의 작가적 입장을 이중적으로 합리화하는 것이다. 따라서 전지적 서술자 형식에서 작가의 전기적 면모를 드러내는 가장 대표적인 형식이 에필로그인 것은 맞지만 그것은 최소화, 그리고 익명화되어 있다는 점에서 작가의 전기적 요소와 서술자의 독립성을 의심할 필요는 없을 것이다.[34] 전지적 서술자 형식에서 작가의 전기적 요소가 드

---

33) I. 곤차로프, 『오블로모프 2』, 최윤락 역, 문학과 지성사, 2002. 350쪽.

34) 이를테면 『죄와 벌』에서 작가는 에필로그를 통해 라스꼴리니꼬프의 갱생을 알리고 있다. 그러나 "이 예견은 약속일 뿐이지 독자에 의해 확인되는 사실은 아니다. 우리는 이 '경건한 거짓말'을 믿기에는 라스꼴리니꼬프에 대해 지나치게 많은 것을 알고 있다."(K. 모출스끼,

러나는 것은 꼭 에필로그에서만은 아니다. 어떤 장면의 전개나 인물에 대한 평가에서 서술자는 지나가는 말로, 혹은 시대적 한탄으로, "내친 김에 하는 말이나 실언들 속에 추측되는 그림자처럼"[35] 작가의 개인적 체험이나 가벼운 견해들이 묻어나는 경우가 없지 않다. 그러나 이런 것들은 고골의 서정적 일탈만큼 작가의 전기적 형상을 담아내고 있다고 말할 수는 없다.

전체적으로 19세기 중반 러시아 리얼리즘 서술체계의 지배적 형태인 전지적 서술자로서의 저자 형상은 최소화되어 그 흔적만을 남기고 있다. 작가의 이념적 태도는 서술자 형상을 통해 드러나기보다 인물과 사건의 구성과 배열 등과 같은 매우 간접적인 예술적 형식을 통해 드러난다. 전지적 서술자는 일정하게 작가의 이념적 중심과 연관되어 있지만 작품을 진행하는 눈에 띄지 않는 보조적 장치처럼 여겨지며 통일적인 완성된 형상으로 나타나지 않는다. 그러나 전지적 서술자는 분명하고 노골적인 전기적 작가 형상을 가지고 있지 않지만 작품 내용을 다 알고 있으면서 우리에게 시간의 역순서로, 혹은 꿈이라는 형태로, 혹은 조금씩 우리에게 알려 주면서 우리의 인지 속도와 긴장을 조절하는 등 작가의 이념적 예술적 대변자(직접적 전기적인 대변자가 아니라)의 역할을 담당하고 있다. 이러한 형식이 독자에게 수용될 수 있는 것은 작가가 전지적 서술자의 이념적 철학적 예술적인 강력한 후원자이면서 그 수준을 담보해 내고 있을 때라야 가능하다. 다시 말해 『죄와 벌』에서 인간의

「5막 비극으로서의 『죄와 벌』」, 『죄와 벌』, 홍대화 옮김, 열린책들, 2002, 871쪽) 이 말은 작가의 에필로그적 개입에도 불구하고 그로 인해 개입받을 수 없는 주인공의 독자성을 알려 준다.

35) Ю. Манн, 위의 책, 450쪽.

심리와 행태에 대한 그 누구보다 심오한 인식을 해낼 수 있는 '도스토옙스키'라는 작가의 존재(비록 텍스트 외적 요소일지라도)가 있어야 하고, 『전쟁과 평화』에서 역사와 민중의 상관성과 그 속에서 개인들의 운명의 문제가 우리에게 깊이 있게 받아들여지는 것은 그 모든 것을 꿰뚫어보고 있는 작가적 존재의 권위에 의해 독자에게 보증된다. 이런 점에서 형식적으로 작가의 전기적 존재, 직접적 개입이 최소화되어 있다 하더라도 전지적 서술 형식의 최종 책임자는 작가이다. 전지적 서술이니만큼 전지적 책임을 작가가 지는 것은 당연하며 작품에 작가의 전기적 요소가 배제되어 있다 하더라도 작가의 책임의 형식이 바뀌었을 뿐, 작가는 표현된 모든 것에 대한 이념적 철학적 예술적 수준의 '저작권'을 공고히 가지고 있다. 그렇다면 아무리 다양한 개연성의 외관을 갖춘다 하더라도 표현된 모든 것에 대한 작가의 최종적 입장에 대해 독자가 관심을 가지는 것은 당연하다. 그리하여 작품 인물의 설정이나 사건의 전개에 대해 작가에게 직접적인 도덕적 정치적 책임을 묻거나 그것을 의문시하는 연구태도는 사라질 수가 없다. 그리고 결국 전지적 서술자로서 작가가 모든 것을 주재하고 모든 것을 자신의 초월적 전지성의 수준에서 만들어 낸 '주관적인 것'이 아닐 수 없다는 비판을, 혹은 존경을 초래하지 않을 수 없다. 그러나 근대 작가의 위상이 과연 그와 같은 전지성에 대한 책임을 감당할 수 있는 것인가. 그 전지성이 배제하는 것, 그리하여 독자의 눈을 제한시키는 것에 대해 그것이 공정한 배제이며 공정한 제한이라는 판단을 누가 할 수 있는 것인가.

이러한 관점은 전지적 서술자의 또 다른 양상을 요구하는 것인지 모른다. 바흐친이 대비하여 설명하였듯이, "톨스토이의 저자 의식과 언어는 어디에서도 주인공을 향해 있지 않고 주인공에게 묻지 않으며 그로부터 대답을 기다리지도 않는다. 저자는 자기 주인공과 논쟁하지 않고 그와 동의하지도 않는다. 그는 그와 말하지 않으며 단지 그에 대해 말하고 있을 뿐이다. 최종의 말은 저자에게 속해 있는 것이다."[36] 반면 도스토옙스키에게 있어서는 "저자는 자기 뒤에 그 어떤 본질적 의미적 잉여를 남겨 두지 않는다.", 그리고 자기 주인공과 "대등한 권리로 장편소설 전체의 거대한 대화 속으로 들어간다."[37] 이와 같은 분류는 도스토옙스키 소설을 폴리포니야 소설로 분석하면서 근대성의 새로운 경계를 이해하는 것으로 분명 바흐친의 탁견이라고 말하지 않을 수 없다. 그러나 바흐친의 대화론과 대화적 소설론의 합리적 핵심은 그대로 이해하되 전지적 서술자 양상으로서 두 작가가 과연 그렇게 장르를 달리할 만큼 차이를 보이는가 하는 의문은 각 작가의 작품에 대한 실제 분석의 결과, 그리고 그 결과를 바라보는 관점에 따라 다소 달라질 수 있을 것이다.[38] 물론 도스토옙스키가 작가로서의 자신을 작품에 형상화

---

36) М. Бахтин, Проблемы поэтики Достоевского, М., 1972. с. 121.

37) 위의 책, 129쪽.

38) 여기서 톨스토이와 도스토옙스키의 시학적 차이를 세세하게 논증하고 비판할 수는 없다. 다만 톨스토이 소설의 그 유명한 전지성에도 불구하고 작품 내 세계의 독자성, 그리고 작가 자신의 견해에 반할 수 있는 목소리에 권한을 내주는 예술적 능력은 결코 도스토옙스키에 못지않다. 다만 그 방식에 있어 도스토옙스키에게는 좀 더 가시적 형태로, 혹은 목소리 부여 방식 자체에 보다 중점이 놓여 있다면 톨스토이에게는 작품의 구성과 사건의 전개에 담긴 의미적 울림을 통해서 드러낸다고 볼 수 있다. 잘 알려져 있다시피 『안나 까레니나』에서 톨스토이가 자신의 전기적 면모를 빼닮은 레빈을 안나와 브론스끼의 운명과 나란히 병렬적으로(지배적 인물이 아니라!) 전개시키면서도 인간의 삶과 사랑, 도덕과 욕망에 대한 수렴될 수 없는 여러 목소리를 형상화시키는 것은 그 한 예이다. 도스토옙스키의 새로움과 뛰어남은 인정하되 톨스토이의 소설에 대한 일방적인 전적으로 독백주의라고 규정하는 데에는 동의하기 어렵다.

시키는 방법은 전지적 서술자 - 화자의 근대적 경계(한계지점)를 형성하고 있음은 분명하다. 즉 전지적 서술자의 정점에 톨스토이가 있다면 도스토옙스키는 그 정점을 다른 세계로의 경계로 이끌어가고 있다.

바흐친에 따르면 톨스토이의 소설의 전지성은 독백성과 다름 아니다. 그것은 다른 이 시대 전지적 서술자 형식을 취한 리얼리즘 장편소설에 대한 일반적 평가이기도 하다. 바로 이런 문제의식을 통해 바흐친은 전지적 서술형식을 통한 작가의 근대적 독백성을 지적하면서 그것은 소설을 발전시키는 기본 동력(생동하는 동시대에의 극대화된 접촉)에 비추어 소설의 진정한 본성의 실현이 아니며 근대적 인간 삶의 '동시대성'의 획득에는 미치지 못한다는 것을 확신하고 있다. 바흐친은 전지적 서술체계의 정점에서 새로운 경계로 나아가는 소설의 가능성을 도스토옙스키에게서 찾고 있으며 그것은 이미 익히 알려진 바의 대화적 소설, 다음향 소설론이다. 바흐친이 보고 있는 다음향 소설이 서술자와 작가의 관점을 어떻게 제한하며 동시에 작품의 등장인물들에게 얼마나 완전한 자유와 권리를 동등하게 부여하는가, 작가의식의 부재가 아니라 적극적 활동을 인정하면서 또한 모든 등장인물의 살아 있는 의식 자체를 보장해 주는 서술 양상에 대해서는 재삼 여기에서 검토할 수는 없다. 이미 너무나 다양하게 많이 알려져 있기 때문이다. 다만 서술 양상에 있어 그것은 전지적 서술자의 또 다른 경계에 서 있다는 점은 분명하다. 마치 고골이 그랬던 것처럼 도스토옙스키의 다음향 소설은 근대소설의 발전과정에서 전지적 서술 양상의 절정에서 새로운 서술 양상으로 열려 있는 것이다.

4. 현대적 실험과 '등장인물 – 화자'

　톨스토이와 도스토옙스키의 소설로 대표되는 러시아 근대소설 형식의 정점은 오늘날까지도 그 형식적 대표성을 지니고 있다. 20세기의 다양한 실험에도 불구하고 그 어떤 소설 형식도 이 두 작가의 소설 형식을 완전히 대체하지는 못했다. 톨스토이와 도스토옙스키의 문학은 그리하여 오늘날에도 여전히 실험적이다. 그것이 실험적이라는 것은 이들의 문학적 형식이 단지 형식적 완성의 결과가 아니라 그 불안정한 경계의 접점에 있다는 것을 말한다. 이들의 형식은 많은 작가들에게 큰 영향을 주었고 이후의 모든 소설 형식과 일정하게 긴장된 상호관계를 가지고 있다. 그것은 이들이 마주했던 현실의 본질, 즉 근대적 인간의 삶과 현실이 가지는 본질적 모순이 우리에게도 여전히 존재한다는 점 때문이라고 말할 수 있겠다. 그러나 다른 한편 이들이 이해하고 있는 근대적 인간의 현실과 삶은 그 본질적 성격에서는 여전하다 하겠지만 그 본질의 극복을 향한 노력은 패러다임적 전환을 겪어야 했다.

　보다 확대되고 보다 중층적이고 보다 다면적인 근대의 현실이 전개되고 이에 대한 인간의 대응은 전혀 다른 방식으로 의문을 제기하고 그 해결에 대한 전혀 다른 패러다임을 요구하는 것이기 때문이다. 이에 대한 대응 중 하나는 극단의 긍정으로서의 혁명이었고 다른 하나는 극단의 부정으로서의 개인주의화였다. 이 두 양상은 톨스토이와 도스토옙스키 양자에게서 모두 자신들의 전통을 이끌어 낼 수 있었다. 톨스토이가 러시아 혁명의 거울로 여겨질 뿐만 아니라 러시아 아나키즘으로 수용되는 것, 도스토옙스키가 반혁명과 종교적 구원으로 해석되거나 혹은 사회주의적 이상(그 본질적 의미에 있어서)의 보다 높은 지향으로 받아들여지는 등 극단적인 대립적 해석과 수용이 가능했던 것이다.

19세기 말과 20세기 초의 이러한 혼란과 새로운 모색은 따라서 전지적 서술자의 자리를 대체하는 새로운 서술 상황을 요구한다. 이제 진실이나 본질이나 인류적 인간이나 신과 같은 전통적 개념 자체를 새롭게 전혀 다른 각도에서 바라보거나 혹은 그러한 개념 자체를 완전하게, 그리고 가볍게 팽개쳐 버릴 수도 있다. 전지적 서술자 형식에서 작가는 직접 사건이나 인물에 개입하지 않고 평가적 입장도 대단히 유보적이지만 작품에 전개되는 사건과 인물에 대해 그 누구보다도 많이, 아니 가장 많이 알고 있으며 그 지식을 우리에게 조금씩 구성적으로 전달해 준다는 점에서 창조주로서의 작가의 권한과 책임, 그리고 자유에 대한 의식을 뚜렷이 유지하고 있다. 이는 작가가 인간의 삶과 현실에서 무엇인가를 인식하고 평가하는 주체라는 확신을 유지하고 있으며 그 주체가 지향하는 진실과 객관성이 분명하게 존재하며 독자는 다만 그 수준과 깊이에 따라 그것을 그러하다고 받아들인다는 전제에 기반하고 있다. 이것은 주체와 객체의 관계에 대한 근대적 패러다임이었던 셈이다. 그러나 그렇게 견고하게 전제될 수 있었던 모든 근거들 자체에 대해서까지 의심에 처해지는 새로운 근대적 양상이 전개된다. 19세기 말의 이것을 아직 근대의 몰락이라고 말하기는 어렵다. 또한 20세기 후반 등장하는 포스트 모던적인 세계인식의 전조라고 부르기도 어려울 것이다. 다만 근대에 대한 근본적 재성찰의 여러 방향이 출현한 것이라고 말할 수 있겠다. 근대를 탄생시킨 사회적 근거들,

이에 대한 이념적 철학적 생산물들이 그 초기의 지향만큼 성공적인 결과로 나타나지 못했다는 사실, 그리고 새로운 위기 국면이 인간의 삶과 현실에 초래되고 있다는 사실이 이 모든 것을 의심하고 생각의 기반 자체를, 다시 말해 패러다임 자체를 재성찰하도록 요구하였던 것이다.

19세기 말 '등장인물-화자'의 출현은 바로 이러한 상황과 밀접한 연관을 가진다. 이것은 서술자가 그 어떤 자신의 평가나 이념을 드러내지 않으며 특정한 주인공에게 작품 서술의 모든 것을 위탁함으로써 어떤 서정적 일탈이나 저자적 개입을 극미화하는 방식의 서술방법이다. 이 경우 설정된 어떤 등장인물이 진행되는 모든 사건을 관찰하거나 참여하고 평가를 내리며 독자 앞에는 그 주인공의 관찰과 참여, 평가 이외의 다른 세계는 제시되지 않는다. 따라서 다른 인물들의 내면과 행동 역시 고정된 시야의 '등장인물-화자'의 프리즘을 통해서만 작품에 도입된다. 이러한 "등장인물적 소설은 독자가 어디서도 화자의 개인적 특징을 밝혀낼 수 없고 그래서 심지어 무엇인가 말하여지고 있다는 인상도 받지 못한다는 점에서 화자를 가지고 있지 않은 소설이다. 등장인물적 소설에서 삶은 스스로 보이고 움직이며 표현되고 있다."는 것이 특징이다. 이 유형에서는 "서술자가 이야기 속에 참견하는 것을 단념하고 소설의 인물들 뒤에 썩 물러나 있는 나머지 서술자의 존재가 독자에 의해서 더 이상 의식되지 않게까지 되어", 독자들이 "마치 자기 자신이 사건의 무대 위에 올라가 있는 듯한 환상을 갖게 되거나 또는 자기가 한 작중인물의 눈을 통하여 작중 세계를 관찰하고 있는 듯한 환영을 가지게"[39] 된다.

슈탄첼은 이러한 소설의 유형을 인물시각적 소설로 분류하면서 이 유형이 발생한 이유를 세 가지로 설명하고 있다. "첫째, 객관성의 요구라는 철학적 원칙을 들 수 있겠고, 둘째로는 한 특정한 시각의 엄격하고 시종여일한 유지를 통한 서술기법상의 혁신을 들수 있으며, 셋째로 인간의 의식과 잠재의식이라는 한 새로운 주제를 들 수 있다."[40]는 것이다. 그러나 슈탄첼은 현대의 인물시각적 소설이 보여 주는 극단적인 객관화의 지향이 "인간적인 공감대를 넓히고 사회적으로 영락한 사람들에게 새로운 호감을 불러일으키고 그들에 대한 선입견을 극복하는 데에 도움이 된 것은 사실이었지만, 항상 이렇게 긍정적으로 작용한 것만은 아니었으니, 이 작품 저 작품에서는 미처 성숙하지 못한 독자들로 하여금 도덕적 가치 척도의 양립병존 또는 와해를 느끼게끔 잘못 유도한 것도 사실이었다."[41]고 지적한다. 이것은 결국 인물시각적 소설에서도 "작가는 작중 세계의 제 요소들을 구상, 선택, 배열, 구성함에 있어서 아마도 주석적 소설이나 일인칭 소설의 작가보다도 더 세심한 배려를할 것"[42]이며, 그러한 배려 속에 현실성이 부각되어야 한다는 것을 의미한다. 그와 같은 "현실성을 중시하는 정열이 없다고 할진대, 인물시각적 소설은 (……) 저 인도주의적 효과도 역시 거둘 수 없게 될 것"[43]이라는 것이다. 슈탄첼이 말하는 인도주의적 효과가 무엇을 말하는지 정확하게 제시되지는 않았지만 순수 객관주의 소설

---

39) 프란츠 슈탄첼, 『소설형식의 기본유형』, 안삼환 역, 탐구당, 1982. 34쪽.
40) 위의 책, 77 쪽.
41) 위의 책, 100쪽.
42) 위의 책, 99쪽.
43) 위와 같음.

의 내용이 객관성이라는 측면을 형식에 관한 요구로만 받아들여지는 것에 대한 경고로 들린다. 즉 인물시각적 소설에서 도덕적 책임자로서의 주석적 서술자가 배제되거나 일인칭 서술자가 사라지게 됨으로써 작가들이 작품에 제시한 것에 대해 아무런 판단도, 평가도 할 필요가 없다는 속류적 이해로 떨어지는 것에 대한 경계인 것이다. 이런 형식에서도 작가는 작품에 인물들의 창조자 및 언어부여자로서 항상 임석해 있는 것이며, 구상과 선택, 배열, 구성을 통해 자신을 실현하고자 한다. 즉 "결국 따지고 보면 일종의 수사학, 다시 말하자면, 독자에게 영향력을 끼치기 위한 하나의 수단", "더 효과적인"[44) 수단이다

러시아 소설발전에서 이러한 등장인물적 시각의 서술 상황이 시대적 문맥과 연관되는 것은 아마 19세기 후반에서 20세기 초에 이르는 시기일 것이다. 물론 푸시킨이나 레르몬토프, 고골에게 있어, 그리고 도스토옙스키와 톨스토이, 투르게네프 소설에 있어 인물에게 상황을 말하도록 권한을 넘겨 주는 부분적인 예가 없지는 않다. 『예브게니 오네긴』에서 때때로 우리는 등장인물인 오네긴이나 따찌야나의 시선에 입각해서만 이야기가 전달되는 부분을 자주 만날 수 있고, 『죄와 벌』의 부분 부분에서 우리는 라스꼴리니꼬프의 내면에 들어가 그가 생각하고 판단하고 보는 것만을 본다. 그런 경우 서술자는 어떤 역할도 하지 않고 단지 등장인물이 하는 대로 서술하는 것만 같다. 혹은 다음향 소설로 분류되는 도스토옙스끼 작품의 주인공들이 보여 주는 개개의 독백이나 개개의 판단들과 관찰들은 그 각각 '등장인물 – 화자'와 같은 역할을 하는 것이라고 말할

---

44) 위와 같음.

수 있다. 이런 식으로 '등장인물 – 화자'적 서술 상황은 나름대로 모든 서술 상황에서 부분적으로 채택되지만 그것이 시대적 연관에서 하나의 전면적인 새로운 징후로서 나타나는 것은 '작가 – 나 – 화자' 형식과 전지적 서술자 형식을 극복하는 과정으로 해석될 수 있다.

이 시기 '등장인물 – 화자' 형식의 대두는 체호프의 산문과 깊게 관련된다. 그는 "객관적인, 즉 화자의 주관성이 제거되고 주인공의 시각과 말이 지배하는"[45] 서술 양식을 통해 가능한 작가 자신의 평가나 전지성을 배제한 많은 단편들을 통해 심지어 무사상의 작가, 이류작가[46]라고 불리기까지 한다. 톨스토이와 도스토옙스키를 비롯하여 많은 '전지적' 소설들을 통해 사상과 철학의 깊이를 가진 작가들에 익숙했던 독자들은 특별한 사상이나 철학을 담고 있지 않은(담고자 하지 않는) 체호프가 매우 낯설게 느껴졌던 것이다. 우리는 체호프의 단편들을 읽으면서 묘사된 사건에 대한 서술자의 도덕적 판단이나 의도적인 개입을 보기 힘들다. 그리고 서술자가 서술과정에서 이탈하는 서정적 일탈도 보기 힘들다. 심지어 작가가 도대체 왜 이런 이야기를 쓰고 있는지 곰곰이 생각해도 잘 이해할 수 없는 경우가 많다. 이와 같은 체호프의 서술 태도와 서술 양식이 혼란스럽고 복잡다단한 러시아 현실에 대한 의도적인 회피인지, 혹은 또 다른 발언의 형태인지 논란이 이는 것은 당연했다. 그러나 그 형태로 보면 어쨌든 톨스토이와 도스토옙스키와는 달리 서술자의 가치적 발언과 판단을 극도로 자제하고 묘사된 사건과 인물 자

---

45) A. Чудаков, Поэтика Чехова, М., 1971, c. 51.

46) Robert L. Jackson, Chekhov: A Collection of Critical Essays, New Jersey, 1967, p.22.

체에게 그 의미의 산출을 보다 많이 부여하고 있다는 점, 그리하여 보다 객관적인 서술자 형상을 구축하고 있다는 점은 분명하다. 바로 이러한 점이 체호프로 하여금 다양하고 일상적인 사람들과 사건들에 대해 미세한 관찰과 묘사를 하도록 허용하고 있으며 그것은 나름대로 새로운, 보다 다면화되고 보다 복잡화된 현실과 인간 심리에 접근하도록 해 주고 있다는 것도 분명하다.

「까쉬딴까」(Каштанка, 1887)에서 의인화된 장작의 눈으로 바라보는 세계가, 「마법사」(Ведьма, 1886)에서는 한 여인의 감정과 그 눈에 비친 세계가, 그리고 「베로치까」(1887)에서는 아그뇨프라는 등장인물의 시선으로 사건이 전개된다. 그리고 「귀여운 여인」 역시 올렌까라는 여자의 시선으로 이야기가 진행되고 있다. 이런 작품에서 서술자는 서술을 이끌어 가는 주체이지만 어느덧 한 등장인물의 시선에 고정되어 그가 보고 듣고 만나며 말하는 것, 그리고 느끼고 생각하는 것만을 우리에게 전해 주는 충실한 전달자가 된다. 우리는 마치 등장인물 외의 어떤 초월적인 서술자도 존재하지 않는 것처럼 느끼게 된다. 물론 최소한의 서사적 도입과 묘사가 끼어들기는 하지만 그것도 등장인물 자신의 시야와 체험의 범주를 크게 벗어나지 않는다. 하지만 체호프의 작품 모두가 그런 것은 아니다. 대부분 체호프의 많은 작품들에서 서술자와 등장인물은 여전히 엄격한 경계선을 가지고 있고 등장인물보다 더 많은 것을 알고 판단하는 입장을 취하고 있다. 물론 그 정도는 이전 세대의 전지적 서술자에 비하면 매우 축소된 형태이다.[47] 이런 점에서 체호프가

---

47) 체호프 산문의 화자와 주인공의 관계에 대한 자세한 분석은 문석우의 「안똔 체홉의 장르연구 −패러디를 중심으로」, 고려대학교 박사학위논문. 1993. 의 Ⅳ.라.1을 참조.

'등장인물 – 화자' 소설의 전면적인 형식화를 이루고 있다고 말하기는 어렵다. 더구나 톨스토이와 도스토옙스키의 전지적 소설들에 대응하는 규모로 서술 형태의 전환을 이루었다고 말하기는 어렵다. 다만 새로운 서술 상황에 대한 요구가 발생하고 있다는 것을 징후적으로 보여 주고 있다는 점은 분명하다.

19세기 말 러시아 현실에 대한 체호프적 묘사와 더불어 다른 한 편 보다 직접적이고 주관적인 접근이 다양하게 시도되고 그것이 서사 양식의 새로운 모색으로 나타나기도 한다. 그 한 예는 막심 고리키의 초기 창작에 나타나는 바와 같이 묘사되는 대상에 대해 적극적인 공감과 도덕적 판단을 주저하지 않는 서술자를 도입하는 것이다. 막심 고리키 초기 단편들에는 전지적 서술자가 가진 폭넓고 자세하며 조심스러운 접근, 체호프적 서술자가 보여 주는 냉담함과 거리감 등과는 거리가 먼 서술자가 많이 등장한다. 이 서술자는 전지적 서술자와 같이 모든 것을 다 알고 있는 서술의 형태를 거침없이 취하기는 하지만 톨스토이와 도스토옙스키가 자신들의 전지적 서술자에게 그 권위를 부여하는 바와 같은 그러한 폭과 깊이, 조심스러움을 애써 갖추려고 하지 않는다. 마음껏 원하는 만큼 작가적 공감을 표현해 내는 데 주저하지 않는 것이다.

「첼까쉬」에서 서술자는 처음부터 마음껏 풍경을 묘사한다. 작품을 도입하기 위한 최소한의 설정이 아니고 작품을 쓸 수 있는 권리를 확보하기 위한 '간행자의 말'도 아니다. 또한 사건과 인물에 대한 분위기를 미리 확보하기 위한 객관적인 묘사도 넘어서서 서술자가 직접 보면서 느끼는 감흥을 말해 주는 것만 같다. 고리키는 항구의 풍경을 묘사하면서 냉정한 서술자의 위치를 축적해 가는 것이 아니라 "화강암의 족쇄에 갇혀 자유를 빼앗긴 바다의 파도"라든가 온갖 소음이 "불안하게 떨고 있다."든가, "최초로 이 소음을 낳은 인간들 자체도 역시 우스꽝스럽고 가련하다."고 주관적인 감정을 마음껏 토로한다. 그리고 결국 "자신의 창자를 채우기 위해, 몇 근의 빵을 얻으려고, 수천 근의 빵을 어깨에 짊어지고 쇳덩이로 된 선박의 배 속으로 운반하는 인간들의 긴 행렬은 눈물겹도록 우스꽝스럽다. 피로와 소음과 무더위로 멍멍해진 누더기를 걸친 땀투성이 인간의 무리들과 바로 그 인간들이 만든, 태양빛을 받으며 강인한 모습으로 번쩍이고 있는 강력한 기계들, 이러한 대조에는 잔인한 아이러니의 냉혹한 일대 서사시가 깃들어 있다."고, 그리고 항구의 그 숨 막힐 듯한 소음이 한순간 폭발하고 나면 "이 지상에는 다시 고요가 깃들 테고 자극적인 우울한 광기로까지 사람을 내모는 이 귀청이 떨어져 나갈 듯한 먼지 섞인 시끄러움은 저절로 스러질 것이다. 그러고 나면 도시에, 바다 위에 하늘에 고요함과 맑음과 아름다움이 깃들리라"[48] 하고 일장 서정적 연설을 한다. 본격적인 서사가 진행될 때에도 서술자의 태도는 언제든지 서술된 내용에 대한 자신의 감정을 자연묘사와 인물묘사를 통해 드러내기를 주저하지 않는다. 하지만 서술자의 감정이나 작가적 판단이 전면에 있는 것은 아니다. 사건의 진행 자체는 첼까쉬의 시야에 들어온 것과 그의 생각에 초점이 맞추어져 있어 어느 순간 첼까쉬가 '등장인물 - 화자'의 역할을 하는 것만 같다. 가브릴라는 자신의 직접적인 말과 첼까쉬의 관찰에 의해 작품에 도입되지만, 첼까쉬는 자신의 말과 자신의 생각까지도, 느낌과 기분까지도 우리에게 제시한다.

---

48) 막심 고리키, 「첼까쉬」, 『출구 없는 러시아』, 이항재 외 역, 문원출판사, 1999, 287 - 289쪽.

그러나 물론 이러한 정도를 '등장인물 – 화자'의 구현이라고 말할 수는 없다. 서술자는 급박한 상황에서 가브릴라의 생각을 직접 서술하는 것도 마다하지 않기 때문이다. 이러한 경향은 새로운 시대에 대해 보다 직접적으로 개입하고 발언하고자 하는 신낭만주의적 경향의 발생과 깊이 연관된다.

새로운 러시아 현실의 진전과 더불어 이에 대응하는 소설적 형식화는 체호프와 고리키의 예에서처럼 다소 이질적인 분화와 동요를 겪는다. '등장인물 – 화자'의 형식이 징후적으로 나타났고, 다른 한편 주관성과 객관성의 과감한 통합을 통해 새로운 현실에 대응하려는 시도가 발생한 것이다. 그러나 이러한 징후와 시도들도 단편들을 통해 실험적으로 제기되었을 뿐 이전 시기와 비교하여 특징적일만큼의 서사적 규모와 깊이를 실현해 내지는 못했다. 아마도 소설 형식의 발전이라는 측면에서만 보자면 19세기 말에서 20세기 초까지는 다양한 실험과 혼란의 시기라고 말할 수 있을 것이다. 이 시기를 특징지을 만큼의 대표적인 서술 상황이 성공적으로 드러나지는 않았던 것이다. 그러나 바로 그러한 실험과 혼란은 러시아 현실의 급격한 변혁과 굴절이 이루어졌던 이 시기에 대한 반증이라고 말할 수 있을지도 모른다.

많은 구체적인 논증이 필요할 것이지만 러시아 소설의 서술 상황이 많은 실험과 혼란을 거쳐 유의미한 변화를 이룩한 한 계기는 막심 고리키의 『끌림 쌈긴의 생애』에 집약되고 있다. 특히 소설의 발생 시점에서부터 제기된 근대 작가의 책임과 자유의 문제에 대한 대응으로서 서술 상황을 고찰한 이 글의 논점에 비추어 '등장인물 – 화자' 형식의 온전한 실현은 분명 한 단계 진전된 시도로 고찰될 수 있을 것이다. 『끌림 쌈긴의 생애』에 대한 시학적 분석은 우선 작품의 모든 사건과 모든 인물, 관계는 끌림을 통해서만 작품에 도입된다는 사실을 분명히 확인해 준다. 끌림은 탁월한 관찰력과 사고력을 지니고 있고, 이데올로기 환경에 민감한 성격을 가지고 있다. 또한 주요 사건과 관계의 핵심을 보고 들을 수 있는 정도의 활동력과 관계망도 지니고 있다. 끌림이 없는 경우에 벌어진 사건은 작가에 의해 작품에 묘사되지 않고 그 자리에 있었던 누군가의 전언에 의해 끌림에게 전달된다. 끌림은 인물의 성격이나 행위, 사건이나 상황에 대한 객관적인 제시의 역할을 충실히 해내고 있는 것이다.

이멘되르퍼는 『끌림 쌈긴의 생애』의 시점구조를 면밀히 검토함으로써 이 작품에 작가정신을 담은 "화자 법정은 없으며" 작품 세계에 대한 "독자의 판결은 열린 채로 유지될 것이 요구된다."[49]고 말한다. "소설의 묘사된 세계는 무엇보다도 주인공의 세계이다. 대화는 이 영역을 확장시키지만 자신의 세계를 넘지는 못한다. 아이러니와 대비는 그 경계를 넘어서 독자의 수용에 영향을 준다. 그로 인하여 주인공과 작가의 동일시가 회피되며 거리 두기의 가능성이 독자에게 부여된다. 작가는 영향력 확보를 위해 간접적인 수단을 사용하며 직접적인 평가를 회피한다. 아이러니와 대비에 관련될 수 있는 화자 법정은 없다. 『끌림 쌈긴의 생애』에는 주인공의 세계에 대한 명징한 반대세계가 구축되어 있는 것이 아니다. 세계에 대한 독자의 판결은 열린 채로 유지될 것이 요구된다."[50] 이멘되르퍼는

---

49) H. Imendorffer, Die perspektivische Sturuktur von Gork'kijs Roman 『Zizn' Klima Samgina』, Berlin, 1973, s. 170.

이 작품이 슈탄첼의 분류에 따른 인물시각적 소설 유형을 완벽하게 보여 주고 있다고 보는 것이다.

5. '나'이며 '나' 아닌 소설 주체

소설이 단순한 이데올로기의 구조물로 여겨질 만큼 소설의 서사에 대해 의혹의 눈초리가 깊어지고 있고 소설 텍스트의 구조와 체계, 기호에 대해 놀랄 만큼 정교한 분석들이 이루어지고 있지만 그러나 무엇보다 소설은 살아 있는 인간의 삶과 현실에 대한 주체적 참여이자 구성의 산물이다. 다시 말하면 소설은 형태적으로는 완성된 것이기는 하지만 그 완성의 내용은 무엇보다도 먼저 저자의 창조적 활동을 담고 있는 것으로 그 종결을 알지 못한다. 인간의 활동은 완결이나 정지를 모르고 또한 시작할 때와 끝날 때의 마음이 다르기도 하다. 근대적 현실에 대한 주체의 시공간적 대응 활동은 그 움직이는 현실과 더불어 지속적으로 유동한다. 따라서 소설의 완성이란 끝없이 움직이는 창조적 활동의 극대화된 공간의 창조를 말할 뿐이다. 불안정함으로써 완성된다는 말은 역설적으로 들릴지 모르지만 소설의 본성을 가장 잘 드러내는 말이 아닐 수 없는 것이다.

이제까지 이 글은 러시아 소설의 서술 상황, 혹은 화자 양상을 사회 역사적 문맥과 연관시켜 이해해 보고자 노력하였다. 근대적 개인으로서의 작가가 소설이라는 형식을 통해 자신을 실현하면서 동시에 자신으로부터 독립된 소설의 세계를 구축할 수 있었던 것

---

50) 위와 같음.

은 단순한 기술적 문제가 아니었다. 작가는 문화사적 맥락에서 스스로를 주체로 구성해 냄과 동시에 엄격한 대상화를 동시에 이루고자 했다. 그것은 어쩌면 '그 속에 있으면서 동시에 그 밖에 존재해야 하는' 역설적 과제였다. 다시 말해 작가는 소설 속에서 엄연하게 소설을 구성하고 창조하며 자신의 능동적 활동 양상을 전개하는 주체이면서 동시에 소설 세계 바깥에서 자신을 포함한 소설 세계를 엄격하게 객관적으로 그려야 하는, 어쩌면 불가능해 보이는 지위를 확보해야만 했던 것이다. 그러나 바로 그런 지위가 근대적 인간, 근대적 개성의 지위가 가지는 특성인지도 모른다.

우리가 소설 텍스트를 통해 습득하고 수련해야 하는 것은 현실에 대한 다양한 접근과 인간에 대한 폭넓은 이해 외에 바로 근대적 인간의 복합적 역설적 지위에 대한 것이다. 근대적 자아는 '나'이면서 동시에 '나' 아닌 무엇이 되고자 하는 역설적 지향을 한 몸에 지니고 있는 셈이다. 바로 이와 같은 복합적 지위의 소설적 형상화를 향한 노력을 우리는 '나 - 화자' 유형으로부터 '서술자 - 화자', 그리고 '등장인물 - 화자'로 나아가는 근대소설의 흐름 속에서 확인할 수 있었다.

소설언어의 가치적 일원성과 다원성

1. 저자의 말과 비저자의 말

소설이 인류문화의 다양한 가치들을 언어적으로 반영하고 창조하는 예술 공간으로서 세계와 인간의 상호관계에 대한 인식과 그에 대한 가치적 표현, 인류 문화의 여러 가치에 대한 반성과 비판, 창조적 지향 등을 복합적으로 담아내는 형식이라는 점은 앞에서 여러 번 강조된 바 있다. 이러한 인식과 표현과 창조를 담아내되 미학적으로 담아내며 소설이라는 장르에 그 어떤 언어문화 양식보다 종합적이고 복합적인 성격을 부여하는 것은 바로 소설의 언어이다.

소설언어가 단순한 의미기호의 체계라는 믿음은 더 이상 가능하지 않다. 그러나 극단적인 무의미의 체계일 수도 없다. 다만 의미의 생성과 유지, 새로운 의미로의 전환과 변이 등이 텍스트에서 역동적으로 이루어지는바, 그 역동적 구조는 소설언어의 본질로부터 기원하며 소설의 언어는 가치적 일원성과 다원성의 공간에서 '의미'로 작동된다.

소설의 언어에 대한 사회학주의적 접근이나 이념적 철학적 접근에도 한계가 있는 것은 물론이고, 소설언어에 대한 순수 언어학적 접근 또한 예술로서의 소설의 의미를 온전히 밝혀 주기는 어렵다. 소설의 언어는 무엇보다 인간의 삶의 본질로부터 근원하는 것이며 그 삶의 본질은 소설언어의 종합적 복합적 작용을 통해 창조적으로 소설 속에 구현되는 것이다.[1] 따라서 소설언어를 소설의 전체적 의미 형성 요소로서 이해하고 그런 한에서 소설언어를 분석하는 것은, 즉 소설언어의 '초언어적 성격'(внеязыковой характер)[2] 까지를 이해하는 것은 소설의 양적 증대에도 불구하고 질적 몰락을 극복하는 보다 원칙적인 방안 중의 하나이다.

오늘날 소설의 언어가 가치적 일원성에 기초한 저자의 말(авторская речь)로만 구성되어 있다고 믿는 사람은 없을 것이다. 그것은 전체주의적이고 폭력적인 형태의 일원론적 가치 환원론과 무관하지 않다. 소설의 언어는 본질적으로 저자의 말과 더불어 작가에 속하지 않은, 비저자의 말(неавторская речь)을 포함함으로써 근대의 다원적 세계에 조응하는 형식이라는 점은 널리 인정되고 있는 바이다.[3] 그러나 다원적 가치체계에 대한 강조, 소설의 다음

---

1) 이런 점에서 '미와 추', '숭고와 비속', '희극적인 것과 비극적인 것'이라는 일반적이고 전통적인 미학의 범주에 새롭게 '시적인 것(поэтическое)'과 '산문적인 것(прозаическое)'을 추가하여 '산문적인 것'을 하나의 미학의 범주로 승격시켜 이해하는 것은 매우 유용하고 타당하다. '산문적인 것'은 이제 단순히 문학예술 장르의 한 양상이 아니라 근대의 미적 체험의 본질적 영역 중 하나로 이해될 수 있는 것이기 때문이다. М. С. Каган, Эстетика как философская наука, 위의 책, с. 161 - 167.

2) В. В. Кожинов, "Художественная речь", Теория литературы, т. 1. Литература, ИМЛИ, М., 2005, с. 300. 꼬쥐노프는 여기서 시어를 비롯한 예술언어의 본질에 대해 해명하면서 예술언어의 본질을 순수 언어학적 접근을 넘어서서 '초언어적'인 성격을 지니고 있다고 말한다.

3) 저자의 형상에 대한 러시아의 연구 경향을 잘 보여 주는 보네쯔까야는 작품에 저자의 의미와 비저자의 의미, 그리고 나아가 '객관적, 보편인류적인 문화 흐름'이 개입되어 들어온다고 말한다. Н. К. Бонецкая, "Проблемы методология анализа образа автора", Методология анализа литературного произведения, Наука, М., 1988. 참조.

성성에 대한 강조는 때로 소설이 지닌 본질적 특성 중의 하나인 저자의 말, 혹은 가치적 일원성의 무한 배제를 의미하는 것으로 오해되는 경우가 많다. 인류 보편의 가치와 윤리와 무관한 다원성이라는 것은 소설언어의 본질과 무관하다. 소설언어 자체는 가치적 일원성에 대한 깊은 토대에서 이루어져 있으며 동시에 그 가치적 일원성에 대응하는 다원성을 열망하는 것이기 때문이다. 또한 그 다원성은 시대의 맥락에서, 또한 인간의 삶의 변화하는 맥락에서 또다시 가치적 일원성으로 전이되고 그 역시 이번에는 새로운 다원성에 의해 경쟁되는 것이다. 소설의 다성성에 대한 정당한 강조와 더불어 여전히 문학작품은 "독자를 향한 저자의 독특한 모놀로그"[4]라는 사실은 부정할 수 없다. 물론 그것은 직접적으로 저자의 말이 지배하는 정론이나 철학논문, 웅변이나 에세이와는 다른, "말 위의 말(надречевое образование), 초 – 독백(сверхмонолог)"[5]과도 같은 것이다.

소설언어의 가치적 다원성은 소설언어의 운명적 필연이다. 그러나 가치적 다원성 자체가 중요한 것이 아니다. 가치적 다원성을 본질로 하면서 소설언어는 불가피하게 가치적 일원성에 대한 지향을 담지 않을 수 없다. 문제의 핵심은 여기에서 한 걸음 더 나아가 가치적 일원성에 대한 지향과 가치적 다원성에 대한 지향 사이의 공간에서 우리는 소설의 의미를, 소설 창작과 독서, 그 행위들의 문화적 의미를 읽어 내고 그것을 우리의 것으로, 즉 우리의 삶과 문화 창조의 힘으로 전환시켜 내야 한다는 것이다.

---

4) В. Е. Хализев, Теория литературы, М., 2002, с. 297.
5) 위와 같음.

소설의 언어가 창조하는 세계는 결코 결정론적이지도, 무한산포(無限散布)적이지도 않으며 일정한 사회문화적 공간에서 일정한 가치를 지향하면서 그 가치를 지양하기 위한 '살아 있는 공간'이며, 따라서 '창조의 공간'이다. 가치의 원심력과 구심력이 작동하는 공간 속에 살아 숨 쉬며 움직이는 생물이 바로 소설언어의 '작업 현장'인 것이다. 그리고 그 '작업 현장'은 구체적인 서사의 문제로 나아가고 서사를 통해 독창적인 자신의 '집'을 지어 나가며, 그 집에서 독자들의 창조적 독서활동이 깃들 수 있다. 그렇다면 이것은 소설을 읽는, 그리고 나아가 새로운 문화를 창조해 내는 일종의 새로운 방법론이라고, 좀 과장해도 좋다면 새로운 패러다임(그 모색)이라고 말해도 좋을 것이다.

2. 중립적 문체와 다원적 문체

전제주의 정치, 그것은 아예 드러내 놓은 전체주의요 독백적인 체계다. 명명백백하게, 오히려 그것을 전제로 구성된 사회체제인 것이다. 러시아 사회주의 혁명은 당연하게도 전제주의 사회체제에 억눌린 다양한 민중의 목소리를 해방시키고자 하는 전면적인 사회운동이자 철학이었다. 혹은 좀 더 자세히 논리를 들여다보면, 전제주의가 자본주의로 이동하면서 또 하나의 자본주의적 전제주의로 발전해 갈 가능성을 극복하고 노동자와 민중의 보다 자유로운 세계를, 즉 보다 다원적인 사회를 건설하자는 것이 사회주의 혁명의 논리가 아니었던가. 명분이 이러했음에도 불구하고 예술과 문학을 포함하여 소비에트 사회와 문화, 정치체제 등 거의 모든 영역이 전체주의로 귀결되고 말았다는 비판을 피할 수 없게 된 까닭은 무엇인가.

소비에트 시절 문학의 발전을 일원론적 가치체계와 다원론적 가치체계의 갈등과정으로 이해하고 일원론적 가치체계의 승리와 전체주의적 문화 체계의 성립으로 이해하는 골룹꼬프의 시각은 위와 같은 문제를 이해하는 데 신선한 새로움을 던져 준다. 그는 소비에트의 전체주의적 일원론적 문화 체계가 단순히, 일방적 비난에 안주하는 논자들과는 달리, 당이 내린 지시의 결과는 아니라고 말한다. 오히려 "사회주의 리얼리즘의 창작방법은 시대의 새로운 세계지각과 미학적 대안, 특히 표현주의, 인상주의, 자연주의 등과 상호작용할 수 있는 현실적인 가능성 등에 의해 생겨난 것"[6]이었다는 것이다. 20년대에 국한하자면 나름대로 다양한 문학적 갈등이 다원적으로 존재하고 있었다는 골룹꼬프의 견해에 크게 반대할 사람은 없겠으나, 사회주의 리얼리즘이 새로운 세계지각과 미학적 대안, 즉 개인과 역사, 인간과 역사적 시간, 혁명 등의 새로운 관계를 해석하고 전달해야 할 필요성과 예전과는 다른 미학적 해결을 요하는 새로운 개성론을 제시하고자 하는 내적 필연성에 의해 형성되었다는 견해는 상당히 새로운 접근방법이라고 하지 않을 수 없을 것이다. 이런 시각은 1934년에 공식적으로 선언된 사회주의 리얼리즘과 그 이전에 새로운 세계관과 미학적 과제에 부응하는 새로운 시도와 모색으로서의 사회주의 리얼리즘을 구분하여 볼 것을 요구한다. 골룹꼬프는 1934년에 사회주의 리얼리즘이 처음으로 개념화

6) M. 골룹꼬프, 『러시아 현대문학과 잃어버린 대안』, 위의 책, 107쪽.

되었지만 그것은 전혀 다른 문학체계로 변질되고 만다고 지적한다.[7] 즉 이미 30여 년에 걸쳐 존재해 오다가 1920년대 후반에서 30년대 전반에 전성기를 맞이했던 사회주의 리얼리즘과 이후 소비에트 사회에서 규범화된 '반(反) 리얼리즘적 미학체계'로서의 사회주의 리얼리즘은 전혀 다른 것이다. 그럼에도 불구하고 "예나 지금이나 문학비평과 학계에서는 양자가 동일시되고 있"는 것이 "20세기 문학의 가장 큰 오해"[8]라고 말하는 골룹꼬프의 비판은 우리가 20년대 문학을, 특히 소설언어의 문제를 고찰하는 데에 분명히 새로운 시야를 열어 주는 바가 있다.

골룹꼬프가 사회주의 리얼리즘에 접근하는 방식의 새로움은 사회주의 리얼리즘을 일방적으로 비난하거나, 혹은 사회주의 리얼리즘의 가치적 일원론을 일방적으로 매도하지 않는다는 점에 있다. 그는 사회주의 리얼리즘이 19세기의 리얼리즘의 일원론적 세계관을 계승하고 그것을 보다 극적으로 절대화하고 단순화하고 있다고 판단한다. 즉 양자는 기본적으로 일원론적 세계관, 즉 세계와 인간이 오직 인과적 관계에 놓여 있으며 공통된 법칙이 지배한다고 전제한다. 그러나 전자가 현실의 가능한 다양한 측면을 폭넓게 담아내고자 했다면, 후자는 사회적 전제, 즉 "개인에게 항구적이고 보편적인 영향을 미치는 가장 보편적인 역사 법칙과 역사적 시간"[9]을 전제하였다. 그럼으로써 인간을 둘러싼 환경은 역사적 보편적

---

7) 보리스 그로이스는 사회주의 리얼리즘을 포함하여 러시아 아방가르드 운동이 문학의 정치화를 지향하였지만 실제로 정치의 문학화가 전개되면서 이들이 정치적으로 배제되는 아이러니한 성격에 대해 잘 지적하고 있다. Б. 그로이스, 『아방가르드와 현대성 – 러시아의 분열된 문화』, 문예마당, 1995쪽 참조.

8) M. 골룹꼬프, 위의 책, 106 – 107쪽.

9) 위의 책, 109쪽.

규모로 확장되고 그 환경의 작용은 "거의 숙명적인 성격을 띠고 있어서 주인공이 이 작용에서 도저히 벗어날 수 없으며, 역사의 외부에서 개별인으로 남아 있을 수 없게 되었다." 거대 환경이 인간에게 이러한 작용을 가할 뿐만 아니라 개별 인간의 존재 역시 역사적 상황과 민족의 역사적 운명 등에 직접적으로 작용하고 관계를 맺는다. 이제 "개별 인간의 삶과 민족의 역사적 운명은 원칙상 균등해졌고 동일한 규모로, 하나의 좌표 상에 위치하는"[10] 것이다.

그러나 사회주의 리얼리즘 발전이 그 내적 미학적 기원을 통해 형성되었다는 말은 사회주의 리얼리즘의 역사적 정당성까지 보장하는 것은 아니다. 골룹꼬프는 리얼리즘과 사회주의 리얼리즘의 가치적 일원론의 필연적 귀결점에 대한 현대적 비판을 놓치고 있지 않다.

> (사회주의 리얼리즘은) 세계를 재창조하고 미적인 것을 보고 창조할 수 있는 능력을 지닌 강하고 조화로운 인간에 대한 희망, 시대와의 결투, 역사적 시간의 변형을 어깨에 짊어진 인간에 대한 희망을 담고 있는 문학이다. 그러나 이미 1930년대에 접어들면서 이러한 희망은 사회적인 문제든, 정치적인 문제든, 경제적 문제든, 심지어는 기술적인 문제든, 그 어떠한 문제라도 의지의 충동으로써 해결할 수 있다는 소박한 믿음으로 변했다. 인간, 사회, 국가를 바꿀 수 있다고 하는 낭만적인 믿음이 생겨났고 또 견고해졌다. 이 낭만적인 믿음은 현실에 대한 주관론으로 변했다. 아주 훌륭한 계획이 있다면 존재마저도 개조할 수 있다는 이 낭만적인 믿음으로 인해 집단화가 정당화되고 모든 경제법칙이 도구화되는 결과가 초래되었다. 현실에 대한 의지적이며 낭만적인 태도는 개인(주인공, 작가, 인간 보편)에 대한 폭력으로 변했고, 결국에는 예정했던 것과는 정반대의 결과를 낳았다. 즉 인간 개성이 무시되고 인간 개인이 시대의 사회의식 속에서 재료나 역사의 연료로 바뀌며 인간은 톱니바퀴 속의 나사라는 개념이 만들어지게 된 것이다.[11]

---

10) 위의 책, 110쪽.

골룹꼬프는 1934년 선언된 사회주의 리얼리즘과 그 이전, 미학의 내재적 논리를 갖춘 사회주의 리얼리즘을 분리하여 이해하면서도, 바로 후자의 내재적 논리 그 자체에, 다시 말하면 리얼리즘의 가치적 일원론에 이후 사회주의 리얼리즘의 변질될 수밖에 없었던 필연성의 단초가 함축되어있다고 말한다. 이러한 논리는 근대성의 인간중심주의와 도구적 이성에 대한 프랑크푸르트학파의 비판, 그리고 포스트모더니즘의 출발점과도 같은 근대성 비판 논리를 연상시킨다.

여기서 가치적 일원론 자체에 폭력적 전체주의 문화의 이론적 싹이 내재해 있느냐의 문제는 잠시 뒤로 미뤄 두고 우리는 가치적 일원론이 문학 내적인 시학의 문제에 어떻게 투사되고 있는지를 살펴볼 필요가 있다. 즉 소설에서 가치적 일원론의 문제가 어떻게 소설언어에 의해 실현되는가의 문제가 바로 그것이다.

다시 골룹꼬프의 견해에 따르면, 사회주의 리얼리즘 소설은 그 미학적 원칙의 자연스러운 결과로서 중립적 문체화를 지향한다. 고리키를 비롯하여 20년대 사회주의 리얼리즘 작가들은 개인과 역사의 직접적인 만남, 즉 성격과 상황의 새로운 유형을 형상화하고자 했고 이 상황은 "미래의 절대적 가치와 개인의 상대적 가치"[12]가 극적으로 결합되는 시공간이었다. 개인과 역사 사이의 커다란 공간은 매우 직접적인 상호작용의 협소한 공간으로 축소되었고 개인의 성격을 구성하는 다양한 요소들이 무시되거나 단순화된다. 개인이 역사적 과제를 수행하는 데에 그 어떤 '개인적' 요소들이 개입되는

---

11) 위의 책, 125쪽.
12) 위의 책, 132쪽.

것도 절대적으로 극복되며, 역사의 주요한 전기들은 그대로 개인의 성격에 직접적으로 수용된다. 19세기 리얼리즘에서 개인의 성격을 형성하는 특수하고도 개별적인 요소들은 이제 단순하게 축약되고, 확고부동한 미래의 황금시대를 위해 역사의 한가운데로 나아가는 영웅적 개인이 등장하게 된다. 이 영웅적 개인이 매우 개별적인 언어적 특성을 가지거나 자신의 신념이 흔들릴 수 있는 다양한 문화적 요소에 민감하기 어려운 것은 자연스럽다. 그리고 이를 묘사하는 작가의 개인적 요소 역시 영웅적 주인공의 말이나 행위에 개입할 여지가 축소되는 것도 당연하다. 작품의 서술자 역시 개인과 역사의 필연적 전개과정에 개입할 여지가 없는 중립적 인물로서 자연스럽게 표준어를 지향하고 화자의 말은 독자적인 사회적 방향을 가지고 있지 않으며 그 자체가 묘사의 대상이 되지도 않는다. 이러한 중립적 문체에서는 '타자의 말'이 묘사되지도, 그 의미적 메타포적 공간의 확장도 이루어지지 않는다. 이 중립적 문체가 정치적 권위를 획득함으로써 규범적 문체로 지위를 확립하게 됨으로써 사회주의 리얼리즘은 지배적이고 배타적인 독백적 형식으로 변질된다.

가치적 일원론의 극대화된 단순한 형식은 중립적 문체화를 초래했고 그것이 사회적 정치적 규범화로 나아가게 되었다는 골룹꼬프의 견해에서 사회주의 리얼리즘이 표방했던 새로운 미학적 모색은 그 자체 내에 독백적, 전체주의적 경향을 함축하고 있었다는 결론이 나온다. 그러나 여기서 우리는 그러한 전이가 필연적이었다는 판단에 대해서는 다소 유보해 둘 필요가 있다. 왜냐하면 가치적 일원론이 소설의 중립적 문체화를 지향했다는 점은 인정한다 하더라도 그것이 반드시 권위주의적, 혹은 더 나아가 전체주의적 규범화로 나아가기 위해서는 일정한 조건이 필요하기 때문이다. 즉 중립적 문체의 전체주의적 규범화에는 가치적 일원론에 대한 '단순한', '극단적인' 이해, 그리고 그에 대한 정치권력 등과 같은 요소가 개입되어 있는 것이다. 다시 말해 가치적 일원론, 그 자체에 전적으로 전체주의적 혐의를 부여하는 것은 가치적 일원론이 지닌 또 다른 측면에 대한 '전체주의적' 방기가 될 수 있다. 따라서 단순하게 19세기 리얼리즘 문학, 그리고 새로운 미학적 과제에 대응하여 모색되었던 사회주의 리얼리즘 문학의 기본 원리를 가치적 일원론으로 매도하기 이전에, 오히려 가치적 일원론이 역사과정에서 왜, 무엇을 위해 필연적으로 생성되었는가, 그리고 그것이 변질될 위험은 무엇이며 그것을 극복할 대안은 없었는가라는 점에 관심을 좀 더 기울이는 것이 창조적인 접근이 될 수 있을 것이다.

그러나 20년대에 중립적 문체는 아직은 기껏해야 문체적 지배소 가운데 하나일 뿐 아직 권위 있는 문체는 아니었다. 골롭꼬프의 견해에 따르면 이 당시 중립적 문체는 장식적 문체와 스까즈를 포함한 일군의 새로운 담론들과 "똑같이 생산적으로 서로 작용하면서 소비에트 문학의 강력한 다음성적 문체적 구조"[13]를 만들어 내고 있었다.

이처럼 20년대의 다양한 문체적 특성 중 하나인 스까즈는 '이중 목소리적 서술'(двухголосное повествование)이다. 그것은 "저자와 화자를 상호 관계시키고 입으로 발성된 독백, 연극무대에서 공감대를 지닌 청중을 전제하고 있는 사람, 민주적 환경과 직접 연관되거나 그런 환경을 지향하는 사람이 즉흥적으로 내뱉는 독백

---

13) 위의 책, 150쪽.

처럼 문체화된"[14] 서술 방식이다. 스까즈는 타자의 말에 관심을 가지고 그에 기초하려는 노력에서 발생하며 텍스트 내에서 "또 다른 서술자의 견해를 가지고 말하고자 하는 현상" 중의 하나로서 '또 다른 서술자'란 물론 "단일한 개인이거나 광범위한 사회층들의 견해를 대변하는 자"[15]일 수도 있다. 따라서 스까즈는 민족의 삶이나 민중의 현실적 다양성을 반영하는 한 형식이 될 수 있는 것이다.

스까즈는 단순히 소설의 서술 양식 중 하나가 아니라 일정한 세계관과 조응하는 형식으로 해석될 수 있다. 지르문스끼(В. М. Жирмунский)나 꼬쥐노프(В. В. Кожинов) 등의 문체론 연구는 문체를 일반적인 예술적 과제의 변화와 한 시대의 세계관과 연계시켜 해명하고자 한다[16]는 점에서 스까즈를 이해하는 올바른 관점을 제기해 준다고 말할 수 있다.

20년대 산문의 또 하나의 유력한 문체였던 장식적 문체는 러시아 상징주의 미학의 강력한 영향하에 성립된 것으로 언어의 기호화와 모티프화를 통해 산문을 음악적으로 구조화하고자 함으로써 기존의 세계 인식을 새로운 표현과 묘사로 대체하고자 했다. 장식적 문체는 전통적인 사건과 인물, 서사에 의지하기보다 사물에 대한 새로운 표현, 격렬한 사회적 변화에 대한 순간적 포착 등을 자

---

14) Е. Г. Мущенко, В. П. Скобелев, Л.Е. Кройчик. Поэтика сказа. Изд. Воронеж. Унив. 1978. с. 34.

15) 위의 책, 8.

16) В. М. Жирмунский. Теория литературы. Поэтика. Стилистика. Л., 1977. 지르문스끼는 문체가 "예술적 표현 수단과 기법들의 체계로서 그 발전은 일반적인 예술적 과제의 변화와 미적 취향 및 습관들의 변화, 그리고 무엇보다 시대의 세계감촉과 긴밀하게 연관된다."(38쪽)고 말한다. В. В. Кожинов. Смена литературных стилей. На материале русской литературы 19 - 20 веков. М., 1974. 꼬쥐노프 역시 문체를 포함한 문학의 여러 형식들이 '내용적 형식'(4쪽)임을 분명히 하고 있다.

신의 미학적 과제로 삼았다. 이는 필연적으로 산문어를 시어와 근접시켜 갔고 다양한 환유와 은유에 의존하면서 산문 언어에 강력한 실험적 성격을 부여하게 된다.[17]

이처럼 20년대 소비에트 문학의 다음성적 구조를 형성하고 있던 세 방향의 문체적 경향[18]은 중립적 문체의 권위적 규범화와 더불어 단일한 소비에트 문학의 일원론을 형성한다는 것이 골룹꼬프의 견해다. 그는 장식적 문체나 스까즈와 관련된 새로운 담론들을 포함하여 20년대의 다양한 문학적 모색(사회주의 리얼리즘을 제외한)을 종합적으로 표현주의와 인상주의로 규정하고 이를 대안적 미학 체계로 이해한다. 그러나 다행스러운 것은 그가 사회주의 리얼리즘과 이들 미학 체계의 대립을 이원론적으로 단순화하고 있지는 않다는 점이다.

표현주의와 인상주의적 경향들은 중립적 문체와는 달리 장식적 문체와 스까즈 등의 문체를 다양하게 활용하고 있다. 인상주의 산문의 본질은 "어떤 감각, 회상, 디테일 등으로 야기된 개인의 심리

---

17) 장식체 문제에 대해서는 패트리샤 카든, 「장식체와 모더니즘」, 『문화와 아방가르드: 러시아 모더니즘 1900 – 1930』, 문석우 역. 열린책들, 1997. Н. А. Кожевникова, "Материалы и сообщения из наблюдений над неклассической 『Орнаментальной』 прозы", Серия литературы и языка. т. 35. No. 1., М., 1976. 등을 참조.

18) 20 – 30년대의 소설의 문체적 경향을 유형화시켜 이해하고자 하는 시도는 다양하게 제시되기도 한다. 이를테면 스꼬로스뻴로바는 이 시기의 산문을 "национально – историчиеский (георический), этологичесий(нраво – описатльный), романичиеский " 등의 경향으로 구분하고(Е. Скороспелова, Русская советская проза 20 – 30 х годов: судьбы романа. М., 1985.), 벨라야는 다양한 문체적 경향을 지적하면서 그 모든 문체적 경향을 하나의 특수한 소설 장르의 문체적 통일성(особое жанровое единство)으로 이해하고자 한다(Г. Белая, "К проблеме романного мышление", Советский роман – новаторство. поэтика, типология. М., 1978.). 그러나 이들 모두 타자의 말이라는 소설언어의 특수성에 입각하여 다양한 문체들이 지닌 세계관적 차이와 대립에 대한 설명으로 나아가지는 않는다. 이런 점에서 골룹꼬프의 견해는 보다 새로운 진전을 보여 준다고 말할 수 있다.

상태와 인상이며, 또한 객관적, 실증주의적, 인과적 세계 지각을 상상 속의 어떤 잠재의식적인 메커니즘에 기초한 인상으로 대체하는 것"[19]이다. 인상주의가 대체로 존재의 미세한 뉘앙스를 지각하고 드러내는 것을 과제로 삼고 있다면, 표현주의는 조건적이고 상징적이며 그로테스크한 형상을 통해 일정한 이념을 드러내는 것을 예술적 과제로 삼는다. 그러나 인상주의와 표현주의의 이러한 차이에도 불구하고 이들은 사회주의 리얼리즘의 가치적 일원론에 대항하는 세계관적 입장, 즉 세계는 단일하지 않다는 입장을 공유하고 있다. 즉 중립적 문체를 지향하는 사회주의 리얼리즘 문학이 테제로 삼고 있는 인물 성격과 상황을 부정하고 세계에 대한 주관적 감각과 세계에 대한 주체적 개성적 표현을 담아내고자 한다는 점에서 근본적으로 일치한다.

그러나 이렇게 대립적인 세계관에도 불구하고 이들은 긴밀한 상호침투[20]를 통해 20년대의 다음성적 '구조'를 형상하고 있다. 여전히 이들은 하나의 '구조' 속에서 상호 작용하면서 문학예술의 새로운 모색을 공유하고 있는 것이다. 아직은 "죽음을 위한 투쟁"이 아니라 "생명을 위한 투쟁"[21]이었던 셈이다.

---

19) M. 골룹꼬프. 위의 책. 161쪽.

20) 다원적 경향들은 각각의 문체적 특성을 보존하고 있으면서 동시에 다른 문체의 영향을 적극적으로 수용하고 있다. 이를테면 중립적 문체 지향의 중심적인 인물로 지적되는 막심 고리키의 경우. 20년대 단편소설들에서, 특히 『1922 – 1924년 단편집』(Рассказы 1922 – 1924 годов)에서 스까즈와 장식체적 문체를 다양하게 실험하고 있다. 또한 자먀찐과 쁠라또노프의 표현주의적 경향에 중립 문체의 특성들이 드러나기도 한다.

21) M. 골룹꼬프. 위의 책. 229.

3. 소설언어의 미학적 정체성

20년대의 중립적 문체화와 다원적 문체화를 다소 길게 살펴본 이유는 소설언어가 가치의 문제와 연관되어 있다는 것과 가치적 일원성과 다원성의 문제가 이원론적으로 대립되거나 윤리적 선택의 문제로 환원되기 어렵다는 점을 이해하기 위해서였다. 소설에는 (문학 외적 권력이 직접적으로 개입하기 이전의 20년대 러시아 소설) 일정한 가치적 지향과 다원적 가치들이 공존하고 있으며 이들은 '생명을 위한 투쟁'의 관계에 있었고 그 투쟁 속에서 상호적인 침투에 의해 새로운 문학의 창조로 나아갈 수많은 가능성을 잉태하고 있었다는 점을 확인하고자 했던 것이다.

여기서 우리는 소설언어의 다원성에 대한 현대적 접근, 즉 소설의 언어가 지닌 본질에 대해 살펴볼 필요가 있다. 사회주의 리얼리즘의 중립적 문체화이든, 인상주의와 표현주의의 다원적 문체화이든, 소설의 언어가 지닌 본질적 특징에 대한 규명은 문체에 대한 세계관적 접근과 더불어 소설언어의 가치지향에 대한 우리의 관심을 보다 체계적으로 해결해 줄 수 있을 것이기 때문이다.

형식주의자들이 과연 시란 무엇인가, 무엇이 시를 다른 언어와 구별시켜 주는 본질적 특질인가에 대해 질문하면서, 시를 시답게 만들어 주는 본질적 특성을 일상어와 구별되는 시어의 특별한 미학적 성격이라고 규명하고자 했던 사실은 잘 알려진 바이다. 그리고 나아가 형식주의자들은 산문언어의 본질을 '낯설게 하기'(остранение)로 규정하고 그것을 문학을 문학이게끔 하는 문학성(литературность)으로 이해했다. 물론 이와 같은 구별이 시와 산문을 폐쇄된 언어 텍스트, '기법으로서의 예술'[22]로 귀결시킴으로써 문학의 시대적 사회적 역사적 성격을 배제시키는 결과를 빚었다는 사실도 이미 낯익은 비판이다.[23] 그러나 시와 소설이 언어로 구성된 예술작품이라는 사실, 문학어에 대한 보다 정밀한 이해가 문학의 본질을 이해하고 그 의미를 보다 과학적으로 확장시켜 갈 수 있다는 생각을 보여 주었다는 점에서 형식주의의 기여 자체는 충분히 평가될 수 있을 것이다. 그러나 이제 형식주의의 이러한 논법의 가능성과 한계를 염두에 두면서 우리는 소설의 언어에 대해, 소설이 소설다울 수 있는 소설언어의 본질적 특성을 다른 각도에서, 즉 구체적인 언어의 문제와 세계인식의 문제를 연관시킬 수 있는 시각에서 조명할 필요가 있다.

소설의 발생에 대한 내재적 분석을 잘 보여 주는 꼬쥐노프(В. Кожинов)는 소설이 탄생하면서 언어예술작품에는 근본적으로 전혀 다른 언술체계가 출현했다고 규정하면서 소설언어, 혹은 산문언어의 특징을 무엇보다도 먼저 그 묘사적 성격(изобразительный характер)에서 찾고 있다. 시의 언어 체계가 대상의 묘사 자체를 지향하기보다 대상에 대한 가치평가를 지향하는 언어라면 소설의 언어는 대상에 대한 정확한 묘사와 드러내기를 지향한다는 것이다. 이를테면 '은빛 비둘기'가 시어로서는 평화를 상징하고 그에 대한 시적 주체의 소망을 드러낸다면, 산문어로서 '은빛'은 비둘기라는

---

22) В. Шкловский . "Искусство как приём". Поэтика. Вопросы литературоведения. Хрестоматия. М., 1992. с. 24 – 40.

23) 특히 형식주의와 구조주의 등이 문학의 과학화를 내세우면서 문학작품에서 저자를 추방시킴으로써 현대 문예학을 막다른 골목으로 내몰았다는 비판은 Маттиас Фрайзе, "После изгнания автора: литературведение в тупике?". Автор и текст. Петербургский сборник. 위의 책. с. 25 – 32를 참조.

대상의 빛깔과 색채 자체라는 개별성을 지칭한다. 시어로서의 '은빛'은 '은'이라는 물질의 가장 보편적인 의미로 향해 있다면, 산문어로서의 '은빛'은 가장 개별적인 대상의 특징으로 향해 있다.[24)

시어가 대상의 개별화보다는 보편화를 향해 조직된다면 소설의 언어는 이와 반대로 개별화를 향해 조직됨으로써 묘사의 정확성을 지향하고 대상 자체의 특성을 해명하는 데에 집중한다. 소설의 언어가 지닌 이러한 특징은 언어예술에 이제까지와는 전혀 다른 과제와 특성을 부여한다. 이제까지의 고급 언어예술, 서사시와 서정시, 드라마 등이 언어의 보편적 의미를 확장하고 강화함으로써 언어로 조직된 작품의 이념을 보다 일원론적으로 체계화할 수 있었다면, 소설의 언어는 개별화된 대상들과 개별화된 언어, 특정한 시공간에서 특정한 문맥으로 발화되는 언어에 보다 집중함으로써 표현하는 주체와는 다른 세계에 대해 관심을 기울이고 일정한 지분을 양도하지 않을 수 없었던 것이다.

> 산문은 본질적으로 시적인 언어(слово)를 파괴하고 내던짐으로써 시작된다. 산문가는 무제한적인 자유를 가지고 다양한 측면들로부터 언어를 끌어다 사용한다. 그 결과 예술 산문은 가능한 모든 것 중 가장 '잡식성의' 말(всеядная речь)이다. 궁극적으로 그 어떤 것이든 원칙이 부재하다는 것, 그것이 단어의 선별과 연계의 원칙이 되는 것이다.[25)

---

24) 꼬쥐노프는 톨스토이의 『안나 까레니나』에서 스티브가 은제 포크로 굴을 까먹는 장면을 예로 들어 설명하고 있다. В. Кожинов, Происхождение романа. Теоретико-исторический очерк. М., 1963. c. 371-372.

25) В. Кожинов, 위의 책, c. 371.

계층화된 수사학으로서의 시적인 언어로부터 자유롭고 다양한 언어로의 이전을 자신의 원칙으로 하는 소설의 언어는 '원칙의 부재', 즉 작가 이념을 관철하는 일방적인 원칙이나 장르법칙을 가지고 있지 않으며, 다양한 세계상으로의 접근을 위해 '잡식성'의 말이 된다. 이 잡식성의 식욕은 무엇보다도 타자의 말과 말 자체에 대한 관심, 보다 특정한 계기에 특정한 음색으로 발음되어 나오는 말(발화)에 대한 민감함, 그리고 그러한 말들을 통해 형성되는 주체와 대상의 복잡다단한 상호관계 등에 의해 더욱 활성화된다.

꼬쥐노프의 견해는 여러모로 바흐친의 소설론을 연상시키며 분명 그에 의존하는 바 크다. 이미 잘 알려진 바이지만, 소설의 언어에 대한 주목을 통해 소설 연구의 새로운 지평을 개척한 공은 누구보다 바흐친에게 먼저 돌려야 할 것이다.

바흐친은 소설의 언어가 문체론적인 다차원성을 가지고 있고 그것이 소설이 문학사에 가져온 가장 획기적인 기여라고 말한다. 그에 따르면 사회적 삶에 실재하는 다양한 언어(문체)는 각각 독백적이다. 즉 농민의 언어, 귀족의 언어, 기도의 언어, 정치적 언어 등등 어떤 사회집단의 언어나 어법 등은 각각 자신의 가치지평을 지니고 있으며 이데올로기적으로 충만해 있다.[26] 이러한 독백적 언어는 자신의 대상에 대하여 단일한 의미를 부여하고자 노력하며, 자신의 세계관을 논리적으로 끝까지 밀고 나가면서 자신을 유일하게 가능한 세계관으로 느끼게 된다. 이로 인해 독백적 세계관은 현실에 대한 다른 가능한 접근방식들을 원칙적으로 무시하거나 혹은 권위를 동원해서라도 거부하게 된다. 순수한 형태의 독백적 언어는

---

26) 미하일 바흐친, 「서사시와 장편소설」, 위의 책, 27쪽.

남의 견해에 대해 신중한 태도를 취하는 것을 모를 뿐만 아니라 어떤 자기비판도, 그리고 자신의 인식적 불완전성, 제한성, 역사적 존재로서의 시간적 제한성 등을 고려하지 못한다.

그러나 이러한 독백적 언어에 근거한 문학은 항상 현실 삶과의 일정한 거리를 지니고 있을 뿐이다. 반면에 민속적 저급 장르에서의 웃음의 역할과 기능, 소크라테스의 대화들, 메니푸스적 풍자 등에서는 항상 살아 있는 실재의 무한히 풍부한 삶과 접촉하며, 상호조명과 상호비판의 토대를 갖추고 있다. 이러한 풍부한 민속적 전통은 전(前) 소설적 단초이며, "유럽 문명사에 나타난 아주 특수한 균열 - 사회적으로 고립되고 문화적으로 서로 무관심한 반(半)가부장적 사회로부터 벗어나 국가들과 언어들 상호간의 접촉과 관계로의 진입 - 에 의해" 전개된 '언어적 이데올로기들의 원칙적인 탈중심화의 시대, 다언어적 세계'에 대한 예술적 표현으로서 소설이라는 장르를 탄생시키게 된다. 소설은 수많은 독백적 언어들이 "상호 몰이해의 극단을 지향하는"[27) 대화적 대립 - 비완결적이며 출구가 없는 - 을 이루고 있는 장르인 것이다. 다시 말해 소설이 탄생하게 되는 '현재'는 중세 유럽사회의 팽창과 균열, 그리고 다언어성과 다문화성을 특징으로 하며 이러한 현재에 대응하여 소설은 다양한 민속적 흐로노또프의 형식을 실험하고 언어적 다양성을 작품에 도입함으로써 현실을 재현하는 근대적 소설 형식으로 발전해 온 것이다.

바흐친이 소설 장르가 발전할 수 있는 동력을 현실의 획득에서 찾고 있으며, 현실을 획득함에 있어 어떤 기존의 이념이나 주관성

---

27) 위의 책. 178쪽.

도 배제한, 현실의 반영을 추구하고 있음은 분명하다. 물론 이 반영은 균열된 세계의 조각들의 나열일 수 없고, 작가의 독백적 세계관의 전일적 지배하에 구성되는 것이어서도 안 된다. 그러나 미완결의 과정으로서의 현실을 작가가 작품에 형상화하기 위해서는 자신의 주관성을 피할 수도 없다. 그리하여 작가는 스스로의 이념적 목소리를 분명하게 나타내면서도 불가피하게 자신을 부정하고, 자신에 대립하는 많은 이념적 목소리에 자리를 내주게 된다. 이러한 구조에서 대립적이고 적대적인 많은 현실의 주체(언어)들이 대화적 관계로서, 즉 서로가 서로에게 완전하고도 지배적인 지위를 차지하지 못하면서 서로서로의 이념적 시야의 '경계'에서 충돌하고 논쟁을 하게 된다. 이러한 과정을 통해 소설 세계는 결코 작가의 최종적인 말(주관성)에 의해 종결지어지지 않고, 대화적 개방성을 획득하게 되며, 이 소설 세계는 미완결의 현실을 탐구하고 인식하고 새롭게 창조하는 최고의 근대적 예술 형식이 되는 것이다.

특히 이러한 연구에서 중요하고도 특징적인 것은 언어에 대한 바흐친의 관심이다. 그는 소설적 재현에 있어 가장 필수적이고 불가피한 것은 언어이며, 사회적 발화유형의 다양성 그 자체가 소설이라고까지 규정한다. 언어, 특히 발화에 살아 있는 현재의 풍부함이 그대로 들어와 있다는 것이다. 이러한 상이한 언어들을 다양하게 반영하고 이들의 다양한 연결 및 상호작용의 존재를 허용하는 것이 소설의 발전 지표가 된다. 이 지표는 다양한 언어를 작품에 도입하는 문체론에 의해 분류될 수 있다. 여기서 바흐친의 새로운 문체론적 접근이 탄생한다.

결론적으로 바흐친은 소설 속에 그려진 세계에 불가피하게 작가의 주관성이 개입될 수밖에 없음을 인정한다. 그 어떤 독백적 지배도 배제하고, 어떤 시각도, 삶이나 사상의 어떤 극도 절대화시키지 않는 작가로서의 주관성은 "자신의 불완전성 속에서 상대적인 삶과 사상, 세계의 진리들을 가능한 한 더 많이 밝혀내고 자기 자신은 그들 사이의 자유로운 공간과 같은 곳에 남아 있는"[28] 그런 주관성이다. 그는 원하는 모든 사람들에게 발언권을 부여하고 그들과 같은 권리로 자기 자신의 '진리'에 대해 선언하고 주장할 수도 있다. 마치 "이데올로기 심포지엄의 조직자"[29]처럼 작가가 주인공들을 "상호 몰이해하는" 동등한 권리를 가진 상대로 인식하는 한 "소설에는 단일한 언어와 문체가 없다.", "작가는 언어의 제 측면들이 상호 교차하는 조직적 중심에 위치하고 있다."[30]고 말할 수 있는 것이다.

꼬쥐노프와 바흐친의 견해에 비하면 형식주의의 '낯설게 하기'는 단순히 소설언어의 본질이 드러나는 하나의 현상에 지나지 않는다. 소설의 언어가 타자의 말과 말의 음성성, 주체와 타자의 상호관계에 대해 민감하게 반응한 결과, 혹은 그 현상이 독백적 언어에게는 충분히 '낯설게' 보일 수 있었던 것이다. 그러나 소설의 언어는 단지 '낯설게 하기' 자체를 지향하는 것이 아니라 근대 세계와 그 속에서의 인간의 삶의 본질을 담아내기 위한 미학적 혁신(세계관과 인간관의 혁신과 밀접하게 관련된)을 그 본질로 한다.

---

28) Г.К. Косиков, "К теории романа(Роман средневековый и роман Ново- го времени)", Российский литературоведческий журнал 1 , 1988, c. 17.

29) 위와 같음.

30) М. Бахтин, Вопросы литературы и эстетики, 위의 책, c. 415.

4. 소설언어의 총체성과 다음성성

　이러한 소설언어의 다음성성에 대한 지적은 그러나 지나치게 단순하게 이해되어 온 측면이 많다. 특히 가치적 일원론에 대한 포스트모더니즘적 비판의 분위기 속에서 소설의 가치적 중심을 강박적으로 배제하면서 다원적 가치관 자체의 절대화, 혹은 모호한 이데올로기적 지향이나 반(反)이데올로기적인 지향 등을 가치적 다양성으로 서둘러 선언해 버리는 것은, 테리 이글턴의 말처럼 "해결의 끝이 아니라 문제의 끝"[31]이 되어 버릴 뿐이다.

　우리는 전체주의화된 사회주의 리얼리즘에 대한 비판이나 근대적 모더니즘의 일원론적 세계관에 대한 비판에 대해서는 모두 수긍할 수 있다. 그러나 골룹꼬프가 말하듯이, 20년대 새로운 미학적 과제에 부응하고자 했던 사회주의 리얼리즘은 새로운 역사적 상황 속에서 모색될 수 있고 모색되어야 했던 미학적 정당성을 지니고 있는 것도 사실이다. 인간은 분명 세계적 과제와 불가분하게 운명적으로 연루되어 있다. 이를테면 미국의 이라크 침공과 유럽에 꿈틀거리는 네오-나치즘의 기류, 기아와 질병으로 죽어 가는 수많은 인류의 문제는 라스꼴리니꼬프의 고뇌를 현재적으로 만들기에 충분하고도 남는 문제라고 생각한다. 그렇게 거대한 인류적 문제가 아니더라도 최소한 우리 사회가 직면하고 있는 많은 모순과 질곡들이 개인의 삶의 문제와 긴밀한 내적 연관을 지니고 있다는 사실은 부인하기 힘들 것이다. 바로 이와 같은 인간적, 인류적 문제의

---

31) 테리 이글턴, 『포스트모더니즘의 환상』, 김준환 역, 실천문학사, 2000, 243쪽.

식과 보다 적극적으로 대면하고자 하는 소설적 노력은 20년대의 사회주의 리얼리즘이 미학적으로 감당하고자 했던 노력과 기본 구도에서 크게 다르지 않다고 볼 수 있다. 그렇다면 그것은 분명 현재적일 수도 있는 문제의식을 담고 있다고 평가할 수 있지 않을까.[32] 골룹꼬프가 인상주의와 표현주의의 세계관, 그리고 사회주의 리얼리즘의 세계관이 극적으로 대비되고 있다고 보면서도, 이들의 갈등이 '생명을 위한 투쟁'이었다고 보고, 상호간의 경쟁을 통해 '구조화'(구조 내의 요소들이 상호 반발하면서도 상호 작용하는 것이라는 점에서)되어 있다고 지적하고 있음을 상기해 보자. 그것은 소설언어가 가치적 일원성과 다원성을 동시에 지향하고 있으며, 그 상호작용 속에서 소설적 의미가 충전된다는 점을 가리키고 있다.

바흐친과 꼬쥐노프 등이 말하는, 소설의 언어가 타자의 말과 말의 음성성에 민감하다는 것, 소설이 독백적 형식이 아니라 다원적 형식이라는 것은 소설 속에 가치적 일원성이 완전히 배제된다는 뜻은 결코 아니며 가치적 일원성에 대한 윤리적 비판도 아니다. 물론 변질된 사회주의 리얼리즘과 같은 미학 외적 윤리에 의해 강요된 중립적 문체, 그리고 그에 따른 규범화와 전체주의화는 당연히 비판되어야 하지만, 여전히 소설언어는 가치적 일원성의 지향을 자신의 본질적 성격 중 하나로 담지하고 있다.

앞서 언급한 할리제프는 타자의 말에 기초한 다음성성(разоре-

---

32) 20세기에 대한 반성과 21세기 새로운 문화 패러다임이 건설되기를 러시아 문화와 문학에서 '기다리고 소망할 것'이라는 최근의 보레프의 말은 소설이 단순한 언어적 구성물이 아니라 새로운 가치에 대한 지속적인 추구라는 전제에 기초하고 있다. Ю.Б. Борев. "Литература и литературная теория XX в. Перспективы нового столетия", Теоретико-литературные итоги XX века - Литературное произведение и художественный процесс. т. 1, М., 2003, с. 43.

чие)이 오늘날 이종의 "문화 규범(норма культуры)"[33]을 현대 문학의 핵심적인 연구 방법론 중 하나로 인정하면서도 저자의 말을 '초-독백', '말 위의 말'로 규정하면서, "언어 예술 텍스트에 존재하는, 저자의 입장과 일치하고 그것을 표현하는 진술은 동시에 결코 작가에 의해 전달된 것을 다 소진하지 않는다."[34]고 말한다. 바흐친이나 꼬쥐노프가 말하는 것은 사회와 문화가 언어를 매개로 작품 속에 '타자의 말'로 들어와서 '저자의 말'에 개입하며, 이것이 소설의 근대적 다원성의 기초가 된다는 것이다. 하지만 그렇다고 해서 저자의 말이 완전히 소진되어 버린다는 것을 의미하는 것은 결코 아니다. 오히려 저자의 말은 할리제프의 지적처럼 작품에서 완전히 소진되지 않고 오히려 보다 넓은 현실을 바라보고 관장하는 가치 중심으로 남아 있다.

물론 이러한 가치 중심은 단순히 저자의 말로 형상화되지 않고 산문 시학의 구조화된 다양한 층위를 통해 실현된다. 소설의 구조화된 층위는 각 층위에서 발화되는 타자의 독백적인 말들이, 바흐친의 용어로 말하자면 다성악적인(폴리포니야, полифония) 소설 세계를 구성하고 있지만, 그 다음성의 소설 세계는 총체적으로 일정한 가치의 세계를 지향하고 있는 것이다. 그것이 '초-독백'이든, '말 위의 말'이든, 혹은 그 자체로 또 하나의 타자의 말, 혹은 사회 문화에 의해 결정된 일정한 이데올로기 체계이든 분명한 가치 지향으로 소설의 모든 요소들에 영향력을 미치고 있는 것이다.

여기서 가치적 지향이 형성되어 있다는 말을 세계가 일원론적으

---

33) В. Е. Хализев, 위의 책, c. 283.
34) В. Е. Хализев, 위의 책, c. 296-297.

로 총체적으로 구성되어 있다는 결정론적 시각으로 단정을 내린다면 이제까지의 논의를 지나치게 단순화시키는 것이다. 다음성적 세계에 대한 충분한 인식과 더불어 소설의 세계가 다원적인 가치의 병렬적 나열이나 가치에 대한 그 어떤 지향도 배제한 무의미의 놀이가 아니라, 그 모든 다원적 가치의 지향과 더불어 보다 총체적인 가치에 대한 지향을 담아내고 있다는 점을 놓치지 않아야 한다. 총체적인 가치란 물론 가치적 일원론에 근거하는 것이며, 그러나 소설 속에서 그것은 반드시 구현된 상태로서가 아니라 지향되는 과정으로서 존재한다.

소설 속에 구현된 일원적 가치란 체계화되거나 억압적이고 배타적인 성격이 아니라, 소설에 등장하는 다양한 가치체계에도 불구하고 그 너머에, 그 모든 것을 아우르는 그 어떤 것을 지향하는 힘으로서의 성격을 지닌다. 소설언어의 다층적 구조화가 '구조'이기 위해서 존재하는 힘, 그것은 루카치가 『소설의 이론』에서 말하고자 했던 '의미에 대한 영원한 동경'과도 같은 상태라고 말할 수 있다. 루카치는 소설이 선험적 총체성이 붕괴된 세계에서 잃어버린 총체성을 찾아가는 여행이며, 그러나 새로운 '길이 시작되었는데도 여행은 완결된' 여행[35]이라고 함축적으로 말한 바 있다. 즉 다원적인 지향과 갈등에도 불구하고 끝없이 그런 다원적인 세계를 극복할 수 있는 총체적인 상태를 지향하지만, 그 극복의 '새로운 길'이 시작되는 길목에서 소설의 여행은 끝이 나고 마는 형식이 바로 근대 사회의 인간 현실에 조응하는 소설이라는 것이다. 이루어질 수 없지만 이루고자 하는 문제적 인간의 영원한 동경이 아로 새겨진 세

---

35) G. 루카치, 『소설의 이론』, 위의 책, 94쪽.

계, 포기하기에는 그 동경의 흔적이 너무나도 강렬하고, 그것이 이루어질 수 없다고 믿기에는 현실의 무의미함이 너무나 강력하여 도달할 수 없음을 알지만 여행을 포기할 수 없는 자의 지난한 여행으로서 세계, 바로 그것이 소설의 가치적 일원성을 담아내는 형식인 것이다. 루카치는 그런 상태를 아이러니라고 불렀다. 물론 30년대 소비에트에서의 문학 비평 활동에서 이러한 아이러니 상태가 해소된 사회주의 리얼리즘의 대서사문학의 존재를 적극적으로 부정하지 않았지만, 다시 말하면 현실에서 주인공에 의해 총체성이 획득되고 달성된 상태에 대한 서사구조를 상정하는 시대적 분위기를 적극적으로 비판하지 못했지만, 그럼에도 불구하고 루카치의 소설론은 『소설의 이론』의 기본 틀을 벗어나지 않는다고 말할 수 있다.

루카치의 '영원한 동경'으로서의 찾아가는 총체성, 구성되는 총체성을 우리는 소설의 일원성에 대한 지적으로 이해할 수 있다. 해결 불가능한, 서로 방향을 달리하는 가치의 모순적 대립이 완전히 해결되어야만 가치적 일원성이 달성되는 것은 아니다. 앞서 일원적 가치에 대한 지향의 힘, 지향의 과정이라는 말로 담아내고자 했던 것은 바로 일원적 가치에 구현된 체계 자체가 소설에 존재한다[36]는 뜻이 아니라 소설의 모든 구성요소들이 일정한 총체성을 이루고 있다는 점이다. 물론 이때의 총체성이란 완결되고 폐쇄된, 단일가치가 지배하는 총체성이 아니라, 루카치적 의미로서, 아이러니 상태의 총체성이라는 것은 다시 강조할 필요가 없을 터이다.

---

36) 이런 점에서 이 글에서 가치적 일원론과 가치적 일원성이라는 말을 굳이 구별하고 있음을 강조하고 싶다. 가치적 일원성을 가지고 있다는 것이 반드시 가치적 일원론이 되는 것은 아니다. 하나의 이론체계로서의 일원론과 일정한 가치에의 지향 자체를 지적하는 일원성은 뜻하는 바가 다르다.

보통 독백적 세계와 대화적 세계라는 대립적 구도에서부터 출발하는 바흐친의 다음성 소설론 역시 이러한 관점에서 되돌아보면 소설의 가치적 지향을 배제하는 것이 결코 아님을 알 수 있다. 바흐친이 고대소설과 중세의 소설, 프랑수와 라블레의 카니발화된 세계, 그리고 도스토옙스키의 다음성 소설 개념을 전개할 수밖에 없는 동기는 바로 '현실의 구조'와 불가분하게 관련되어 있다. 소설 세계는 부단히 이 현실에 '극대화된 접촉을 기도하는 형식'이라는 바흐친의 말을 환기한다면, 여러 이념적 요소들의 병렬적 나열은 현실에 대한 극대화된 접촉을 의미하는 것이 아니라 현실에 대한 허무주의적, 상대주의적 접촉을 의미할 뿐임을 알 수 있다. 그것은 바흐친 자신의 말대로, "다음성 소설의 미궁 속으로 들어가서 그 속에서 길을 발견할 수 없었고 개별적인 목소리들 뒤에서 전체를 듣지 못하는 것"[37]과도 같다. 여기서 바흐친이 말하는 '개별적인 목소리들 뒤에 들리는 전체', 바로 그것은 '초-독백', '말 위의 말', 혹은 저자의 '의미에 대한 영원한 동경'(루카치)이 아니겠는가.

물론 바흐친이 다음성적 세계의 '통일성'에 대해 언급하는 것은 단순히 가치적 일원론을 긍정하기 위해서는 아니다. 그가 보기에 다음성 소설이 대상으로 하는 세계는, "최종적인 일은 이 세계에서 아직 한 번도 일어나지 않았으며, 세계에 대한 최후의, 그리고 세계의 최후의 말은 아직껏 발설된 적이 없었고, 세계는 열려 있으며 자유롭고, 아직 모든 것은 앞에 있으며 영원히 앞에 있을"[38] 세계이다. 그리고 특히 카니발화된 다음성 소설은 "발전도상에 있는 자

---

37) M. 바흐친, 도스또예프스끼 시학, 위의 책, 67쪽.
38) 위의 책, 242쪽.

본주의의 제 관계를 예술적으로 이해하는 데 있어서 놀랄 정도로 효과적"[39]인 것이라는 지적은 바흐친이 예술 세계 속에 구현하고자 하는 다음성적 세계의 통일성의 '성격'에 대한 암시가 되고도 남는다.

고정된 신화적 실체로서의 저자에 대한 완고하며 단순한 믿음은 벗어나야 하겠지만, "저자가 재현하는 통일성은 처음부터 거기에 그렇게 있는 것으로 생각해야만 하는 것이 아니라, 어쩌다 맨 나중에 포착하는 것이 가능할 듯싶은 그런 통일성"[40]이라는 점에서 텍스트의 그런 통일성의 중심에 저자의 가치 중심이 존재한다는 사실까지 부정할 수도, 그럴 필요도 없을 것이다.

이처럼 우리는 근대소설의 언어가 조직되는 원리를 그 언어적 특성으로부터 구조적 특성에 이르기까지 가치적 일원성과 다원성이 상호 긴장되게 작동하는 공간으로 읽을 수 있다. 그것은 20세기의 전체주의적 가치 일원론에 대한 비판, 그리고 그에 대한 강박증으로서의 단순한 다원론적 주장을 극복하면서 우리가 여전히 소설을 쓰고 읽음으로써 늘 새로운 문화를 추구하는 경계에 서 있다는 것을 알게 해 준다. 또한 소설의 연구와 학습은 다원적 가치의 허용과 인정을 통해 인류 문화의 가치를 보존하고 창조해 나가는 보다 총체적인 가치를 향한 움직임이라는 것을 일깨워 주는 것이다. 이러한 소설의 과제는 앞에서 거듭 강조하였듯이 '보다 대화적으로', '보다 총체적으로'라고 요약될 수 있을 것이다.

---

39) 위의 책, 244쪽.

40) 알렉산더 네하마스, 「작가. 텍스트. 작품. 저자」, 『작가란 무엇인가』, 박인기 편역, 지식산업사, 1997, 299쪽.

텍스트의 상징화와 서사화

－막심 고리키의 「푸르른 삶」

1. 언어와 소설의 의미공간

소설언어는 저자의 말(авторская речь)과 더불어 비저자의 말 (неавторская речь)을 포함함으로써 다성성(многоголосье)의 세계를 창조하며 바로 이런 특성이 소설을 근대적 세계상에 조응 하는 형식으로 발전시키는 원동력이었다. 소설언어는 주체로서의 작가가 독자를 향해 발화하는 '말 위의 말'(надречевое образо-вание), '초－독백'(сверхмонолог)[1]이라는 할리제프의 정의처럼 소설언어의 다성성은 '저자의 말'의 소진을 의미하거나 세계에 대 한 냉담한 다원주의를 의미하지 않는다. 다시 말하면 "소설에 단일 한 언어와 문체가 없다."는 바흐친의 지적은 소설언어의 가치적 일 원성과 다원성의 지향 사이의 긴장된 역학관계에 대한 지적인 것 이지 "언어의 제 측면들의 상호 교차하는 조직적 중심"[2]으로서의

---

1) В. Е. Хализев, Теория литературы, М., 2002, с. 297.

2) М. Бахтин, Вопросы литературы и эстетики, 위의 책, 415쪽.

저자를 부정하는 것은 아니다.

앞 장에서 우리는 소설언어의 위와 같은 특성에 대해 이론적으로 조망한 바 있다. 소설언어의 독백성, 혹은 전체주의적 가치 일원론에 대한 비판이 소설언어의 가치적 지향성, 작가의 창조적 주관성에 근거한 총체성의 지향[3]까지도 분별없이 전체주의적인 것으로 규정해서는 안 된다는 점을 전제하면서, 반면 소설언어의 다성성에 기초한 가치적 다원성이 소설언어의 본질이되, 몰가치적 중립을 뜻하는 것은 결코 아니라는 것, 바흐친 말에 따르면, '다성성의 미로'[4] 속에서 길을 잃고 헤매는 것을 뜻하지 않는다는 것이 앞장의 주요 논점이었다.

언어적 형식이 소설 의미 형성의 기본적이고 본질적인 요소이지만 예술적 의미가 그 언어 형식으로 환원된다고 보는 것은, 주지하다시피 형식주의적 오류라고 말할 수 있다. 물론 그 역으로 예술의 의미를 언어 형식과 무관하게 삶의 직접적인 반영으로 보는 것은 1920년대 러시아 속류 사회학주의의 오류이기도 하다.[5] 예술적 의미는 당연히 언어 형식을 통해 형성되지만 그 형성 과정에는 다른 여러 문제, 즉 인물과 사건, 서술과 구성의 문제와 같은 새로운 차원의 '언어적' 문제가 작용한다. 소설은 "일정한 사회문화적 공간에서 일정한 가치를 지향하면서 또한 그 가치를 지양하기 위한 살아 있는 공간이며, 따라서 창조의 공간"이다. 즉 "가치의 원심력과

---

3) 물론 이때의 총체성이란 완결되고 폐쇄된, 단일 가치가 지배하는 총체성이 아니라, 루카치의 개념처럼, 아이러니 상태의 총체성을 뜻한다.

4) М. Бахтин, Проблемы поэтики Достоевского, 위의 책, 1979, 53쪽.

5) 1920년대 형식주의와 사회학주의의 오류에 대해 꼬지노프는 아주 적절한 예와 더불어 잘 지적하고 있다. 이에 대해서는 В. В. Кожинов, "Художественная речь", Теория литературы · Литература, ИМЛИ, М., 2005를 참조.

구심력이 작동하는 공간 속에 살아 숨 쉬며 움직이는 생물이 바로 소설언어의 작업 현장"[6]인 것이다.

이제 앞 장의 이론적 검토를 바탕으로 소설언어가 서사적 가능성을 확대해 가는 새로운 양상과 그 양가성의 공간을 살펴보도록 하자. 분석 대상은 막심 고리키의 「푸르른 삶」이다. 이 작품은 1920년대 소설언어의 일반적 특징과 그 다양한 언어적 특성, 그 언어들이 새로운 서사를 향해 나아가고 있는 실험적 측면 등을 잘 보여 주고 있다.

2. 1920년대 소설언어의 모순적이고 역설적인 상황

1920년대 러시아 산문의 언어적 특성은 무엇보다 그 다원성의 추구에 있었다. 이 말은 언뜻 역설적으로 들릴 법하다. 정치적 통합과 이데올로기 통합이 시대적 과제였던 혁명적 변혁기에 소설언어가 다원적이라는 말은 상식적으로 쉽게 수긍하기 힘들기 때문이다. 실제로 20년대 후반 중립적 문체로의 수렴 경향은 다원성의 추구와는 일정한 거리를 가지고 있다. 그러나 20년대 전반적인 소설언어의 발전과정은 일원론적인 중립적 문체로 수렴되는 하나의 경향과 동시에 전 시대에 비해 보다 새롭고 다원적인 언어를 추구했던 것도 분명한 사실이다.

혁명으로 새롭게 성립된 소비에트 사회에서 언어 문제의 일차적 관심은 문화적 교양이나 교육수준이 높지 않은 노동자와 농민 대

---

6) 앞 장을 참조.

중에게 혁명의 정당성과 과제를 이해시키기 위한 언어, 즉 쉽고 민중적인 단어와 문체를 모색하는 것이었다. 특별한 필요성 없이 무분별하게 외래어를 사용하는 언어 환경을 정화해야 한다는 레닌의 「러시아어 정화에 대하여」(Об очистке русского языка)와 그에 근거하여 언론 출판 분야에서 언어 정화에 대한 다양한 논의[7]가 전개된 것은 혁명 정부의 언어적 관심이 어디에 있었는가를 잘 보여 준다. 그러나 민중에게 쉽게 이해될 수 있는 언어를 '정화'해 가는 문제는 다소 미묘한 모순적 상황에 직면한다. 민중에게 쉽게 다가가기 위해서는 민중의 언어 현실에 적응해야 할 것이지만, 민중이 현실적으로 사용하는 언어는 구어와 속어, 비문화어로서 표준적인 러시아 문어와는 일정한 거리가 있었다. 다른 한편 혁명은 기존의 언어체계에 새로운 변형을 초래하지 않을 수 없었다. 정치적 슬로건과 강령과 관련된 수많은 신조어와 약어, 혁명적 은어가 태어났고 기존의 언어조차 새로운 환경에서 새로운 의미로 변형되고 굴절되기 시작했다. 이처럼 혁명은 한편으로는 쉽고 민중적인 언어를 수립해야 할 과제를 제기하면서 다른 한편으로는 새로운 언어를 끝없이 생산해 내는 다소간 모순적인 상황을 초래했던 것이다.

20년대 소설언어의 다원적 발전을 이해하기 위해서는 이처럼 모순적이고 역설적 상황이 고려되어야 한다. 새롭게 형성된 관용어와 신조어, 혁명 기구와 과제에 대한 약어, 그리고 그에 기초하여 생산된 텍스트는 미처 안정된 사회적 의미를 획득하지 못했고 오히

---

7) 1920년대 러시아 문학어의 발전과 그 논의에 대해서는 Л. М. Грановская, Русский литературный язык в конце 19 и 20 вв., Элпис, М., 2005의 제2부 1장 "Полемика о путях развития русского литературного языка в 20-30-е XX века"에 자세하고 흥미롭게 연구되어 있다.

려 민중 대중에게 소외된 언어로 대두되었다. 민중은 자신의 언어로 혁명을 이해하기보다 미처 충분히 이해할 수 없는 용어와 표현, 관용구를 습득해야만 했다. 이런 상황은 혁명적 현실 그 자체보다 언어 그 자체에 보다 예민한 주의를 기울여야만 하는 역설적 상황으로 귀결되었다.

언어에 대한 예민한 관심 속에서 소설은 주인공과 사건, 서사와 같은 전통적인 소설 구성요소에 의존하기보다 언어 그 자체에 대한 소설화에 매달리는 경향을 보여 준다. 그것은 소설에서 언어적 가능성에 대한 탐구가 그만큼 중요한 역할을 하게 되었다는 것을 의미한다. 진실을 전달하는 매개로서의 언어가 소설적 묘사와 서사 전개의 중요한 대상이자 슈제트 구성의 핵심 요소가 된 것이다.[8] 혁명이란 현실 구조의 변화를 통해 인간 삶의 변화를 추구하는 것이라는 논리를 언어에 비유한다면, 인간 삶의 변화를 통해 언어의 변화를 추동하는 것이 자연스러운 이해방식일 터인데, 현실 삶의 변화보다도 언어의 변화가 보다 중요한 관심의 대상으로 떠올랐다는 것은 분명 역설적 상황이 아닐 수 없다.

그러나 이 역설적 상황은 혁명이란 관점에서 역설적인 것이지, 소설언어의 발전과정에 비추어본다면 자연스러운 일이다. 이미 혁명 전 20세기 초부터, 아니 조금 더 넓게 생각한다면 19세기 말부

---

8) 보레프는 이러한 변화가 서술의 방법과 형식에 대한 서술학(нарратология)의 발전을 불러왔고 그러한 변화는 1960‒80년대 '저자의 죽음'이라는 허무주의적 주장으로 나아갔다고 말한다. Ю.Б. Борев, "Литература и литературная теория XX в. Перспективы нового столетия", Теоретико‒литературные итоги XX века. Литературное произведение и художественный процесс. Наука. М., 2003. с. 9. 그러나 그러한 결과는 소설언어에 대한 관심과 소설언어의 대상화의 부정적 결과의 하나일 뿐이다.

터 전통적 리얼리즘의 소설언어는 새로운 도전에 직면하여 새로운 발전을 보여 주고 있었고, 20년대 소설언어의 발전은 이러한 발전의 일반적 발전 경로를 계승하고 있었던 것이다. 19세기의 소설언어가 드라고미레쯔까야의 말처럼 "저자의 정신성의 공기층"(воздушный слой)이었다면 20세기의 언어는 "선명하고 다종다색의 덮개처럼, 표현된 모든 것 위에 덮여" 있어 이제 소설 속 인물들은 이념적 인물이기 이전에 "언어적"(речевый)[9] 인물들이다. 19세기 소설언어가 국민문학으로서의 정체성을 확립해 가는 과정에서 그 이전 시대에 비해 새롭고 다양한 언어의 창출에 기여한 것은 물론이지만 "작품의 의미와 개념이 등장인물들의 다성적 목소리로 구성되었다 하더라도 궁극적으로 독백적"[10]이라는 보레프의 지적은 특히 20세기 소설언어와 비교하면 대체로 타당하다. 19세기의 소설언어가 저자의 언어로부터 주인공의 언어로, 그리고 서사 언어로 확대되면서 저자의 세계인식과 그 표현의 지극한 수단이었다면 20세기의 소설언어는 그 자체가 묘사의 대상이자 주인공이 된 것이다. 이제 20세기의 저자는 모든 것을 보고 아는 전능한 자가 아니라 표현되는 것 자체에, 즉 그 대상 속에 내재하는 "배우의 얼굴"[11]을 하고 있다. 즉 이런 배우는 평소 자신의 언어를 그대로 간직하고 유지하는 것이 미덕이 아니라 그가 처한 극중 상황에 걸맞은 언어를 지닌 '언어적 인물'이어야만 한다. 따라서 새 시대의 소

---

9) Н. В. Драгомирецкая, "Проза 1920 – 1930 – х годов: От эксперимент к классике слово как предмет и герой", Теоретико – литературные итоги xx века – Художественный текст и контекст культуры. т. 2, Наука, М., 2003, с. 221.

10) Ю.Б. Борев, 위의 책, с. 9.

11) 위의 책, с. 10.

설언어는, 역시 드라고미레쯔까야의 말에 따르면, "무엇보다도 언어적 측면들의 위계와 소외를 극복하는 것에, 저자의 말(탐구하는)과 주인공의 말(탐구되는)을 새로운 다언어적 총체(말의 합금)로 결합하는 것, 문학의 언어(권위적, 특권적 언어)와 삶의, 평범한 사람들의 언어(지역의 말투, 방언), '자신의 말과 타자의 말', 현대의 말(이를테면 슬로건)과 고대의 말(잠언), 추상적 개념어와 구체적인 언어, 정신의 언어와 과학의 언어 등등을 결합하는 것이었다. (……) 그리하여 단일하고 동질적인, 능동적이고 의식을 지닌, 그리고 스스로 변모하는 물질의 사회적 세계구축의 상이 창조되었던 것이다."[12] 드라고미레쯔까야의 말처럼 정말로 '단일하고 동질적인, 능동적이고 의식을 지닌 사회적 세계구축의 상'이 창조되었는지에 대해서는 판단을 유보한다고 해도 20세기 초 소설에서 언어의 기능과 역할, 지위, 과제가 이전 시대와 현격하게 바뀌었다는 지적과 '새로운 다언어적 총체'를 추구하였다는 설명은 이 시기 예술언어 상황을 적절하게 담아내는 것으로 충분히 동의할 수 있다. 이런 맥락에서 1920년대 소설언어의 다소 모순적이고 역설적인 상황은 전혀 새롭고 낯선 풍경만은 아니었던 것이다.

혁명적 현실과 혁명의 필연성을 담아내야 한다고 믿었던 프롤레타리아 문학 진영이 소설언어의 실험에 대한 여러 경향들에 대해 비판적이었던 것은 어찌 보면 당연한 일이었다. 그러나 앞서 논의했다시피 이렇게 언어에 대한 예민한 관심 자체가 혁명적 상황과 결코 무관한 것이 아니었고 '우주적인 시'를 창조하겠다던 쁘롤레뜨꿀뜨(Пролеткульт) 진영이나 꾸즈니짜(Кузница) 진영 역시

___
12) Н. В. Драгомирецкая, 위의 책, с. 223.

다소간의 방향과 정도가 다를 뿐 언어에 대해 예민한 반응을 보이고 있었다. 고르바초프가 "프롤레타리아 문학은 생생한 방언이나 은어 등의 아주 중요한 계기들을 부각시키면서 명료하고 쉽게 이해되며 일반적으로 받아들여지는 언어를 활용하려고 해야만 한다. 그것은 벨르이와 자먀친의 유산에 남아 있는 데카당한 요소들을 결정적으로 폐절하는 것이다. 다만 그들에게서 아주 얼마 되지 않는 기술적 기법들만을 남겨 두고 말이다."[13]라고 말해야 했던 것은 20년대 소설언어가 처해 있던 역설적 상황과 그 속에서 '프롤레타리아 문학'의 곤혹스러운 처지를 분명하게 보여 준다. 한편으로 언어에 대한 '데카당한' 태도를 비판하면서도 그들의 '기술적 기법'을 받아들여야 한다는 고르바초프의 말은 20년대 중반 '시월'(Октя – брь) 그룹과 '나 뽀스뚜'(На посту) 진영의 동반자 문학에 대한 격렬한 정치적 비판에 비하면 역설적이고 모순적인 상황에 대한 당혹스럽지만 매우 정직한 진술이었다.

3. 「푸르른 삶」과 소설언어

3.1. 작품에 대하여

막심 고리키의 「푸르른 삶」은 '프롤레타리아 작가'로 명성을 얻고 있던 막심 고리키가 1917 – 18년에 볼셰비키의 폭동주의와 잔혹함을 격렬하게 비판하다가 일정한 타협기를 거쳐 반강제적으로 출

---

13) Г. Горбачев, Два года литературной революции, 1926, Л. с. 21.

국해서(1921년) 독일에 머무는 동안 집필된 작품이다. 이 작품은 상징주의와 장식주의 문체 등을 적극 활용하면서 리얼리즘 작가로 평가되던 고리키의 이전 작품과는 매우 색다른 모색을 보여 준다. 그렇지만 이것이 그의 반혁명적 태도와 연관된다고 생각할 필요까지는 없을 것이다. 다만 새로운 '어조'와 새로운 서사기법의 탐구가 혁명과 문학 활동 전반에 대한 고리키의 반성과 깊게 관련되어 있다는 것은 분명한 사실이다.

이 작품은 '부도덕한'(аморальный) 작품이며 '몹시 기형적인 불구적인 모습들과 다종다양한 사디즘, 병적인 에로티시즘, 인간 본성의 형언하기 힘든 왜곡'을 담고 있어 이제 고리키가 부르짖던 '인간이 당당하게' 울려 퍼지지 않을 것이라는 부정적인 평가[14]를 받는가 하면 주인공 미로노프와 목수를 "인간의 침체성과 장난스러운 기행(косность и озорное чудачество)"[15]을 구현하고 있다거나 아주 흥미로워서 푹 빠지게 만든다[16]는 반응을 불러일으키기도 했다. 1920년대의 고리키의 행적에 대한 논란과 마찬가지로 이 작품은 혁명 진영과 망명 그룹 사이에 서로 다른 반응을 불러일으켰던 작품이지만 그러나 대체로 이제까지 크게 주목받지 못했던 것이 사실이다.

이 작품은 이 시기에 쓰인 『1922-1924년 단편집』(Рассказы

---

14) В. Вешнев, "Горькое лакомство(М. Горький к 10-летию Октября)", На литературном посту. М., 1927. No. 20. с. 46.

15) А. Воронский, "О Горьком", Избранные статьи о литературе. М., 1982. с. 40(보론스끼의 이 글은 『Правда』 1926년 제79호 4월 7일자 게재.).

16) М. 쁘리쉬빈은 고리키에게 보낸 편지에서 "「푸르른 삶」은 나를 몹시 매혹시켰고 한순간 당신이 걱정되기까지 했습니다. 하지만 갑자기 병원행으로 끝나 버렸지요. 물론 난 욕을 해 댔지요."("М. Горький и советские писатели", Литературное наследство Т. 70. с. 330.)라고 말했다.

1922 - 1924)에 아홉 편의 다른 단편들과 함께 출판되었다. 아홉 편의 다른 작품들 각각 서로 다른 형식 실험을 보여 주고 있고 작품 내용들도 이제까지 고리키 문학의 자전적 요소들이 배제된 순수하게 "고안된"(выдуманные)[17] 것들이다. 그중에서도 「푸르른 삶」은 그 상징적 성격과 언어적 혁신에 있어 매우 수수께끼 같은 면모를 담고 있는 작품으로 오늘날 고리키 문학을 새롭게 고찰하는 데 매우 중요한 작품이라고 말할 수 있다.

3.2. 서사의 필연성과 우연성

이 작품이 작가의 이전 작품들과 뚜렷이 구별되는 것은 무엇보다도 사건의 무의미함과 우연성이다. 주인공의 삶과 운명, 부모의 죽음, 목수 깔리스뜨라뜨와의 만남과 그로 인해 발생하는 사건들은 사건 이후의, 혹은 그 너머의 보다 큰 의미를 구성하는 필연적 요소들이 아니다. 즉 방대한 사실들이 축적되어 서사적 결말로 귀결되는 것이 아니라 우연한 사실들의 연쇄가 무한히 확대되어 가는 서사구조를 띠고 있다.

소설의 서사가 정해진 목표를 향해 축소되어 가는 것이 아니라 작은 점에서 시작하여 점점 더 폭넓게 확산되는 확산형 서사라는 것은 일반적인 특징이라고 말할 수 있다. 그러나 19세기 소설에서 아무리 많은 인물과 사건이 확산적으로 소설 세계를 확장시켜 간

---

17) 고리키는 정신과 의사 갈란뜨(И.Б. Галант)가 「푸르른 삶」의 주인공 미로노프의 정신병에 관한 논문을 쓰겠다며 미로노프의 진짜 이야기를 들려 달라는 편지에 대한 답장에서, 미로노프는 완전히 고안물(выдумка)이라고 말한다(Архив А.М. Горького, КГ-уч-4-2-20).

다고 해도 결국 그 모든 것은 전지적인 작가의 보이지 않는 '정신층'(앞서 드라고미레쯔까야의 언급을 상기하자)의 산물이며 그곳으로 회귀한다. 따라서 소설 속 사건과 인물, 언어는 필연적으로 저자의 합목적성(целесообразность)의 발현이라고 말할 수 있다. 이를테면 톨스토이의 『안나 까레니나』에서 브론스끼의 어머니와 안나는 기차역에서 '우연히' 만난다. 사전 약속이라든가 그럴 만한 필연적 이유가 있었던 것은 아니다. 서로 잘 모르는 사이에서 우연히 뻬쩨르부르그에서 모스크바로 오는 열차에서 마주 앉게 되는 것이다. 또한 안나와 브론스끼가 처음 마주치는 모스크바 기차역에서 아주 우연하게 한 철도 종사원이 기차에 치여 죽는 사건이 벌어진다. 이렇게 보면 거의 모든 사건과 인물들은 아주 우연히 마주치고 만난다. 그러나 이러한 만남들은 단순히 우연한 사건은 아니며 등장하는 인물들도 우연히 지나가는 '행인 1, 2, 3……'이 아니다. 모든 사건과 인물들은 작품 이념의 폭과 깊이, 향후의 서사를 향해 작가가 멀리 보고 깊이 생각한 결과이다. 브론스끼 어머니와 안나가 만난 것은 브론스끼를 만나기 위한 동기부여의 하나이며, 기차역에서의 철도원 사망 사고는 이후 인간의 근대적 운명에 대한(안나와 브론스끼의 운명을 포함한) 강한 암시, 혹은 복선이다. 심지어 꿈이나 생각, 혹은 자연의 상태 등도 분명한 서사의 요소로 작용한다. 안나가 기차를 타고 돌아갈 때의 사나운 눈보라, 아들에 대한 그리움과 죽음에 대한 짙은 암시를 하는 꿈 등이 그러하다.

도스토옙스키의 『죄와 벌』의 라스꼴리니꼬프도 우연히 마르멜라도프를 만나고, 우연히 쏘냐를 만나고 심지어 에필로그에서 우연히 성경의 어느 한 페이지를 읽게 된다. 그러나 도스토옙스키의 우연은 서사적 필연성의 계기로부터 좀 더 자유로운 것은 사실이다. 그것은 우연한 계기의 만남이라는 사실 자체가 서사의 진행에 크게 영향을 미치는 것은 아니기 때문이다. 도스토엡스키에게 중요한 것은 그 우연함이 이후에 미치는 서사의 필연적 결과보다는 그 우연함으로 만들어진 공간에서 이루어지는 인물들의 대화 내용, 이념적 상호 교류이다. 따라서 그로서는 보다 자유롭게 우연적 사건을 펼쳐 놓아도 서사의 이념적 진행에 큰 부담을 주지 않게 된다. 바로 이런 점이 도스토엡스키 소설을 보다 현대적 형식으로 볼 수 있는 근거 중 하나일 수 있겠다. 그러나 그럼에도 불구하고 도스토엡스키 소설의 주인공과 사건 역시 이념적 기획에 따른 저자의 합목적성을 넘어서지는 못한다. 즉 라스꼴리니꼬프의 사상을 드러내고 그의 종교적 갱생의 과정을 살펴보기 위해서는 필연적으로 우연히(!) 쏘냐를 만나야 했고 뽀르피리를 만나야 했으며, 심지어 전당포 노파의 여동생까지 '우연히'(그러나 소설의 이념, 작가 사상에 비추어 결코 우연일 수 없는) 죽여야 했던 것이다.

전통적 소설의 서사에서 볼 수 있는 이러한 우연성과 필연성의 관계는 20세기 소설에서 새롭게 혁신된다. '세계의 상황이 인과론적인 태도에 의한 현실의 모든 현상의 총체적이고 보편적인 연관에 대한 표상으로 귀결'되었던 19세기 실증주의와 그에 근거한 리얼리즘의 논리는 "인간의 성격은 환경과의 상호작용으로써만 설명될 수 없으며, 합리적으로 설명할 수 없는 의식의 여러 측면과 존재를 둘러싸고 있는 환경에서 원인을 찾을 수 없는 행동들이 존재한다."[18])는 논리로 전환되는 것이다.

---

18) М. Голубков, Утраченные альтернативы. Формирование монистичес-

우리는 그러한 새로운 20세기의 논리를 「푸르른 삶」의 파편적인 사건들과 우연적 계기들에서 극명하게 관찰할 수 있다.

「푸르른 삶」의 주인공 미로노프는 삶을 거부하고 오직 공상의 세계에 머물고자 하는 인물이다. 그는 현실과 현실에 대한 분명한 사고를 거부하고 오직 환상적인 자신의 세계에 갇혀 지내기를 좋아한다. 그가 그 어떤 생각도 하지 않으려고 애를 쓴다는 것은 현실에 대한 논리적 인과적 사고를 부정한다는 것을 의미한다. 그에게 '생각한다'는 것은 삶의 자연스러움과 활력을 왜곡하는 것일 뿐이다. 그의 아버지는 고기와 생선, 혹은 우유가 썩어서 먹을 수 없을 때 그것들이 '생각에 잠겼다'고 말하곤 했는데 미로노프 역시 아버지의 영향을 받아 생각이란 '먼지이고 벌레'라고 믿었다. 그에게 삶이란 견디기 힘든 지루함일 뿐이었고 오직 소리와 음악과 색채로 가득한 폐쇄된 공상의 세계만이 영혼을 달래 주는 것이었다. 현실의 삶은 너무나 지루하고 판에 박힌 것으로, 혹은 아버지의 음악이나 삶에 대한 환상을 전혀 용인하지 않는 어머니의 견고한 타성의 세계로 대변된다. 대신 미로노프는 공상 속의 다른 세계로 떠나기를 꿈꾼다.[19] 그 다른 세계의 상징이 파리였다. 파리는 그가 꿈꾸는 새로운 삶이 펼쳐지는 도시였고 지금 이곳을 살아가는 모든 것과 대비되는 곳이었다.

кой концепции советской литературы 20 - 30 - е годы, Наследие, М., с. 73.

[19] А. 쁠라또노프의 『꼬뜰로반』(Котлован)의 주인공 보쉐프는 반대로 생각을 너무 많이 한다는 이유로 삶에서 쫓겨나 다른 세계를 향한다. 재미있는 대비가 되겠지만 미로노프가 현실에 대해 생각하지 않으려는 것이나 보쉐프가 생각이 너무 많은 것은 거의 동질적인 상태이다. 즉 그들 모두 고정된 필연성의 세계로부터 벗어나고자 한다.

생각을 하지 않기 위해 미로노프는 진주 빛의 하늘에 대고 철도 노선을 그려 보았다. 모스크바 – 리가 – 베를린 – 쾰른 – 파리. 그러나 오늘은 역을 표시하는 동그라미들이 하늘에 다 배열되지 않았다. 마지막 역을 태양 가까이에, 아니면 태양 가운데에 배치해야만 했다. 그렇게 되면 파리 역이 잘 보이지 않게 된다. 그건 모욕적이다. 하지만 하늘에 이 역은 반드시 위치시켜만 한다. 그렇게 되면 상상력은 곧바로, 언제나와 마찬가지로 푸르른 도시를 창조해 낼 텐데. 장엄한 오르간 소리가 넘치는 도시, 즐거운 사람들과 비범한 모험이 가득한 도시를. 그곳에선 삶이 가볍고 간단하게, 미지의 그 어떤 것을 숨기는 법이 없이 물 흐르듯 흘러가……[20]

생각하지 않는다는 것은 주변 현실에 대한 이성적 사고, 혹은 인과적 총체성으로의 인식을 시도하지 않는다는 것을 의미한다. 주인공 미로노프에게 모든 현실은 파편화되고 무의미한 연쇄로 여겨진다. 그러나 미로노프의 이런 삶은 유지될 수가 없다. 아무리 현실을 벗어나고자 해도 현실은 다양한 모습으로 그에게 '생각하기'를 강요한다. 게다가 아버지와 어머니가 차례로 죽은 뒤 홀로 남은 미로노프의 삶에 목수 깔리스뜨라뜨가 끼어든다. 목수는 미로노프의 어머니가 죽은 날 스메따나로 자기 집 대문을 칠하는 기이한 행동을 해서 사람들의 관심을 끌더니 새로 색칠을 하려는 미로노프의 집에 밤에 몰래 나타나 사다리를 타고 올라가 타르로 '미친 사람의 집'이라는 글자를 쓰고 기괴한 괴물 물고기 그림을 그려 넣었다. 미로노프의 삶에 침투한 목수는 미로노프가 아무리 거부해도 그를 떠나지 않고 괴롭힌다. 미로노프는 집을 푸르른 색으로 칠하고 싶었지만 결국 파란색의 괴기한 그림이 그려진다.[21] 목수의 사주를

---

20) М. Горький, Полное собрание сочинений, т. 17, Наука, М., 1973, с. 465. 이 장에서 이 책의 인용은 본문 괄호 속에 쪽수만 표기한다.

21) 작품에서 파란(синий)색과 푸르른(голубой) 색은 다른 의미를 가진다. 마찬가지로 녹색이나 회색, 검은 색 등 색깔의 의미가 다양하게 작동한다. 이에 대해서는 뒤에서 살펴볼 것

받은 아르따몬이라는 마부는 미로노프의 허락도 받지 않고 반강제적으로 집 안을 수선하고 과수원도 마음대로 파헤친다. 미로노프는 앞집의 리자를 좋아하고 있었는데 목수는 미로노프의 정신 상태를 고치기 위해서는 결혼이 필요하다면서 강제적으로 세라피마라는 조카를 데려다 결혼시키려 한다. 결국 현실 속에서 미로노프의 세계는 점점 파괴되어 간다. 그러나 현실 세계가 파괴되어 갈수록 다른 세계를 꿈꾸는 미로노프의 환상은 완성되어 간다.

미로노프의 환상은 사실 미로노프의 정신이 미쳐 가는 과정이다. 사건의 서사는 모두 미쳐 가는 미로노프의 시선으로 그려지고 있기 때문에 현실적인 서사의 요소들이 아무런 연관도 없이 펼쳐지는 것은 당연하다. 미로노프의 현실에 분명하게 존재하는 앞집 노인 로자노프와 그의 딸 리자도 그의 의식에 몽롱하게 상상적인 인물들로 수용된다. 그리고 미로노프의 삶에 우연히 끼어든 목수와 아르따몬, 세라피마의 정체도 미로노프의 의식 속에서 매우 불명확하다. 이들과 관련된 모든 사건들은 필연적인 이유도, 현실적인 그럴듯함도 갖추어지지 못한 채 미로노프의 의식을 통해 작품에 전개된다. 그러나 그의 환상이 완성되는 것은 그가 완전히 정신이상 상태가 되었다는 것을 의미한다. 그는 자신의 의식 속에 완전히 다른 삶을 구축하지만 결국 정신병원에 구금되고 만다.

19세기 전통 소설의 우연성과 필연성의 관계, 특히 현실의 '진리'를 본질적으로 파악하여 전달한다는 서사의 본질은 「푸르른 삶」

이다. 사실 голубой 라는 색은 상징주의자들이 즐겨 사용한 상징이었고 20년대 장식주의 문제를 구사하던 쎄라삐온 형제들 그룹에서도 자주 등장하는 상징적 단어이다. 이에 대해서는 И. Н. Примочкина "В поисках обновления(О рассказе Горького 『Голубая жизнь』", Неизвестный Горький, Наследие, М., 1994. 참조.

에서 현실의 본질과 진리와 그 어떤 필연적 연관이 없는 우연의 연쇄로 해체된다. 그러나 그렇다고 무의미의 우연적 연쇄 그 자체가 목적이라고 말할 수는 없다. 그것은 기존의 '현실'이라는 불변의 대상에 대한 해체이며 그 해석에 대한 불신이라는 효과를 통해 새로운 현대적 현실의 본질에 대한 탐구라고 말할 수 있다. 그것은 광인의 의식에 비친 이야기를 작가의 시선으로 다시 정리하는 서사의 반전을 통해 확인된다. 즉 작품의 끝에서 이제까지의 모든 이야기가, 비록 미로노프의 시선으로 그려지고 있지만, 그 모든 것은 사실 어떤 의사로부터 작가가 전해 듣고 많이 꾸며 낸 것이라는 사실이 드러나는 것이다.[22]

> "잔뜩 꾸며대 덧붙였지?"
> 나는 의사 알렉산드르 알렉씬이 내게 이 병 이야기를 해 주었을 때 이렇게 물었다.
> "물론이지, 자네라면 더 꾸며댔을 걸!"
> 그는 웃으면서 대답했다.
> "이 이야기는 내가 미로노프의 팔 골절을 치료할 때 내 동료가 내게 말해 준 걸세. 이 미로노프라는 사람이 그를 방문한 목수를 보고서는 창문으로 몸을 던졌다는 거야. 나중에 나는 며칠 동안 다시 미로노프를 볼 수 있었는데, 기관지염으로 날 찾아왔었거든."(518)

---

22) 누군가에게 이야기를 듣고 전해 준다는 것은 사실 고리키 소설에 자주 등장하는 형식이기는 하다. 에드워드 브라운은 이것을 고리키의 '전형적인 수법'(типичный приём)이라고 판단하면서 가볍게 넘어가지만(E. Дж. Браун, "Символическое влияние на 『реалистический стиль』 Горького", Русская литература XX века. Исследования американских учёных. Гос. Унив., СПб., 1993. с. 160.) 사실 단편이 아닌 중편이나 장편에서 이런 형식은 그리 자주 등장하는 것이 아니다. 또한 1920년대 고리키에게 있어 그리고 이 작품에서 이러한 형식이 지니는 의미는 그보다는 훨씬 중요하다.

미로노프를 우연히 치료하게 된 의사 알렉씬이 그 자신이 직접도 아니고 동료 의사로부터 전해 들었다는 사실, 그리고 많이 덧붙여서 꾸며냈다는 것, 그리고 그 이야기를 전해 들은 '작가-나'의 등장은 결국 이 이야기가 작가가 '더욱더 많이' 꾸며 낸 이야기라는 점을 말해 준다.

이 작품을 실제로 쓴 사람은 작품 바깥에 존재하는 막심 고리키다. 작품 내에서 최종적인 '나', 즉 글을 쓴 자로서의 '작가-나'(의사로부터 이야기를 듣고 우리에게 들려 주며 심지어 직접 주인공을 찾아가는 자)는 고리키일 수도 있고 극화된 배우일 수도 있다. 형식적으로는 작가 고리키와 작품 속 '화자-작가-나'는 다른 위치에 있는 것이 분명하다. '작가-나'는 미로노프의 이야기에 전혀 개입할 수 없는 위치에 존재지만 작가 고리키는 작품 바깥에 존재하면서 작품을 완결하는 자로서 '작가-나'를 포함하여 미로노프의 미쳐 가는 과정 모두를 주재하고 있기 때문이다.

'작가-나'는 정신이 돌아온 미로노프의 아주 세속화된 모습을 우리에게 전해 주며 그를 다시 미쳐 버리게 만들고 싶다는 집요한 욕망을 느낀다. 이때 '나'가 매혹적으로 생각하는 미로노프의 세계가 진짜 미로노프의 과거 세계의 사실인지, 알렉씬이 꾸며 낸 이야기 속의 상상 세계인지는 불명확하다. 그러나 사실이든 꾸며 낸 이야기든 독자인 우리가 알 수 있는 미로노프의 세계는 다시 올 수 없는 세계로서 파괴된 '푸르른 지구본'의 세계인 것만은 분명하다.

'작가-나'의 개입으로 인해 미로노프의 세계는 독자와 매우 객관적인 거리가 확보된다. '작가-나'는 전혀 미로노프의 과거에 개입할 수도 직접 목격할 수도 없는 위치에 있다. 다만 '구성된 이야기', '지어낸 이야기'를 통해 접할 수 있을 뿐이다. 이를 "20년대 형식주의자들이 선전하는 바와 같이 작가 형상에 의한 '기법의 노출'이라고 보는 것은 피상적"[23]이다. 이와 같은 이중 서사적 구성은 이야기된 것과 이야기하는 자의 위치를 노출시킴으로써 필연성에 입각한 서사의 조직화라는 전통적 서사기법에 대해 이의를 제기하면서 그 우연성의 계기를 한층 분명하게 강조한다. 그리고 다른 한편 우연성의 세계 자체를 하나의 필연적 세계임을, 즉 광인의 이야기이기 때문에 그럴 수밖에 없다는 것을 말해 준다. 그러나 그저 미친 사람의 미쳐 가는 이야기를 내적 시점으로 그려 냈다는 에피소드로 작품을 규정한다면 파편화된 사건의 나열과 이중서사의 노력은 전혀 아무런 의미도 없는 일종의 희화화된 농담 정도에 지나지 않게 될 것이다.[24]

3.3. 상징공간과 현실공간, 소설언어의 서사적 가능성의 확대

이 작품의 의미를 보다 깊이 이해하기 위해서는 작품에 이중의 공간이 존재한다는 사실에 주목할 필요가 있다. 이 작품은 전통적인 서사의 필연적 논리적 구조와 무관하게 구성되어 있다. 한 주인공이 미쳐 가는 과정은 당연하게도 그 어떤 현실적인 서사적 요소를 갖출 필요가 없다. 아니 그래서도 안 될 것이다. 미쳐 가는 사

---

23) E. Б. Тагер, Творчество Горького Советской эпохи, Наука, М., 1964, с. 174.

24) 물론 고리키는 1931년 이 작품이 단행본으로 출간될 때 유머 능력이 있는 삽화가가 그림을 그리기를 희망했다고 한다(М. Горький, 위의 책, с. 622). 그러나 이 작품을 '유머'로 보이고 싶었다고 할지라도 단순히 유머로 환원하기에는 미로노프의 의식세계가 결코 우습지만은 않다. 그것은 고골의 작품들이 유머로 환원되기 힘든 것과 마찬가지다.

람의 정신세계에 일상의 정연한 사건과 시간이 배열될 수는 없지 않겠는가. 그러나 필연적 인과의 논리로 수렴되지 않는 이 소설의 사건들은 새로운 공간에서, 즉 상징의 공간에서 새롭게 구성된다. 그 상징공간은 기본적으로 색과 소리로 구성되어 있다.

미로노프가 견디기 힘들어하는 현실 세계는 녹색(зелёный, зеленоватый)의 집과 녹색 버드나무, 녹색의 악마로, 그리고 회색(серый) 정신병동, 회색 판자, 아버지의 죽은 회색 얼굴, 로자노프의 회색 구레나룻 등으로 그려진다. 색의 의미는 단순히 사실의 묘사, 혹은 대상의 특징으로 한정되지 않는다. 이를테면, 어머니 명명일에 아버지가 선물한 옷감에 그려진 '죄인의 죽음'이라는 그림은 '께름칙한 녹색의 악마'가 그려진 것이었다. 햇빛에 바랜 미로노프의 집 덧창의 색은 녹색이며, 먼지 낀 동네의 집들도 녹색이다. 녹색 버드나무는 대상의 묘사라고 할 수 있겠지만 이 작품에서 형성된 녹색의 이미지에 의해 부정적인 현실의 한 모습을 구성하는 대상으로 여겨진다.[25] 회색 역시 부정적인 현실의 대상들에 일관되게 부여되는 색채이다. 회색의 정신병동 건물과 회색의 구릉, 죽은 아버지의 얼굴, 무더위를 더욱 무덥게 만드는 청회색 먹구름, 완강한 현실의 상징인 로자노프 노인의 회색 구레나룻 등 회색은 녹색과 함께 미로노프에게 답답한 현실을 나타내는 부정적인 색채다. 심지어 그가 이해할 수 없는 단어들은 '회색의 갈고리'처럼 교묘하게 얽혀 있다. 그리고 드디어 정신이 돌아온 미로노프는 '커다란 회색 코'를 가지고 있다. 녹색과 회색은 대체로 '답답함, 견딜 수

---

25) 녹색이나 회색이 왜 부정적인 색으로 채택되었는가, 거기에 무슨 색에 대한 편견이 개재된 것은 아닌가, 푸르른 색은 왜 긍정적인가 등의 문제는 여기서의 문제의식에서 벗어난다. 다만 여기서는 이 작품에서 색의 체계가 나름의 일관성으로 구축되어 있다는 점을 분석한다.

없음, 지루함' 등을 나타낸다고 말할 수 있다.

검은색은 악마적인 의미를 띠고 있다. 악마적인 인물 깔리스뜨라 뜨는 검은(тёмный, чёрный) 가죽 띠를 머리에 두르고 있고 로자노프네 집 대문 밑으로 드나들며 거리에 던져진 닭 머리를 욕심내는 고양이는 검은 고양이다. 목수는 '검은 용액'을 마셨고 '검은색' 타르로 미로노프 집에 글씨를 써 넣는다. 대체로 검은색은 이 작품에서 '알 수 없음, 두려움, 공포' 등의 의미로 사용된다.[26]

붉은색 계열(красный, рыжий, рыжеватый, пунцовый)은 여기서 욕망과 활동, 분출과 같은 의미로 사용된다. 아버지의 얼굴에 난 붉은 홈은 투르크멘 사람과 싸울 때 생긴 상처라고 했고, 어머니가 휘두르는 주먹은 붉은 주먹이었다. 목수가 색칠하는 붓은 불붙은 양초처럼 끝이 빨간(красная) 붓이었다. 미로노프 집에 목수가 그려 넣은 그림은 "꼬리는 없고 붉은 비늘에 툭 튀어나올 듯한 커다란 붉은(рыжий) 눈이었으며 눈 주위는 흰색 고리로 둘러쳐져 있었다."(482) 힘이 장사고 먹을 것을 밝히는 마부 아르따몬의 입은 "삼각형 입의 붉은 구멍"(492)이었고, 미로노프의 꿈속에서 하늘의 별을 핥아먹으며 빠르게 날아다니는 여우는 '붉은 여우'였다. 미로노프 앞에 앉아 그의 욕망을 자극하는 세라피마의 "둥그런 공 같은 가슴이 바스락거리는 새빨간(пунцовый) 비단옷을 달싹이면서 무겁게 오르락내리락 거렸다."(503) 붉은 색 계열은 이렇

---

26) '악마성'이나 기행성(озорничество)은 이 작품에서 다양한 해석을 가능하게 한다. 부정적인 현실의 다른 모습으로 보거나, 부정적인 현실에 대한 무목적적인 저항의 모습으로 볼 수도 있다. 그러나 악마성은 현실을 벗어나 다른 세계로 나아가려는 미로노프의 환상과 성격을 달리하는 것으로 부정적 현실에서 파생되는 삶의 한 양상으로서 분명한 가치평가를 내리기 힘들다.

게 보면 녹색이나 회색처럼 부정적인 색이라기보다 욕망과 활동의 색으로 나타난다고 말할 수 있다.

반면 미로노프가 현실을 부정하면서 꿈꾸는 새로운 세계는 푸르른(голубой) 색이다. 작품 제목부터 '푸르른 삶'이었음을 상기하자. 그가 공상하는 깨끗하고 순수한 도시 파리는 '푸르른' 안개에 싸인 '푸르른' 도시이며, 프랑스어 단어들은 "녹아서 아름다운 소리들의 특이한 결합이 되어 푸르른 음악으로"(471) 바뀐다. 온통 녹색인 마을에서 미로노프는 집을 푸르른 색으로 칠하길 원했다. 부활절에 푸르른 원피스를 입은 리자의 모습에 미로노프는 반해 버렸고, 그때부터 그의 상상 속의 그녀는 "특이한 꽃처럼 화사하고 온통 푸르렀고, 그녀의 모든 것은 심지어 양말까지 푸르른 색"이었으며 그녀와 함께하는 몽상은 "푸르른 삶의 몽상"(471)이었다. 푸르른 물과 음악, 푸르른 생각, 여자애의 푸르른 리본, 교회의 푸르른 향 연기, 푸르른 고요 등등 미로노프에게 새로운 삶의 상징은 모두 푸르른 색으로 표현된다.[27]

상징의 공간은 소리와 음악을 통해서 더욱 확장된다. 미로노프는 운율이 담긴 적막을 사랑했다. 음악은 마치 '무질서한 세계에 질서를 세워 놓는 것'만 같았다.

> 강변에는 두 사람의 목소리가 길게 늘여 부르는 곡조의 노래로 태양을 배웅하고 있었다. 노래는 교회의 저녁미사를 알리는 청동 종소리와 잘 섞여 들었다. 마차꾼 아르따몬의 갈라진 저음은 거리가 있어 부드럽게 들렸고 역시 청동 종소리처럼 은은하게 울려 왔다. 아침부터 하루 종일 마른 바람

---

27) 브라운은 음악에까지 색깔을 부여하는 상징화는 상징주의자들조차 보지 못했던 사상이라고 말한다(Е. Дж. Браун, 위의 책, с. 158).

이 먼지를 일으키며 휭휭 불었지만 이제 교회의 종소리와 노래가 부드러운 소리의 물결로 대기를 채워 주고 있었다. 이제 이 지상에, 그리고 사람들에게 고요한 음악의 질서를 확고하게 세워 놓으려는 것처럼……(465).

이것은 아직 완전하게 미쳐 버린 미로노프의 의식은 아니다. 그저 아름답고 평화로운 저녁 한때의 정경이다. 그러나 소리에 민감한 미로노프의 능력은 다음과 같은 부분에서 완전히 새로운 의미를 획득한다.

그리고 그때 그는 평생 잊지 못할, 사람의 영혼을 형성해 줄 만한 어떤 강렬한 인상을 받았다. 꽃이 만발한 보리수나무의 짙은 나뭇잎들 사이에서 벌들이 잉잉거렸는데, 끝없이 이어지는 이 소리는 폭염의 태양 아래 다른 모든 소리를 삼켜 버리고 푸르고 공활한 하늘로 퍼져 나갔으며 거기서 기적과 같은 노래로 화하는 것이었다.

경이로운 마음으로 미로노프는 오랫동안, 눈이 시리도록 하늘을 바라보았고 마침내 거기서 빛이 없는 어두운 별처럼 떨고 있는 한 점을 포착하고는 이것을 종달새라고 생각했다. 그때부터 그에게 소리로 생각하고, 생각나는 모든 것에 가사는 없는 곡조를 붙여야 한다는 생각이 생겼다(470).

그는 아무런 생각 없이 노래하는 운율만이 있는 비상보다, 지상의 모든 것이 별의 세계로 비상하는 것보다 더 좋고 더 비밀스러운 것은 아무것도 알지 못했고 느껴 보지 못했다. 그리고 별들과 더불어 더 높이 올라가면, 그곳엔 어떤 위대하고도 비범한, 그리고 아주 다정한 존재가 거주하고 있었다. 바로 이 존재가 취할 듯한 이 음악의 다함없는 원천이었다(486 – 487).

이처럼 미로노프는 현실을 거부하고 현실로부터 벗어나 '세계를 만든 음악의 창조주'의 세계로 침잠해 들어가기를 좋아했다. 그것은 그에게 '형상 없는 소리들로 생각하는 것'이었고 '푸르른 생각'

으로 상상하는 '푸르른 삶'이었다.

소리는 미로노프의 아버지가 만들어 낸 바이올린이나 음악상자, 지구본, 문을 여닫을 때 나는 피리소리 등등 다양한 음악으로 바뀌면서 미로노프의 의식 속에 다른 세계의 상징으로 분명하게 자리 잡는다. 아버지가 만든 음악상자는 "나무와 쇠가 결합된 것, 아버지의 기적의 힘으로 노래를 하는, 즐겁게, 슬프게, 장엄하게 노래를 하는 정말 놀라운 물건이었다."(468) 그러나 술에 취한 어머니는 이 상자를 발로 짓밟아 부숴 버리고 만다. 문을 여닫을 때 나는 피리소리에도 어머니는 자신을 비웃는다고 화를 내며 떼어내 부숴 버렸다. 아버지가 만들어 준 것 중 푸르스름한 지구본(голубова-тый глобус)은 다른 세계를 꿈꾸는 미로노프의 몽상을 가장 잘 나타내 주는 상징적인 물건이다. 이 지구본은 밑부분을 청동으로 만들고 청동에 홈을 내어 지도를 그려 넣었고 못을 바늘처럼 만들어 지구본에 고정시켜 놓은 것이었다. 이 지구본을 돌리면 못이 홈이 파인 지도의 선들에 걸리면서 "치지익, 쁘이지익 - 그제 뜨이 브일?"(Чижик, чижик, - где ты был?)(469) 하고 노래하는 것 같은 소리가 났다. 이 소리 나는 지구본은 세상을 놀라게 하는 데 일가견이 있는 목수도 두렵고 놀라게 만들 정도였다.

미로노프는 책에서도 색과 음악이 가득한 상상의 세계를 발견했다.

> 책들은 그에게 더 재미있고 허용된 비밀들이 존재한다. 다른, 경쾌하고 축제 같은 삶이 있다고 얘기해 주었다. 수줍음 많고 재바르지 못한 그에게는 친구가 없었다. 하지만 감기에 잘 걸리고 잔병치레를 자주 했던 덕분에 책을 많이 읽을 수 있었다. 그리고 황홀하게 푸르른 안개에 싸인 기적의 도시 파리가 그의 눈앞에 나타났던 것이다(470).

여기서 우리는 색과 소리의 상징을 통해 확장시킨 소설언어의 공간이 어떤 의미인지에 대해 보다 직접적인 작가의 암시를 볼 수 있다. 즉 미로노프가 꿈꾸는 푸르른 삶, 푸르른 기적의 도시 파리에서의 삶, 현실과 달리 경쾌하고 축제 같은 삶이 책에, 혹은 문학작품에 존재하고 있다는 것이다.

그러나 회색과 녹색으로 상징되는 현실공간은 미로노프의 의식에서 거부되는 것으로 끝나지 않는다. 현실공간은 미로노프가 어떻게 생각하든 더욱 완강하게 미로노프의 삶을 장악하고 있다. 집과 거리, 로자노프 노인, 정신병동 등 협소한 폐쇄적인 현실공간은 정신이 돌아온 미로노프가 일하는 더욱 좁은 제본소 작업장으로 축소된다.

> 미로노프는 재료의 가격에 대해서, 노동자들의 변덕에 대해서, 그리고 무거운 세금이며 기타 여러 가지에 대해 자세하게 늘어놓았다. (……) 커다란 회색 코는 가위로 다듬은 뻣뻣한 콧수염 위를 덮고 있었다. 턱은 이상하게 움직였고 웅웅 울리는 목소리는 단조롭고 특색이 없었으며 자기 단어들을 우물우물 씹고 빨아대는 것만 같았다. 작고 좁은 방은 가죽과 아교, 기계기름 냄새로 숨이 막힐 지경이었다. 책장 위 어느 구석에서선가 파리 한 마리가 죽어 가는 소리가 불쾌하게 들려왔다(519).

이제 건강해진 미로노프는 '가죽과 아교, 기름 냄새로 숨이 막힐 지경'인 좁은 방, '어느 구석에선가 파리 한 마리가 죽어 가는 소리가 불쾌하게 들려오는' 좁은 방에서 일하고 있다. 정신이 '정상으로' 돌아온 그는 매우 사업적이며 일상적인 사람이 되어 아주 좁은 공간, 현실공간 속에 안주해 있다. 거기에는 더 이상 소리와 색의 아름다운 상상의 세계는 존재하지 않는다.

정신이 돌아왔을 때 기분에 대한 '나'의 질문에 마지못해 미로노프는 사건 이후의 이야기를 들려 주었다. 그의 입을 통해 그 후의 일이 우리에게 알려진다. 그는 리자와 결혼을 했고 재판을 통해 목수에게서 일정 부분 재산을 되찾았다. 그는 목수에 대해 이렇게 말한다.

> "제 운명에 딱 맞게 산 평범한 자이지요. 나를 자기 조카와 결혼시키려는 속셈을 가지고 내 걸 다 제 것처럼 생각하면서 함부로 난리를 피웠지요. 그래요, 난 내 장인인 로자노프 어른과 딱 근거를 대며 그를 압박했지요. 그자는 로자노프네 목재에까지 강제로 손을 댔었던 겁니다."(520)

이로써 우리는 환각 속에서 우연의 연쇄로 이루어졌던 현실공간의 서사에 대해 매우 무미건조한 진실을 이해하게 된다. 혼자 고아가 된 어린 미로노프를 약취해서 집과 재산을 빼앗으려는 목수 깔리스뜨라뜨(그리고 결과적으로 로자노프 노인 역시 그런 맥락에서 크게 벗어나지 않았다.)가 벌이는 기행들이 심신이 미약한 미로노프의 정신을 돌게 만들었다는 것이 사건의 전말이다. 그리고 정신이 돌아온 미로노프는 그 누구 못지않게 현실적이고 속물적이다. 그는 아내가 된 리자가 아이를 낳다가 죽자 지참금 문제로 장인인 로자노프와 재판을 벌이기도 했다.

정신이 돌아와서 이제 아주 일상적이며 속물적으로 모든 것을 정확하게 계산하며 심지어 자신이 들려 준 이야기가 '나'의 일거리가 될 것이라며 책 제본 가격 흥정에 더 이상 값을 깍지 못하겠다고 말하는 미로노프의 모습을 보고 '나'는 그를 다시금 "그를 미쳐 버리게 만들고 싶은 집요한 욕망"(521)을 느낀다. 하지만 결코 그를 다시 미쳐 버리게 할 수 없다고 생각한다. 그런 희미한 바람을 가지고 '나'는 지구본에 대해 질문한다.

'그래, 이제 그 누구도 그 무엇으로도 콘스탄틴 미로노프를 미쳐 버리게
할 수는 없을 거다.'
나는 이렇게 생각했다. 그리고 물었다.
"그런데 지구본은 아직 당신이 보존하고 있나요?"
숫자가 쓰인 서류를 들여다보고 뒤통수를 만지며 미로노프가 대답했다.
"지구본은 목수가 틀림없이 고쳐 보고 싶어 했지요. 하지만 완전히 망가져
버렸어요. 음악이 전혀 안 나오게 됐지요……."(520)

미로노프의 삶에서 다른 세상을 꿈꾸는 가장 상징적인 물건인
지구본이 더 이상 음악을 연주하지 않고 '완전히 망가져 버려 음악
이 전혀 나오지 않게' 되었다는 미로노프의 마지막 말은 상징공간
과 현실공간의 대립성에 대한 우울한 메타포로 여겨질 법하다.[28] 현
실의 공간이 메마르고 건조한 언어로 그려지고 있다면 상징의 공
간은 색과 소리가 충만한 다채로운 언어로 그려지고 있기 때문이다.
그러나 필연의 언어가 구축하고 있는 현실공간과 우연과 상상의
세계인 상징의 공간을 대립적으로만 볼 수는 없다. 극단적으로 현
실과 상상의 세계가 대립되어 있지만 깔리스프라프와 아버지와 같
은 괴짜 인물들은[29] 어떻게든 로자노프와 회색 건물의 세계를 다
채롭게 만들고자 몸부림치고 있다는 점을 외면할 수는 없기 때문
이다. 이런 점에서 목수를 비밀스럽고 마법적인 힘을 가진 몽상가
이자 환상가로서 '시인'과 '작가'의 존재와 유사하게 바라보는 따게

---

28) 에드워드 브라운은 이 대목에서 소비에트의 레닌과 볼셰비키 활동에 대한 이솝 우화적인
해석을 하고 싶은 유혹을 느끼지만 그런 유혹에 매달리지는 않겠다고 자제한다(E. Дж.
Браун, 위의 책, c. 161) 나는 그런 발견에 기발한 악의가 엿보이지만 그러나 그가 자제
한 것은 옳다고 생각한다. 무엇보다 그런 발상은 이 작품을 희화화시키는 것과 마찬가지로
지나치게 정치화시키는 것으로 삶과 현실에 대한 고뇌 어린 탐구적 실험의 의미를 축소하
게 될 것이기 때문이다.

29) 이들은 거울처럼 서로 반영되는 인물이라는 쁘리모츠끼나의 지적은 흥미롭다.
И. Н. Примочкина, 위의 책, c. 306.

르의 판단[30]은 매우 선구적인 견해이다. 따게르의 말대로 이 작품
에는 "심각하고 집중적인 심리분석적 서사 대신 완전히 다른 세계
－알록달록하고 아름답고 환상적인 세계"[31]가 펼쳐져 있으며 이를
통해 매우 다채로운 고리키의 세계관을 엿볼 수 있다. 바로 그것은
소설언어의 다양한 활용을 통해 확대된 서사적 공간에 펼쳐진 다
양한 세계이지 단순히 이분법적인 대립만을 말하지 않는다. 즉 현
실공간과 상징공간은 대립적으로 그려지지만 두 공간이 불가피하
게 공존할 수밖에 없다는 의식, 혹은 최소한 메마른 현실공간 너머
에 보다 풍요로운 다른 세계가 존재한다는 강한 저자적 자의식이
작동하고 있는 것이다. 따라서 "표현되는 대상에 대해 작가가 가벼
운 아이러니적 태도를 취하고 있다."[32]는 쁘리모츠끼나의 말은 다
소간 외형적 관찰의 결과이다. 작가는 아이러니한 태도를 가지고
있기보다 객관적으로 상징의 공간과 현실의 공간을 나누면서 오히
려 상징의 공간에 대해 애정 어린 관심을 가지고 있을 뿐만 아니라
작가와 문학이란 그러한 상징공간에서 이루어지는 것임을 강조하
고 있다.

　작가와 문학, 문학의 언어에 대한 새로운 관점은 보다 직접적으
로 드러난다. 앞서 말한 바와 같이 20년대 소설언어는 언어 자체의
주인공화를 꾀하고 있는바, 이 소설 역시 다양한 언어 모티프와 상
징체계를 활용해서 기존의 서사적 한계를 폭넓게 확장시키고 있다.
이렇게 언어적 가능성을 확대하기 위해 '말'의 기능과 역할을 극대

---

30) Е. Б. Тагер, 위의 책, с. 210.
31) Е. Б. Тагер, 위의 책, с. 209.
32) И. Н. Примочкина, 위의 책, с. 303.

화하기 위한 실험인 셈이다. 이러한 언어의 가능성은 미로노프의
입을 통해 직접 언급된다.

> 모든 단어에는, 기억으로부터 동일한 음의 단어들을 불러내고 그 단어들에
> 달라붙은 어렴풋하고 아무 연관 없는 생각들로 부풀어 오르고 번져 가려
> 는 노력이 함축되어 있기 때문이다. 이를테면 '네바(небо)', 이것은 아주
> 단순한 단어이지만 '네바유시(не боюсь)'라는 단어를 끌고 온다. 혹은
> '나다옐(надоел)'은 '나다예스치(надо есть)'를 끌고 온다(492).

'네바'에서 '네바유시'가, 그리고 '나다옐'에서 '나다 예스치'로
아무런 연관이 없는 단어들이 소리의 연상을 통해 '부풀어 오르고
번져 가는' 모습은 일종의 말장난이라고 볼 수 있지만, 말장난이
그 자체의 즐거움, 풍자 등의 효과에 사용되는 기법이라면 여기서
는 언어의 소리 연상을 통해 미로노프의 의식의 본질이 표현되고
있다는 점에서 단순히 말장난의 수준을 넘어선다.

> 방 안으로 노란 옷을 입은 사람이 걸어 들어왔다. (……) 그리고 (……)
> 오랜 친구 같은 어조로 목소리를 높여 물었다.
> "자, 우리 기분이 좀 어떠신가?"(Ну, что же мы чувствуем?)
> "우리기부니어떠신건 아무것도 없어요."(Ничего не мычувствуем.)
> 미로노프가 화를 내며 대답했다.
> "그런데 당신은 어디가 아픈 거지요?"(А что же вам болит?)
> "당시는어디가아픈게 뭐예요?"(Что такое – вамболит?)
> 도발적이고 놀리듯이 미로노프가 반문했다.
> "잠은 어땠지요?"(А спали так?)
> "누워서."(Лёжа.)
> 미로노프는 자신의 대답이 대담하고 날카롭다고 내심 탄복하면서 웃음을
> 터뜨렸다. 그는 자신이 원기 있고, 심지어 쾌활해졌다고 느꼈다(512).

미로노프의 의식에서 정상적인 언어는 점차로 해체되어 소통 불가능한 언어로 바뀌어 간다. 'Ну, что же мы чувствуем?'이 'Ничего не мычувствуем.'으로, 'вам болит'가 'вамболит'로 변형되고 대화는 요령부득이 되고 만다. 그러나 미로노프는 스스로 '대담하고 날카롭다'고 생각한다.

미로노프는 정상적인 언어를 무시하고 파괴하면서 새롭게 자신의 언어를 세워 나간다. 그의 언어는 단순하게 사물과 의미의 세계가 아니라 소리와 색의 세계이다. 따라서 가장 단순한 의미의 전달 체계는 그에게 아무런 의미가 없다. 그가 완전히 정신이 나가는 순간 그의 귓전에 아버지의 노랫가락이 희미하게 들려온다. "셈 수/셈 수/셈 수로 우린 뭘 해야 하나?"[33] 그리고 머리 위에는 "눈이 시리게 푸르른 것"(517)이 빛난다. 그는 자신을 정신병원으로 끌고 가는 사람들을 천사로, 의사를 신으로 착각한다.

> 미로노프는 더욱 황홀해졌다. 그는 평범한 사람들의 단순하고 낡은 신을 본 것이 아니라 끝없는 음악이 흐르는 고요를 창조한 진정으로 지혜로운 신을 보았던 것이다. 그의 세계 속에 있는 모든 것은 고요하고 다정했다. 비범하게 투명한, 거의 보이지도 않는 물이 미로노프를 씻어 주었다. 푸르른 고요의 창조주가 그 앞에 다시 나타났을 때 미로노프는 이 신과는 파리의 언어로 말을 해야만 한다는 것을 이미 알고 있었다.
> "Je vous remercie, mon Dieu, je vous remercie, que vous……."
> (감사드립니다. 신이여, 감사드립니다. 당신께서 하신…….)
> 그는 더 이상 아는 단어를 찾지 못해서 다음은 러시아어로 계속했다.
> "용서하십시오. 저는 아직 언어를 잘 모릅니다. 제겐 어렵습니다. 끔찍하게 어렵습니다! 낡은 평범한 신은 저를 도와줄 힘이 없습니다. 저는 그분을

---

33) Семь су./Семь су./ Что нам делать на семь су?(셈은 숫자 7이고, '수'는 프랑스 옛날 동전 이름). 미로노프의 아버지가 일을 할 때 장난스럽게 불렀던 노래).

좋아하지 않고 당신께만 의지합니다. 아주 오래전부터……."(517)

미로노프는 현실 세계를 버리고 완전히 새로운 언어로 새로운 현실을 창조한다. '푸르른 고요의 창조주'가 지배하는 그 세계는 새로운 언어의 세계이며 음악의 세계이다. 그리고 '낡고 평범한 신'이 지배하는 현실과 대립적인 세계이다. 정상과 광기의 경계에서 혼돈을 이루던 색과 상징은 완전히 새로운 세계로 넘어가고 이제 기존의 언어는 미로노프의 의식에서 더 이상 아무런 의미도 지니지 못한다. 당연히 언어에 의한 서사구조의 마지막 단초마저도 붕괴되어 버린다. 여기서 프랑스어는 하나의 새로운 언어로서의 상징이다. 물론 아직 미로노프는 그 언어에 능숙하지 못하고, 소통되지 않는 러시아어를 사용하고 있을 뿐이다. 언어를 넘어선 새로운 언어의 세계로 진입한 주인공을 통해 작가 고리키는 기존의 전통적 서사 언어를 상징의 언어로 확대하고 마지막에는 그 상징의 언어마저도 버리고자 한다.

4. 사건으로서의 삶과 소설

삶의 개연성, 그럴듯함의 창조가 리얼리즘 소설의 한 미덕이며, 미메시스의 오랜 숙원이라면, 그리고 미완결의 현재에 대한 극대화된 접촉이 소설 발전의 원동력이라면, 우리는 소설 텍스트에 구현된 삶의 필연적 구조화를 과연 우리의 실제의 삶과 현실의 모습이라고 말할 수 있을 것인가. 삶에서는 그 어떤 필연도 없고 마주치는 사건을 통한 새로운 진행과 변형이 있을 뿐이지 않을까. 물론 그러한 진행과 변형이 어떤 필연으로 귀결된다고 해석할 수는 있겠지만 그것은 사후의 해석일 뿐이다. 어떤 필연성이 시간을 거슬러 앞선 사건의 성격과 의미를 미리 규정할 수는 없다. 따라서 사건적 현상과 대상은 항상 필연적 귀결점을 구성하는 요소보다 크다. 일정한 목적을 가지고 인간은 활동하며 목적에 맞는 사건적 요소를 조직하고 통제하는 것이 인간이며 그러한 활동은 귀결되어야 할 목적을 향해 방향 조정되어 있는 것은 사실이다. 그러나 인간이 신과 같은 정도로 모든 활동을 목적을 향해 사전 조정한다는 것은 불가능하며, 게다가 그가 만나야 할 수많은 환경적 요소들을 통한 우연성의 요소를 모두 배제한다는 것은 더더욱 불가능하다. 결국 실제 삶은 목적과 의지를 가진 인간이 시간 속에서 사건을 통해 필연적이 아니라 우연적으로, 아니 필연과 우연의 교직 속에서 나아가는 현재인 것이다. 이러한 삶에서 우연의 배제도 필연의 배제도 진정한 삶의 모습을 벗어나기는 마찬가지다. 서사 속에 구성된 필연의 모습들이 저자의 보이지 않는 '정신층'의 구성물이라는 것, 잉여로서의 우연은 모두 배제되어야 한다는 것, 그것은 예술의 한 원리인 것은 분명하지만, 예술이 삶의 진정한 모습으로부터 벗어날 수밖에 없는 숙명을 안게 되는 요인이기도 한다. 19세기 소설, 혹은 근대소설, 혹은 인간의 근대 문화 일반이 하나의 구성된 텍스트라는 숙명을 가짐으로써 그것은 인간의 삶으로부터 소외를 피할 수 없게 된다. 세계를 모두 알고 싶다는 소설가의 야망은 그가 취한 형식으로 인해 세계 자체로부터 빗겨나고 있는 셈이다.

현실 삶의 야만성이 노골적으로 드러나면서, 그리고 소설가의 야망이 더 이상 모든 현실을 보고 알고 표현할 수 없다는 좌절을 체험하면서 20세기 소설은 소설의 수단인 언어와 형식의 한계에 대해 자문하기 시작한다. 그런 자문 형식은 리얼리즘에도, 모더니즘에도 공히 영향을 미친다. 언어에 대한 상징주의의 실험과 1910년대 아크메이즘과 미래파의 대두, 19세기 말과 20세기 초의 새로운 리얼리즘, 1917년 형식주의의 대두 등은 그런 맥락에서 '현대적'인 문제의식을 제기하고 있다. 그리고 러시아 혁명을 거쳐 20년대는 그러한 모색의 절망적인 절정을 보여 준다. 더욱 격렬하게 진행되는 현실과 그 현실을 담아낼 수 없는 소설가의 야망은 그 출구에 향한 몸부림으로, 전통적 서사에 대한 회의, 새로운 언어 공간의 가능성에 대한 천착과 실험으로 나아갔다.

우리는 고리키의 「푸르른 삶」에 나타난 우연성의 세계와 상징공간, 언어의 서사화, 서사구조의 이중화와 언어의 해체과정 등을 통해 위와 같은 현대적 문제의식의 일단을 살펴볼 수 있었다.

여기서 이 작품에 미친 상징주의적 영향을 분석하면서 작가 고리키 문학의 본질, 그리고 그의 삶의 본질을 하나의 상징으로 파악하는 에이헨바움의 견해는 매우 독창적으로 들려온다. 그는 '고리키'라는 필명이 하나의 상징물이었고, 고리키의 실제 삶에 대한 직접적인 자료는 거의 부재하며 작가가 직접 쓴 자전적 삼부작을 하나의 사실로 받아들이게 됨으로써 고리키의 삶 자체가 하나의 상징이 되었다고 말한다. 고리키는 당대에 대중작가로 출현했으며 고급 문학의 지배적 경향이었던 상징주의의 영향을 짙게 받으면서 시대의 상징으로 자신을 구현해 냈다는 것이다.[34] 에이헨바움의 견

---

34) Б. Эйхенбаум, Писательский облик М. Горького, Мой современник.

해는 고리키라는 작가 전체를 하나의 상징으로, 혹은 구성된 전설로 파악하려는 것으로 다소 과감한 가설이라고 할 수 있을 것이다. 게다가 이에 기초해서 고리키가 리얼리즘 작가보다는 상징주의 작가에 가깝다는 에이헨바움의 견해는 브라운의 말처럼 "메레지꼽스끼와 깁뻬우스를 모욕하는 것"[35]임에 틀림없다. 그러나 그와 반대로 고리키가 현실의 삶의 서사를 추구하면서 러시아 삶의 현실과 모순을 폭로하고 혁명의 정당성을 문학에 구현해 간 작가라는 해석은 에이헨바움의 지적과 같은 고리키의 다른 측면, 즉 그 자신도, 그가 속한 현실도, 혁명도 또 하나의 구성된 현실, 고안된 현실, 혹은 상징세계의 하나일 수 있다는 작가 고리키의 예술가적 직시를 함께 고려하지 않는다면 매우 신화화된 고리키 해석이라는 비판을 벗어나기 힘들 것이다. 혁명적 현실을 직시하고 그 본질을 파악하려고 노력했던 것은 분명한 문학적 사실의 일부지만 혁명으로 인해 새롭게 형성된 공간에서 고리키는 새로운 삶과 새로운 서사에 대한 무언가의 갈증을 느끼고 있었던 것이 분명하다. 그 갈증이 『1922 – 1924년 단편집』에 다양하게 분출되고 있고 그중 핵심이 바로 새로운 서사의 가능성을 모색하는 것이었다.[36]

「푸르른 삶」에 구현된 공간은 현실의 공간과 상징의 공간, 언어의 서사적 가능성의 확대 등은 소설언어가 담아낼 수 있는 가치의 극대화된 공간이다. 그 공간에는 '지루한' 현실로부터 '푸르른 창조의 환상'까지 담겨 있다. 이 소설의 언어는 지시적인 명료한 현실

Л., 1929. 에이헨바움의 견해와 이에 기초한 해설은 Е. Дж. Браун의 위의 책 참조.

35) Е. Дж. Браун, 위의 책, с. 170.

36) 이 작품집의 실험은 최후의 대작 『끌림 쌈긴의 생애』를 위한 것이며 여기에서 모든 실험의 의미가 예술적 의미를 확고하게 가지게 된다.

의 언어로부터 이해할 수 없는 새로운 '파리의 언어'로 구성되어 있다. 그리고 그 언어가 담아내는 가치는 저자의 언어로도, 주인공의 언어로도 수렴되지 않는다. 저자는 객관적인 위치로 물러나 있고 주인공은 그 세계에서 빠져나와 다시 메마른 현실 속의 계산적인 인물이 되어 버렸기 때문이다. 이 작품에서 소설언어는 가장 현실적이고 메마르고 지시적인 언어로부터 가장 불확정적이며 환상적인 언어로, 그리고 마침내는 그 언어마저 해체되는 경지로까지 나아가지만 그에 대한 작가의 최종적이며 완결적인 언어는 서사의 이중적 구성을 통해 일정하게 제어되고 있는 것이다.

그렇다면 우리는 「푸르른 삶」에 드러난 소설언어의 가치적 양가성의 세계를 파편화된 불가지의 세계에 대한 알레고리로 받아들여야 하는 것일까. 혹은 그조차도 '작가의 초 – 독백'으로서, 고리키라는 작가 자체를 하나의 상징으로 보는 에이헨바움의 견해처럼 이 작품의 세계가 또 하나의 가치적 일원성으로 환원되는 것이라고 보아야 할까. 이런 문제의식을 포함하여, 소설언어의 가치적 일원성과 다원성의 공존 양식에 대한 분명한 결론은 유보해도 좋을 것 같다. 삶과 현실에 대한, 소설언어와 예술작품에 대한 보다 총체적인 판단을 하기에는 이 작품이 포괄하고 있는 현실이나 내용이 여전히 실험적인 수준을 넘어서지 못하고 있기 때문이다. 그에 대한 결론은 고리키의 이후 창작의 발전과정과 현대소설의 전개과정에 대한 다양한 검토를 통해 단순한 결론이 아니라 풍부한 문제로서 접근해 갈 수 있을 것이다.

이념적 소통의 단절과 그 극복을 향한 성찰

- M. 고리키의 혁명 후 단편을 중심으로

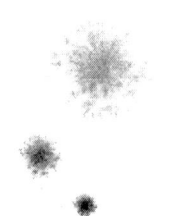

1. 혁명의 안과 밖

러시아 혁명은 세계사에 커다란 영향을 미쳤지만 혁명의 한가운데 살아가던 개개인의 삶과 의식에 미친 충격 역시 결코 그 못지않게 커다란 것이었다.

러시아 사회와 인간의 삶에 본질적인 변화가 필요하다는 인식을 가지고 사회 정치 활동에 적극적으로 개입했던 막심 고리키에게도 혁명은 역시 피할 수 없는 격렬한 내적 동요와 혼란을 가져다주었다. 1917년에서 1918년 사이 『신생활』(Новая жизнь)지에 발표된 일련의 평론[1]들은 볼셰비키 혁명에 대한 격렬한 비판과 악의적이라고 말할 수밖에 없는 비난으로 가득 차 있어 보는 이를 놀라게한다. 러시아 내부에서 이런 비판을 전개하고도 무사할 수 있었던 것은 혁명 운동 진영과 민중들 속에서 가지고 있던 고리키의 명성

1) 이 평론들 중 일부가 『혁명과 문화』(Ревовлюция и культура. Берлин, 1918)로 출판되었고, 다시 그 일부와 1918년 기사 중 일부가 편집되어 『시의에 맞지 않는 생각들』 (Несвоевременные мысли. Петроград. 1918)로 출판되었다. 이 책이 고리키의 구상대로 온전하게 러시아에서 출판된 것은 1990년이었다. М. Горький, Несвоевременные мысли. Заметки о революции и культуре. М., 1990.

덕분이었던 것은 물론이다. 볼셰비키의 수장이었던 레닌과의 오랜 우정이 결정적 역할을 한 것도 분명하다. 그러나 혁명에 대한 비판을 지속해 나가는 것은 고리키로서도 불가능한 일이 아닐 수 없었다. 결국 1918년 중반에 『신생활』지는 폐간되고 고리키는 정부의 문화 복원 사업에 협조하는 등 일정한 타협적 노선을 걷지 않을 수 없었다. 하지만 이러한 타협적 노선도 결정적 입장 선회가 될 수는 없었던 것 같다. 고리키에게 위탁된 수많은 문화 사업에도 불구하고 고리키는 혁명 과정에서 궁지에 몰린 지식인을 보호하고 정치적 반대자들에 대한 볼셰비키의 박해를 저지하려는 다양한 활동에 적극 나섰고 이는 그를 지켜 주려는 레닌의 능력의 한계를 벗어나는 경우가 적지 않았다. 결국 고리키는 1921년 신병치료를 이유로 러시아를 떠나지 않을 수 없게 된다. 이런 과정에서 고리키가 작가로서, 인간으로서 극심한 내면적 고뇌와 변화를 체험했으리라는 점, 특히 그 자신이 고대해 마지않았던 혁명 자체에 대해 깊은 반성적 사고를 겪지 않을 수 없었으리라는 점은 어렵지 않게 상상할 수 있다.

이 시기에 진행된 고리키의 내적 변화는 단순히 한 작가의 개인적 변화이기에 앞서 혁명이라는 거대한 사회적 변화와 그 속에서의 인간과 인간의 삶에 대한 이해로 나아가기 위한 매우 중요한 사례라고 말할 수 있다. 그러나 고리키의 정치적, 문화적 활동은 상대적으로 분명하게 추적할 수 있는 반면 그 내면의 변화는 쉽게 포착되지 않는다. 고리키가 혁명을 비난하고 나선 이유, 그리고 일정한 타협적 입장을 취하게 된 이유, 모호한 이유로 러시아를 떠나지 않을 수 없었던 사연 등은 그 외적 활동 지표들을 통해 나름대로 일관된 해석을 할 수 있을 것이지만 일찍이 프롤레타리아 문학의 선구자로 그 명성을 얻었던 작가 고리키의 내면에서 벌어지고 있던 고뇌와 변화의 핵심을 보여 주는 자료는 찾기 힘들기 때문이다. 다른 시기 고리키의 내면세계는 일기와 편지, 비망록 등을 통해 상대적으로 분명하게 드러난다면 이 시기 일기와 편지, 혹은『시의에 맞지 않는 생각들』은 각각 부분적으로, 특정한 맥락에서 고리키의 정신세계를 드러내고 있을 뿐이다. 이런 점에서 고리키가 러시아를 떠난 직후 집필한 문학작품들은 일기나 편지, 평론 등에 나타난 것보다 훨씬 더 정교하게 그의 내면세계의 변화를 가늠할 수 있게 해 준다.

고리키는 러시아를 떠나 일차적으로 독일에 체류하게 되는데 이 시기에『1922－1924년 단편집』(Рассказы 1922－1924 годов)[2]을 출판한다. 이 작품집에는 아홉 편의 단편이 실려 있는데 모두 이 시기에 집중적으로 창작된 것들이다. 고리키는 혁명 이후 한동안 예술작품을 집필하지 않았기 때문에[3] 특히 이 단편집은 이 시기 그의 인간적 작가적 변모의 예민한 측면들을 잘 보여 주고 있다.[4] 그중「영웅」(Рассказ о герое),「까라모라」(Карамора),「특이함에 대하여」(Рассказ о необыкновенном) 등은 직접적으로

---

2) 이 작품집은 М. Горький, Полное собрание сочинений, т. 17에 실려 있다. 앞으로 분석할 세 단편 모두 여기에 실려 있다. 이후 이 장에서 이 책의 인용은 본문 속 괄호 안에 쪽수만을 표기한다.

3) 고리키는 1919년 "아무것도 쓰지 않고 문학 일은 하지 않습니다. 지금은 그런 일들을 하고 있을 시기가 아닙니다."라고 고백한 바 있다. В. Баранов, Горький без грима: Тайна смерти, М., 1997, с. 53.

4) 소비에트 시대 비평가들은 대체로 이 작품집에 고리키의 혼란스러운 정신이 반영되어 있다는 평가를 내린다. 1960, 70년대 대표적 비평가였던 오브차렌코는 이 작품집에는 "위대한 작가가 겪고 체험한 이념적 동요와 정신적 당혹감이 놓여 있다."고 평가했다. А. И. Овчаренко, М. Горький и литературные искания 20 столетия, М., 1978, с. 42.

혁명에 참여한 인물들의 서로 다른 내면을 서로 다른 관점에서 보여 주고 있기 때문에 특히 관심을 모은다.

이제까지 이 작품집에 대한 연구는 많지 않지만 있다 해도 대체로 개별적인 작품분석과 그에 기초한 세 작품의 평면적 대비에 머물고 있다. 그러나 작가 자신이 이 작품집 전체의 유기성을 특별히 지적하고 있듯이[5] 이 세 작품들의 내적 연관을 분석하지 않는다면 개별 작품에 대한 협소한 이해나 과잉 해석으로 나아가거나 각 작품에 내재한 작가 이념을 제각기 다르게 해석할 가능성이 있다. 이를테면 「까라모라」를 고리키의 니체주의적 관점과 도스토옙스키의 『악령』의 스타브로긴과 연결시키는 것,[6] 혹은 러시아인의 보편적인 반혁명선동가(провокатор)적 기질과 연관시키는 것,[7] 혹은 「영웅」과 「까라모라」는 풍자적 내용을 가진 작품이고 「특이함에 대하여」는 긍정적 인물을 다룬 작품이라고 분리하여 연구하는 것[8] 등은 이 단편들의 진정한 의미를 온전히 밝히는 것이 되기 힘들다.

---

5) 고리키는 이 단편집을 출판할 때 작품의 순서를 바꾸지 말 것, '은둔자'로 시작해서 은둔자의 살해를 다룬 '특이함에 대하여'로 끝낼 것을 부탁한다(1924년 8월 29일 П. Крюков에게 보낸 편지. Летопись жизни и творчества А.М. Горького вып. 3, М., 1959, с. 382.

6) А. И. Муравьев, "Ставрогин Достоевского и Каразин М. Горького" Достоевский . Материалы и исследования. No. 6, Л., 1985, с. 154 – 167.

7) 까라모라와 끌린 쌈긴의 반혁명 선동가적 기질을 러시아적 기질로 파악하며 오늘날에도 그런 기질들이 존재한다는 흥미로운 분석도 있다. С. Земляной, "Провокация как сквозной мотив в 『Жизни Клима Самгина』 Максима Горького", Независимая Газета, 4 авг. 2003 г.

8) 세 작품을 함께 평가한 소비에트 대부분의 비평들이 취하고 있는 입장이 이런 것이다. 이런 평가는 대체로 작품에 대한 이데올로기적 선입관을 가지고 주인공들의 이념적 태도를 기준으로 작품을 예단하는 것이다. 대체로 1960년 초까지 이 작품들은 거의 주목받지 못했고 그 이후에도 이와 같은 이데올로기적 평가를 크게 벗어나지 못했다. В. Панков, Советская действительность в изображении М. Горького, М., 1955가 그런 경향을 잘 보여 준다고 말할 수 있다.

무엇보다 주인공 까라모라는 「영웅」의 마까로프, 「특이함에 대하여」의 즈이꼬프와 유관한 세 유형 중 하나로 읽혀야 하기 때문이다.

세 작품은 긴밀하게 내적 주제를 공유하고 있으며 문제의식의 측면에서 유기적인 연관을 지니고 있다. 따라서 세 작품의 비교 연구는 개별적 연구의 한계를 벗어나 훨씬 종합적인 시야를 갖게 해 줄 것이며, 특히 혁명 후 변모된 고리키의 예술적 내면세계를 이해하는 데에 중요한 역할을 할 것이다.

그러나 이 작품들을 통해 고리키의 내면을 엿보기가 쉽지는 않다. 이 작품들은 전혀 다른 동기로 혁명에 참여하고 전혀 다른 이력의 주인공들에게 전적으로 '펜'을 넘겨 줌으로써 작가의 평가적 입장을 거의 드러내지 않기 때문이다.[9] 일인칭 등장인물 시점은, 특히 작가가 전적으로 이념적 공감을 보내지 않는 주인공에게 작품의 모든 시점을 넘겨 주는 것은 작가의 이념적 개입을 극히 제한하는 형식이고 따라서 작가의 이념적 입장을 파악하기가 쉽지 않은 형식이었던 것이다.

2. 훼손된 의식과 굴절된 이념

세 작품의 주인공은 모두 훼손된 의식을 가지고 그 의식에 이념을 굴절시키는 인물들이다. 혁명을 앞둔 러시아 현실에서 훼손된

---

9) 이 작품집의 거의 대부분의 단편들이 이전까지의 주석적인 고리키 서사기법을 피하고 있다. 타게르는 20년대 이러한 특징을 "주인공의 개인적, 굴절적인 수용의 프리즘"이라고 명명하고 이는 일인칭 소설뿐만 아니라 여타 형식은 다른 단편들에서도 특징적으로 나타난다고 본다. Е. Б. Тагер, Творчество Горького Советской эпохи, М., 1964, c. 171.

의식으로부터 자유로울 수 있는 사람은 없었을 것이다. 일그러지거나 훼손되었다는 말은 일그러지지 않거나 훼손되지 않은 의식이 존재한다는 것, 따라서 인간에 대한 어떤 고정된 원형의 상태를 전제하는 표현일 수 있다. 그러나 혁명 전 러시아에서 특히 자기 정체성이 흔들리고, 자기 정체성 자체를 문제로 의식하면서, 주변 세계와 혼란스러운 관계를 형성하고 있는 인물들의 의식을 지칭하기 위해, 고정된 개념으로서의 인간의식을 굳이 명백하게 전제하지 않더라도 일단 이렇게 '일그러지거나 훼손된 의식'이라는 말을 사용하는 것이 불가능한 것은 아니다. 즉 여기서 이 말은 정체성 문제가 급격하게 제기되고 있는 시기에 그에 예민하게 반응하는 주인공들, 그 반응의 다양한 차이들, 그 각각의 한계와 혼란 등을 주목하기 위해 사용하는 표현이다.[10]

「영웅」의 주인공 마까로프는 창조적 개인의 영웅성을 신봉하며 집단으로서의 인간, 민중의 몽매함을 두려워하고 민중 혁명을 저지하고 영웅들의 역사적 지도를 기다리는 인물이다. 그는 노박이라는 역사 선생을 스승으로 모시고 군주제를 옹호하는 비밀스러운 정치운동을 조종하는 '어른'(патрон)의 비서로 일한다. 여기서 흥미로운 것은 그의 사상체계 자체라기보다 그의 사상이 태어나고 발전

---

10) 고리키는 『어머니』에서 계급적 인간 유형을 창조함으로써 문제적 작가로 세계적 명성을 얻었지만 사실 보다 복잡하고 모순적인 인간 유형에 대해 훨씬 큰 관심을 가지고 있었다고 말하는 편이 더 옳다. 『두 영혼』(Две души)이라는 평론에서 고리키는 개인과 현실 도피의 문제를 정치적 반동기와 연관된 의식으로 해부한 적이 있다. М. Горький , "Две души", М. Горький Pro et contra. Личность и творчество Максима Горького в оценке русских мыслителей и исследователей 1890 - 1910 гг, СПб., 1997, c. 105.
그리고 20년대에 쎄라삐온 형제들이 사회적 존재보다 인간 그 자체에 대해, '계층과 당과 민족과 신앙을 벗어나 인간 그 자체가 어떻게 존재하는지'를 밝히기 위해 노력하는 점을 높이 평가한 바 있다. М. Горький и советские писатели, М., 1963, c. 563.

되는 과정이다. 개인주의와 영웅주의에 기초하여 군주제를 옹호하고 사회주의 혁명을 저지하려는 사상 체계 자체는 그 나름대로 일정한 역사적 이론적 근거를 가지고 있다. 그러나 소설은 이러한 사상 자체의 허구성이나 비역사성, 비민중성을 고발하고 폭로하기보다 마까로프라는 주인공이 이러한 사상에 자신의 정체성을 부여하는 방식 자체에 초점을 맞추고 있다.

마까로프는 어렸을 때부터 "사람들에 대한 두려움을 배우기 전에 바퀴벌레, 꿀벌, 쥐를 먼저 두려워했다. 그리고 좀 더 커서는 뇌우, 눈보라, 어둠의 공포가"(307) 그를 괴롭혔다. 자연에 대한 마까로프의 두려움은 인간에 대한 두려움으로 커 나갔고 학교에 다니면서 동년배 친구들과 어울리지 못하고 친구들과의 장난을 위험하게 여기도록 만들었다. 동시에 마까로프는 친구들로부터 소외된 것을 자신의 독립심의 징표라고 생각하는 뒤틀린 자긍심을 내면화해 간다. 그리고 "그것이 개인을 자유롭게 자라게 해 주는 유일한 영역"(311)이라고 어렴풋하게 느끼고 있었다. 결국 이런 경향이 인간과 자연을 지배하는 강력한 영웅주의에 대한 노박의 가르침에 쉽게 이끌려 가도록 만들었다.

그러나 나름대로 일정한 역사적, 사회적 근거 위에 체계화된 노박의 영웅주의와 반(反)사회주의론, 혹은 반(反)민중론은 마까로프에게 단순화되어 수용된다. 노박의 사상은 삶과 현실로부터 고립되고 싶은 마까로프의 심리와 피상적으로 결합하는 것이다. 기실 마까로프는 영웅이나 민중에 아무런 관심조차 없다.

영웅과 민중들이 도대체 나와 무슨 관계가 있는가? 나는 그들과 만나지 않고 살아갈 수 있을 것이라 확신했다. 사실 이 도시에, 내 주변에 살고 있는 수만의 사람들은 칼라일의 철학을 알지 못했고 필요로 하지도 않는다. 그들에겐 노박을 그렇게 바보같이 흥분시켰던 영웅과 영도자들과 사회주의 따위의 그 모든 것은 아무 필요가 없었다(315).

마까로프가 개인주의적 영웅주의를 받아들인 것은 그 사상의 정의로움이나 타탕함 때문이 아니라 그가 가진 자연과 인간에 대한 공포감과 소외감 때문이었다. 그가 대학에 진학하여 의학을 공부하다가 포기한 것도, 그리고 여성이 '남자들의 환심을 사려는 기생충적인 욕망을 가지고 있다.'고 생각하게 된 것도 모두 현실로부터 도망치고 싶은 내적 기질과 욕망의 소산이었다. 마까로프는 스스로 현실과 삶으로부터 고립되고자 했고 그 고립 속에서 자신의 정체성을 찾지 못하다가 우연히 노박의 영웅주의 사상과 피상적으로 결합되었던 것이다. 그는 노박을 '그림자와도 같이 거의 육체가 없는 듯한' 사람으로 느낀다.

> 깡마르고 차가운 손을 바지 주머니 속에 집어넣고 있는 그의 태도는 내게 의미심장하고 상징적으로 여겨졌다. 나는 그런 그의 행동에서 삶에 대해 직접 손을 대고 싶어 하지 않는 결벽증 같은 것을 보았고, 그로 인해 삶에 대한 그의 정신적 영향력이 더욱 의미 깊게 느껴지는 것이었다(332).

마까로프가 영웅주의적 이념을 수용하는 데에는 이렇게 상징적이며 결벽증 같은 요인이 적지 않은 힘으로 작용한다. 이런 모습은 어떤 한 개인이 어떤 사상으로 결합되는 과정의 우연성, 혹은 굴절성을 보여 준다. 그의 의식의 변화과정에는 역사적 판단이나 계급적 속성이 직접적으로 개재되지 않고 다만 자연을 두려워하던 우연한 습성과 남들과 고립되고자 하는 개인적 기질, 그리고 노박이라는 선생과의 우연한 만남과 사상적 왜곡이 작용하고 있을 뿐이다. 물론 마까로프의 이런 우연하고도 왜곡된 의식은 구러시아 사회의 몰락이라는 사회적 배경과 무관한 것은 아니다. 하지만 작가는 이런 사회적 배경을 밝히거나 개인주의적 영웅주의의 계급적 성격을 폭로하는 것이 아니라 훼손된 개인의식이 우연하게 어떤 이념과 결탁하고 있는 과정을 보여 주고 있을 뿐이다.[11]

한 인간의 왜곡되고 훼손된 의식과 이념의 관계는 「까라모라」에서 더욱 극적으로 그려진다. 이 작품은 탁월한 혁명 운동가였던 주인공 표트르 카라진이 혁명을 배신하고 기관의 앞잡이가 되었다가 혁명이 발발한 후 체포되어 사형 언도를 기다리면서 지나온 삶을 되돌아보는 독백적인 수기이다. 이 작품에서도 주목되는 것은 까라모라라고 불리는 혁명가 카라진의 이념체계나 혹은 변절의 근거 자체[12]가 아니다. 이념이나 혁명의 당위성, 그리고 그것을 수용하는 열정이나 양심 같은 문제가 아니라 그것들이 주인공 '나'의 의식에 어떻게 굴절되고 우연적으로 변형되는가가 소설의 보다 중요한 테마인 것이다.

---

11) 어떤 이념이 한 인간에게 결합되는 과정의 우연성, 굴절성에 주목한다면 이 주인공이 어떤 이념으로 결합하느냐는 문제는 그리 중요한 것이 아님에도 불구하고 소비에트 비평가들은 주인공이 어떤 이념을 지니고 있느냐에 커다란 관심을 가질 수밖에 없었다. 그에 따라 레즈네프는 이 작품이 "편협하고 가식적이고 허약하다."(Красная новь, No. 4, 1924, c. 312.)고 평가했고 보론스끼는 이 작품의 토대에 고리키의 세계에 대한 비관적 관점이 놓여 있다고 평가할 수밖에 없었다. А. Воронский, Литературно-критические статьи, М., 1963, с. 370.

12) 이런 관점에 대해서는 Н. Секей, "Идейные истоки рассказа М. Горького 「Карамора」", STUDIA SLAVICA Academiae Scientiarum Hungaricae, Budapest, 1967을 참조. 이 논문은 고리키의 혁명 후 변화에 대해 잘 분석하면서도 주인공의 이념체계에 주목하여 이 작품을 고리키의 혼돈된 의식의 표현으로 보는 관점을 유지하고 있다.

까라모라는 "과감하고 능숙하게 거짓의 껍질을 찢어 뜯어내고 사람들의 외적 관계들을 물어뜯어 파헤쳐서, 사람이 사람을 속이는 수많은 기만행위들에 대해 가차 없는 진실을 폭로"(367)하는 유대인 레오폴드로부터 사회주의 사상을 접하게 된다. 그러나 "내 인생에 만족했고 부러울 것도 욕심도 없었으며, 수입도 그런대로 괜찮아서 내 인생의 길은 맑은 강물 같다고 생각"하던 까라모라에게 레오폴드는 "인생의 강물을 흐려" 놓고 "피부를 뚫고 소금을 뿌리"(368)는 인물이었다. 까라모라는 레오폴드의 사상이 자신에게는 전혀 불필요한 것이며 자신에겐 나름의 진실이 있다고 생각했지만 적극적으로 저항하지 못하고 레오폴드와 함께 혁명 활동에 뛰어든다. 그러나 그 목적은 "레오폴드를 혼란에 빠뜨려 어떻게든 친구들 눈앞에서 깎아내리기 위한 것이었다. 그것은 그가 꼭 유대인이어서만은 아니었다. 그런 병약하고 작은 몸뚱어리에 진실이 살아서 타오르고 있다는 점을 인정하기 힘들었기 때문이다."(368) 이런 까라모라에게 사회주의 이념이라든가, 인간에 대한 사랑이라든가 하는 '영혼'은 애초부터 존재할 수가 없는 것이었다.

> 나는 내 이성의 판단에 따라 사회주의 사상을 진리로 받아들였지만, 이 사상을 태어나게 만든 현실들은 내 감정을 움직이지 못했다. 사람들이 불평등하다는 사실은 나에겐 자연스럽고 당연한 것이었다. 나는 내 자신을 레오폴드보다 우월하고 내 친구들보다 더 똑똑하다고 생각했다. 어렸을 때부터 타인에게 명령하는 데 익숙했고 쉽게 복종하게 만들 수 있었던 나에게는 사회주의자에게 필수적인 것이 부족했다.
> 사람들에 대한 사랑, 그게 뭐야? 난 그런 게 뭔지 모른다. 간단하게 말하면 사회주의는 나와 맞지 않았다. 나보다 작은 건지, 큰 건지는 몰라도. 사회주의와는 전혀 상관없는 사회주의자들을 나는 많이 보았다. 그런 사람

들은 마치 계산기와 같아서 무슨 수를 집어넣든지 상관없이 항상 결과가
올바르게 나오면 된다. 거기에는 영혼은 없고 오직 형해화된 산술만이 있
을 뿐이다(368 - 369).

이렇게 질투심과 경쟁심에 기초한 까라모라에게 혁명 운동은 '영
혼'이 없는 '오직 형해화된 산술'이고 '사회적 기계공학'일 뿐이었
다. 그래서 그는 더욱 빼어난 역량을 발휘할 수 있었는지 모른다.
남에게 명령하는 일을 좋아하고 권력의 행사를 즐기면서 까라모라
는 존경받는 원로 당원의 지위에까지 오를 수 있었다. 그러나 영혼
없는 상태는 그를 끝없이 무모한 도전과 위험으로 내몰았고 그런
무모함 속에서 무영혼에 대한 알리바이를 찾게 만든다. 까라모라는
떠내려가는 얼음 위에 탄 사람을 목숨을 걸고 구해 내는가 하면 감
옥에 갇힌 동료를 구해 내 탈출하다가 총을 쏘아대며 쫓아오는 헌
병의 총구 앞에 갑자기 멈춰 서서 오히려 상대가 기절초풍하도록
만들기도 했다. 그의 영혼 없는 상태는 똑같이 영혼이 없는 헌병대
대령의 눈에 정확하게 파악된다.

대령은 아주 영리한 사람이었다. 그는 상대방의 심리를 잘 파악했고 내가
대적할 수 없는 말을 해 몹시 당황하게 만들기도 했다. 마지막 심문을 할
때 그는 코안경 유리를 통해 나를 살펴보면서 이렇게 말했다.
"카라진, 내 생각에 자네는 장난삼아 그러는 거야. 아니면 실수로 자네 일
도 아닌 걸 가지고 그러고 있거나."
이 말은 내 가슴에 비수처럼 꽂혔다. 나는 화를 버럭 내면서 험한 말을
쏟아냈지만 그가 내 말을 가로막았다.
"아, 자네에게 모욕을 주려던 것은 아니었네. 다만 인간 대 인간으로 내
느낌을 말한 것뿐이야. 자넨 위험한 승부를 좋아하지. 내 보기에 자넨 혁
명가가 될 만큼 독하지 않아. 미안하네만, 그러기엔 너무 영리해."
내 생각에 오시포프는 아주 괜찮은 사람이었다(378).

까라모라의 무영혼 상태는 뽀뽀프라는 변절자의 정체를 파악하는 과정에서 더욱 분명하게 드러난다. 그는 변절자를 심문하는 과정에서 변절자의 활동과 이력을 들으며 분노와 적개심보다 기이한 호기심과 흥미를 느끼는 자신을 목도한다.

> 그의 냉소주의에는 뭔가 순진한 구석이 있었고, 그 순진함이 무엇보다 더 나를 화나게 만들었다고 기억한다. 그것은 나를 화나게 했고 또 놀라게 했다. 나는 내 자신이 정말 이상한, 나 자신도 모르는 낯선 사람처럼 느껴졌다. 그러나 나는 예기치 않은 결정을 스스로 재촉하면서 갑자기 서두르기 시작했다(385).

까라모라는 뽀뽀프에게 흥미와 호기심을 느끼는 자신에게 당황하여 갑자기 서둘러 그를 죽음으로 몰아넣는다. 그를 죽이고 난 후 그의 마음속에는 불안한 질문이 솟아오른다.

> 왜 나는 그렇게 갑자기 뽀뽀프를 목매단 걸까? 뭐가 두려워서 그렇게 서둘렀던 거지? 그가 겁났던 게 아니라 내 자신이 겁이 난 게 아닐까? 나에게 위험한 증인을 없앤 것만 같은 느낌이었다. 위험한, 그러나 배신자라서가 아니라 어떤 다른 측면에서 위험한 증인을 제거한 게 아닐까?(387)

한번데 대령의 눈에 언뜻 드러났다가 이제 스스로도 부정하기 힘들만큼 자신의 무영혼 상태가 까라모라에게 자각된다. 뽀뽀프를 살해한 혐의로 체포되어 보안지소장 시모노프의 권유에 따라 변절하는 것은 이제 자신에게 그리 놀라운 일이 아니다.

까라모라의 행동 변화에는 거의 아무런 도덕적 준거가 개입하지 않는다. 그가 혁명에 참여한 것도, 혁명을 배반한 것도 사회주의 이념과는 전혀 무관하다. 그는 분열된 상태 속에서 거듭 자신을 확인하려는 시도를 하고 있을 뿐이다.

「특이함에 대하여」는 혁명 후 고리키의 변화와 관련하여 훼손된 의식의 또 다른 유형을 보여 준다. 「영웅」이 반혁명 활동가의 내면을 다루고, 「까라모라」가 혁명의 변절자에 대한 것이라면 이 작품은 시종일관 혁명에 전념했던 혁명가의 이야기로서 혁명과 개인의 상호관계에서 또 다른 삼각지점을 차지하고 있다.

주인공 야코프 즈이꼬프는 혁명 운동에서 혁혁한 공을 세우고 지금은 네바 강변의 어느 저택에 앉아 인생을 회고한다. 그는 고아로 세상을 떠돌며 여러 시련을 겪다가 우연한 오해로 감옥에 투옥되고 자신을 바보로 여기고 신경 쓰지 않는 사람들의 수많은 논쟁을 주의 깊게 듣는다. 사람들의 논쟁은 사회주의와 그 정신에 대한 것으로 보이지만 그는 그들의 말을 자기 나름대로 받아들인다.

난 이 사람들이 마치 논쟁을 하는 것 같지만 똑같은 말을 한다는 걸 알게 됐죠. 세상의 모든 것은 다 똑같이 만들어야 한다, 특별한 것, 특이한 것은 없애 버려야 하고 세상의 그 어떤 뛰어난 것도 용납해서는 안 된다. 그러면 모든 사람들이, 원하든 원하지 않든, 다 동등해질 것이고 모든 것은 단순하고 쉬워질 것이다. 뭐, 그런 거였죠. 이 세상 사람들을 다 평범한 사람들로 만들어 버리고, 사제나 상인, 관료, 지주 같은 모든 계층 구분을 금지하는 특별한 법을 만들어 없애 버려야 한다는 거였죠. 그 누구도 다른 사람에게서 빵이든 일이든 양심이든 그 무엇도 사지 못하도록 말입니다.
노인네는 이렇게 주장했지요.
"영혼을 북돋아야 해. 중요한 것은 영혼의 자유야. 그것이 없다면 인간이 아니야."
난 이런 생각들을 배고픈 자가 보드카를 들이키듯 꿀꺽꿀꺽 삼켰지요. 정말 내 영혼이 환하게 열리는 것 같았어요. 난 이렇게 생각했지요.

'주 예수시여, 사람들 속에 참으로 성스러운 단순함이 살아 있군요. 그런데도 사람들은 평생 괴로워하고 있으니!'
나는 이렇게 생각하면서 미소를 짓기까지 했어요. 그러자 도둑놈들은 날 더욱 비웃더군요.
"저거 보라고, 야코프가 애인 생각을 하고 있나 봐!"(528)

즈이꼬프는 혁명 사상을 일종의 단순함의 추구로 받아들이며 왜곡하고 있다. 계급을 타파하고 새로운 세상을 만들어야 한다는 주장을 특별한 것, 특이한 것을 제거하고 모든 것을 동등하게 만들자는 것으로 이해한다. 그러나 주변 사람들은 그가 '애인 생각'이나 한다고 놀린다. 이념과 개인의식, 그리고 주위 사람들과의 차이가 발생하는 것이다.

그러나 어쨌든 즈이꼬프는 이런 생각을 가지고 혁명 전 러시아의 혼란한 여러 지방을 떠돌아다닌다. 그러면서 삶을 단순화해야 한다는 사상을 더욱 강화해 간다. 지식과 지식인들이 세상을 분열시키고 온갖 특별한 것을 고안하고 그럼으로써 더욱 특별한 사람들이 된다는 생각에 지식과 지식인에 대한 부정적인 생각도 커진다. 그러다가 그는 지방에서 러시아 혁명의 여파에 휩쓸려 우연스럽게 어느 마을 사람들을 혁명군으로 조직하여 적군에 맞서 전투를 벌인다. 그는 여전히 사회주의 혁명의 이념과 투쟁의 목적을 분명하게 체득한 것은 아니지만 자기 나름의 방식으로 혁명을 이해하고 열심히 전투에 참가한다. 많은 전투를 벌이다가 그는 병에 걸려 어느 마을에 혼자 남겨진다. 마을에서 겨울을 나고 겨우 몸을 회복했을 때 즈이꼬프는 마을 사람들 사이에 볼셰비키에 대한 비난과 욕설이 퍼져 가는 것을 목도한다. 어떤 늙은이가 마을을 휘젓고 다니면서 사람들에게 혁명에 대한 부정적인 생각을 지피고 있었던 것이다. 노인은 동네에서 떨어진 곳에 오두막집을 지어 은둔자처럼 살아가고 있었다.

> "아주 해로운 늙은이예요. (……) 전에는 양봉을 했었는데 지금은 숲 속에 집을 짓고 나무에 조각을 하면서 은둔자로 살면서 성자인 체하지요. 혁명 초기부터 혁명에 대해 불만스러워 했어요. (……). 지금은 이 인근 지역에서 아주 유명해요. 멀리서, 백 킬로도 떨어진 곳에서도 사람들이 찾아오고 해요. 늙은이는 이런저런 충고도 해 주고 모스크바는 도적들과 무신론자들이 지배하고 있다는 등 터무니없는 말들을 해대고 있죠."(554)

즈이꼬프는 이 해로운 늙은이가 마을에 반혁명적 분위기를 주도하고 있다고 판단하고 그를 제거해야 한다고 생각했다. 어두운 밤을 틈타 은둔자 노인의 집을 찾아간 그는 아무런 저항도 하지 않는 노인을 살해하고 도망친다.

「특이함에 대하여」의 즈이꼬프가 혁명적 투쟁에 나서고 드디어는 은둔자 노인을 살해하는 과정은 진정한 사회주의 이념의 본질과는 거리가 먼 것이다.[13] 그러나 혁명의 격렬한 과정은 이념의 본질과는 무관하게 즈이꼬프의 훼손된 의식과 왜곡된 사상을 혁명으로 끌어들인다. 이는 하나의 이데올로기가 한 개인에게 수용되는 과정의 우연성, 굴절성을 잘 보여 준다.

고리키는 이 세 단편에서 혁명과 개인에 대해 무엇을 말하고 있

---

13) 이 점은 많은 연구자들을 혼란스럽게 만든다. 특히 소비에트 시대 연구자들은 그나마 즈이꼬프를 긍정적 주인공의 계열로 만들고 싶었지만 사실 즈이꼬프가 사회주의적 긍정적 주인공이라고 보기는 어렵다. 차라리 주인공의 혼돈스러움이 당시 고리키의 혼돈을 보여 주는 것이지만, 고리키는 곧 이런 혼돈으로부터 벗어났다는 식으로 문제를 푸는(Б. Бялик, Судьба Максима Горького, М., 1973, с. 277.) 편이 정직했다.

는 것인가. 「영웅」의 마까로프가 반혁명적 개인주의를 풍자하기 위한 것이라든지, 「까라모라」의 주인공이 혁명의 변절자들의 심리를 폭로하기 위한 인물이라든지, 「특이함에 대하여」의 즈이꼬프가 투철한 혁명가로서 혁명의 불가피성을 증명하고 있다고 결론을 내린다면 문제는 간단하다. 그러나 앞서 살펴보았듯이 세 주인공의 의식은 몹시 훼손되고 왜곡된 상태이며 그들이 받아들이는 이념들은 그런 훼손된 의식에 비쳐진 일그러진 반영물들이다. 깨진 거울에 비친 파편적인 대상처럼 그들의 훼손된 의식은 이념을 올바르게 수용할 수 없다. 하지만 올바르지 않다 해도 세 작품에서 훼손된 의식들은 각각 어떤 형식으로든 불가피하게 혁명이라는 역사적 현실, 혹은 실재로서의 현실과 충돌하면서 변모한다. 그 변모는 훼손된 의식의 치유인가, 아니면 비극적 파멸일까.

3. 치유로서의 혁명인가, 개인의 비극적 파멸인가

개인주의적 영웅주의에 영혼을 의탁한 마까로프는 혁명을 두려워하고 집단으로서의 대중의 움직임에 혐오감을 느낀다. 그러나 그가 믿고 의탁했던 스승 노박과 '어른'은 혁명이 진전되어 가면서 마까로프의 기대와는 다른 모습을 보인다. '어른'은 더 이상 "사람들을 눈부시게 할 수 있는"(337) 사람이 아니었고 노박은 "존재감이 감지되지 않는 것"(337) 같았다. 사무실 창으로 내려다보이는 조그맣게 보이는 광장의 사람들, 저열하고 안개에 부은 듯이 보이던 사람들이 "이제는 더욱 빠르고 기민하게 움직이며"(336), 과감하게 정부를 비판하고 있었다. 여기서 그는 자신이 두려움을 벗어나고자 의탁한 영웅주의가 극단적인 절망의 표현이며 사실은 두려움에 질린 절망적 행동이라는 깨달음을 얻는다. 그런 점에서 어렸을 때부터 자연에 대한 두려움과 사람에 대한 두려움으로 자라난 그 자신이야말로 진정으로 "이 세상 폭군들의 영광을 퇴색시키고 손수건처럼 인간들을 세탁하고 다림질해 버릴"(338) 수 있는 사람이라고 느낀다. 혁명적 소요가 진행되면서 그는 밤마다 가슴속에 절망의 힘이, 공포의 힘이 커지는 전율을 느낀다. 그는 자신의 그런 절망과 공포가 자신을 진실로 무시무시한 영웅으로 만들어 줄 것이라고 생각한다. 그러나 세상은 그의 기대와는 다르게 돌아가고 있었다.

혁명이 발발하자 노박과 '어른'은 마까로프보다 먼저 무너져 버린다. 혁명이라는 현실의 극적 변화 속에서, 대중의 힘찬 분출 앞에서 노박과 '어른'은 아무런 영웅적 행위도 하지 못하고 그저 일신의 안위를 두려워하는 범인의 모습을 보일 뿐이다. 그들을 따르던 '나' 마까로프는 그 추악한 모습을 보며 스승인 노박을 밀치고 "당신이 내 안의 공포를 죽여 버렸어. 내 안의 인간을 죽여 버린 거라고!"(339)라며 외친다. 공포심으로 우연히 결합된 영웅주의 사상이 무너지고 영웅주의 사상이 무너지면서 자신의 공포심도 사라졌는데 그것을 자신 안의 인간이 죽은 것이라고 생각하며 마까로프는 여전히 왜곡되고 훼손된 의식을 벗어나지 못한다. 혁명을 통해 치유되지 못하고 또다시 새롭게 왜곡된 그는 일 년 정도 감옥에 있다가 나와서 범죄를 적발하는 자리를 얻는다. 사람들을 많이 죽이기도 했다. 그리고 자신이 범죄 단체의 조직원이기도 하고 그들을 벌주는 형리이기도 하다. 그러나 그는 "무슨 상관인가"라고 차

갑고 냉소적인 말로 자신의 이야기를 끝맺는다.

혁명적 현실에 직면하여 마까로프는 훼손된 의식과 영웅주의를 극복하는 것이 아니라 더욱 비극적인 파멸로 내달린다. 그 내면에 어떤 두려움도 없고, 어떤 가치관도 없는 냉소주의적 허무주의자의 모습으로 추락하는 것이다.

변절자 까라모라는 혁명을 통해 어떻게 변모하는가.

그는 혁명이 일어나자 반혁명분자로 체포되어 사형을 기다리면서 자신의 과오를 기록하라는 명을 받는다. 글을 쓰든 쓰지 않든 처형을 피할 수 없음을 잘 알고 있다. 그러나 그는 자신이 도대체 무엇이었는지 알고 싶어 글을 쓰기로 작정한다. 그는 훼손된 의식을 가지고 혁명을 왜곡하여 받아들였고 혁명과정에서 살인을 하고 변절자가 되었으며 혁명이 성공한 뒤 체포되어 자기 자신을 되돌아보고 있는 것이다. 그에게 혁명은 일종의 자기실험이었고 반혁명 활동을 하는 것도 자기실험의 일종이었다. 그러나 그런 과정에서 어떤 결론도 얻지 못했고 여전히 자신이 무엇인지 확신하지 못한다.

> 나는 과거에 '영웅'이었고, 지금은 괴이한 질문에 짓눌려 그걸 풀어야 하는 사람일 뿐이다. '왜 비열한 짓을 하면서 나는 스스로에게 혐오감을 느끼지 않는가?'라는. 나는 이런 질문을 내 자신에게 수백 번도 넘게 던져보았다(396).

그는 영웅적인 혁명 활동에서도 영혼을 찾을 수가 없었고 비열한 배신행위에서도 내부에서의 저항을, 양심의 고통을 느낄 수가 없었다. 이성적으로는 자신의 잘못을 인정하면서도 자기비판과 혐오, 후회의 감정은 없었던 것이다. 그는 오직 자신에 대한 호기심,

'그래서 어떻게 될 것인가'라는 자기실험에의 호기심을 느낄 수 있었을 뿐이다.[14)

고리키는 「까라모라」가 "죄를 저지르는 자신을 금지할 수 있는 힘이 자신 속에 들어 있는지를 알아보기 위해 변절하지만 그런 힘을 찾지 못한" 사람을 다루는 작품이라고 말한다. 이런 사람들은 "그들 내부의 모든 것이 불확실하고 모든 것이 불타고 떠돌고 감정의 총체성이 파괴되고, 그들의 사상이나 언어에서는 감정이 가스처럼 기화되어 버리는 그런 사람들"[15)로서 마치 자기 머리를 갈라서 그 속에 무엇이 들어 있는지를 알고 싶은 충동을 가지고 있는 사람들이다. 실제로 까라모라는 자신의 삶을 되돌아보며 자신 속에 서로 다른 자아가, 혁명가와 반혁명가가 공존한다는 사실을 고백하고 나아가 두 자아를 넘어 제3의 자아, 제4의 자아가 있다고 느낀다. 세 번째 자아는 내면에 존재하는 두 사람의 대립이 어디에서 오는 것인지 알고 싶어서 두 사람의 대립과 불화를 지켜보기만 하는 존재다. 바로 이 세 번째의 자아가 그로 하여금 글을 쓰게 만든다. 그러나 그 세 번째 자아에 대해 의심을 던지는 또 하나의 자아가 존재한다.

---

14) 고리키는 혁명 후 공개된 구정권의 문서를 통해 가깝게 알고 지내던 많은 혁명 동지들이 정권에 협조하면서 혁명을 배신하곤 했다는 사실을 접하고 경악을 금치 못했다고 한다. 『일기로부터의 단상』(Из дневника)의 「악몽」(Кошмар)에는 정보기관에 근무했던 한 처녀가 그를 찾아 도움을 호소하는 장면이 들어 있다. 고리키는 이 여자의 너무나 뻔뻔스러운 모습에서 오히려 어떻게 인간의 내면이 그렇게 될 수 있는가에 관심을 가진다. 「시련을 겪은 자들」(Испытатели)과 「형리」(Палач)에서도 호기심으로 사람을 죽인 자들에 대한 이야기가 나온다.

15) 로맹 롤랑에게 보낸 1923년 9월 18일자 편지. M. Горький и Р. Роллан. Переписка(1916 - 1936), М., 1995, с. 65 - 66.

어떤 사람에게든 두 명의 자아가 있다. 한 사람은 단지 자신에 대해서만 알고 싶어 하고 다른 또 한 사람은 사람들에 대해 알고 싶어 한다. 그러나 내 안에는 네 명의 자아가 살고 있고 모두 사이가 좋지 않고 서로 다른 생각들을 한다. 하나가 무슨 생각을 하면 다른 내가 반대하고 세 번째의 나는 이렇게 묻는다. '아니 그런데 왜 그렇게 싸우는 거야? 네 말대로라면 뭐가 어떻게 되는데?'

하지만 유감스럽게도 또 하나의 나, 네 번째 자아가 세 번째 자아보다 더 깊이 숨어서 한동안 침묵하며 사나운 짐승처럼 감시하고 있다. 아마도 네 번째 자아는 평생 침묵을 지키며 모습을 드러내지 않은 채 냉담하게 이 혼란을 관찰하기만 할지도 모른다(372).

이쯤이면 다섯 번째 자아, 아니 그 이상의 자아도 충분히 가능하다. 까라모라는 글을 쓰면서 수없이 분열하는 자아를 관찰하고 있다. 그러나 그것은 단순한 분열의 연속이 아니라 보다 냉철하게 진실에 다가가기 위한 허위와의 싸움이다. 그가 분석한 자아를 넘어선 또 다른 자아의 존재 가능성, '평생 침묵을 지키며 모습을 드러내지 않은 채 냉담하게 이 혼란을 관찰하기만' 할지도 모르는 네 번째의 '나'는 단순히 숫자로서의 네 번째가 아니라 거의 무한대에 가까운 자의식의 거듭된 자기분석을 의미한다. 이러한 거듭된 자기분석은 오늘날 주체의 거듭된 자기 해체를 통해 근대적 인간의 권력화된 주체의식을 극복하고자 하는 해체주의적 전략을 연상시킨다.

거듭된 자기 분석을 통해 단련된 까라모라는 자신이야말로 진실을 말해야 하는 존재라고 생각한다.

아무것도 없다. 모든 것은 꾸며졌다. 모든 것은 거짓이다. 그렇다면 나는 거짓을 폭로해야 할 사명이 있다. 나는 사람들에게 그걸 폭로해 줄 최초의 사람이다. 모두 기만당했다고. 인생이란 실제로는 적나라한 짐승들의 투쟁이며, 그걸 막을 이유도 없고, 더 중요한 것은 그 무엇으로도 막을 수 없다는 것을. 그래, 나는 사람에게는 자신 속에 들어 있는 비열함에 저항할 힘이 없으며, 그에 저항할 필요도 없다는 것을(비열함은 서로의 투쟁에서 당연한 효과적인 무기일 뿐이기 때문이다) 최초로 밝혀낸 사람이다 (396 - 397).

거듭된 자기분석을 통해 냉정한 자기관찰에 도달한 그는 이제 자신이 세계를 냉정하게 바라볼 수 있다고 생각한다. 그는 허무주의적이고 냉소주의적인 태도로 급기야 세상 모든 것이 고안되고 누군가의 욕망으로 일그러져 있으며 자신이 그것을 밝혀낼 최초의 사람이라고 생각한다. 안데르센의 우화「벌거벗은 임금님」에서 진실을 말하는 어린아이의 역할을 자신이 해야 한다는 것이다.

이 모든 자기분석이 까라모라의 내면에 일어나는 단편적인 생각의 흐름으로 이어지기 때문에 그의 최종적인 판단은 쉽게 드러나지 않는다. 그러나 죽음을 두려워하지 않고 오직 자기 자신을 위해 글을 쓴다는 절체절명의 상황은 까라모라의 고백의 진실성을 높여 준다. 그는 혁명과 혁명과정을 통해 자기 내면의 가장 깊은 곳까지 들여다보고 또 그 너머에 뭔가가 있다고 느끼는 경지까지 나아간다. 훼손된 자아의 치유를 향한, 분열된 자아와 세계의 통합을 향한 지난한 몸부림을 보여 주는 것이다. 그의 치유는 혁명의 논리 중 하나, 즉 둘로 분리된 자아의 어느 하나를 분명하게 선택함으로써 이루어질 수 있는 것이 아니다. 오히려 제1과 제2의 자아의 대립을 지켜보고 관찰하는 제3의 자아와 그런 제3의 자아를 또다시 냉엄하게 관찰하고 있을, 그러나 그 모습을 드러내지 않고 침묵하는 제4의 자아 사이의 원활한 소통만이 치유를 가능하게 해 주는 것이라고 말할 수 있다.

「특이함에 대하여」는 혁명을 통한 개인의 변화에 있어 또 다른 측면을 보여 준다. 즈이꼬프는 앞서 마까로프와 까라모라와는 달리 어찌 됐든 성공한 혁명의 주역이다. 그러나 이 주역의 모습은 제복과 훈장에 갇혀 결코 흥미로운 모습이 아니다.

> 네바 강변 대귀족의 저택들 중 한 집. 모로코 스타일의 알록달록하고 바닥은 진흙투성이인데다 안락함이라고는 전혀 느껴지지 않는 냉기가 서린 방에 회색 군용 외투를 꼭 끼워 입은 한 사내가 앉아 있다. (……)
> 머리에는 은빛 나는 회색 머리털이 덥수룩했고 광대뼈와 턱까지 듬성듬성한 누런 구레나룻이 뒤덮고 있었다. 뭉툭한 코밑에는 끝이 잘린 콧수염이 삐죽삐죽 곤두서 있어 닳은 칫솔을 연상시켰다.
> 커다란 입에 넓적한 이빨을 드러낸 이 사내의 얼굴은 흥미를 끌 것이 없었다. 별다른 색채가 없는 두 눈, 꼬치물고기처럼 두상이 뚜렷한 회색의 그런 얼굴은 러시아에서 흔히 볼 수 있는 평범한 얼굴이었다(522).

혁명에 성공한 사람일지라도 이렇게 '안락함이라고는 전혀 느껴지지 않는 냉기가 서린 방에 회색 군용 외투를 꼭 끼워 입은' 모습은 전혀 승리자의 그것이라고 말하기 어렵다. 사회주의에 대한 다소 왜곡된 생각을 가지고 '세상을 단순화하기 위해' 혁명 활동에 뛰어들어 단순화되지 않는 은둔자 노인을 살해한 즈이꼬프는 여전히 자기 확신을 지닌 인물처럼 보이지만 '닳은 칫솔'을 연상시키고 '회색 군용 외투를 꼭 끼워 입은' 모습은 혁명을 통해 자유롭고 새로운 영혼에 도달했다는 인상과는 거리가 있다. 오히려 혁명에 짓눌리고 자신의 삶에 가위눌린 모습이라고 하는 편이 옳을 것이다.

아마도 이 특이한 방이 그에겐 좁게 느껴지는 것 같았다. 고개를 홱 돌리고 그 사내는 이 분 정도 말없이 창밖을 내다보았다. 각진 창살 무늬로 잘게 나누어진 창을 통해 보이는 황량한 네바 강의 넓고 어둑한 긴 띠를 따라 그는 무언가를 찾고 있었다. 외투의 목 단추를 풀었다 다시 잠갔다 하면서 그는 자신의 피부에 달라붙은 어떤 무거운 것을 홱 벗어 던지고 싶은 것 같았다(523).

꼭 끼게 입고 있던 외투의 목 단추를 풀었다가 다시 잠그는 행동, 자신의 피부에 달라붙은 어떤 무거운 것을 벗어던지려는 행동 등은 그저 단순한 묘사라기보다 이 혁명가의 평생에 걸친 이념에 반하는 그 무엇인가를 암시하고 있다[16]고 읽어도 크게 무리는 없을 것이다. 결국 즈이꼬프도 혁명을 통해 자신의 훼손된 의식의 치유로 나아가지는 못하는 셈이다. 그의 치유는 그의 훼손된 의식의 치유를 전제하지 않고서는 불가능하다.

세 작품의 주인공들은 훼손된 의식으로 혁명을 제각각 받아들이지만 혁명을 통해 훼손된 의식의 구원으로 나아가지 못한다. 마까로프는 개인주의적 영웅주의의 가장 타락한 형상으로 추락하고, 까라모라는 변절자가 되어 사형언도를 기다리며, 즈이꼬프는 은둔자의 살해에 대한 기억으로 거의 굳어 버린 사람처럼 되어 버렸다. 그러나 이 세 인간의 의식과 변화과정을 더욱 분명하게 파악하기 위해서, 그리고 그들을 창조한 작가 이념에 접근하기 위해서는 그들과 다른 의식들, 작품에 존재하는 다른 인물들과의 대비적인 고찰이 필요하다.

---

16) Е. Б. Тагер, 위의 책, с. 197.

4. 성찰과 극복을 향한 몸짓

이 세 작품의 서사구조를 볼 때 무엇보다 주목되는 것은 서사적 관점이다. 고리키는 이제까지 많은 작품들에서 견고한 작가적 시점을 구축해 왔다고 말할 수 있다. 그러나 앞에서 언급했듯이 세 작품에서 작가의 이념적 시점을 구체적으로 확정하기는 쉽지 않다. 세 작품이 모두 주인공의 독백으로 구성되어 있고 주인공 외부의 시점을 찾기가 쉽지 않기 때문이다. 이를테면 「영웅」은 처음부터 '나'라는 주인공 마까로프의 시점으로 서술되기 시작한다. 이 작품은 처음부터 끝까지 일인칭 독백 소설의 시점을 유지함으로써 모든 서술과 가치평가는 일인칭 시점을 넘어서지 않는다. 「까라모라」역시 주인공의 의식의 흐름에 대한 단편적인 기록으로 일인칭 시점에서 모든 내용이 서술된다. 「특이함에 대하여」는 주인공의 외모와 분위기를 묘사하면서 주인공을 작품에 "비스듬하게" 도입하는 "그림 장면"17)을 가지고 있지만 이 부분을 제외하고 이후부터 완전히 일인칭 시점의 회고로 구성되어 있다.

세 작품이 매우 주관적인 관점이 개재될 수 있는 일인칭 시점을 택하고 있다는 것은 주인공의 내면에 초점을 맞추고 주인공의 자기정당화에 많은 시선을 할애하고 있다는 것을 의미한다. 또한 그가 만나는 여러 다른 사람들과 사건들에 대해 그의 평가가 덧붙여진다는 것을 의미한다. 작품 속의 모든 것은 일단 그가 느끼고 본 것, 만나거나 들은 것이다. 그 외의 것, 일반적인 상황 설명이나 다

---

17) 도입부가 마치 주인공의 초상화를 그리는 것과도 같이 제시된다는 점을 뜻한다.
 E. Б. Тагер, 위의 책, c. 196.

른 사람의 생각과 느낌 등은 주인공의 프리즘을 통과하지 않고 작품에 도입될 수 없다.

이런 형식적 장치는 작가의 이념적 시각조차 매우 간접화시켜서 그것을 파악하기 힘들게 만든다. 이 작품들이 발표되었을 때 소비에트 비평계에 대체로 부정적인 평가가 지배적이었던 점도 작가가 부정적 주인공에게 냉소나 풍자적 어조를 덧붙이지 않고 충분히 말할 권리를 주었다는 점에 기인한 바 크다. 개인주의적 영웅주의자 마까로프의 반혁명적 활동과 파멸은 언뜻 혁명 이념을 따라가지 못한 개인에 대한 풍자로 읽힐 법하지만 작품 전면에 개인주의나 사회주의나 이념 일반에 대한 마까로프의 냉철한 비판이 동시에 담겨 있다는 점을 부인하기 어렵다. 또한 혁명가에서 반혁명선동가로 변신한 까라모라의 엄정하고도 철저한 자기분석 끝에 얻어진 이념 비판론 역시 까라모라를 단순한 변절자로 치부하기 어렵게 만든다. 그리고 이들보다는 일관되게 혁명의 입장에 서 있었던 즈이꼬프가 살인으로 자신의 혁명 활동의 절정을 표현하지만 그 동기, 그리고 그 후 현재의 모습은 독자의 공감과 동의를 얻기 힘들다.[18]

그렇다면 과연 이 작품에서 주인공의 내면적 시점 외에 다른 시

---

18) 물론 앞의 두 작품에 비해 「특이함에 대하여」는 긍정적인 평가를 받기도 했다. 이런 입장은 B. Панков, 위의 책, c. 68. 참조. 여기서 빤꼬프는 즈이꼬프가 비록 명확한 이념적 입장을 가지고 혁명에 참여한 것은 아니지만 점차 혁명의 진실로, 볼셰비즘으로 성장해 가는 주인공이라고 말한다. 일단 반혁명가나 변절자를 다룬 두 작품에 비해 즈이꼬프가 명백한 반혁명적 입장에 서 있는 것은 아니라는 점은 맞다. 그러나 즈이꼬프의 이념의 구체적 내용이나 행위에 대한 분석이 아니라 볼셰비즘에 반대하는 적들과 투쟁하고 심지어 저들을 선동하는 은둔자를 살해하며, 다양한 러시아 역사적 사건들과 그 속에서의 민중의 삶을 드러내고 있다는 외적 지표만을 가지고 이 작품의 가치를 논하는 것은 이 작품의 진정한 가치를 왜곡하는 것일 수 있다.

점, 작가적 시점을 포함하여 작품 전체의 이념적 의미를 찾을 수 있는 다른 시점들은 존재하는가.

「영웅」의 마까로프는 영웅주의를 숭배하는 이념으로 경도되어 가지만 그가 개인적으로 겪은 영웅들은 영웅의 모습과는 다른 모습으로 그려진다. 학교에서 영웅 취급을 받는 귀족단장의 아들 볼로토프는 자신을 사회주의자라고 여기며 오만하고 불손하다. 아마도 그 시절 누구나 사회주의자연하는 문화적 유행의 여파일 것이다. 그는 또래 아이들의 우두머리 노릇을 하고 물에 빠진 어떤 아주머니를 구해 내기도 하지만 그것은 '술에 취한 채'였다. 루도메토프라는 예심판사의 아들은 미남이고 힘이 세고 술도 잘 마셨다. 그 방탕함은 학생들 사이에 전설이었고 모두들 그를 두려워하면서도 선망의 시선을 거두지 못한다. 루도메토프는 나중에 마까로프와 함께 '어른'을 모시는 역할을 한다. 이념적으로 상이한 볼로토프와 루도메토프가 '영웅'으로 비쳐지는 모습은 동질적이며 또 동일하게 허구적이다. 진정한 헌신성을 가지지 않고 '술에 취해' 물에 빠진 여자를 구했다는 볼로토프의 영웅성이나 방탕함으로 전설이 된 '루도메토프의 '영웅성'은 비록 볼로토프가 사회주의자인 체하고 루도메토프가 '정치파에 적대적인 아카데미파의 우두머리'였고 나중에 전제정을 옹호하는 정치지도자의 비서 노릇을 한다는 차이를 가지고 있지만 본질적으로는 하등 다를 것이 없다. 그들 모두 남들과 달라지고 싶어 하는, 남들을 지배하고 싶어 하는 권력의지의 서로 다른 표현이 아니라면 무엇인가. 이들은 모두 삶 자체의 진실을 두려워하고 삶으로부터 멀리 도망치려고 허우적거리는 인물들이다.

이념적으로 보다 견고한 영웅의 모습으로 그려지는 스승 노박과

'어른' 역시 삶과는 동떨어진, 삶으로부터 도망치는 사람들이다. 이들은 모두 혁명을 통해 여지없이 그 허구성이 폭로되고 만다. 이런 모습들은 분명 이 작품이 개인주의적 영웅주의에 대한 작가의 비판적 관점을 보여 주는 것이라고 판단할 수 있게 해 준다.

이런 인물들에 비하면 외삼촌인 사제의 모습은 훨씬 안정적이다. 아버지가 일찍 죽은 마까로프에게 아버지와 같은 역할을 한 성직자 외삼촌은 성직자이지만 '커다란 덩치에 아주 잘생기고 쾌활하며 뛰어난 기타리스트이자 다혈질 도박꾼'으로 전혀 성직자답지 않은 모습을 가지고 있다.

> 그는 언제나 아주 기꺼이 나랑 대화해 주었고, 그래서 나는 그의 유려한 말과 부드럽고 둥글둥글한 단어들, 그리고 세계를 지배하는 세 가지 힘, 즉 신과 자연과 인간의 이성에 대한 이야기를 듣는 것을 좋아했다. 하지만 나는 이 힘들의 비밀스러운 관계를 이해할 수 없었다. 그의 말을 들으면 들을수록 신은 이해할 수 없는 어둠 속으로 더 멀리 사라져 갔고, 자연은 점점 더 무서워졌고, 이성의 역할은 더욱더 불명확해졌다(308 – 309).

세상의 모든 것을 신과 자연과 인간의 이성으로 연결시켜 안정적으로 설명하고 이해하는 외삼촌은 삶을 두려워하거나 삶에 사로잡히거나 삶 속에 굳어진 사람은 아니다. 이런 특성은 타고난 생명력을 가림 없이 폭발시키는 주정뱅이 세탁부 모끄레야도 가지고 있다. 그녀는 모순적인 삶의 생명력의 화신이다. '뚱뚱하고 시뻘건 얼굴, 냉소적인 시선', '노골적이며 번들번들한 눈매', '일할 때 지치는 법이 없고', '음탕함에 있어서도 지치는 법이 없으며', '저속하고 교활'하면서도 '달콤하리만치 다정한' 모끄레야의 모습은 모

순적인 삶 그 자체의 표현처럼 들린다. 이런 인물들은 삶에서 고통
받고 있지만 삶으로부터 도망치기보다 삶 속에서 웃고 울고 소리
친다.[19] 이들은 마까로프의 주변에서 삶 자체의 모습을 현현하고
있으며 마까로프의 삶에 대한 두려움과 대비적인 공간을 형성한다.

「영웅」이 마까로프의 독백으로 구성되어 있지만 이렇게 다른 인
물들의 모습을 통해 마까로프의 내면은 상대화되고 객관화된다. 바
로 이 지점에서 작가의 구성적 시점, 즉 직접적으로 표출되지는 않
지만 작품을 구성하는 본질적 시점으로서의 작가적 시점을 감지할
수 있다. 마까로프의 주관적 시선과 그 시선이 상대화되고 객관화
되는 경계 지점에서 작가의 이념적 관점이 매우 간접적으로 실현
되고 있는 것이다. 그러나 이 작품의 이런 작가적 관점은 단지 이
작품만으로가 아니라 다른 두 작품과의 맥락 속에서 조명되어야
한다.

「까라모라」의 '다른 인물'들은 어떠한가.

까라모라의 가장 대립적인 인물은 까라모라 자신의 분신들이라
고 말할 수 있다. 그의 내면에는 서로 대립하고 싸우는 두 명의 자
아가 있고 더 나아가 그 둘을 관찰하는 제3의 자아가 존재하며, 더
더구나 영원히 침묵하는 보이지 않는 제4의 자아까지 존재한다. 네
명의 자아로 분열되는 것은 단순한 분열이 아니다. 두 자아가 싸우

---

19) 많은 연구자들은 고리키 문학에서 진정 작가가 주목하는 인간형은 이념적 완결성을 지닌
　　인물이기보다 다종다양한 인간형이라고 본다(졸고, 『막심 고리키 – 혁명의 문학, 문학의 혁
　　명』, 2004, 37쪽 참조). 이 작품들에서도 "환상적인 총체성을 띤 위대한 힘, 삶의 흐름의
　　강력한 힘이 있고, 그 중심에는 인간과 인간에 대한 생각들이 자리하고 있다."(Я. Е. Эль-
　　берг, "Творчество Горького в борьбе против модернизма", Современ-
　　ные проблемы реализма и модернизма, М., 1965, с. 134.)는 평가는 좀 다
　　른 맥락에서 말하는 것이지만 고리키 문학의 특징을 부분적으로 정당하게 지적하는 것이다.

고 대립하고 그 싸움과 대립을 냉정하게 관찰하고 기록하는 제3의
자아, 그리고 그 제3의 자아를 또한 지켜보고 있을 알 수 없는 제4
의 자아는 단순한 평면적 분열이 아니라 자기분석의 심화인 셈이
다. 까라모라는 이 끝없는 자기 분석의 의식 속에서 자신을 알고자
하지만 결코 제4의 자아는 알 수가 없다. 그를 둘러싼 현실의 알
수 없는 복잡함과 모순성 역시 그에게 완전히 이해되지 않는다. 그
의 의식 속에서도, 현실 속에서도 그의 분열을 구원해 줄 사람이나
이념은 없다. 구원자의 모습은 다만 가위눌린 꿈속에 상징화될 뿐
이다. 그는 꿈에서 하늘과 땅이 붙어 버린 경계선을 따라 돌며 어떻
게든 이 공간을 벗어나려고 몸부림친다. 그러나 결코 그 공간을 벗
어날 수 없고 오히려 하늘과 땅의 공간은 점점 좁아들며 압박한다.

> 나는 지평선의 경계를 빠르게, 점점 빠르게 움직이면서 벌써 몇 번이나 공
> 간을 벗어나려고 했다. 하지만 내가 무얼 찾고 있는지 알 수 없었고 멈출
> 수도 없었다. 견딜 수 없이 힘이 들었고 불안했다.
> 나는 지상에 수많은 사람들과 생명이 존재하고 있다는 것을 기억하고 있
> 다. 그런데 그들 모두는 어디로 간 것일까? 저 확고부동한 침묵 속에서,
> 완벽한 무활성 속에서 원을 따라가는 나의 움직임은 더욱 빨라만 져서 이
> 젠 제비처럼 날아오른다. 거울에 비친 내 모습도 나와 나란히 팔을 흔들며
> 날아간다. 내가 어디로 가든 어디를 돌아보든 그 모습뿐이다. 원구가 작아
> 져 공간이 점점 좁아졌다. 하늘의 아치가 점점 낮게 내려왔고 나는 뛰어다
> 니며 숨을 헐떡이고 소리를 지르고……
> 그 사람이 날 깨웠다. 공포에 떨던 나는 너무 기쁜 나머지 그의 손을 잡
> 고 벌떡 일어나며 웃었다(376).

'그 사람', '키 큰 사람', '본디오 빌라도 앞에서 못 박힌 사람에
대해 이야기하는 사람'이 날 깨우고 '나'는 '그 이상한 사람'의 손

을 잡고 벌떡 일어나며 웃는다. 그러나 그것은 여전히 꿈이다. 진짜로 꿈에서 깬 그는 여전히 두려움 속에 존재한다. 까라모라는 꿈에서 구원을 갈구하지만 현실에서는 여전히 구원의 길이 존재하지 않는 것이다.

「까라모라」에서 다른 인물들은 까라모라의 여러 분신들과 대응하며 현실 세계의 모순성을 대변한다. 까라모라가 살해한 변절자 뽀뽀프는 이미 까라모라 내부에 존재하는 까라모라 자신의 분신이었다. 따라서 뽀뽀프를 살해했다고 해서 까라모라 내면의 자아가 죽어 버린 것은 아니다. 오히려 뽀뽀프를 살해하고 까라모라 자신이 뽀뽀프의 뒤를 이어 기관에 협조하는 배신자가 된다. 까라모라가 처음 체포되어 취조를 받을 때 '계급의 적들에 봉사하는 헌병 장교는 선량한 사람'이었고 이후 여러 번 감옥에 갔을 때에도 '증오심과 적대감을 불태우게 만드는 그런 장교는 한 명도 만나지' 못한다. 그들 모두 이미 까라모라의 내면에 존재하는 분신들이었던 것이다. 까라모라를 변절로 이끈 보안지소장 시모노프는 까라모라의 이러한 이중적 사고를 극적으로 보여 주고 설명해 주는 인물이다.

이렇게 자기 자신의 다양한 분신성과 사람들의 이중성을 체험한 까라모라는 새로운 통찰에 도달한다. 계급적 관점에서 사람들은 노동하는 자와 남의 노동에 기대어 살아가는 사람, 즉 프롤레타리아와 부르주아로 나뉘지만 그것은 외적인 구분이고 이러한 구분을 넘어 모든 계급의 사람들은 총체적인 사람과 분열된 사람으로 나눌 수 있다는 것이다. 총체적인 사람은 자기 방어를 위해 의식적으로 자기 내부에 존재하는 잉여의 것을 억압하고 제거함으로써 '총체성'을 획득한다. 따라서 총체성을 가진 혁명가에게는 "사람을 향한 동정심이나 서정시, 감상주의나 낭만주의"(379) 같은 것들은 전혀 쓸모가 없다.

> 혁명가에게 필요한 것은 단지 열광과 자신에 대한 믿음뿐이다. 내적 삶의 다양함에 대한 관심은 어떤 면에서 혁명가에게 해로운 것이다. 이 다양함 속에서는 길을 잃기 쉽다. 그것은 가시덤불 속에 갇힌 어린아이와 같은 꼴이다.
> 분열된 사람의 삶은 조급하게 날아오르는 제비와 같다. 총체적인 사람이 더욱 유용하지만 나는 두 번째 유형에 가깝다. 혼란에 빠져 헤매는 사람이 더 흥미롭다(379).

까라모라는 이제 자신의 분열성에 대한 긍정으로 나아가며 그것을 보편적인 인간 개념으로 확장한다. 혁명과 반혁명의 이념 이전에 보다 근본적인 인간적 본성에 대해 비판적 접근을 하고 있는 셈이다. '총체적 인간'과 '분열된 인간'이라는 까라모라의 구분은 현대적 관점에서 전체주의적 사고에 대한 근대 비판론과 해체주의적 사고라는 탈근대 논리를 연상시킨다. 인간에게 진실을 볼 수 있는 '영혼의 수정체'가 필요하지만 그것이 존재하지 않는다는 고통스러운 분석과 통찰은 혁명과 관련된 인간의 내면적 변화와 성찰의 일단을 보여 주는 것으로 작가 고리키의 새로운 내면적 변화와 그 핵심을 시사하는 것임에 틀림없다.

작가의 내면의 변화를 보여 주는 또 다른 양상은 「특이함에 대하여」의 다른 인물들을 통해 추적해 볼 수 있다. 우선 의사 쏘모프는 즈이꼬프의 단순화 철학에 대해 지속적으로 대립한다. 즈이꼬프는 감옥에서 세상을 구원하기 위해서는 단순화가 필요하다. 모든 특별한 것을 제거해야 한다는 사상을 얻었다. 하지만 그를 받아 주고 돌봐 주며 친구처럼 많은 이야기도 해 주던 의사 쏘모프는 웃으면서 정반대의 말을 들려 준다. 세상은 단순화에서 복잡화로 변해 왔고 그것은 불가피하다는 것이다. 의사 쏘모프는 단순하지 않은 삶의 모순성을 그대로 받아들이는 인물이다. 서로 다름을 인정하고 단순화할 수 없는 삶을 그 자체로 수용하는 것이다. 그는 지속적으로 즈이꼬프에게 "삶의 단순화는 이루었나?"(551), "자네는 나를 단순화해야 하지 않나?"(552)[20]라고 농담을 던지면서 삶을 단순화해야 한다고 주장하는 즈이꼬프의 논리를 친근하면서도 가볍게 조롱한다. 하지만 전쟁 부상자들을 돌보는 휴머니즘적인 헌신성과 일관성, 관료주의에 대항하는 용감함, 다양한 이념들의 허구성을 파헤치는 통찰력을 지닌 쏘모프의 가벼운 조롱은 결코 가벼운 논박으로 들리지 않는다. 반면 의사가 매춘굴에서 구해 냈던 타티야나는 혁명이라는 이념을 통해 매우 비인간적인 모습으로 '단순화'되었다. 열성 당원이 되어 철두철미한 혁명 전사가 된 그녀는 병들어 죽어 가는 의사를 살해하도록 사주한다. 물론 그것이 이념의 탓인지 그녀를 여자로 받아 주지 않은 개인적 원한 때문인지, 더 편하게 죽도록 하기 위해서인지 분명하지 않다. 다만 그녀는 더 마르고 나이가 들어 보이고 어두운 얼굴빛에 굶주린 듯하며 카랑카랑한 목소리였다. 그녀의 그런 모습은 '나' 즈이꼬프에게 "아주 불쾌한 기분"(552)을 주었다.

즈이꼬프가 반혁명 선동을 이유로 살해하는 한 은둔자는 즈이꼬프의 단순화 이념에 맞서는 극적인 형상이다. 이 은둔자와 그 의미

---

20) 이 말은 병든 쏘모프가 즈이꼬프 부대의 포로가 되었을 때 '나를 죽여야 되지 않아'라는 뜻으로 한 말이다.

는 『1922 - 1924년 단편집』 전체의 의미와도 깊은 연관을 가지고 있다. 즈이꼬프는 은둔자를 살해해야 한다는 이념적 결단을 내리지만 그가 바라보는 은둔자의 모습은 전혀 적대자의 그것이 아니다. 즈이꼬프가 한낮에 동정을 살피러 은둔자 노인의 오두막을 찾았을 때 노인의 주변은 평온하고 아름답기만 하다.

> 고개를 숙이고 있을 뿐 마치 앞에 있는 사람이 보이지 않는다는 듯이 내게 눈길 한번 주지를 않았어요. 칼로 나무를 깎기만 할 뿐 벙어리처럼 아무 말이 없었습니다. (……) 꼭 푸른색 바위 같았습니다. 그 망할 놈의 늙은이 주변은 다 안온하고 좋았어요. 통나무집 너머는 향기가 배어 나오는 나무숲이었고, 집 앞쪽 아래쪽은 계곡이었는데 작은 강물이 태양빛에 반짝이며 흘러가고 있었습니다(556).

은둔자 노인을 계급의 적이라고 생각하는 즈이꼬프의 이념적 시선에 전혀 다른 삶의 모습, '향기가 배어 나오는 나무숲'과 '햇빛에 반짝이며 흘러가는 작은 강물'이 눈에 들어온다. '그 망할 놈의 늙은이 주변은 다 안온하고 좋았어요'라는 즈이꼬프의 한탄은 즈이꼬프의 시선으로 즈이꼬프의 이념이 반박되고 있는 것에 다름 아니다. 늙은이의 삶은 결코 단순화될 수 없는 삶이었고 그것은 쓸데없는 사소한 것들로 방을 장식하는 의사 쏘모프의 단순화될 수 없는 삶과도 같은 것이었다.

5. 영혼의 명징한 수정체

1917년 10월 혁명을 고리키는 "혁명이 인간의 정신적 부활의 징표를 띠고 있지 못하고 사람들을 더 정직하게 만들지 못"[21]한다고 비판했다. 심지어 볼셰비키를 권력에 중독된 자들로, 혁명을 무자비한 잔인한 실험[22]이라고 비난하기까지 했다. 비록 1918년 『신생활』의 폐간 이후 소비에트 정부 문화 사업에 적극 협조하면서 관계가 복원되기는 했지만 1921년 러시아를 떠날 수밖에 없었던 것은 여전히 혁명과 혁명 정부와의 불편한 내적 관계가 작동했음을 보여 준다. 과연 이 당시에 혁명과 혁명 과정에 참여한 사람들을 고리키는 어떻게 이해하고 있었던 것일까.

이제까지 대부분의 연구가 「영웅」과 「까라모라」, 「특이함에 대하여」를 개별적으로 다루면서 주인공의 도덕적 이념적 입장 분석에 주목했다면 나는 여기서 가능한 세 작품을 동일한 문제의식 속에 위치시켜 고찰하고자 했다. 이를 통해 우리는 개별적인 작품으로 연구할 때와는 좀 다른 시야를 얻을 수 있었다. 그것은 첫째, 이 작품들이 혁명과 혁명 이념, 혹은 반혁명과 반혁명 이념 등에 대한 논쟁이 아니라 개인들이 어떤 이념에 결합하는 것은 매우 우연적이고 굴절성을 띤다는 점, 바로 그 점을 그려 내고 있다는 것이다. 두 번째 얻을 수 있었던 결론은 이 작품들은 서로 다른 운명의 주인공들을 그리고 있지만 혁명은 근본적으로 개인의 훼손된 의식을 구원으로 이끌지 못한다는 점이다. 그리고 마지막으로 주목할 수 있었던 것은 이 작품들이 주인공의 독백적 서술 속에서도 '다른 인물'들의 '다른 관점'과의 접점을 통해 혁명과 개인의 상호관계에 대한 고리키의 비판적 성찰을 풍부하게 반영하고 있다는

---

21) Новая жизнь, 1917, No. 205.
22) М. Горький , Несвоевременные мысли, 위의 책, с. 151.

점이다.

 고리키는 이 작품들을 통해 훼손된 의식의 개인과 그들의 파멸을 보여 주고 있지만 그것은 이념과 혁명에 대한 보다 명징한 수정체를 가진 개인에 대한 작가의 염원을 역설적으로 말해 준다. 어떤 이념으로 단단하게 무장한 개인이 아니라 끝없는 성찰을 통해 자신을 돌아보는 행위 자체의 의미를 이 작품들은 보다 소중한 것으로 그려 내고 있는 것이다. 이런 점에서 작가 자신의 이념적 개입을 배제하고 주인공들과 등장인물들에게 전적으로 시점을 넘겨 주는 시학적 혁신은 "기술적 측면에서 정말로 주목할 만한"[23) 것으로 새로운 작가 정신의 불가피한 선택과 발견이 아닐 수 없다.

---

23) В. Шкловский , Удачи и поражения Максима Горького, Тифлис, 1926, с. 39.

소통의 경계와 새로운 서사의 모색

-M. 고리키의 「어떤 소설」

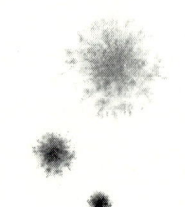

1. 소통의 새로운 상황과 서사

우리말에 "아 다르고 어 다르다", "말 한 마디로 천 냥 빚을 갚는다."는 속담이 있다. '아'와 '어'가 뭐 그리 다를 것이며, 과연 '말 한 마디'가 '천 냥'의 물질에 값할 수 있을 것인가. 그러나 20세기 냉전 이데올로기하에서 벌어진 '말'에 대한 투쟁을 잘 알고 있는 우리로서는 이 말이 단순한 속담으로 들리지만은 않는다. 어떤 말이 가리키는 의미의 진실성 여부를 떠나 그 말이 행해지는 상황과 문맥, 문체 자체가 가지는 힘, 즉 소통상황에서 빚어지는 언어 그 자체의 물질성에 대한 뼈저린 체험을 우리는 너무나 많이 겪어 오시 않았던가.

톨스토이의 『안나 까레니나』의 첫 장면을 보자.

남편의 부정을 확신하며 집을 떠나겠다는 아내 돌리와 용서를 빌고 싶은 남편 오블론스끼. 이들 부부는 이미 마음속으로 화해를 원하고 있다. 하지만 이들이 한 마디 꺼낼 때마다 그 말은 마음과는 달리 갈등을 확산시키기만 한다. 오블론스끼가 "내가 한 순간,

한 순간 유혹에 빠져……."라며 용서를 빌려고 하지만, '유혹'(увл
еченья)이라는 단어는 돌리의 마음의 상처를 되살아나게 만든다.
돌리는 화를 내며, "당신은 역겨워요, 혐오스러워요!"라며 온갖 비
난의 언어를 찾다가 자신도 모르게 당신은 '남'(чужой)이라고 선
언한다. 그러나 이 '남'이라는 단어에 그녀 자신이 소스라치게 놀
라며 끔찍함(ужасное)을 느낀다. 그리고 잠시 뒤 홀로 남은 돌리
는 다시 '우리는 영원히 남'이라고 독백하고는 그 '무시무시한 단
어'(страшное для неё слово)에 전율하며, '나는 얼마나 그를
사랑하고 있는가.'라며 후회한다.[1]

　바흐친(M. Бахтин)은 도스토옙스키의 말에 대한 민감성을 주목
하면서 그 유명한 '다성성'(многоголосье), '폴리포니야'(поли-
фония)라는 소설 개념을 제시했다. 그것은 이제 너무나도 잘 알려
진 것이어서 따로 언급할 필요조차 느끼지 못한다. 그러나 톨스토
이의 예와 같이, 작가들이 '말'에 대해 민감하다는 것은 꼭 도스토
옙스키에게서만 관찰되는 것은 아니다. 어느 시대 어느 문학가든
'말'의 중요성, '말'의 물질성에 대한 예민한 직관적 감각을 - 의식
적이든 무의식적이든 - 지니지 않은 문학가는 없다고 말해도 과언
이 아닐 것이다. 그러나 19세기 문학가들은 대체로 말의 물질성 그
자체에 주목하고 있지는 않다. 그들이 말에 대해 주목하는 것은 무
엇보다 먼저 그 말이 담아야 할 내용, 지시해야 할 본질을 보다 효
율적으로 담아내기 위해서다. 그 누구보다 말에 민감하다고 바흐친
에 의해 분석된 도스토옙스키조차 그 말의 다성성, 폴리포니야는
그 무엇보다 먼저 그 말에 담긴 이념, 혹은 의식이 문제였고, "이

---

1) Л. Толстой, Собрание сочинений 12 - х томов, т. 7, 1984, с. 17.

념적 수준에서 다층적인 시점들을 표현"[2]하는 것이었다. 즉 대체로 19세기 문학에서 언어는 세계를 총체적으로 인식하고 그것을 형상화하는 수단이라는 점에 대한 근본적 회의와 문제의식은 그리 크지 않았다. 그들에게 '아'와 '어'는 그리 다르지 않았고 그것이 담고 있는(담고 있다고 여겨지는) 의식이나 관념의 차이가 아닌 말 그 자체의 차이는 본질적인 차이로 여겨지지 않았던 것이다. 오블론스끼와 돌리의 갈등은 '말'로 인해 심화되지만 그 다툼은 영원한 결과로 이어지지 않는다. '말'(형식) 이전에 존재하는 그들의 '마음'(본질)이 드디어는 말을 극복하고 그들을 화해시킨다. 그들의 어떤 말에도 불구하고 그들이 나아가야 할 서사의 방향은 이미 정해져 있었던 것이다. 또한 말 한 마디로 그들의 운명이 바뀌거나 서사의 방향이 새롭게 형성되는 것은 아니었다. 도스토옙스키의 라스꼴리니꼬프가 어머니의 편지를 읽으면서 그 이면에 놓인 어머니의 진심을 이해하기 위해 애를 쓰는 모습(바흐친이 분석하여 보여 주듯이)에서, 그리고 라스꼴리니꼬프와 예심판사 뽀르피리와의 예민한 언어적 대립에서 그들의 언어 너머에는 그들의 언어를 좌우하는 보다 본질적인 진실의 존재가 전제되고 있다.[3] 그리하여 결국 라스콜리니코프의 운명을 가르는 '물질'은 결정적으로 그의 '말'이 아니라 말을 통해 드러난 라스콜리니코프의 이념적 본질, 혹은 그 주인공을 창조하는 작가의 이념이다.

그러나 20세기 문학에서 '말'은, 언어는 보다 본질적인 변화를 겪는다. 그것은 축구선수가 축구를 하다가 갑자기 운동장 밖으로

---

2) 보리스 우스펜스키, 『소설구성의 시학』, 김경수 역, 현대소설사, 1992, 35쪽.

3) М. Бахтин, Пролбемы поэтики Достоевского, 위의 책, с. 86-87, с. 71-72.

나와서 관중들과 이야기하며 경기를 분석하는 듯한, 혹은 쁠라또노프(А. Платонов)의 주인공 보셰프가 공장에서 일을 하다가 공동의 속도를 맞추지 못하고 자꾸 사색(задумчивость)에 잠기다가 공장에서 내쫓기는 것4)과도 같은 상황 변화다. 이제 언어는 서사의 매개물에 그치지 않고 직접 "서사의 대상이 되고, 서사의 주인공"5)이 된다. 이러한 과정은 19세기 공리주의적 문학관에 대응하는 미학적 자율 영역(автномия)의 성립과도 깊게 연관된다.6) 문학과 미학 분야에서 말 '그 자체에' 대한 관심과 반성, 그리고 혁신의 모색이 문학과 미학의 자율 영역의 성장으로 이어졌던 것이다.

문학에서 언어의 본질과 기능이 이렇게 변화한 것은 소통적 상황의 변화와 깊게 관련되어 있다. 20세기 초 러시아 혁명과정은 단일한 사상이나 이데올로기를 관철시키는 과정이지만, 다른 한편 19세기에 비해 상대적으로 훨씬 깊은 사회적 갈등과 충돌을 노정시켰다. 단일한 사상을 관철시키고자 하는 입장에서 언어는 매우 중요한 의미전달의 도구이다. 여기서 말은 전달해야 할 어떤 것의 그림자이지 말 자체가 실체로 인식되지는 않는다. 그러나 다양한 갈등과 충돌 사이에 선 사람들은, 혹은 그것을 아프게 인식하는 문학가들은 마치 건너뛰기 힘든 양쪽 벼랑 끝에 선 사람들이 그 간극을

---

4) А. Платонов, Чевенгур: Роман и повести, Советский писатель, М., 1989, с. 367.

5) Н. В. Драгомирецкая, "Проза 1920 – 1930 – х годов: От эксперимента к классике. Слово как предмет и герой", Теоретико – литературные итоги XX века, редкол. Ю. Б. Борев и другие, Наука, М., 2003, с. 222.

6) А. Дмитриев, "Эстетическая автономия и историческая детерминация: русская гуманитарная теория первой трети XX в. в свете проблематики секуляризации", Русская теория 1920 – 1930 – е годы, РГГУ, М., 2004, с. 14.

사이에 두고 마치 어둠 속에서 서로의 존재를 확인하기 위해 '말'을 하는 것처럼, '말'의 중요성에, '말 자체의 물질성'에 주목하거나 의지하지 않을 수 없다. 벼랑 저쪽의 존재는 '나'에게 말을 걸고, '나'는 응답한다. 이들 사이에는 변치 않는 마음을 침묵으로 표현하거나 우물거림으로 전달할 수 있는 공동의 무엇인가를 공유하고 있지 못하다.[7] 이들이 서로 소통하기 위해서는 서로 건네는 말이 응답하고 짜이면서 그들 사이의 간극을 잇는, 연약하지만, 불가피한, 불안하지만 어쩌면 유일하게 의지할 수 있는 실낱같은 거미줄이 짜여야만 한다. 이제 말하는 법(문체), 말과 말 사이의 차이, 음성적 효과와 의미적 효과의 미세한 분별 등 말과 그 말의 조직으로서의 서사구조가 소통의 맥락에서 보다 중요하지 않을 수 없는 상황이다.

이러한 상황은 산문형식에도 본질적 변화를 초래하였고, 새로운 서사에 대한 모색을 추동하였다. 사회적 대립과 인간적 거리라는 벼랑의 간극을 이어 주는 '말'의 거미줄(서사)을 만들기 위해 그 모양이나 속성 자체에 관심이 고조되는 것은 당연한 일이다. 이 '말의 거미줄'은 견고한 현실과 현실에 대한 확고부동한 인식에 기초한 저자(작가)의 영혼의 고백에서 흘러나오는 것(톨스토이와 도스토옙스키에게서와 같이)이 아니다. 그것은 건너기 어려운 '나'와 '너'

---

7) 박현섭은 주인공들 간의 소통 단절을 넘어서는 이런 우물거림과 소리 등에 대해 흥미로운 연구를 보여 준다(「체호프 드라마투르기의 현재적 의의」, 『러시아연구』 14권 2호, 서울대학교 러시아 연구소, 2004.). 그러나 체호프의 극작법이 보여 주는 "행동과 사고와 연결이 끊어져버린 말들 사이로 침묵이 끼어"드는 모습, 그리고 "그 침묵의 자리를 이제 인간의 말이 아닌 다른 소리들이 채우기 시작"(114쪽)하는 모습에서 그 침묵은 여전히 공동의 현실 속에서, 즉 벼랑으로 갈라선 존재들이 아니라 벼랑 이쪽 편에 있는 존재들 사이의 침묵이다. 도스토옙스키 주인공들의 우물거림 역시 마찬가지다. 그들은 여전히 그것으로 서로 소통하고 있는 것이다.

사이에서 서로 응답하며 짜이는 무늬와도 같은 것이다. 이런 거미줄과 무늬에서는 존재로부터 추상되는 의미나 자기 자신만의 의미는 존재하지 않거나 무의미하다. 오직 서로에게 향하는 의미로서 상대적이며, 다른 의미와 함께만이 의미를 형성하는 복수성을 가지고 있을 뿐이다. 그곳은 서로 만나는 사건(событие)과 장소(место)일 뿐이지 인물의 진정성이나 열정, 고뇌 등과 같은 주체적 성격이 드러나는 헤겔적 공간이 아니다. 이런 상황에서 전통적인 소설 구조 속의 소통 요소들의 기능과 관계 등은 본질적으로 의문에 처해지고 새로운 서사문법에 대한 모색으로 수렴된다.[8]

현대 철학의 용어로 정리하자면, 이러한 언어적 상황 변화는 자기동일성으로서의 주체를 넘어(해체하여) 타자와의 관계 속에서, 사이 속에서 주체를, 혹은 사이주체를 모색하는 과정이다. 후설의 '상호주관성'에서의 소통적 주체의 모색, 레비나스나 블랑쇼의 타자의 현전에 대한 주목, 혹은 바흐친의 대화론, 하버마스의 생활세계 공론장에서의 의사소통체계에 대한 분석 등은 이런 논리적 맥락에 부응한다. 그리고 물론 구조주의와 탈구조주의적 관점, 상부구조의 상대적 자율성에 기초한 알튀세의 이데올로기론 역시 이러한 역사적 상황 문맥과 결코 무관하지 않다. 이러한 철학적 문제의식이 모

---

8) 골룹꼬프가 표현주의와 리얼리즘의 대립으로 고찰한 바의 20년대 서사문법의 변화와 동력은 따라서 언어와 언어에 대한 태도의 변화, 그리고 그에 따른 소통 양상의 변화가 보충되어야 더욱 설득력 있게 들릴 것이다(M. 골룹꼬프, 『러시아 현대문학: 분열 이후의 새로운 모색』, 이규환 외 역, 도서출판 역락. M. 골룹꼬프(2003) 『러시아 현대문학과 잃어버린 대안』, 서상범 역, PUFS.). 또는 벨라야가 20년대 문체적 연구의 동력을 '묘사적인 사상'(живопи-сующая мысль)과 '탐구적인 사상'(истолковывающая мысль)으로 대별하는 것 (Г. А. Белая, Закономерности стилевого развития советской прозы 20-х годов, Наука, М., 1977, с. 3)에서도 역시 소통적 상황의 변화와 그 문체적 대응이라는 시각이 보완될 필요가 있을 것이다.

두 언어적 상황과 깊게 연관되고 있는 점은 무엇보다 현대적 소통 상황의 특징을 분명하게 보여 주고 있다. 그러나 이런 현대 철학의 이론화가 진전되기 이전에 이미 문학은 소통부재의 현대적 상황과 그 속에서 새로운 소통의 길을 모색하기 위해 새로운 서사를 문제 삼고 있었다.

이 글은 이와 같은 소통적 상황의 변화 속에서 새로운 서사를 모색하는 1920년대 러시아 문학의 한 양상을 고리키의 「어떤 소설」에 대한 분석을 통해 구체적으로 살펴보고자 한다. 이 작품의 소통 주체들은 전통적인 소설 속에서의 경계를 넘어서고자 하는 주체들이며 이들의 '말'은 서로의 경계를 탐색하고 힐끗거리며 다른 주체와의 소통 속에서만 의미를 갖는다. 이들의 말의 의미를 최종적으로 관장하는 작가는 존재하지 않으며 작가 자신도 엄격하게 제한된 경계에서 그 경계를 넘고자 노력하는 존재일 뿐이다. 새로운 소통이 요구되는 현대적 상황 속에서 「어떤 소설」은 소통의 주체로서 작가의 경계에 대한 문제적 인식, 그리고 주인공과 작가의 거리와 경계, 작품 세계와 독자의 수용 등과 같은 문제들을 날카롭고도 극적으로 제기하고 있는 것이다. 우리는 이 작품에서 작가와 주인공, 독자라는 서사적 소통의 모델에 대한 현대적 문제의식의 일단을 살펴볼 수 있을 것이다. 이 글은 이런 점에서 그동안 별다른 주목을 받지 못했던 작품에 주목하는 작품론이자 현대의 새로운 소통상황의 문제에 조응하는 예술텍스트 구조의 변화에 대한 하나의 실례 분석이다.

2. 주체와 경계

막심 고리키의 「어떤 소설」(Рассказ об одном романе)은 보기 드문 형식과 내용을 담고 있다. 이 작품 이전에 고리키가 글쓰기 행위와 글 쓰는 자로서의 작가 자신, 그리고 글을 읽는 독자에 대한 성찰적 문제의식을 보여 준 작품은 거의 없었다. 대체로 그는 자신의 체험과 느낌, 의지와 판단, 현실의 역사적 진실을 글로 구성하여 독자에게 전달할 수 있다는 사실 자체에 대해 의심이나 회의를 가지고 있지 않았다고 말할 수 있다. 물론 그렇다고 해서 작품이 고리키에게 항상 자신의 분신이 되었다는 것은 아니다. 자신의 이념적 분신을 창조하고자 하는 가장 열정적인 작품에서조차 고리키는 자신의 이념과 예술성의 차이를 드러내고 있다. 하지만 사상가로서의 고리키와 예술가로서의 고리키의 차이와 갈등, 그 자체에 대한 숙고를 본격적으로 대상화한 경우는 이 작품에서 처음이며 따라서 이 작품은 고리키 문학의 발전의 새로운 국면을 알리는 것이라고 말할 수 있다. 이 작품이 실려 있는 『1922 – 1924년 단편집』의 다른 작품들과 마찬가지로 이 작품은 1917년 혁명 이후의 고리키의 작가 정신과 이후 후기 문학의 전개 양상에 중요한 시학적 이정표인 셈이다.

이 작품을 처음 발표할 때 고리키는 '바씰리이 씨조프'(Василий Сизов)라는 이름으로 서명했다고 한다(612).9) 알다시피 고리키의 본명은 알렉쎄이 막시모비치 뻬쉬꼬프(Алексей Максимович

---

9) M. Горький, Полное собрание сочинений в 25 т. т. 17. 이 장에서 이 책에서의 인용은 본문 괄호 속에 페이지 수만 표기한다.

Пешков)이다. 그는 처녀작 마까르 추드라를 발표할 때 '매우 고통스러운, 쓰라린' 등의 의미를 지니는 '막심 고리키'라는 필명을 사용하였다. 그 후 이 이름은 그의 삶과 창작 생활과 19세기 말 20세기 초 러시아 사회의 역사를 표현하는 일종의 시대적 상징처럼 들리게 되었다. 그런 고리키가 왜 이 단편에 새삼스럽게 또 다른 새로운 필명으로 서명하고 싶었던 것일까. 이제 더 이상 러시아는 '고통스럽지' 않다는 것일까. 아니면 '고리키'라는 이름이 담고 있는 의미의 중압으로부터, 즉 이제까지 자신을 표현해 왔던 '고리키'라는 이데올로기적 지시로부터 벗어나고 싶었던 것이었을까. '자신의 내면에 자라난 무성한 수염을 깎고 새로운 형식과 새로운 어조를 모색하려는' 『1922 – 1924년 단편집』의 창작동기와 새로운 필명의 욕구는 작가의 어떤 내밀한 갈망과 깊은 연관을 지닌 것인가.

2.1. 작가의 경계, 그 안과 밖

예술텍스트에 구현되는 소통의 구조를 살펴보기 위해서는 무엇보다 먼저 발신자로서의 작가가 작품에 구현되는 양상에 주목할 필요가 있다. 작가는 그 어떤 경우에도 결코 '죽지' 않으며 때로는 직접적으로, 때로는 간접적으로 자신을 실현하기 위해 노력한다. 그러나 작품에 구현된 작가를 판단하는 것은 그리 간단한 일은 아니다. 특히 「어떤 소설」에서 작가 고리키는 이전의 어떤 작품에서보다 매우 복합적으로 자신을 구현하고 있다.

우선 작품 전체를 구상하고 쓰는 초월적 작가 고리키가 존재한다. 이 형상은 직접 작품 속 서사에 등장하지는 않지만 작품이 그 어떤 모습으로 쓰인다고 해도 결국 그 모든 것의 최종적인 조정자로서의 작가다. 자연인으로서의 작가는 「어떤 소설」, 바로 '이' 작품을 쓰는 동안 자기 자신과 일정한 거리를 지닌 제2의 자아, 즉 '내포작가'로서의 형상을 긴장되게 형성한다. 이 부분에 대해서는 뒤에서 다시 살펴볼 것이다.

작가와 더불어 창작이 시작되면서, 즉 작품 세계가 전개되면서 무엇보다 먼저 우리에게 가시적으로 나타나는 주체는 서술을 이끌어 가는 '작가 – 화자'이다. 이 화자는 등장인물인 한 '여인'을 도입하면서 그녀의 상황과 그녀의 생김새, 속마음까지 설명하고 이런 '여인'의 속성을 일반화하고 그 일반적 운명을 다소 냉소적으로 묘사한다. 이 자체는 전형적인 전지적 서술의 한 형식인 셈이다. 그러나 그는 곧바로 작품을 쓰는 자신의 존재를 스스로 노출시킨다.

> 이 소설의 여주인공도 그렇게 별로 유쾌하지 않은 여자들 중 하나다. 내가 이렇게 말하듯 이야기하는 것(рассказываю)은 내가 마음먹은 만큼 소설을 잘 쓸 수 있는(написать) 능력이 부족해서다(341).

화자는 자신이 소설을 쓰는 능력이 부족해서 '말하듯 이야기'한다면서 이야기하는 작가 – 화자로서의 '나'를 노출시킨다. 이러한 노출은 작품의 끝 부분에서 "이 여인의 남편은 나도 알지 못한다." 거나 "이 이야기를 서정적인 음조의 풍경묘사로 끝맺어야 할지도 모르겠다. 하지만 그렇게 하고 싶지는 않다."(365)는 식으로 반복된다.

아마도 다른 노출이 없이 이런 정도의 형식적 장치로만 작가가 노출되고 있다면 그것은 19세기 초반 낭만주의 서술 형태를 모방한, 특별한 의미 없는 변형이라고 보아도 무방할 것이다. 그러나 이 작품에서 화자 '나'의 노출은 보다 본격적인 서정적 일탈을 위한 예비 장치다. 등장인물들 간에 소설의 작가와 독자의 관계에 대한 논의가 진행되는 과정에 작가－화자는 직접 보다 본질적인 자신의 목소리를 끼워 넣는다.

> 나는 삼십 년 동안 작가 생활을 해 오며 명민한 독자란 끔찍하게 건전한 생각을 가진 사람임을 알고 있다. 그래서 그 명민한 독자는 힘들고 고통스럽기조차 한 자신의 삶의 범속한 무의미함을 자기 자신에게 감출 수 있는 완고함과 강직함을 가지고 있다. 그래서 독자에 대한 나의 존경심은 더욱 더 높아만 가는 것이다.
> 독자가 자신에게는 불편한, 하지만 그에 의해 창조된 현실에 대해 그렇게 경건하게 대하는 것을 보면 나는 진심으로 안도한다. (……) 내가 독자를 존경해 마지않는 또 하나의 이유는 그가 무한히 폭이 넓고 인내심 많은 나의 재료이며, 상상력으로 그의 진짜 모습보다 더 재미있고 더 똑똑하고 더 훌륭하게 만들어 줄 때 아무런 저항을 하지 않는다는 점 때문이다. 나는 이런 일탈이 대단히 부적절하다는 것을 알고 있지만 갑자기 독자에게 아주 진심 어린 찬사를 보내고 싶은 서정적인 바람이 우러나와서 어쩔 수 없었다. 사람에 대한 칭송이란 어느 때나 어느 곳에서나 다 좋은 것 아니겠는가.
> 그럼 다 쓰이지 않은 소설에 대한 이야기를 계속하자(355).

여기서 화자의 형상은 자연인으로서의 실재의 작가와 유관한('삼십 년 동안 작가 생활을 해 오며') 요소를 지니고 있다. 그러나 '명민한 독자'에 대해 '존경심'을 표한다고 '서정적 일탈'을 시도하며 진부한 독자들에 대해 불만이라는('진심 어린 찬사를 보내고 싶은 서정적인 바람') 냉소와 조롱을 던지는 '나－작가'를 자연인 고리키와 동일화하기는 쉽지 않다. 알다시피 독자에 대한 냉소와 조롱의 태도는 엄격하고 진지한 리얼리스트로서의 고리키의 모습에 썩

어울리는 것은 아니기 때문이다. 물론 이것은 단정 지을 수 있는 것은 아니다. '나-작가'는 엄격하게 제한된 의미로 작가-고리키의 한 면모를 구현하고 있는 것임을 전적으로 부정할 수도 없기 때문이다. 여기서 분명하게 경계를 구분하기 어려운 '자연인 작가-내포작가-화자' 사이의 깊은 상호소통의 맥락이 작동하고 있다. 창작 과정과 창작방법, 비평가들에 대한 한발 더 나아간 일탈은 이런 소통의 맥락이 보다 강하게 작동하고 있음을 잘 보여 준다.

> 물론 여인은 손으로 눈을 비볐다. 이런 경우 사람들은 항상 이런 동작을 하지 않는가. 나는 이런 경우에 이와 같은 동작 묘사를 빼놓는 작가를 본 적이 없다. 거의 그치지 않고 들려오는 개 짖는 소리만 없었다면 사방은 너무나 고요했다. 한밤을 알리는 벽시계 소리나 뻐꾸기시계가 두 번 울었다고 해야 할지 모르겠지만 나는 없던 걸 독자에게 말하고 싶지는 않다. 내가 엄격한 리얼리스트라는 건 잘 알려진 사실이다. 내 이야기들이 준엄하면서 투박한 진실을 담고 있다는 것은 저명한 비평가들이 다 인정하는 바다. (……) 내 개인적인 생각으로는 내 단점들이 일관되게 끊임없이 발전되고, 그 과정에서 나는 이제 곧 완전한 완성에 도달하리라고 확신하고 있다. 그러나 그건 미래의 일이고 아직은 내 앞에 '이 이야기를 어떻게 끝내야 하는가.'라는 문제가 남아 있다(360-361).

화자는 진부한 표현을 일삼는 작가와 자신을 구별하고자 한다. 그리고 엄격한 리얼리스트로서 자신의 노력을 제대로 평가하지 못하는 비평가들에게도 조롱의 화살을 날린다. 또한 자신은 '투박한 진실'을 가지고 있지만, '저명한 비평가'들이 말하듯, '단점'을 가지고 있고(물론, 미숙한 비평가들이 의미 없이 자신을 비판하는 점에 대해서는 비웃음을 던진다.), 여전히 발전하고 있고 완성되어 가는 작가일 뿐이라고 말한다.

이 뒤에 화자는 자신이 아주 어렸을 때 지었다는 평범한 시 한 편을 소개하고 비평가들을 위해 친절하게, 이 시가 빅토르 위고의 글에서 빌려 온 것이라며 주요 시어가 의미하는 바를 직접 설명해 줌으로써 비평가에 대한 냉소를 드러낸다. 이제 그는 작품의 창작 과정을 드러낼 뿐만 아니라 창작 과정에서의 의도, 방법 등에 대해서까지 스스로를 아이러니하게 드러낸다. '직유법'을 쓰고 싶은 대목이 있지만 직유법을 쓰면 샛길로 빠지게 될까 모르기 때문에 직유법을 쓰지 않겠다. 직유법은 때로는 유익하지만 때로는 매우 모욕적이라는 등등(381).

이런 모습에서 화자는 고리키의 작가로서의 체험과 상당히 깊게 연관된 상태로 작품에 들어온다. 물론 작가 고리키의 이념과 가치적 태도가 전면적으로 부각되는 것은 아니지만 서술 형식에의 단순한 개입 수준을 넘어 작품 전개과정에서 일정한 의미적 개입을 시도한다는 점에서 이것은 작가 고리키의 형상이 중첩되고 있는 분명한 장면이라고 보지 않을 수 없다. 작가 고리키는 실제의 체험과 가치적 판단을 가지고 '화자-나'의 세계에 자신의 입김을 불어넣고 있는 것이다. '내포작가'나 '화자', '주인공' 등과 같은 서술 장치들 사이로 직접 생경하게 드러나는 작가 고리키의 면모는 어쩌면 자신이 창조한 자연세계에 갑자기 그 모습을 드러낸 창조자의 입장과 같다. 작가 고리키가 그 경계를 넘어 작품의 내용으로, 주인공에게로, 혹은 비평가와 독자에게로 눈길을 주면서 말을 걸고 있는 셈이다. 그러나 고리키는 작품 속에서 자신의 경계를 엄격하게 제한하고 있다. 즉 그는 무한한 작가 권력을 지닌 전지적 존재라기보다, 대상화된, 일정한 한계와 경계를 지닌 작가로 '화자'의

입을 통해서만 부분적으로 드러난다.

이 정도의 서정적 일탈 속에 나타난 것을 통해 실제 작가의 온전한 세계관과 가치관을 담고 있는 것으로 볼 수는 없다. 실제 작가의 보다 전면적인 모습은 또 다른 형태의 작가 형상을 고려할 때 조금 더 분명해진다. 작품 속 등장인물로서의 작가라는 직업적 속성의 한 단면을 드러내는 것은 작가 포민의 형상이다.

포민은 '여인'을 쫓아다니며 구애하는 소설작가다. 포민의 모습을 독자가 직접 접할 수는 없다. 그는 간접적으로, 여인의 회상 속에서, 그리고 빠벨의 이야기 속에서, 그리고 작품 말미의 편지에서 우리에게 드러난다.

여인은 자신을 사랑한다면서 쫓아다니는 포민이 대체 어떤 사람인지 그 성격을 잘 파악할 수가 없었다. 그는 마치 "끝없이 쉬지 않고 공연되는 무대"(342) 같은 인물이었다. 하지만 동시에 포민이라는 사람은 존재하지 않고 "수없는 남자와 여자, 노인네와 아이들, 농민, 관료 등의 집합"(343)인 것만 같았다. 그는 수없이 다양한 인물로 변화하며 다양한 목소리로 말을 했다. 이 집합 속에서 진짜 포민이 누구인지 그녀는 알 수가 없었다. 그녀는 포민이 아무리 다양한 모습으로 자신을 바꾸어 가도 결국 그에게는 영혼이 없으며 그는 "사람이 아니라 움직이는 무대"(343)로서 감독과 배우가 한몸에 모두 구현된 그런 사람이라고 결론 내린다.

이 사람은 본질적으로 존재하지 않는다. 육체적으로는 존재하지만 포민의 영혼이라고 부를 수 있는, 나름의 색으로 아무리 알록달록하게 무지개처럼 치장되어 있다 하더라도 그의 영혼이라고 부를 수 있는 그런 근본적인 것이, 영혼이 이 사람에게는 없다고 그녀는 생각했다. 그렇다면 이건 사람이 아니라 움직이는 극장이다. 감독과 모든 배우들이 한 사람에게 체현되어 있는 그런 극장. 아주 재미있지만 미덥지 못한, 견실하지 못한(343).

작가 포민에 대한 '여인'의 판단에는 '여인'의 주관적인 판단과 더불어 '작가'라는 직업에 대한 객관적 묘사가 함께 투영되어 있다. 따라서 여인의 '판단'과 '생각'을 우리는 다 믿을 수 없다. 작가란, 근본적으로 자신의 삶을 살아가기보다 세상의 다양한 사람들을 작품에 창조하며 그 속에서 살아가는 사람이다. 그러나 그녀가 생각하듯이 '영혼'이 없는 존재는 아니다. 그 '영혼'은 그가 창조한 '사람들 사이에' 존재하기 때문이다. 물론 이런 평가는 작중의 특정 인물 포민에 대한 '여인'의 평가지만 작가라는 직업의 애환에 대한 작가 고리키의 간접적 평가와 결코 무관하지 않다.

작가 포민의 형상은 자신이 쓰다 만 소설의 주인공 빠벨의 말을 통해서도 드러난다.

포민은 나를 만들어 놓고 내 존재를 잊어 버린 겁니다. 하느님도 사람들에게 그랬다고 들었어요. 하지만 하느님은 그래야만 했던 확실한 동기가 있었지요. (……) 하지만 포민은, 내가 아는 한, 평범하고 오만불손한 사람입니다. 사람을 가지고 하는 장기판에서 어설프게 신을 모방하려고 하는……. 내 생각에 분명 이 포민이란 사람은 미쳤어요! 자기 혼자 있을 때 이 사람이 어떻게 행동하는지 보면 다 알 겁니다! 방에다 자기 상상의 산물을 가득 채워 놓고 그 말도 안 되는 망상들, 그 사람 자체가 그렇지요. 그것들에 빼곡히 둘러싸인 채 말이죠. 뭘 어떻게 할지 몰라 하고 있답니다. 터무니없는 사람이죠! (……) 포민은 분명히 잘 알고 있을 겁니다. 자기 자신이나 그 비슷한 '예술한다'는 사람들이 인생을 자기들이 고안해 낸 것들로 가득 채워 혼란하고 복잡하게 만들어 버리고 있다는 걸요. 그런데 결국 그따위 고안물들이 대체 뭐란 말입니까? 실재 현실의 사람들과 사실들은 언어의 마술사들의 주관적 기호와 취향에 따라 왜곡되어 버리지요. 게다가 그들 모두는 자신이 진짜 실재하는 사람들의 재미를 위해 만들어진 누군가의 고안물이면서도, 그들은 그걸 몰라요, 모른다 말입니다!(353)

작가 포민은 자신이 만들어 낸 미완(несовершенный 혹은 незаконченный)의 주인공 빠벨에 의해 '미친 사람'으로, '평범하고 오만불손하며, 어설프게 신을 모방하려는' 사람으로 파악된다. 물론 우리는 여인의 말과 마찬가지로 이 빠벨의 말을 곧이곧대로 받아들일 수는 없다. 그러나 이것은 고리키나 포민을(작가, 혹은 '예술한다'는 사람들을) 그들의 내적 관점에서가 아니라 그 바깥의 인물, 빠벨로부터, 즉 경계의 바깥에서 규정하는 관점이다. 그것은 앞서 작가 고리키의 개입에 의한 서정적 일탈에서 말해지는 작가 내부의 관점과 대비된다. 작가-고리키는 이처럼 이 작품에서 다양한 경계를 형성하며 그 경계에서 만나는 타자와의 접촉을 통해 자신을 구현하고 있다.

결국 이런 대비는 작가가 더 이상 초월자로서 전능한 힘을 가진 자로 상정되지 않는다는 점을 말한다. 소설을 쓰면서도 어떻게 이야기를 전개할 것인가 망설이며, 자신의 망설임을 드러내며 상대화되는 작가, 혹은 제대로 소설을 끝낼 수 없는 작가, 자신이 창조한 인물로부터 강력한 비판에 처해지며 조롱받는 작가, 이제 이런 작가는 초월자로서의 전능함을 가진 자가 아니라, 작품의 다른 인물들과 더불어, 함께 대화를 나눌 수 있을 뿐인 작가다. 그에게 정체성이 있다면 그것은 자기 동일성으로서의 분명한 경계를 가진 정체성이 아니라 공유된 정체성[10]일 것이고 타자와의 경계에 섰을 때, 그리고 만남이 이루어졌을 때 성립되는 연접(зияние)으로서의 정체성, 여백으로서의 정체성일 것이다. 이런 작가에게 자신의 작품은 자신의 사상과 가치를 불어넣는 독점과 강제의 장소가 아니라 자신이 창조한 타자들과 만나는, 혹은 그들을 엿보는, 혹은 그들을 비판하고 그 자신도 비판받는 만남과 사건의 장소다.

2.2. 등장인물의 미완결성과 타자성

작품의 등장인물이 작가의 이념을 실현하는 단순한 매개물이 아니라 독립적인 이념과 가치를 실현하고 있다는 것은 이미 새로운 주장은 아니다. 바흐친의 주장대로 등장인물들에 대해 작가의 최종적인 말은 유보되고 따라서 모든 인물들은 미완결적이고 경계에 서 있다. 현대의 많은 서사이론들도 바흐친의 주장을 뒷받침하거나 거기에 기초하여 작품의 양가성, 복수성 등의 개념을 통해 텍스트의 열린 개방성을 강조하고 있다. 그러나 그렇게 작품의 인물이 독립하여 존재하는 모습을 「어떤 소설」만큼 극적으로 보여 주는 작품은 드물 것이다.

주인공 빠벨은 작가 포민이 쓰다만 소설의 주인공이었다. 그는 공원 벤치에 앉혀진 상태에서 더 이상 쓰이지 못한 채 이 년 동안 방치되었다. 작가 포민은 그를 더 이상 완성시키지 못했던 것이다. 빠벨은 여름옷을 입은 채 비가 오나 눈이 오나 그대로 공원에서 지내야 했다.

게다가 나는 완결된 인물도 아닙니다. 나는 좀 우스운 상황에 처해 있어

---

10) 폴 리쾨르, 「서술적 정체성」, 주네트 외, 『현대 서술이론의 흐름』, 솔, 1997, 52쪽.

요. 생각해 보세요. 나는 공원 가로수 길 벤치에 이 년 동안이나 앉아 있었습니다. 이 년이나요! 너무나 끔찍하고 말이 안 되는 일 아닌가요? 낮이나 밤이나 아침이 밝아 오거나 석양이 지거나 먼지가 일거나 가리지 않고 여름의 폭염 아래, 가을비를 맞기도 하고, 겨울의 눈과 눈보라 속에서……. 그래요, 난 계속해서 그대로 앉아서 기다린 겁니다(349).

그렇게 꼼짝없이 공원에 앉아 있는 동안 그는 진짜 사람들의 모습을 수없이 관찰할 수 있었다. 하지만 그의 관찰에 따르면 실제 현실의 사람들은 작품 속 인물들에 비해 훨씬 따분하고 답답하다. 오히려 작가에 의해 고안된 자신과 같은 작품 속 인물들이 훨씬 더 인간적이고 흥미롭다.

진짜 사람들이 얼마나 따분하고 멍청하고 답답하게 사는지 말입니다. 어떤 점에서는 고안된 우리가 그들보다 더 재밌지요! 우리는 정신적으로 항상 훨씬 더 엄청나게 집중화된 사람들이지요. 우리들 속에는 시나 노래나 낭만주의가 더 많이 들어 있지 않습니까(349).

빠벨은 이에 따라 현실 자체보다 작품의 세계가 더욱 현실적이고 실재에 가깝다는 결론을 내린다.

이 년 동안 아무 일도 하지 않고 전혀 움직이지도 않고, 포민이 나를 완성해서 어떤 일 속으로, 생활 속으로, 사람들의 재미를 위해서 내보내 주기만을 고대하면서 나는 밀도가 아주 높아졌어요. 더 강해진 거죠. 그래서 이제 나도 구조상으로는 말이죠, 실재 존재에 아주 가까워졌어요. 난 거의 살아 있는 사람이나 다름없어요. 정말로……(349).

결국, 나는 거의 진짜가 된 것 같아요. 포민이 개인적인 두려움 때문에, 예, 말하자면 그의 힘으로는 끝낼 수 없었던 소설을 이제 제가 스스로 직접 이어 갈 만하게 된 겁니다. 난 더 이상 아무것도 하지 않고 기다리기만 하는 건 싫어요. (……) 포민은 나를 만들어 놓고 내 존재를 잊어버린 겁니다(352).

그의 존재의 비극은 그가 '포민이 원하는 그때까지만 존재하는 것'에 있다. 하지만 이제 그는 포민이라는 작가로부터 독립해서 '존재'(349)하고자 한다. 미완결 상태의 주인공이 작가로부터 부여된 자신의 한계를 벗어나 스스로를 완성시키고자 소설 밖으로 '걸어' 나온다(이 기발한 착상!). 그리고 자신이 창조되었던 소설 세계에서 만나도록 예정된 여인을 만나 자신의 운명을 인식하고 그것을 스스로 완성해 나가기 위해 공원에서 여인을 기다린다. 그러나 그가 만난 '여인'은 포민이라는 작가가 미완성 소설을 낭송해 주었던 바로 그 여자로서 '실제 현실의 진짜 사람'이다. 물론 '실제 현실의 진짜 사람'이라는 것은 빠벨에게 그런 것이고 독자인 우리에게는 역시 소설의 등장인물일 뿐이다.

스스로를 완성시키겠다고 나선 미완성 소설의 주인공 빠벨은 그러나 자신의 정체성을 자기 의지만으로는 확립할 수 없다. 무엇보다 자신의 경계를 형성해 줄 외부로서의 작가의 의도를 알 수가 없기 때문이다. 그리하여 그는 작가 포민의 의식 속으로 파고들고자 한다. 자신의 존재의 정체성을 알기 위해, 자신의 경계를 알기 위해 끝없이 작가 포민을 향해 불만을 터뜨리고 또 그의 정신에 깊은 관심을 기울인다.

빠벨은 작가와 분명한 경계를 형성하면서 동시에 그 경계를 넘어서기를 갈망한다. 자기를 창조하다가 중단한 작가에게 불만을 터뜨리면서 작품 바깥으로 나와 스스로를 완성하겠다고 선언하는 것이다. 그러나 스스로를 완성하기 위해 그는 어떻게 해서든 자신에게 부여된 운명을, 작가의 의도를 파악해야만 한다.

> 포민은 나에게 심리적인 것을 채워 넣었지요. 그래서 내가 생명을 받아 이렇게 존재하고 있는 거죠. 그러나 그 때문에 나는 내 안에 이미 있는 것과는 다른 잉여의 자질과 생각들이 바깥에서 나에게 들어와 있다는 것을 알고 있습니다. 그것이 나를 더욱 기형화시킨다는 것을 알면서도 그 순간 삶에 대한 내 의지가 없기 때문에 나는 그걸 밀쳐 낼 수가 없습니다. 포민은 아주 빽빽하면서도 활발하게 움직이는 자신의 심리적 투사물들 속에, 마치 구름에 휩싸인 듯 둘러싸여 있습니다. 그건 나를 파괴해 버릴 수도 있는 것이어서 나는 거기에 파고들어 포민의 의식까지 침투해 들어가 보려고 애를 쓰는 것이지요……(358).

피조물인 주인공이 거꾸로 작가의 의식으로 침투해 들어가려고 애쓴다는 말은 단순한 환상 장치가 아니라 작가와 등장인물의 경계를, 그 분명하고도 어쩔 수 없는 운명적 경계를 넘어서려는, 혹은 넘어서야 한다는 작가 고리키의 설정임을 부인할 수 없다. 작가 고리키가 내부적 시점으로(다소 조롱기 어린 시선으로, 그래서 보다 객관적인) 작가의 정체성에 접근하고 있다면 빠벨은 작가 바깥에서 작가를 비난하면서도 작가의 내부로 파고들기 위해 작가의 작품 바깥으로까지 나와야 했던 것이다. 그러나 그는 피조물의 운명을 완전하게 벗어날 수 없다. 우리의 현재가 과거로부터, 역사로부터 완전히 자유로울 수 없듯이. 그는 자신을 완성시키기 위해서 무엇보다 먼저 자신이 누구인지를 정확하게 알아야 했다. 이 미완의 빠벨은 자신을 알고 자신을 실현하기 위해 자신의 경계에서 다시 작가를 불러내야만 했던 것이다. '바깥에서 주어진 것' 같은 미소를 지으며 빠벨은 이렇게 말한다.

모릅니다, 정말. 난 내가 존재하고 있고 이름이 빠벨 볼꼬프고, 머리는 금
발이고 등등을 그저 한 번에 알고 느꼈을 뿐이지요. 내가 나오는 소설이
실패하는 이유는 어쩌면 내가 생각이 너무 많고 분석적이며 특히 내 자신
에게 너무 사로잡혀 있기 때문인지도 몰라요. 나머지 모든, 소위 외부세계
라고 불리는 것은 나에게 그저 대상이거나 내 생각들의 원천이지요. 외부
에 존재하는 모든 것은 나를 내 자신 속으로 밀어 넣고 내 안에서는 무언
가가 바깥으로 떨어져 나가지요. 난 아주 불안하고 어수선한 삶을 구현해
내기 위해 창조되었고, 틀림없이 나의 궁극적인 목적은 혼란 속에서 내 자
신을 찾아내, 뭔가 총체적인 것으로, 비밀의 심연으로 쉽게 파고들 수 있
는 날카로운 것으로 모아 내는 겁니다. 이제 나는 포민이 나를 만들기 이
전에도 내가 존재하고 있었던 것처럼 여겨져요, 흩어진 형태로, 마치 구름
조각들처럼 말입니다. 그런 것들은 지금 당신 앞에 서 있는 이 불확실한
몸에도 다 결합되어 있지는 않지요. 내 목적을 지시하는 어떤 생각이나 감
정이나 바람으로도 묶이지 않는 그런 것들이지요(355 - 356).

빠벨은 포민에 대한 깊은 관심과 비판적 사고 끝에 작가 포민의
뜻을 전혀 알 수 없다는 점에서 오히려 주인공에게 무엇이 주어졌
는지 알 수 없게 만드는 것이 바로 작가의 뜻이라고 판단한다. 즉
다시 말하면 창조된 주인공과 창조된 세계에 대해 아무런 태도도
취하지 않으려는 것이 바로 작가의 창작 의도였다는 것이다. 그렇
다면 작가 포민은 마치 하나의 길과도 같은 존재, '그 길을 따라
끝없이 수많은 사람들이 돌아다니고 서로 부정하는 다양한 생각들
이 흘러 다니는 그런 길'과도 같은 존재다.

이제 난 나를 창조한 포민에서 내게 무엇이 주어졌는지, 그리고 그에 의
해 창조되어 나와 연루된 다른 등장인물들로부터는 또 무엇이 내게 주어
지는 건지 알 수 없습니다. 난 소설의 주인공이지만 소설 전체에 대해 아

무런 태도도 취하지 않는 것이 포민의 의도라고 생각합니다. 이미 말했듯이 포민은 하나의 작은 정신병원이거나, 아니면, 예, 좋아요, 길과 같다고나 할까요. 그 길을 따라 끊임없이 수많은 사람들이 돌아다니고 서로서로를 부정하는 다양한 생각들이 흘러 다니지요. 나는 조물주가 모든 걸 창조할 수 있는 능력이 있는데 자기가 뭘 원하는지도 모르면서 그렇게 수많은 기형적이고 잉여적인 것들을 창조했다고 생각하지 않습니다. 이런 생각은 포민의 아포리즘이지, 내게는 전혀 불필요한 거예요. 이렇게 전혀 쓸모없는 아포리즘들이 내 속에는 적지 않습니다. 아니, 어쩌면 나는 그런 쓸모없는 것들을 담아내도록 창조된 게 아닐까요? 나는 제일 중요한 걸 모르겠어요. 도대체 내가 좋은 사람이 되어야 하는 건지, 나쁜 사람이 되어야 하는 건지 말입니다(358).

빠벨은 자신이 왜 그렇게 미완결로 창조되어야 하는지에 대해 분노한다. 극적 갈등이라든지, 독자의 재미를 위해서 그런 것 아니냐는 '여인의 대답'에 빠벨은 더더욱 분노를 표한다.

그거야말로 정말 잔인한 장난이라고 생각하지 않으세요? 아니 우리에게 수없이 불쾌한 일을 겪게 만들고, 서로 싸움질을 하게 만들고, 이런 제 길……. 죄송합니다. 그게 다 극적 갈등을 만들어 내기 위해서라고 하고, 그것도 모자라 장난감 망가뜨리듯이 하면서 그 모든 게 그 독자라는, 따분해서 어쩔 줄 모르는 사람의 재미를 위해서 그런다는 겁니까? 다른 사람의 재미를 위해서 어떤 사람을 고통받게 하다니요. 그건 너무 지나친 거 아닙니까? 어쩌면 이건 내 생각이 아니라 포민의 생각이겠지만 어쨌든 올바른 생각입니다! 포민은 사실은 괜찮은 사람이지요. 그러나 그 사람은 자기 확신이 없어요. 하지만 내가 보기에는 바로 그게 괜찮은 사람의 믿을 만한 특징이지요. 어떤 때 그 사람은 펜을 내던지고 자문하곤 한답니다. 왜 내가 이러고 있지, 뭐 하러 쓰고 있는 거지? 그 자신은 고통을 싫어하지요. 생래적으로 거부감을 가지고 있어요. 하지만 유감스럽게도 작가들에게 불행을 빼놓고는 별 재료가 없어서……(359).

빠벨은 현실의 여자와 소통할 수 없는 존재적 경계에 서 있다.

분명 그에게 이 여자는 독자의 한 사람이기도 하다. 그녀는 빠벨이 여러모로 거듭 확인해도 소설 속에서 자신과 만나기로 예정된 등장인물로서의 그 여자가 아니었다. 빠벨은 여인이 자신보다 부주의하게 창조된 인물이거나, 아니면 자신보다 완결된 형상으로 창조된 것은 아닌지 거듭 의심하지만 결국 이 여인의 분명한 정체를 알아내지 못한다. 소설의 주인공이, 그것도 미완의 주인공이 어떻게 바깥 세계의 실제 인간을 알 수 있겠는가.

빠벨은 작가 포민과의 경계, 그리고 현실과의 경계를 넘어서려고 직접 소설 바깥으로 나서지만 결국 경계를 완전히 극복하지는 못한다. 다만 그 경계에서 부단히 애를 쓰고 있을 뿐이다. 결국 그는 화를 내며 그녀로부터 떠난다. 그는 어디로 가서 어떻게 자신의 운명을 찾아 자신을 완성할 수 있을 것인가. 분명한 것은 그의 내부에 이미 누군가 존재하고 있고, 앞으로도 그 누군가와의 만남의 경계에서 완성을 지향할 뿐이라는 점뿐이다. 빠벨의 이러한 존재성은 앞서 논한 바 있는 작가의 존재성과 마찬가지로 공유된 정체성, 연접, 공백의 개념으로 설명될 수 있을 것이다.

3. 경계에서의 소통을 향한 새로운 서사구소

웨인 부스의 개념에 따라 이 작품의 복잡한 서술구조를 잠시 정리해 보자. 실재 작가 막심 고리키는 어찌 됐든 이 작품을 기획하고 집필하는 자로서 '내포작가'(제2의 자아)의 형상을 형성한다. 이 '내포작가'의 형상은 작품 전체의 슈제트와 구성, 작가 고리키의 집필 상황 등을 두루 고려해서 판단해야 할 것으로 쉽게 확정하기는 힘들다. 그리고 작품에서 스스로 '나'라고 지칭하면서 '여인'에 대한 이야기를 우리에게 들려 주며, 이야기 도중에 독백하듯이 자신의 견해를 드러내는 '극화된 화자(1)'가 있다. 이 '극화된 화자'는 '내포작가'나 실재 작가 고리키로 동일시되거나 환원되지 않는다. 실재 작가를 연상시키는 요소를 가지고 있지만 여인에 대해 조롱하고, 냉담하게 이야기를 전달하고, 또 독자와 비평가에 대해 일정한 견해를 가진, 그러면서 자신의 글 쓰는 과정에 대해 언급하는 자는 나름대로 일정한 자기 형상을 지닌 '극화된 화자'다. 그러나 이 '극화된 화자(1)'은 자신이 우리에게 들려 주는 '이야기'의 시공간에는 직접 참여하지 않는다. 이 화자가 들려 주는 이야기는 '여인'의 시점에서 전개되는 또 하나의 소설이다. 이 '소설 속 소설'의 '극화된 화자(2)'는 바로 '여인'이다. 그러나 우리는 이 '극화된 화자(2)'의 시점에서 여인과 빠벨의 만남과 대화를 보면서 앞서의 '극화된 화자(1)'의 존재를 의식하지 않을 수 없다. 따라서 '극화된 화자(1)'은 '극화된 화자(2)'가 전하는 이야기 속에서는 '극화되지 않은 화자'로 존재한다.[11] 이 작품의 화자는 '극화된 화자'에서 '극화되지 않은 화자'로 변신하기도 하고, 이야기 속에서 새로운 화자를 도입하기도 한다는 점에서 이중의 구조를 지니고 있는 셈이다.

그러나 '극화된 화자(2)', 즉 여인은 '극화된 화자(1)'과 기능이 좀 다르다. 여인과 빠벨의 만남이라는 사건은 철저히 여인의 시각에서 제시된다. 이 사건에서 여인은 등장인물이자 일종의 화자라고

---

11) '내포작가'와 '극화된 화자', '극화되지 않은 화자' 등의 개념은 웨인 C. 부스의 『소설의 수사학』(최상규 역, 예림기획, 1999) 관련 항목을 참조.

말할 수 있다. 특히 오직 생각하고 느끼는 내면까지 우리의 시야에 노출되는 인물은 오직 이 여인이라는 점에서 그녀는 '등장인물 - 화자'의 역할을 한다. 아마 이런 화자양상을 웨인 부스는 '특권'이나 '내부관찰' 정도로 이해하려고 하겠지만, 이 화자의 일관된 기능을 제대로 설명하기 위해서는 슈탄첼의 '등장인물 - 화자' 개념이 필요할 것이다.[12]

그리 길지 않은 단편에서 왜 이렇게 복잡한 서술구조가 필요한가. 여기서 우리는 소통에 관련하여 두 측면에 주목할 필요가 있다. 하나는 텍스트 내에서 주체들 간의 소통방식이며 다른 하나는 소통모델로서의 텍스트 서술구조와 그 의미다.

빠벨과 여인은 서로 대화를 나누고 있지만 이들의 대화는 엇갈린다. 빠벨은 미완결 소설의 주인공으로서 작가 포민에 의해 외부적으로 형성된 인물이며 그 내부에 타자로서의 작가 포민을 품고 있는 존재다. 여인은 작가 포민의 연모의 대상이며 포민의 소설에 대해 부분적으로 알고 있는 존재다. 그녀 역시 포민이라는 작가와 깊게 연관되어 있고 포민에 대해 무관심할 수 없다[13]는 점에서 자신의 내부에 타자로서의 포민을 품고 있다. 이들 둘의 우연한 만남은 그래서 어떤 필연처럼 보이기도 한다. 포민이 소설을 계속해 써나갔다면 빠벨이 만나야 할 여인의 모델이 바로 그녀였을지도 모르기 때문이다. 그러나 현실적으로 '종이처럼 평면'이고 '그림자도 없으며', '천처럼 흐르듯 바람에 흔들리는' 존재인 빠벨과, 현실에

---

12) 이 '등장인물 - 화자'는 웨인 부스의 개념에서는 '특권', '내부 관찰' 등으로 이해될 수 있을 것이지만 웨인 부스는 일관된 개념으로 이해하고 있지는 않다. 이 개념은 슈탄첼에게서 보다 정확하게 가공되었다(F. 슈탄첼, 『소설형식의 기본 유형』, 안삼환 역, 탐구당, 1982. 참조).
13) 포민이 떠난 뒤 그녀는 포민이 누구인지를 파악하기 위해 깊은 생각에 잠긴다.

서 자신의 다리를 살짝 들어 올리며 빠벨이 진짜 남자인지 아닌지를 시험하려는 '여인'은 그 존재적 위치가 심연을 사이에 둔 양쪽 벼랑만큼이나 절대적으로 구별된다. 그래서 둘의 만남은 여인이 계속해서 자신이 환각에 빠진 것은 아닌지 걱정할 만큼 비현실적인 것이다. 결국 둘의 대화는 초점이 맞지 않고 계속 엇갈릴 수밖에 없다. 그러나 둘은 그러한 방식으로 소통행위에 참여하고 있다.[14] 이들은 엇갈리는 대화를 통해 서로에 대해 조금씩 받아들이고 있기 때문이다. 빠벨은 그녀의 현실성을 이해하고, 그녀는 '완결되지 않은 사람들의 다른 세계와 삶'도 '재미있을 것'이라며(356) 관심을 표한다. 심지어 본질적으로는 어쩌면 그녀 자신이 미완의 인물이고 오히려 빠벨이 완결된 인물인지도 모른다. 빠벨은 분명하게 자신에 대해 알고 있고 자신을 완결시켜야 한다는 의지를 가지고 있지만, 사실 그녀는 도대체 삶에서 무엇을 어떻게 해야 하는지 전혀 알고 있지 못하기 때문이다. 이처럼 벼랑과도 같은 존재의 비대칭성 속에서 이들은 서로 비켜 가는 대화를 통해 미세하나마 서로의 소통의 거미줄을 구축해 가고 있는 것이다. 이 소통의 거미줄은 물론, 작가 고리키나, 작가 포민, 혹은 빠벨과 여인이라는 두 주인공 각각의 일방적인 우위 속에서 만들어지는 것이 아니라, 소통되기 어려운 절대적 입장 차이를 가진 두 인물의 대화와 엇갈림의 언어를 통해서 새롭게 구성되는 공간(혹은 장)이다.

---

14) 현대의 소통이론 발전을 설명하면서 소통이 발생하는 장소는 기존의 전통적인 장소가 아니라, "실재적인 장소이지만 위치하기 힘든(труднонаходимое) 장소"로서 "그 장소가 보이는 것은 만남을 지향하는 자에게 달려 있다."는 스미르노바의 언급을 여기에도 적용할 수 있을 것이다(Н. Н. Смирнова, "Развитие идеи коммуникативности в XX в." Теоретико-литературные итоги XX века, т. 1, Наука, М., 2003, с. 124).

두 인물의 창조적 소통을 가능하게 하는 것은 이미 그들 내부에 존재하는 타자로서의 포민에 대한 공동의 토대다. 절대적인 존재적 비대칭성을 가진 그들에게 포민은 하나의 맥락이며 이들을 통합해 줄 수 있는 어떤 공동체로 볼 수도 있다. 그러나 후설의 선험적 공동체 개념이 "역사 문화적 제약을 초월한 보편적 의사소통과 이에 상응한 하나의 '총체적 보편적 인류 공동체'의 가능성을 선험적으로 규명"15)하는 것으로 소통의 지양점을 의미하는 것이라면 이 두 주인공에게 포민은 그들 사이의 소통의 출발점으로서의 공동체일 뿐이다. 그들의 대화적 소통은 완전하게 이루어지지 못하며, 여전히 절대의 양극에 놓여 있다.16) 심지어 그녀는 "빠벨을 파멸시켜야 한다는 강렬한 욕망을 느끼면서", "그런 존재가 반쯤 유령처럼 세상을 떠돌아다니지 않도록 해야 한다."(363)고 포민에게 충고한다. 그러나 그것은 이미 빠벨과 소통한 그녀가 이제까지의 자신의 모습을 부정한다는 알레고리로 받아들일 수 있다. 그리고 작가 포민은 "원고를 찾아서 다시 읽어 보고는 부끄러움에 조각조각 찢어 버렸습니다. 이제 빠벨이 당신을 찾아가 괴롭히는 일은 없을 겁니다."(365)라고 답장을 보낸다. 포민은 할 일을 다 한, 그리고 역시 만남을 기다리는 작가이지 결코 미완의 두 인물의 지양으로서의 선험적 공동체는 아닌 것이다. 결국 이 소설의 소통은 일정한 공동의 토대에 기초하지만 돌아갈 곳도, 나아갈 곳도 없는, 즉 선험적 공동체가 없는 존재의 비대칭성이 만들어 내는 결코 종결될 수 없

---

15) 박인철, 「후설의 의사소통이론 − 역사적 제약과 선험적 보편성」, 『현상학연구』, 한국현상학회, 2001, Vol. 17, 168쪽.
16) 그는 화를 내며 떠나고 그녀는 이 우스운 이상한 사건에 대해 포민에게 편지를 쓴다.

는 소통이다. 이런 점에서 "타자와 나 사이의 매개의 궁극적 부재, 어떤 공통의 관념의 지배와, 그에 따른, 전체성으로의 종속의 궁극적 불가능성"[17]을 말하면서, 그러나 이 '돌이킬 수 없이 분리된' 나와 타자의 소통공간으로서 '공동체 없는 공동체', '이름 없는 공동체'를 제기하는 레비나스와 블랑쇼의 개념이 고리키의 이 소설의 소통 상황에 보다 가깝다고 말할 수 있겠다. 이 소설의 소통은 누구 한 사람의 이념이나 가치로 환원되거나 유도되지 않는, 그들 사이의 심연에 걸린 유일한 거미줄을 형성하는 것이기 때문이다.

하지만 이들의 소통을 둘러싸고 있는 맥락은, 혹은 '이름 없는 공동체'는 보이지 않는 개입자인 작가와 독자에 의해서 중층화된다. 앞서 말했듯이 작가 고리키는 '내포작가'의 형상으로, '극화된 화자(1)'로, 혹은 작품에 자신의 가치판단을 밀어 넣는 작가 고리키로, 그리고 포민과 빠벨과의 경계에서 중층적으로 소설에 개입하고 있다.

그렇다면 독자는 어디에 있는가. 독자의 형상은 '여인'의 형상에서, 혹은 대화 속에서 '독자'에 대한 판단과 조롱 어린 평가 속에서 간접적으로 드러난다. 그러나 이런 독자의 형상은 '받아들이는 자'로서의 수동성을 담지하고 있을 뿐이다. 능동적인 독자 형상을 이해하기 위해서는 앞서 분석한 복잡한 서술구조를 다시 언급해야 한다. 극화된 화자(1)와 그의 극화되지 않은 화자로의 변화와 공존, '등장인물 – 화자'로서의 '극화된 화자(2)'의 도입은 여인과 빠벨의 슈제트와 독자 사이에 이중, 삼중의 프리즘으로 작동한다. 그러나

---

17) 박준상, 「이름 없는 공동체: 레비나스와 블랑쇼에 대해」, 『철학과 현상학 연구』, 한국현상학회, Vol. 18, 2002, 101쪽.

이 프리즘은 빛과 사물을 왜곡하는 것이 아니라 그것을 다각도로 비쳐 주는, 따라서 절대적 사물의 영상을 제시하는 것이 아니라 여러 영상 속에, 그 틈 사이로 독자를 불러들이고 있는 프리즘이다. 독자는 어떤 충실하고도 믿을 만한 화자의 안내를 받고 있지 않다. 잠시라도 한눈을 판다면 이야기의 진행을 놓치거나 속아 넘어갈지도 모른다. 극화된 화자(1)를 작가로 오인하고 따라가지만, 왠지 이 화자의 어투에서 냉소적이고 조롱기 어린 모습을 느끼면서 이 화자가 반드시 작가 고리키는 아니라고 생각하게 될 것이다. 그 지점에서 다시 '극화된 화자(2)'로 시선을 옮겨 보지만, 이 극화된 화자(2)는 등장인물-화자로서 독자가 동일시를 느끼기에는 다소 거리가 있는 '여인'이다. '극화된 화자(1)'에 의해 이 '여인'은 이미 '별로 유쾌하지 않은 여자'라고 평가되고 있기 때문이다. 그리고 빠벨과의 대화에서도 이 '여인'의 생각이나 말은 일정하게 대상화되고 있다. 독자가 그녀의 고민과 아픔을 내적으로 동일시하여 느낄 여지가 별로 없는 것이다. 아마도 빠벨이라는 인물에게 흥미를 느낄수는 있지만 여전히 이 인물에게도 전적인 공감을 보내기는 힘들다. 빠벨에 대해서는 '여인-화자'가 긍정과 부정을 통해 일정한 거리를 만들어 내고 있기 때문이다. 결국 독자는 복잡한 서술구조를 경과하면서 스스로 각성되어 갈 뿐이다. 이게 뭐지, 뭐야 하면서 스스로의 판단력을 세우도록 독촉당하는 것이다. 바로 이것이 능동적인 독자의 형상이다. 이 형상은 작품 자체에는 부재하지만 서술구조 사이로 끌어들여지는 형상이다. 서술구조의 여백으로 독자를 일깨우고, 동일시를 차단하면서, 작품 속에 참여하도록 만들고 있는 것이다.

4. 그리하여 다시 '삶'의 서사를 향하여

「어떤 소설」에서 소통 주체들은 각자의 정체성을 스스로 '말'하지만 무엇보다도 다른 주체와의 경계에서 그 경계를 넘어서고자 다른 주체에게 '말'을 건넨다. 그러나 그들의 '말'은 그들 사이의 경계의 담장을 쉽게 넘나들 수 없다. 이렇게 경계를 넘어서고자 하는 말의 한계, 소통의 한계 속에서 새로운 소통으로 나아가고자 하는 시도를 「어떤 소설」은 매우 실험적으로 보여 준다. 아마도 우리는 이런 실험적 문제제기를 통해 소설의 숨은 소통의 경로에 대해, 그 모델화에 보다 주목할 수 있을 것이다. 한 주체로부터 일방적으로 가해지는 소통방향이 아니라 모든 주체들이 상호 작용하면서 새로운 소통의 장을 창출해 나가는 구조, 그 틈새의 공간에서 실현되는 모든 주체의 움직임과 상호적 의미화는 단순히 예술 텍스트의 구성에서뿐만 아니라 현대의 새로운 소통모델을 인식하고 창출하는 데에도 깊은 시사점을 던져 준다.

특히 능동적인 독자의 형상은 20년대 러시아 소설의 새로운 장르화의 중요한 모티프라고 말할 수 있다. 새로운 소통 상황에 부응하는 새로운 서사문법의 모색 속에서 능동적 독자의 발견 및 구성은 매우 중요한 의미를 지니고 있다. 독자는 완결되지 못한 빠벨에게 몸과 그림자와 영혼을 불어넣어 줄 또 다른 타자인 셈이다. 작가 고리키가 스스로를 대상화시키면서 물러나고 주인공들(빠벨, 포민, 여인) 모두 경계 속에서 상호적으로 대상화되는 이유는 결국 독자를 그들의 소통의 장으로 초대하는 것이라고 말할 수 있지 않을까. 그렇다면 이들의 공동체는 독자의 참여에 의해 새로운 존재적 가능성을 획득하는 것 아닌가. 독자는 시공간적 현실에서 역사적 체험과 미래를 담지한 자로서, 작품과 경계를 이루며, 대화하며 새로운 삶의 서사를 창출하는 존재다. 그의 개입은 작품 내 소통의 거미줄을 역사 속으로 넓혀 가는 계기이고 현대소설의 새로운 장르화를 추동하는 핵심 요소 중 하나인 것이다.

그러나 이 작품은, 많은 20년대 실험 소설들과 마찬가지로 새로운 서사에 대한 자의식으로 충만할 뿐, 새로운 서사 장르를 완성한 것은 아니다. 빠벨이 만나야 할 여인을 만나 보다 완전한 몸과 영혼으로 살아가는 이야기, 바로 그 삶의 서사는 러시아 문학에서 좀 더 기다려야 했다. 그것은 진정한 삶의 서사로서 20년대 소설이 육체와 영혼을 가지기 위해서는 새로운 삶과 새로운 독자가 필요했다는 말이기도 하다.

코지노프는 1920, 30년대 러시아 문학이론이 언어에 대한 새로운 발견과 현실의 새로운 변화를 접목시키지 못하고 형식주의적 경향과 속류 사회학주의 이론의 극단적 대립으로 나아감으로써 생산적인 접점을 놓치고 말았다고 지적한다.[18] 이런 지적은 언어의 서사와 삶의 서사에 대해서도 그대로 적용될 수 있을 것이다. 20년대 언어에 대한 자의식과 언어로 구성되는 서사 자체에 대한 풍부한 실험은 급박한 이데올로기 투쟁 속에서 진정한 삶의 서사로 나아갈 여유를 보장받을 수 없었다. 그러나 새로운 서사를 향한 방법적 모색 자체가 혁명과 좌절이라는 격렬한 역사과정의 틈새에서 이루어지고 있었다는 사실은 충분히 놀랄 만한 문학적 성취였고

---

18) В. Кожинов, "Художественная речь", Теория литературы. т. 1. Литера-
тура. ИМЛИ, М., 2005, с. 283.

오늘날에도 여전히 생동하는 문제의식을 던져 주고 있다는 것을 부인하기 어렵다.

소설은 언어의 서사에 머물지 않고 삶의 서사로 나아갈 때 비로소 소설이다.

참고문헌

골룹꼬프, M.,『러시아 현대문학: 분열 이후의 새로운 모색』, 이규환 외
    역, 도서출판 역락, 2006.

골룹꼬프 M.『러시아 현대문학과 잃어버린 대안』, 서상범 역, PUFS,
    2003.

그로이스 Б.,『아방가르드와 현대성 -러시아의 분열된 문화』, 문예마당,
    1995.

김성곤 편,『소설의 죽음과 포스트모더니즘』, 도서출판 글, 1992.

랜서 S.,『시점의 시학』, 김형민 역, 좋은 날, 1998.

레닌 V.I.,『레닌의 문학예술론』, 이길주 역, 논장, 1988.

루카치 G.,『소설의 이론』, 반성완 역, 심설당, 1993.

_____,『변혁기 러시아의 리얼리즘 문학』, 조정환 역, 동녘, 1986.

_____ 외,『문제는 리얼리즘이다』, 홍승용 역, 실천문학사, 1985.

루카치 G. 외,『소설의 본질과 역사』, 신승엽 역, 예문, 1988.

맑스 K., 엥겔스 F.,『저작선집 1』, 김세균 감수, 박종철 출판사, 2000.

문예미학회,『문예미학10. 주체』, 문예미학사, 2002.

바흐찐 M.,『도스또예프스끼 시학』, 김근식 역, 정음사, 1988.

_____,『마르크스주의와 언어철학』, 송기한 역, 한겨레, 1988.

_____,『바흐찐의 소설미학』, 이득재 역, 열린책들, 1988.

_____,『장편소설과 민중언어』, 전승희 외역, 창작과 비평, 1988.

_____,『문예학의 형식적 방법』, 이득재 역, 문예출판사, 1992.

_____,『프랑수아 라블레의 작품과 중세 및 르네상스의 민중문화』,

아카넷, 2001.

_____,『말의 미학』, 박종소 외 역, 길, 2006.

박인기 편,『작가란 무엇인가』, 지식산업사, 1997.

박준상,「이름 없는 공동체: 레비나스와 블랑쇼에 대해」,『철학과 현상
　　학 연구』, 한국현상학회, Vol. 18, 2002.

반성완, "마르크스주의자로서의 바흐찐 수용",『현대비평과 이론』, 1991 봄.

_____, "루카치와 바흐찐의 공통점과 차이점",『외국문학』, 1990 봄.

발 M.,『서사란 무엇인가』, 한용환 외 역, 문예출판사, 1999.

버틀란피 L.,『일반체계이론』, 현승일 역, 민음사, 1990.

부스 W.,『소설의 수사학』, 최상규 역, 예림기획, 1999.

슈람케 W.,『현대소설의 이론』, 원당희 외 역, 문예출판사, 1995.

슈탄첼 F.,『소설형식의 기본 유형』, 안삼환 역, 탐구당, 1982.

앤더슨 F., 이글턴 T.『마르크스주의와 포스트모더니즘』, 오길영 외 역,
　　이론과 실천, 1993.

우스펜스키 B.,『소설구성의 시학』, 김경수 역, 현대소설사, 1992.

이글턴 T.,『포스트모더니즘의 환상』, 김준환 역, 실천문학사, 2000.

이기웅 외,『해석적 패러다임으로서의 반성과 지향』, 경북대학교 출판
　　부, 2006.

이진우 엮음,『포스트모더니즘의 철학적 이해』, 서광사, 1993.

이희원,「문학작품의 구성과 시점」,『노어노문학』V. 13, No. 2, 2001.

주네트 G. 외,『현대 서술이론의 흐름』, 석경징 외 역, 솔, 1997.

지이겔 H.,『1917-1940. 소비에트 문학이론』, 정재경 역, 연구사, 1988.

카든 P.,『문화와 아방가르드: 러시아 모더니즘 1900-1930』, 문석우 역,
　　열린책들, 1997.

클림 M.(엮음),『맑스・엥겔스 문학예술론 1』, 조만영・정재경 역, 돌베
　　개, 1990.

탬블링 J,.『서사학과 이데올로기』, 이호 역, 예림기획, 2000.

토도로프 T.,『산문의 시학』, 신동욱 역, 문예출판사, 1992.

투렌 A.,『현대성 비판』, 정수복 외 역, 문예출판사, 1995.

피들러 R. 외,『소설의 죽음과 포스트모더니즘』, 김성곤 역, 1992.

하버마스 W.,『현대성의 철학적 담론』, 이진우 역, 문예출판사, 1994.

Акимов В.(1979) *В спорах о художественном методе*, Л.: Художественная литература.

Баранов В. С.(2004) *Драма Максима Горького*, М.: ИМЛИ РАН.

Баранов В.(1997) *Горький без грима: Тайна смерти*, М.

Бахтин М. М.(1979) *Эстетика словесного творчества*, М.: Искусство.

_____(1975) *Вопросы литературы и эстетики*, М.: Художественная литература.

_____(1965) *Творчество Франсуа Рабле и народная культура средневековья и Ренессонса*, М., 1965.

_____(1979) *Пролбемы поэтики Достоевского*, 4 – е изд., М.: Советская Россия.

Белая Г. А.(1977) *Закономерности стилевого развития советской прозы 20 – х годов*, М.: Наука.

_____(2004) *Дон Кихоты. Революция – опыт побед и поражений* . М.: РГГУ.

_____(1978) "К проблеме романного мышление", *Советский роман – новаторство, поэтика, типология*, М.:Наука.

Беляева А. А. и др.(1989) *Эстетика: Словарь*, М.: Политиздат.

Бонецкая Н. К.(1988) "Проблемы методология анализа об раза автора." Методология анализа литературного, М.

Борев Ю. Б.(гл. ред.)(2005) *Теория литературы*, Том 1: Литература, М.: ИМЛИ РАН.

Борев Ю. Б. и др.(ред.)(2003) *Теоретико – литературные итоги XX века – Литературное произведение и художественный процесс*, Т. 1, 2, М.: Наука.

Браун Е. Дж.(1993) "Символическое влияние на 『реалистический стиль』 Горького", *Русская литература XX века. Исследования американских учёных*, СПб.: СПб Гос. Унив.

Буров А.(1953) "О специфике содержания и формы в искусстве", *Вопросы философии*, 1953, N0. 5.

_____(1956) *Эстетическая сущность искусства*, М.

Бялик Б.(1973) *Судьба Максима Горького*, М.

Ванслова В. В. и Денисовой Л. Ф.(1977) *Из истории советского искусствоведения и эстетической мысли 1930 – х годов*, М.: Искусство.

Вердеревская Н. А.(1982) *Русский роман 40 – 60 – х годов 29 века*. Казань.

Воронский А.(1963) Литературно – критические статьи, М.

Гей Н. К. и др.(ред.)(1978) *Теория литературных стилей*, М.

Гоголь Н. В.(1984) *Собрание сочинений в 8 томах*. Т. 5, Т. 6, М.

Голубков М.(1992) *Утраченные альтернативы. Формирование монистической концепции советской литературы 20 – 30 – е годы*, М.

_____(2001) *Русская литература XX в. После раскола*, М.

Горький М.(1973) *Полное собрание сочинений в 25 томах*, Т. 17, М.: Наука.

_____(1990) *Несвоевременные мысли. Заметки о революции и культуре*, М.:

_____(1997) Pro et contra. *Личность и творчество Максима Горького в оценке русских мыслителей и исследователей 1890 – 1910 гг.* СПб.

М. Горький и советские писатели. М.: 1963.

М. Горький и Р. Роллан. Переписка(1916 – 1936). М.: 1995.

Грановская Л.М.(2005) *Русский литературный язык в конце 19 – 20 вв.* Москва: Элпис.

Грознова Н. А.(1976) *Ранняя советская проза 1917 – 1925*. Л.: Наука.

Евин И. А.(1993) *Синергетика искусства*, М.

Ершов Л. Ф., Муромский В. П.(1983) *Русская советская литературная критика(1935 – 1955). Хрестоматия*, М.: Просвещение.

Жирмунский В. М.(1977) *Теория литературы. Поэтика. Стилистика*. Л.

Затонский Д.(1973) *Искусство романа и XX век*, М.: Художественная литература.

Земляной С.(2003) "Провокация как сквозной мотив в 'Жизни Клима Самгина' Максима Горького", *Независимая Газета*, 4 авг.

Зобнин, Ю.(ред.)(1997) *Максим Горький : pro et contra*, СПб: РХГИ.

История русского советского романа, кн. 1,2, изд. Наука, М. Л., 1965.

Каган М. С.(1991) *Системный подход и гуманитарное знание*, Л.: Изд. ЛГУ.

_____(1997) *Эстетика как философская наука*, СПб.: Петрополис.

_____(1996) *Философия культуры*, СПб.

_____(1991) *Системный подход и гуманитарное знание*, Л.

Княжева Е. Н.(1995) *Одиссея научного разума – синергетическое видение научного прогресса*, М.: ИФРАН.

Княжева Е. Н. Курдюмов С. П.(1994) *Законы эволюции и самоорганизации сложных систем*, М.: Наука.

Кожевникова Н. А.(1976) "Материалы и сообщения из наблюдений над неклассической 『Орнаментальной』 прозы", *Серия литературы и языка*, Т. 35. No. 1. М.

Кожинов В.(1963) *Происхождение романа – теоретический очерк*. М.

_____(1974) *Смена литературных стилей. На материале русской литературы 19 − 20 веков*, М.

Косиков Г.К. "К теории романа(Роман средневековый и роман Нового времени)", *Российский литературоведческий жунал*, 1993, No. 1.

Ланда, Н. М. и др.(ред.)(1989) *Философский энциклопедический словарь*, М.: Советская энциклопедия.

Летопись жизни и творчества А.М. Горького, вып. 3. М.: 1959.

Лихачев Д.(1987) *Избранные работы в 3 т. Т.1.* Л.

Лифшиц Мих.(1985) *В мире эстетики. Статьи. 1969 − 1981 гг.*, М.

Лотман Ю.М.(1997) "Литературная биография в историко − культурном тексте(− К типологическому соотношению текста и личности автора)", *О русской литературе. Статьи и исследования(1958 − 1993)*, СПб.

Манн Ю.(1987) *Диалектика художественного образа.* М.

_____.(1994) "Автор и повествование" *Историческая поэтика − Литературные эпохи и типы художественного сознания.* М.

Маркович В. М. и Шмид Вольф(1996) *Автор и текст. сборник статей*, СПб.: СПбГУ.

Муравьев А. И.(1985) "Ставрогин Достоевского и Каразин М. Горького." *Достоевский. Материалы и исследования*, No. 6. Л.

Мущенко Е. Г., Скобелев В. П., Крой чик Л.Е.(1978) *Поэтика сказа*, Воронеж.

Маща И. и др.(1967) *Из истории советской эстетической мысли. Сборник статей*, М.: Искусство.

Муромский В. П.(1985) *Русская советская литературная критика(Вопросы истории, теории, методологии)*, Л.: Изд. ЛГУ.

Недзвецкий В. А.(1997) *Русский социально − универсаль-
ный роман 19 века − становление и жанровая эволю-
ция*. М.

Николаев П. А.(1989) *Марксистско − ленинское литературо-
ведение*, М.: Просвещение.

Николаев Д. Д.(2006) *Русская проза 1920 − 30 − х годов*, М.:
Наука.

Облик слова, Сборник статей(1997) М.: Институр русс. яз.
РАН.

Овчаренко А. И.(1978) *М. Горький и литературные искания
20 столетия*, М.

Одиноков В. Г.(1976) *Художественная системность русского
классического романоа − проблемы и суждения*.
Новосибирск.

Панков В.(1955) *Советская действительность в изображе-
нии М. Горького*, М.

Перевердев В. Ф.(1937) *У истоков русского реального романа*.

Перхин В. В.(1997) *Русская литературная критика 1930 − х
годов*, СПб.: СПГУ.

Пискунов В. М.(1971) *Советский роман − эпопея(происхо-
ждение и развитие жанра, его место в историко − ли-
тературном процессе)*, автореферат дисс. доктора фил.
наук, Москва.

Половинкин В. Ф.(1964) *Вопросы марксистско − ленинской
эстетики*, М.: Изд. МГУ.

Примочкина И. Н.(1994) "В поисках обновления(О рассказе
Горького 『Голубая жизнь』." *Неизвестный Горький*,
М.: Наследие.

Пути развития современного советского романа(1961) изд.
Академия Наук СССР, М.

Русская советская повесть 20 − 30 − х годов (1976) Л.: Наука.

Русская теория 1920 – 1930 – е годы(2004) М:. РГГУ.

Рымарь Н. Т.(1989) *Введение в теорию романа*, Воронеж: Изд. Воронежского университета.

_____(1990) *Поэтика романа*, Куйбышев: Изд. Саратовского университета.

Свительский В. А.(1978) "Об изучении авторской оценки в произведениях реалистической прозы", *Проблемы автора в русской литературе 19 – 20 вв.*. Ижевск.

Секей Н.(1967) "Идейные истоки рассказа М. Горького 「Карамора」." *STUDIA SLAVICA Academiae Scientiarum Hungaricae*, Budapest.

Семенова С.(2001) *Русская поэзия и проза 1920 – 1930 – х годов. Поэтика – видение мира – философия*, М.: Наследие.

Скобелев В. П. *Поэтика русского романа 1920 – 1930 – х годов. Очерки истории и теории жанра*, Самара: Самарский университет, 2001.

Скороспелова Е.(1985) *Русская советская проза 20 – 30 – х годов: судьбы романа*, изд. МГУ.

_____(2003) *Русская проза XX века*, Москва: ТЕИС.

Смирнова, Л.(1993) *Русская литература конца 19 – начала 20 века*, М.: Просвещение.

Спиридонова, Л.(2004) *М. Горький: новый взгляд*, М.: ИМЛИ РАН.

Столович Л.(1999) *Философия. Эстетика. Смех*, С – Петербург – Тарту.

Страда В. Лукач(1997) "Бахтин и другие", *Бахтинский сборник – Ⅲ*, М.

Тагер Е. Б.(1964) *Творчество Горького советской эпохи*, М.: Наука.

Тамарченко Н. Д.(1997) *Русский классический роман 19 века – проблемы поэтики и типологии жанра*. М.

Тимофеев Л. и др.(1960) Творческий *метод. Сборник статей*, М.: Искусства.

Туманинов В.(1972) "Рассказчик в 'Бесах' Достоевского", *Исследования по поэтике и стилистике.* Л.

Турбин В.(1900) *Прощай , эпос?*, М.: Правда.

Тынянов Ю.(1968) *Пушкин и его современники.* М.

Фрайзе Маттиас(1996) "После изгнания автора: литературоведение в тупике?" *Автор и текст. Петербургский сборник*, СПб.

Фролов, И. Т.(ред.)(2001) *Философский словарь*, М.: Изд. «Республика».

Хализев В. Е.(2002) *Теория литературы*, М.

Храпченко М. Б.(1975) *Творческая индивидуальность писателя и развитие литературы*, М.: Советский писатель.

Чернец Л. В.(1982) Литературные жанры(проблемы, типологии и поэтики), М.: изд. МГУ.

Чичерин А. В.(1975) *Возникновение романа – эпопеи*, 2 – е изд., М.: Советский писатель,

Чудаков А.(1971) *Поэтика Чехова.* М.

Шкловский В.(1992) "Искусство как приём", *Поэтика. Вопросы литературоведения. Хрестоматия*, М.

Шкловский В.(1926) *Удачи и поражения Максима Горького*, Тифлис.

Эй хенбаум Б.(1929) *Писательский облик М. Горького*, Л.: Мой современник.

Эльберг Я. Е.(1965) "Творчество Горького в борьбе против модернизма." *Современные проблемы реализма и модернизма*, М.

Юшин П. Ф.(1981) *Русская советская литературная критика (1917 – 1934). Хрестоматия*, М.: Просвещение.

Borland H. *Soviet literary theory and pratice during the first five-year plan 1928-32*, New York: Columbia Uni. 1950.

Garrard J.(ed). the Russian novel from Pushkin to Pasternak, Yale Univ. Press, 1983.

Imendorffer H. *Die perspektivische Sturuktur von Gork'kijs Roman "Zizn' Klima Samgina*, Berlin, 1973.

Jackson R. L. *Chekhov: A Collection of Critical Essays*, New Jersey: Prentice-Hall, 1967.

Kayser W. *Entstehung und Krise des modernen Romans*, Stuttgart, 1962.

Laszlo E. A Survey of Recent Trends in Marxist-Leninist Aesthetics // <<Studies in Soviet Thought>>, Dordrecht - Holland. Vol. 4, No. 3, Sept. 1964.

이강은

▮ 약 력

고려대학교와 동 대학원에서 노문학을 전공하고 막심 고리키의 「끌림 쌈긴의 생애」에 관한 논문으로 박사학위를 받았다. 막심 고리키를 비롯하여 러시아 소설과 소설이론, 1920년대 혁명기 문학과 문학이론에 관한 많은 관심을 가지고 연구하고 있다. 1990년부터 경북대학교 노문학과 교수로 재직하고 있다.

▮ 주요논문 및 저서

저서로는 『혁명의 문학 문학의 혁명 - 막심 고리끼』가 있고 역서로는 『레프 톨스토이 1, 2』, 『청년 고리키』, 『세상속으로』, 『이탈리아 이야기』, 『대답없는 사랑 - 막심 고리키의 1922-1924년 단편집』 등이 있다.

반성과 지향의
러시아 소설론

초판인쇄 | 2009년 6월 15일
초판발행 | 2009년 6월 15일

지은이 | 이강은
펴낸이 | 채종준
펴낸곳 | 한국학술정보㈜
주 소 | 경기도 파주시 교하읍 문발리 파주출판문화정보산업단지 513-5
전 화 | 031) 908-3181(대표)
팩 스 | 031) 908-3189
홈페이지 | http://www.kstudy.com
E-mail | 출판사업부 publish@kstudy.com

등 록 | 제일산-115호(2000. 6. 19)
가 격 | 34,000원
ISBN 9   Paper Book)
       978-89-534-4142-2 98890 (e-Book)

내일을여는지식 은 시대와 시대의 지식을 이어 갑니다.